BRING MICH AUF TOUREN

KYLIE GILMORE

Übersetzt von
ANNA DRAGO

Übersetzt von
KATRIN DOLLE

1

———

Nico Marino war im Begriff, flachgelegt zu werden. Und das auch noch auf der Arbeit. Er war der Boss, er konnte also eine Fickpause einlegen, wann immer er das wollte. Er wusch seine ölverschmierten Hände im Waschbecken auf der Rückseite seiner Werkstatt. Seine Hände waren schmutzig, weil er daran gearbeitet hatte, einen 1967 Lotus Super Seven zu restaurieren, und er überlegte sich, ob er vielleicht ein wenig Schmutz dranlassen sollte. Die rothaarige Schönheit, die sein Stiefbruder Luke ihm schickte, war eine reiche Socialite aus Manhattan, die einen Mann wollte, der „sich die Hände schmutzig machte, um sich seinen Lebensunterhalt zu verdienen." Ein weiterer Grund dafür, dass sie ihn bei der Arbeit, sozusagen in seinem Element, treffen wollte. Sie hatte ein Bild von ihm und Luke vor Nikos preisgekröntem 1971er Porsche 911E in Lukes Büro in Manhattan gesehen und hatte Luke gebeten, ein Treffen zu arrangieren, um ihrer Fantasie vom Sex mit einem arbeitenden Mann zu frönen, auch wenn sie ihre Bitte etwas weniger direkt formuliert hatte.

Er trocknete sich die Hände mit einem Papiertuch ab und ging in sein Büro hinter dem *Exotic and Classic Restorations* Showroom. Nico gehörte die Firma, die aus dem Showroom, dem Grundstück und einer Werkstatt mit vier Plätzen für seine Restaurierungen bestand. Leider gehörte sie ihm jedoch

nicht ganz. Er hatte sie von seinem früheren Boss, Kevin Mall-
ory, übernommen, als der vor vier Jahren in Ruhestand
gegangen war. Nico hatte ihm damals einen Batzen Geld
gezahlt, doch, obwohl er wie verrückt sparte, gelang es ihm
nur nervtötend langsam, seinen stillen Teilhaber auszuzahlen.
Nico mochte es bei allem schnell – Autos, Frauen, Geld
machen. Er war zweiunddreißig, und es war längst an der
Zeit, etwas aus sich zu machen. Erfolgreich zu sein. Er war
immer auf der Suche nach einem lohnenswerten Fund in
einem Stall, irgendeinem unentdeckten, alten Wagen, den er
restaurieren und für gutes Geld verkaufen konnte.

Er zog sein Arbeitshemd aus, hängte es an den Haken
hinten an seiner Bürotür und setzte sich in seinem sauberen
weißen Unterhemd an den Schreibtisch. Er ging davon aus,
dass diese Frau vielleicht schmutzige Hände wollte, aber kein
Öl an ihren schicken Designerklamotten. Er hatte noch
zwanzig Minuten totzuschlagen, bis sie kommen würde,
darum ging er die Unterlagen durch, die auf seinem Schreibtisch verstreut lagen. Nur fünf Minuten später hörte er, wie
die Tür zu seinem Showroom geöffnet wurde. Er sah durch
die Glastür in Richtung Showroom and sah flammend rote
Haare. Sie war zu früh, aber was machte das schon. Er schob
die Unterlagen zu einem Stapel zusammen. Jetzt hatte er zwei
Oberflächen, mit denen er arbeiten konnte – mit der Wand
oder dem Schreibtisch, abhängig davon, wie es lief.

Er stand auf und beobachtete die rothaarige Schönheit
einen Moment lang. Sie nahm ihre große runde Sonnenbrille
ab, steckte sie in ihre Handtasche und sah sich im Raum um.
Sie sah jünger aus, als Luke sie beschrieben hatte. Wahrscheinlich Schönheitsoperationen wie bei all diesen wohlhabenden
Socialites. Sie trug ein dunkelblaues, ärmelloses Kleid mit
gelbem Blumendruck, das ihm eine Fülle von Kurven an genau
den richtigen Stellen präsentierte. Ihre Füße steckten in grünen
Schuhen mit spitzen Absätzen und zierlichen Schleifen. Die
mädchenhaften Schleifen standen in scharfem Kontrast zu den
hohen, spitzen Absätzen, die etwas ganz anderes aussagten.

Fasziniert verließ er sein Büro und eilte durch den Showroom. Als er sich ihr näherte, sah sie sich um und wandte sich dann ihm zu. Mit seinem bekannten Killerlächeln – 50% Play-boy, 50% Charmeur – reichte er ihr seine Hand. „Hi, ich bin Nico."

Sie schüttelte seine Hand. „H-hi."

Sie tat, als wäre sie schüchtern. Niedlich.

„Hier entlang, bitte", sagte er.

Er führte sie in sein Büro und schloss die Tür. „Wir wissen beide, weswegen Sie hier sind", sagte er, bevor er sie über seinen Arm beugte und sie küsste, wie er es einmal in einem Film gesehen hatte. Sie schmeckte nach Kirschen, und er war unerwarteterweise gierig nach mehr. Der Kuss ging weiter und weiter, denn eine Dringlichkeit, die er lange nicht empfunden hatte, trieb ihn an. Sie war nur weich, heiß und süß. Als er sie lange Momente später endlich wieder aufrich-tete, war sie ganz außer Atem, ihre leuchtendblauen Augen weit aufgerissen.

Und dann versetzte sie ihm eine Ohrfeige.

Autsch. Er presste eine Hand an seine brennende Wange.

„Mach das nochmal", sagte sie.

Und das tat er, und dieses Mal presste er ihren kurvigen Körper fest an sich. Ihre Zunge glitt an seiner entlang, was ihn in den Wahnsinn trieb. Er konnte nicht aufhören, sie zu küssen, und die Dringlichkeit, sie zu nehmen, brachte ihn dazu, sie über seinen Schreibtisch zu beugen. Doch als er ihr Kleid hochzog, kreischte sie.

Er riss seinen Mund von ihrem. „Was ist denn?"

Sie strich ihr Haar glatt. Ihre Wangen waren gerötet. „Wenn Sie all Ihre Kundinnen so behandeln, werde ich hier öfter einkaufen."

Einkaufen? Oh, verdammt, nein. Er löste sich von ihr. „Moment, wer sind Sie?"

Sie setzte sich auf. „Lily Spencer. Mein Vater ist Kunde bei Ihnen. Er hat mich hergeschickt, damit ich mir aussuche, was ich will – als Geschenk für meinen Abschluss."

Gott nein. *Verdammt*, nein. Was hatte er getan? Ihr Vater, George Spencer, war sein bester, wohlhabendster Kunde. Er konnte kaum noch geradeaus denken. Alles Blut hatte seinen Kopf verlassen, als ihre Lippen seine berührt hatten.

Sein Magen drehte sich um, als ihm ein entsetzlicher Gedanke kam. „Sagen Sie mir bitte nicht, dass Sie gerade Ihren High School-Abschluss gemacht haben."

Sie schmunzelte und antwortete nicht.

„Wie alt sind Sie?", blaffte er.

„Entspannen Sie sich. Ich habe gerade meinen Abschluss in Jura gemacht."

Er fuhr sich mit beiden Händen durchs Haar und versuchte, sein Gehirn dazu zu bringen, wieder rational zu denken, während sein Körper immer noch lüstern und gierig auf sie war. „Sie sind also nicht Tiffany?"

Sie neigte den Kopf. „Klingt Lily etwa wie Tiffany?"

„Ich habe Sie für jemand anderen gehalten", sagte er.

„Bin ich aber nicht."

„Werden Sie Ihrem Dad davon erzählen?"

Sie lächelte ihn schelmisch an. „Hängt davon ab."

„Wovon?"

„Davon, ob Sie es noch einmal tun." Ihre Wangen waren leuchtendrot, und er wusste nicht, ob das von ihrem Kuss kam, oder ob es ihr nur unangenehm war. Ihre Stimme war leise. „Das heißt, ich will dich auch."

Er zögerte, denn das hier war so falsch, doch er konnte nicht aufhören, ihren sinnlichen Mund anzustarren.

Und dann legte sie beide Arme um seinen Hals, schmiegte ihren heißen kurvigen Körper an seinen und schloss die Augen.

Er konnte nicht anders. Er senkte den Kopf, um mehr zu bekommen, grub eine Hand in ihre seidigen Locken und küsste sie wie ein Verhungernder. Seine andere Hand glitt an ihrem Rücken hinab zu ihrem Po, presste sie an sich, dorthin, wo er ganz dringend Erleichterung brauchte.

Einen Moment später löste sie sich von ihm, ein amüsiertes Lächeln auf den Lippen. Ihre Oberlippe war sanft geschwungen, mit einem Amorbogen, den er unbedingt mit seinem Finger berühren und nachzeichnen wollte. Sie begegnete seinem Blick mit ihren stahlblauen Augen, und für ihn fühlte es sich an wie ein Schlag in die Magengrube.

Zittrig atmete sie aus. „Vielleicht solltest du mir jetzt dabei helfen, ein Auto zu kaufen."

Er presste seinen Daumen auf ihre volle Unterlippe, stellte sich diesen Mund an seinem Körper vor. Sie war für die Sünde geschaffen. „Ja, gerne", brachte er hervor. Doch alles, was er denken konnte, war *mehr*.

Sie schlüpfte an ihm vorbei aus dem Büro. Er nahm sich einen Moment, um seinen massiven Ständer loszuwerden, doch der wollte so schnell nicht verschwinden. Er zog sein Arbeitshemd wieder an und knöpfte es zu in der Hoffnung, es würde ihn ein wenig bedecken. Dann atmete er einmal tief durch und folgte Lily Spencer, der Tochter seines besten Kunden, in den Showroom.

Lily hatte einen Heidenspaß dabei, ein Auto auszusuchen. Dieser umwerfend gute Küsser, Nico, übertraf sich selbst, um ihr dabei zu helfen, als er erst einmal gehört hatte, wer ihr Vater war. Die meisten Autoverkäufer waren selbst beim Kauf eines Neuwagens nicht so entgegenkommend, so unerfahren wie sie war. Er war ernsthaft heiß, so heiß wie ein Filmstar und mehr als eins achtzig groß, was für sie, da sie selbst über eins achtzig maß, nicht unwichtig war. Von seinem harten muskulösen Körper, den er skandalös fest gegen ihren gepresst hatte, ganz zu schweigen. Er hatte das dunkle, gute Aussehen eines Italieners mit gebräunter Haut, dunkelbraunen Haaren, tiefbraunen Augen, die von langen Wimpern gerahmt waren, einem stoppeligen Kinn und *was für Lippen*. Heilige küssbare Süße. Die meisten umwerfenden Männer ignorierten sie – was er sicher auch tun würde, sobald sie ihren Kauf getätigt hatte.

Sie konnte es immer noch nicht fassen, dass sie den Mut aufgebracht hatte, ihn um einen zweiten (und dritten) Kuss zu bitten. Einmal hatte ihre impulsive Natur ihrem ansonsten mangelhaften Selbstbewusstsein in der Nähe von Männern einen Tritt in den Hintern verpasst. Sie musste diese Zeit auskosten, bevor er ihr die Tür wies.

„Zeigen Sie mir doch bitte noch einmal, wie das Fenster funktioniert", sagte sie und beglückwünschte sich selbst im Stillen, dass sie heute ihre Kontaktlinsen trug. Gott sei Dank hatte das Maiwetter bei ihr frühlingshafte Laune ausgelöst, weswegen sie ihr Blumenkleid angezogen hatte, das ein paar unwillkommene Pfunde um ihre Mitte ganz gut kaschierte. Das Ergebnis von zu vielen Nächten, in denen sie das Lernen nur mit viel Zucker überstanden hatte. Und von Jahren, in denen sie schokoladensüchtig gewesen war.

Gehorsam kurbelte er das Fenster der 1986er Corvette, die sie nicht vorhatte zu kaufen, hoch und runter.

Sie tippte sich mit dem Finger gegen die Lippen. „Ich bin mir nicht sicher. Ich würde gerne noch weiter schauen."

Er ging weiter, obwohl sie spürte, dass er so langsam keine Lust mehr hatte, ihr jeden Schnickschnack an jedem einzelnen Wagen zu demonstrieren. Sie ließ sich nun schon seit einer Stunde von ihm Autos zeigen. Doch sie war noch nicht ganz bereit, schon zu gehen. Das Jurastudium war ein so langes, eintöniges Einerlei gewesen mit nichts als lernen, lernen, lernen. Seit zwei Jahren hatte sie keinen Sex mehr gehabt. Konnte man es ihr da vorwerfen, dass sie diese magische Zeit mit dem umwerfendsten Mann des Planeten in die Länge ziehen wollte, der sie gerade geküsst hatte, wie sie es einmal in einem Film gesehen hatte?

Sie deutete auf ein niedliches weinrotes Auto. „Kann ich von dem mal den Kofferraum sehen?"

Er seufzte ungeduldig, ging zu dem Wagen und öffnete ihr den Kofferraum. Sie sah in den großen, leeren Kofferraum hinein. „M-hm." Sie ging nach vorne und warf einen Blick durchs Beifahrerfenster. „Gangschaltung. Schade. Ich fahre nur Automatik."

„Das ist ein 1963er Ferrari", presste er zwischen zusammengebissenen Zähnen hervor.

„Und das heißt …?"

Abrupt schloss er den Mund wieder.

Sie war die erste Spencer, die beinahe nicht Jura studiert

hätte. Das schwarze Schaf der Familie und stolz darauf. Sie war außerdem der Sohn, den ihr Dad niemals gehabt hatte. Und genauso behandelte er sie, da sie nun einmal sein einziges Kind war. Offensichtlich hatte er wirklich gewollt, dass ein Junge sein Familienerbe übernahm. Ihr Dad war ein Raubein und grob, versuchte immer, wie er es ausdrückte „einen auf die wirkliche Welt vorzubereiten". Als sie sich endlich bereit erklärt hatte, Jura zu studieren, war er begeistert gewesen, bis sie von Unternehmensrecht auf Umweltrecht umgesattelt hatte. Ja, sie war ein Ökofreak. Womit sie sich bei ihrer Familie so richtig beliebt machte, da sie im Ölgeschäft ganz groß war.

Eine sehr glamouröse Frau mit makelloser Haut und gefärbt roten Haaren betrat den Showroom und ging mit wiegenden Hüften auf Nico zu. Sie sah aus, als wäre sie in den Vierzigern, und hatte sich die Brüste spektakulär aufpumpen lassen.

„Sie müssen Nico sein", sagte die Frau und fuhr mit ihrer Hand an seiner Brust auf und ab. „Ich bin Tiffany, und ich bin bereit, wenn Sie es sind." Letzteres sagte sie mit einem kehligen Gurren.

Nico trat beiseite und sah zu Lily. „Ich kann gerade nicht."

Tiffanys Brauen schossen in die Höhe, doch sonst bewegte sich ihr Gesicht fast nicht. Botox. Lily hatte das schon bei unzähligen Frauen im Country Club gesehen. „Aber Luke hat gesagt –"

„Da scheint es ein Missverständnis gegeben zu haben", sagte Nico.

„Mich", sagte Lily bar jedes Mitleids.

Tiffany drehte sich um und kniff die Augen zusammen. „Und wer sind Sie?"

Lily lächelte süßlich. „Ich bin die Frau, die zuerst hier war." Langsam strich sie mit ihrer Zunge über ihre Oberlippe. *Was war sie heute nur für ein Biest!* „Und er war phänomenal."

Die Frau schnaubte und drehte sich zu Nico um. „Ich soll wohl der zweite Gang sein?" *Klatsch!*

Lily verzog das Gesicht, als jetzt Nicos andere Wange

einen leuchtend roten Handabdruck trug, der zu dem kleineren Fleck ihrer eigenen Hand auf der anderen passte.

Er rieb sich die Wange und warf Lily einen finsteren Blick zu.

Die andere Frau stapfte aus dem Ausstellungsraum.

Lily schüttelte den Kopf. „Zwei Ohrfeigen an einem Nachmittag? Das muss aber wehtun."

Er kniff seine Augen zu Schlitzen zusammen. „Warum sind Sie immer noch hier?"

„Ich möchte ein Auto kaufen", erklärte sie geduldig. Sie rieb seinen Arm, und sein fester Muskel ließ ihren Magen kribbeln. „Sie sollten mir zugutehalten, dass ich meine Ohrfeige nicht wirklich so gemeint habe. Sie war eher symbolisch."

Er neigte seinen Kopf. „Ach, wirklich? Für mich hat sie sich recht real angefühlt."

Sie schüttelte den Kopf. „Aber nicht wie Tiffanys Ohrfeige. Sie war richtig angepisst. Ich habe nur das getan, was jede anständige Lady, die von einem Fremden belästigt wird, getan hätte."

Er blickte finster drein. „Ich habe Sie nicht belästigt. Ich habe Sie geküsst."

„Mmm. Das war ein guter Kuss, nicht wahr?" Sie konnte immer noch nicht fassen, dass das wirklich passiert war. Sie, die quasi-jungfräuliche Lily Spencer, geküsst von dem wunderbaren italienischen Sexgott. Sie wurde schon wieder überall heiß, wenn sie nur daran dachte, was beinahe passiert wäre. Direkt auf seinem Schreibtisch.

Sein Blick verfinsterte sich nur noch mehr. Ein wenig bereute sie es, dass sie ihm die letzte Stunde auf die Nerven gegangen war. „Ich werde den Tesla nehmen." Elektroautos waren besser für die Umwelt.

Nico ging zu ihr, und sie rührte sich nicht von der Stelle, hoffte, dass er sie ein letztes Mal küssen würde, bevor er das Geld ihres Dads bekam. Das war das, was die meisten Männer von ihr wollten.

Finster blickte er sie an. „Haben Sie einen Tesla in meinem Showroom gesehen? Haben Sie irgendetwas in meiner Sammlung von *Oldtimern* gesehen, das auch nur annähernd so jung gewesen wäre?"

„Nein, aber das ist es, was ich will."

„Und dafür durfte ich Ihnen das hier alles zeigen?" Er gestikulierte in den Ausstellungsraum. „Kofferraum öffnen, Kofferraum schließen, Fenster hochkurbeln, Fenster runterkurbeln, abschließen, aufschließen, einen Blick in das Handschuhfach werfen. Bei all den Autos, die ganz offensichtlich keine Teslas sind?" Am Ende wurde seine Stimme richtig laut.

Sie zuckte unschuldig die Schultern.

„Verschwinden Sie."

Ihr blieb der Mund offen stehen. „Wie bitte?"

„Ich sagte, verschwinden Sie."

„Mein Dad hat mir einen Blankoscheck ausgestellt. Darauf wollen Sie doch nicht etwa verzichten? Können Sie denn keinen Tesla für mich bestellen?"

„Damit will ich nichts zu tun haben." Er stürmte aus dem Ausstellungsraum in sein Büro, wo er den besten Kuss seines ganzen Lebens bekommen hatte, und knallte die Tür hinter sich zu.

2

———————

„Was zum Teufel hast du mit ihr gemacht?", polterte Luke. Nico hielt das Handy von seinem Ohr weg. Luke hatte genau in dem Moment angerufen, als Nico Feierabend machen wollte.

„Nichts."

„Irgendwas muss aber gewesen sein. Tiffany hat mich gefeuert."

Nico fuhr sich mit der Hand durchs Haar. „Tut mir leid."

„Sie hat eine Menge Geld, das sie investieren wollte, darum solltest du jetzt besser mit einer verdammt guten Erklärung kommen."

Nico nickte mit seinem Kinn in Richtung Bryan, seinem besten Mechaniker, und ging. Um ein wenig Privatsphäre zu haben betrat er sein Büro, schloss die Tür und setzte sich an seinen Schreibtisch, dann legte er seine Füße hoch. „Vor ihr ist eine andere Rothaarige aufgetaucht."

Ein Herzschlag verging.

Luke schnaubte. „Das hast du nicht getan." Sein Stief-bruder war genauso alt wie Nico, und sie standen einander nahe. Wenn es seit der Highschool um Frauen gegangen war, hatten sie einander immer beigestanden. Sie ähnelten einander in Größe und Körperbau, da endeten die Gemein-samkeiten aber auch schon – Luke hatte aschblondes Haar, helle Haut und blaue Augen, während Nico durch und durch der dunkelhaarige Italiener war. Doch sie hatten festgestellt, dass ihr Aussehen und ihr Charme kombiniert bei einer Gruppe von Frauen immer ankam. Sie waren weniger Konkurrenten als vielmehr zwei sehr verschiedene Optionen. Luke war derjenige für den Small Talk; Nico hatte einen entwaffnend guten Humor.

„Ja", sagte Nico. „Zuerst habe ich mir eine Ohrfeige von der ersten Rothaarigen eingefangen und dann noch eine von deiner."

Luke lachte schallend.

Nico lächelte widerwillig. „Sie wollte nicht als Zweite abgeschlabbert werden."

„Hast du wirklich mit einer Kundin geschlafen?"

Nico stellte seine Füße wieder auf den Boden und setzte sich auf, als die Vision von Lily, die unter ihm auf genau diesem Tisch lag – geweitete Augen, gerötete Wangen, schwerer Atem –, seinen Verstand fluteten. Dieser Mund. Diese vollen, rosa Lippen.

„Nic?"

Nico nahm sich seine Schlüssel und ging hinaus, dann schloss er die Tür hinter sich ab. „So weit ist es nicht gekommen." Er trat nach draußen. „Sie, ähm … Ach, Mist, es war ein Desaster. Sie ist die Tochter meines reichsten Kunden."

Jetzt lachte Luke erneut.

„Das ist nicht lustig."

„Deine geilen Triebe haben dich eingeholt", brachte Luke hervor, dann brach er erneut in Lachen aus.

„Ja. Schick mir bloß keine Frauen mehr, die von Sex mit einem Arbeiter träumen."

„Muss ich ja offensichtlich nicht. Du stürzt dich ja eh auf alles, was bei dir zur Tür reinkommt."

„Halt die Klappe", knurrte er und legte auf. Er war nicht so sehr angepisst, weil Luke gelacht hatte. Er war vielmehr angepisst, weil er so über Lily gesprochen hatte. Es war ja nicht ihre Schuld, dass sie ihm in die Quere gekommen war. Er fuhr sich mit einer Hand über das Gesicht. Er hatte es wirklich vermasselt. Wenn er seinen besten Kunden, den harten George Spencer, verlor, stünde die Pleite direkt vor der Tür. Sollte er ihren Dad anrufen und sich entschuldigen? Doch was, wenn Lily es ihm gar nicht erzählt hatte? Dann würde er sich nur grundlos selbst belasten. Was er wirklich tun sollte, war Lily anrufen und sich entschuldigen, doch er hatte ihre Nummer nicht, und er wusste nicht, wo sie wohnte.

Als er nach Hause kam, suchte er sie im Internet, fand aber keine Adresse und auch keine Telefonnummer. Vermutlich stand sie nicht im Telefonbuch. Naja, sie war gerade erst mit ihrem Jurastudium fertig. Vermutlich wohnte sie in dem großen Haus ihres Dads, bis sie dorthin zog, wo sie einen Job fand. Er konnte nichts anderes tun, als warten und sein Playboygehabe bereuen.

Lily fuhr zurück nach Fieldridge zu dem großen Haus im Tudorstil, in dem sie aufgewachsen war. Sie begrüßte ihre Haushälterin, Anne, mit einem fröhlichen Hallo. Sie kannte die Frau nicht gut. Ihr Vater hatte einen ganz schönen Verschleiß an Haushälterinnen, weil er extrem hohe Standards hatte und keine zweiten Chancen gab, was außerdem erklärte, warum sie in ihrer Kindheit so viele verschiedene Nannys gehabt hatte. Der heutige Tag war fabelhaft gewesen. Was für ein Kuss! An den würde sie noch stundenlang denken. Tage. Und Nächte.

Abgesehen von der winzigen Tatsache, dass sie es geschafft hatte, Nico wütend auf sich zu machen, war es perfekt gewesen. Er war der schönste Mann, den sie im wahren Leben je gesehen hatte, an zweiter Stelle direkt hinter ihrem Filmstarschwarm Chris Boeman von den Rubberman Superheldenfilmen. Es war aufregend skandalös gewesen, wie Nico sie geküsst hatte, wie fordernd seine Zunge und seine festen Lippen gewesen waren. Und wie er sie auf seinen Schreibtisch gepresst hatte. So etwas war ihr noch nie passiert. Niemand, den sie kannte, hätte es gewagt, die Spencer-Erbin so anzufassen.

Sie ging in den Wintergarten auf der Rückseite des

Hauses, wo ihr Dad sich gerne mit einer Zeitung entspannte, wenn er freitagnachmittags vom Golfen kam. Sie wollte morgen zurück zu Nicos Werkstatt gehen, um sich dafür zu entschuldigen, dass sie seine Zeit verschwendet hatte, und hoffte verzweifelt, dass er sie noch einmal küssen würde. Sie seufzte verträumt, als sie sich das vorstellte. Er würde sie sehen, seine Augen würde von der anderen Seite des Raumes aus zu strahlen beginnen, und er würde herbeigeeilt kommen, um sie in seine Arme zu schließen. „Lily", würde er mit seiner tiefen, maskulinen sexy Stimme sagen, „küss mich." Oder noch besser: „Auf meinen Schreibtisch. Jetzt." Ein köstliches Kribbeln durchfuhr sie bei dem Gedanken.

„Hast du ein Auto?", fragte ihr Dad und riss sie damit aus ihrer Fantasie. Er stand auf und bedeutete ihr, sich auf den harten, ungepolsterten Teakstuhl neben ihm zu setzen. Er trug das, was er für Freizeitkleidung hielt – ein Jackett mit Flicken an den Ellbogen, Hemd, maßgeschneiderte Hose und Loafers. Er war ein großer Mann, ein Meter neunzig, solide, sehr gediegen. Sein graues Haar war ordentlich gescheitelt. Er blickte an seiner Patriziernase vorbei auf sie hinab, obwohl sie sich immer sagte, dass es gar nicht seine Intention war, sie verächtlich anzusehen. Er konnte ja nichts dafür, dass er groß war und eine Patriziernase hatte. Er *musste* aus dieser Höhe auf sie herabblicken.

Lilys Wangen wurden heiß, als sie daran dachte, was sie bekommen hatte, und was so viel besser war als ein Auto. Sie setzte sich auf den ihr angebotenen Platz. „Ich habe mich noch nicht entschieden. Da waren so viele Autos."

Er presste seine Lippen aufeinander, wie er es oft tat, bevor er sprach. Auch das lag nicht an ihr. Er sprach mit fast jedem so, als hätte er gerade an einer sauren Zitrone gelutscht, es sei denn, er versuchte einen Deal auszuhandeln, bei dem Überredungskünste nötig waren, dann konnte er auch lächeln, wie unecht das auch war.

Er setzte sich wieder und sprach endlich. „Hast du Nico gesagt, wer du bist? Er sollte dir eine VIP-Behandlung zukommen lassen."

„Oh, das hat er", sagte sie und konnte ihr kleines Lächeln nicht verbergen.

Ihr Dad brummte. „Das ist der Mann, den ich engagiert habe, um den Mustang deines Großvaters zu restaurieren."

Sie richtete sich auf. „Das ist er?" Sie hatte vor Kurzem das Haus ihres Großvaters in Kalifornien und einen alten Mustang geerbt.

„Ja. Er wird am Samstag hinfahren, um ihn zu holen. Ich wollte, dass er das macht, bevor du dahin fährst, dann musst du dich nicht mit dem Auto rumärgern. Er wird sich auch um die Auktion kümmern. Vielleicht kaufe ich ihn, wenn er was Besonderes ist."

Lily würde in drei Wochen nach Los Angeles fliegen, um die Sachen ihres Großvaters durchzusehen, und wollte auch einen kleinen Abstecher nach Vegas machen, um sich um etwas zu kümmern, das nun schon seit Wochen an ihr nagte. Er war ihr Großvater mütterlicherseits. Jemand, den sie nie kennengelernt hatte. Ihr Dad kannte ihn auch nicht. Doch sie wollte Erinnerungsstücke der Familie durchsehen, die er vielleicht in seinem Haus aufbewahrt hatte, denn sie wusste sehr wenig über ihre Familie mütterlicherseits.

„Hast du für die mündliche Zulassungsprüfung geübt?", fragte ihr Dad.

Die Zulassungsprüfung sollte Ende Juli stattfinden, und sie war noch nicht bereit, sich so bald wieder ins Lernen zu stürzen.

„Ich habe erst vor einer Woche meinen Abschluss gemacht. Ich muss erstmal ein bisschen Dampf ablassen." Sie stand auf und küsste seine Wange, denn sie wusste, dass ihn das so sehr verwirrte, dass er sie damit durchkommen lassen würde. Zuneigung war für ihn extrem unangenehm. „Ich gehe in der Küche helfen."

„Für sowas haben wir Angestellte, Lily. Wie oft muss ich das denn noch sagen?"

Sie lachte. „Ich koche gern", sagte sie und ging.

„Spencers kochen nicht."

Sie drehte sich um. „Spencers sind auch keine Ökofreaks, und sieh dir an, was passiert ist!"

Er atmete einmal tief durch – ein durch die Nase, aus durch den Mund. „Kent wäre mehr als glücklich, dich in seiner Firma zu haben." Kent war ein Studienkollege ihres Vaters aus Yale.

„Ich habe einen Job."

Schon wieder machten seine Lippen diese Saure-Zitronen-Sache. „Ich hoffe, du ziehst dir zum Abendessen noch was Netteres an. Ich habe die Wilsons eingeladen."

„Danke, Dad. Das hoffe ich auch."

Sie drehte sich um und machte, dass sie wegkam, denn wie gewöhnlich war sie von ihrem Dad genervt. Erstens trug sie bereits ein Kleid, doch seine Bitte bedeutete, dass er sie in etwas Förmlicherem wollte. Zweitens, die Wilsons waren da, weil sie eine Verbindung ihrer Familien anstrebten. Das war so wie eine altmodische Verkupplungsnummer zwischen ihr und ihrem Sandkastenfreund Trevor. Er hatte sie einmal geküsst, bevor sie ans College gegangen waren, ein Pflichtkuss, denn sie wussten beide, dass ihre Familien wollten, dass sie ein Paar wurden. Der Kuss war so keusch gewesen, dass es war, wie wenn man seinen Bruder küsste. Er musste dasselbe empfunden haben, denn er hatte sich danach sogar den Mund abgewischt. Idiot.

Als stolzes schwarzes Schaf der Familie zog sie sich für das Abendessen ein kleines Schwarzes mit einem skandalös tiefen Ausschnitt an, mit dem sie das Beste an sich zur Schau stellte – ihre Oberweite. An den Füßen trug sie Louboutins, Schnürstiefeletten, die aussahen wie rosafarbene Sneaker mit hohen Absätzen. Ihr Vater hatte konservative Kleider, die für sie maßgeschneidert worden waren, für alle möglichen und unmöglichen Gelegenheiten wie diese in ihren Schrank stapeln lassen. Sie hatte sie kein einziges Mal getragen.

„Hallo!", rief sie und begrüßte ihre Gäste, die bereits in der zweistöckigen Eingangshalle standen. Sie gab Mrs Wilson Luftküsse auf beide Wangen, da sie wusste, dass sie das mochte, küsste Mr Wilson auf die Wange und wandte sich dann Trevor zu, ihrem Kindheitsfreund, den sie gerne umarmt hätte, doch sie wusste, dass er das nicht mochte. Als Kind war er lustiger gewesen. Sie hatten immer in all den

Geheimgängen, die der Country Club für seine Angestellten hatte, Verstecken gespielt. Doch dann war er zu einer exakten Kopie seines langweiligen, steifen Dads herangewachsen. Jedenfalls mochte er die intime Distanzzone um sich herum und konnte es nicht leiden, wenn man in sie eindrang, wie sie endlich nach zahlreichen Gelegenheiten wie dieser bemerkt hatte, als sie versucht hatte, ihn zu umarmen und er einfach nur stocksteif dagestanden hatte, während seine Arme an den Seiten herabhingen. Sie lächelte stattdessen und gab ihm einen Luftkuss in der Nähe seines Ohrs.

„Hübsches Kleid", flüsterte er. Er stand auf Brüste, wie jede Frau im Club nur allzu gut wusste. Er trug ein rosafarbenes Hemd und eine rosagrünkarierte Hose. Abgrundtief hässlich.

„Hübsche Hose", flüsterte sie zurück.

„Danke", erwiderte er steif. Er wusste nie, ob sie scherzte oder nicht – das hatte er ihr einmal gestanden. Mit fünfundzwanzig war er bereits ein fester Bestandteil der Firma seines Vaters und war ein Held auf dem Golfplatz. Er hatte Golflehrer gehabt, seit er sieben war.

Sie gingen für einen Cocktail in den Salon, und Lily wappnete sich für einen langen, langweiligen Abend. Ihr Vater sah sie finster an und starrte degoutiert auf ihre hochhackigen Sneakers. Lily ignorierte das und setzte sich neben die höflich lächelnde Mrs Wilson aufs Sofa.

„Wie geht's dem Gartenclub?", fragte Lily, denn sie wusste, dass Mrs Wilson auf diese Frage viel zu sagen hatte, während die Männer über das Geschäft und Golf sprachen.

Die ältere Frau strahlte und machte sich an eine lange Beschreibung ihres neuen „Sonneninsel"-Programms, in dessen Rahmen sie die kleinen Grasinseln an den Kreuzungen der Stadt ein wenig auffrischen wollten. Lily nippte an ihrem Gin Tonic und achtete darauf, ein paarmal zur rechten Zeit *mmm-hmm* einzuwerfen, während sie im Kopf an ihre Zeit mit Nico heute zurückkehrte. Wie er im Ausstellungsraum auf sie zugekommen war, ganz muskulöses Selbstvertrauen. Dieser Wahnsinnsmoment, als er unerwartet vor ihr anstatt vor irgendeiner schönen Frau hinter ihr stehen geblieben war und sich vorgestellt hatte. Sein Lächeln, dieses perfekte Lächeln mit den weißen Zähnen, dass sein Gesicht zum Strahlen brachte und dennoch italienischer Alphamann schrie. Man stelle sich nur vor, was passiert wäre, wenn sie wirklich zugelassen hätte –

„Lily", blaffte ihr Vater.

„Wie? Was?" Sie blinzelte die neugierigen Gesichter im Raum an.

„Trevor hat gefragt, was du für Pläne für den Sommer hast", sagte ihr Dad mit seiner strengen mir-reißt-gleich-der-Geduldsfaden-Stimme.

„Oh!", rief sie. „Ich habe noch ein bisschen Zeit, bevor ich meinen Job antrete. Ich arbeite bei der Earth Defense Group."

Mr Wilson runzelte die Stirn. „Wir hatten ein paar Probleme mit diesen Leuten."

Lily lächelte fröhlich. „Da bin ich mir sicher." Mr Wilson war im Vorstand einer großen Baufirma. Baufirmen und Umweltvertreter kämpften oft um Lebensräume gefährdeter Tierarten und den Schutz von Feuchtbiotopen.

„Ich versuche gerade, sie in Kents Firma unterzubringen", sagte ihr Dad, „aber sie ist stur."

Sie würde keinen Tag da überstehen, das wusste sie. Kents Firma stand für große Agrargeschäfte. Pestizidproduzenten und Firmen, die genetisch modifizierte Lebensmittel herstellten, mit denen Lily nichts zu tun haben wollte. Sie versuchte, wann immer es möglich war, frische Biolebensmittel aus der Gegend zu essen. Sie hatte auch mit der Idee gespielt, vegan zu leben, aber sie mochte Käse ein bisschen zu sehr. Und Steak. Und Schokoladensoufflee. Sie aß wirklich gern.

Der Rest des Abends verlief nach dem üblichen Schema. Ihr Dad versuchte mehrere Male, sie in Verlegenheit zu bringen, damit sie spurte. Doch sie blieb sich und ihrem Ruf als schwarzes Schaf der Familie treu. Ihm war sein Frust anzusehen. Ihrer war gut versteckt. Es gefiel ihr, einmal so akzeptiert zu werden, wie sie war. Biologisch gesehen war sie die Tochter ihres Vaters, doch da schienen die Ähnlichkeiten auch schon zu enden. Und sie wusste warum. Sie hatte zu viele ungewünschte Züge ihrer Mutter. Sie war zu leicht aufgeregt, zu emotional, zu offen, einfach zu viel von allem. Ihr Dad hatte sein Leben mit dem Versuch zugebracht, sie zu verbiegen. Als Teenager war sie der missmutige Rebell gewesen und hatte sich wenig darum geschert.

Die Unterhaltung plätscherte am Esstisch einfach so über sie hinweg, während sie weiter ihren Tagträumen von Nico nachhing. Wie er sie über seinen starken Arm gebeugt hatte. Die Hitze seines Körpers durch sein dünnes weißes T-Shirt, der scharfe Geruch nach Öl und sauberem Mann, vielleicht sein Deo, das wusste sie nicht, aber es war so heiß. Diese tiefbraunen erhitzten Augen, sein heißblütiges italienisches —

„Lily", blaffte ihr Vater erneut.

„Hm?"

Er verzog das Gesicht. Ihr Vater mochte es nicht, wenn sie sich nicht richtig artikulierte. „Wie bitte?", korrigierte sie sich.

„Trevor hat dir eine Frage gestellt."

Als sie sich umdrehte, sah sie, dass Trevor sie verkrampft von der anderen Seite des Kirschholztisches anlächelte. Er hielt eine kleine, schwarze Samtschachtel in der Hand. *Nein, nein, nein.*

„Lily Spencer, wirst du mir die Ehre erweisen und meine Frau werden?", fragte Trevor und öffnete die Schachtel, in der er einen Ring mit einem riesigen Diamant-Solitär präsentierte. Erstklassiger Schnitt, erstklassige Farbe, vermutlich zwei Karat. Trevor machte keine halben Sachen.

„Warum das denn?", fragte sie. Wenn er heimlich in sie verliebt war, dann sehr heimlich, denn sie hatte es nicht gewusst. Dann sollte sie ihm die Abfuhr behutsam erteilen.

„Lily!", tadelte ihr Vater sie.

Mr und Mrs Wilson flüsterten einander etwas zu.

„Weil wir uns gut verstehen", sagte Trevor. „Unsere Familien sind gut für einander. Und ich bin bereit, einen Ehevertrag zu unterschreiben."

Alle sahen sie erwartungsvoll an. Ihr Treuhandfonds war größer als seiner, darum verstand sie, warum er das mit dem Ehevertrag erwähnt hatte – ihr Vater hätte darauf bestanden. Verdammt, nach ihrer desaströsen Verlobung mit John vor zwei Jahren hätte sie das auch. Dennoch, ein Antrag, ohne *Liebe* auch nur zu erwähnen, war einfach falsch.

„Nein, danke", sagte sie.

Totenstille.

„Brauchst du mehr Zeit, um darüber nachzudenken?", fragte Trevor höflich und hielt ihr immer noch den Ring entgegen.

Sie erhob sich, denn sie wusste, dass sie seine Qual nicht länger in die Länge ziehen durfte. „Ich bin einfach noch nicht bereit, mich festzulegen. Du solltest diesen hübschen Ring für eine Frau aufheben, die ihn wirklich verdient."

Sie lief aus dem Raum und eilte die Treppe hinauf, doch sie hörte noch, wie Trevor verzweifelt rief: „Ich werde auf dich warten!"

Was hatte ihr Vater ihm versprochen?

Lily ging in ihrem Zimmer auf und ab, während aufgebrachte Stimmen zu ihr nach oben drangen. Sie musste verdammt noch mal aus Fieldridge weg. Sie hatte vorgehabt, ein paar Wochen zu Hause zu bleiben, bevor sie nach Kalifornien flog, doch jetzt fand sie, dass es sich ziemlich gut anhörte, eher früher als später dorthin zu fahren. Zu Hause würden sich die Dinge nur noch mehr anspannen, und sie machte sich Sorgen, dass Trevor vielleicht dachte, dass sie nur so tat, als wäre sie schwer zu haben, obwohl sie für ihn doch gar nicht zu erobern war.

Sie klappte ihren Laptop auf und begann, nach Flügen zu suchen. Nach mehreren Minuten lehnte sie sich zurück und schloss ihn, als ihr eine Idee kam, bei der ihr ganzer Körper kribbelte. Warum sollte sie nicht mit dem Mann, der nächste Woche in genau diese Richtung aufbrechen würde, nach Kalifornien fahren? Damit könnte sie zwei Fliegen mit einer Klappe schlagen. Erstens hätte sie Gelegenheit, mal mehr von Amerika zu sehen. Ein Roadtrip war das ultimative Sommererlebnis –Freiheit und Abenteuer pur. Und ihr Lernen für die Zulassungsprüfung würde sie auch nicht ganz vernachlässigen. Sie hatte bereits alle Audiolektionen für einen Online-Prüfungskurs heruntergeladen. Das konnte sie mit Leichtigkeit unterwegs auf ihrem iPhone anhören.

Und das zweite Ziel, das sie damit erreichen würde? Sie würde ihre Trockenphase beenden. Hoffentlich. Es war schon peinlich, wie wenig Erfahrung sie hatte. Ein Mann. In fünfundzwanzig Jahren war sie mit einem Mann zusammen gewesen. Das war zum einen das unglückliche Ergebnis ihrer amazonenhaften Größe, die die meisten Männer ihres sozialen Ranges abstieß, und zum anderen ihres Geldes, das einfach die Falschen anzog.

Diese Amazonensache war ihr schon sehr früh in der exklusiven Schule, die sie besucht hatte, unter die Nase gerieben worden. Die beliebten Mädchen waren zierlich und blond und verhielten sich gegenüber allen Jungs, als wären sie anbetungswürdige Helden. Sie war (seit dem neunten Schuljahr) ein Meter achtzig groß und kräftig gebaut, wie ihr sehr solider Dad immer sagte. Wie ein Ackergaul hatte sie immer gedacht. Alles an ihr war zu groß – ihr Busen, ihre Taille, ihre Hüfte. Ihre fetten Lippen, igitt. Dazu noch das rote Haar und die bissige Attitüde, und fertig war das Rezept für eine jungfräuliche Existenz. Jedenfalls hatte ihr Dad ihr verboten, in der Highschool mit Jungs auszugehen, da er sich keine Sorgen darum machen wollte, dass sie geschwängert wurde. Oder, wie er es formulierte: *Dass sie einen Skandal provozierte, der den Namen Spencer für immer beflecken würde.* Sie hätte sich trotzdem aus dem Haus geschlichen, wenn nur irgendein Typ sich für sie interessiert hätte.

Bis zum Abschlussjahr der Highschool nannte sie jeder Spencer die Schlampe. Sie selbst hatte diverse Gerüchte in die Welt gesetzt. Dabei war sie *immer noch nicht* flachgelegt worden.

In ihrem ersten Jahr an einem Ivy League College hatten sich ihre Erfahrungen nicht verbessert. Sie hatte bis zum Jurastudium warten müssen. John war ihr erster gewesen. Und leider auch ihr letzter, denn wie er sie hatte fallen lassen, nachdem er ganz offensichtlich nur hinter ihrem Geld her gewesen war und nicht hinter ihr, hatte *wehgetan*. Ein Schmerz, der ihr Ego und ihr Selbstwertgefühl vernichtend geschlagen hatte.

Wenn sie so zurückblickte, vermutete sie, dass eine zweiundzwanzigjährige Jungfrau mit einem Treuhandfonds einfach reif zum Pflücken gewesen war. Doch zu der Zeit war sie so begeistert gewesen, dass ein charmanter, redegewandter niedlicher Junge mit scharfem Verstand auf sie aufmerksam geworden war. Er war ein Jahr über ihr gewesen. Nach einem Jahr und einer Verlobung, die endete, als sie ihm von dem unumgänglichen Ehevertrag erzählte, war John so grausam gewesen, ihr zu sagen, dass er immer, wenn sie im Bett gewesen waren, die Augen schließen und sich eine heißere Frau hatte vorstellen müssen.

„Das war, als würde man Godzilla ficken!", hatte er geschrien. „Warum bist du nur so groß? Warum kannst du dich nicht wenigstens bemühen, dünn zu sein? Ich schwöre, du wiegst mehr als ich!"

Sie hatte ihm ihr Knie in die Eier gerammt, doch das war nur eine kleine Genugtuung gewesen. Sie hatte sein Apartment verlassen und sich die Augen ausgeheult. All ihre schlimmsten Ängste hatten sich bestätigt. Sie war zu groß, zu massig, um jemals für das andere Geschlecht attraktiv zu sein. Sie war Godzilla.

Sie war so am Boden zerstört gewesen, dass die Trostschokolade ihr zwanzig weitere Pfund beschert hatte. Und es war nicht nur seine grausame Art gewesen. Sie hatte ihm nahegestanden, weil er ihr Erster gewesen war, und der Verlust dieser ersten engen Beziehung war besonders schwierig, weil sie Verlustangst hatte. Nur, weil man wusste, dass man Probleme hatte und in der Therapie darüber sprach, hieß das nicht, dass man sie so leicht loswerden konnte. Später war sie zu den Weight Watchers gegangen und hatte das Gewicht endlich verloren, doch sie war es leid gewesen, Kalorien zu zählen, und hatte sich mit ihrem normalen Gewicht abgefunden. Nicht fett, aber auch nicht wirklich schlank.

Doch dieser Kuss mit Nico hatte ihre lang vergessene Libido zum Leben erweckt. Etwas an diesem Kuss sagte ihr, dass er ihr vielleicht helfen würde. Eine Tour nach Kalifornien und so eine Art Nachhilfe von dem sehr erfahrenen – Whoa! Ein heißer Blitz durchzuckte sie, als sie nur darüber nachdachte.

Aber konnte sie das wirklich durchziehen?

Sie kaute auf ihre Unterlippe herum. Wenn er ihr eine Abfuhr erteilte, konnte sie damit klarkommen. Sie war es gewohnt, in den Augen eines Mannes nicht die ideale Frau zu sein. Doch was, wenn er ja sagte? Konnte sie über ihre godzillagroßen Unsicherheiten hinwegkommen und sich einfach darauf stürzen?

Die Haustür fiel laut ins Schloss, als die Wilsons gingen.

„Lily!", schrie ihr Dad. „Ich gehe aus."

Vermutlich würde er in den Country Club gehen, ein paar Doppelte eines sehr seltenen Macallan Scotchs herunterkippen und sich beim diskreten Barkeeper darüber beschweren, was für eine Last sie doch war. Sie reagierte nicht. Einen Moment später war es still im Haus.

War das wirklich ihre Zukunft? Eine seelenlose, lieblose Ehe mit einem Mann, der sich den Mund abwischte, nachdem er sie geküsst hatte?

Das war's. Sie würde mit Nico nach Kalifornien fahren. Es war ihr ganz egal, wie schwierig es wäre, ihn zu fragen. Sie würde es tun, und irgendwie würde sie eine Möglichkeit finden, an das zu kommen, was sie wirklich wollte – Leidenschaft, Aufregung, ein großartiges Abenteuer.

Morgen würde sie es ihm persönlich sagen.

3

Lily ging am nächsten Tag direkt noch einmal zu *Exotic and Classic Restorations*, als Nico gerade das Geschäft öffnete. Natürlich, um sich zu entschuldigen.

Sie schuldete ihm wirklich eine Entschuldigung dafür, dass sie sich all diese Wagen gestern ohne guten Grund von ihm hatte zeigen lassen und so vollkommen seine Zeit vergeudet hatte, nur, damit sie ein wenig länger in seiner Nähe sein konnte. Sie musste ihm außerdem von ihrer Fahrt erzählen.

Sei ein sexy Biest, sei ein sexy Biest, sagte sie sich ihr Motivationsmantra immer wieder vor. Wenn sie es nur oft genug dachte, würde sie es vielleicht so schaffen.

Sie stellte ihren niedlichen kirschroten Prius direkt neben einem sehr sportlichen gelben Rennwagen ab und betrat den Ausstellungsraum. Sie trug wieder Kontaktlinsen und ein neues Kleid, ein fließendes Sommerkleid, das ihre besten Attribute betonte, – ihren Busen und ihre Beine. Hoffentlich würde ihn das von dem, was dazwischen war, ablenken.

Im Ausstellungsraum war ein anderer Verkäufer.

„Ist Nico da?", fragte sie.

Der Typ grinste. Es gab vermutlich jede Menge Frauen, die hier auftauchten und nach Nico fragten. „Ja, er ist in der Werkstatt."

„Danke." Sie ging wieder hinaus und nach hinten zur Werkstatt mit den vier Plätzen. Es war Samstag, und nur zwei Mechaniker arbeiteten. Sie marschierte zum ersten Platz und fand Nico, der sich gerade über den Motorraum eines Wagens beugte.

„Hi", sagte sie leise, damit er sich nicht erschreckte.

Er zuckte zusammen und stieß sich den Kopf an der Motorhaube. Mit finsterem Blick sah er sie an und rieb sich den Hinterkopf. „Scheint so, als würde ich mich immer verletzen, wenn Sie in der Nähe sind."

„Tut mir leid. Genau genommen bin ich deswegen hier. Um mich dafür zu entschuldigen, dass Sie gestern für mich mit all diesen Autos Ihre Zeit verschwendet haben." Er blickte immer noch finster drein, was sie daran erinnerte, dass er nicht ganz unschuldig an diesem Szenario war. „Obwohl *Sie* ja derjenige waren, der mich in Ihrem Büro wie ein wildes Tier geküsst hat." Sie warf einen Blick zu einer Tür, die wahrscheinlich in die Höhle köstlicher Sünde führte.

Augenblicklich verschwand der finstere Blick, und er sah sie reuig an. „Tut mir leid. Ich hätte Sie gestern Abend noch angerufen, um mich zu entschuldigen, aber ich hatte Ihre Nummer nicht. Ich habe Sie für jemand anderen gehalten, aber das ist keine Entschuldigung. Ich hätte nicht einfach–"

„Vergeben und vergessen." *Naja, nicht ganz vergessen.*

„Haben Sie es Ihrem Dad erzählt?"

„Warum sollte ich es meinem Dad erzählen?"

Er nickte kurz. „Danke."

Er wandte sich wieder dem Motor zu, an dem er gearbeitet hatte. Seine Hände waren groß und stark und voller Schmieröl. Sein dunkelblaues Arbeitshemd spannte straff über seinen breiten Rücken und seine Schultern. Wie konnte sie nur erwarten, dass ein Mann wie er sie auch nur eines zweiten Blickes würdigen würde? Er war hundert Prozent Hottie. Und sie war ... das nicht. Ihr sowieso wackeliges Selbstvertrauen ging auf Tauchkurs.

Sie wandte sich zum Gehen.

„Wollen Sie immer noch den Tesla?", fragte er.

Sie wandte sich um. „Nein, ist schon in Ordnung. Ich hab ja meinen Prius."

„Warum sind Sie dann überhaupt hierhergekommen?", fragte er mit eher feindseligem Unterton. Als wünschte er, sie wäre nie hier reinmarschiert, damit er sie auch nicht versehentlich geküsst hätte.

„Ich dachte mir, ich schau mich mal um", schnaubte sie. „Ich wollte sehen, ob Sie was Interessantes haben."

„Schon, aber Sie wussten doch, dass Sie einen Tesla wollen."

„Ich musste mir meinen Dad vom Leib halten, deshalb habe Ihnen tatsächlich einen Besuch abgestattet. Er akzeptiert kein Nein als Antwort, aber ich bin sicher, das wissen Sie schon."

Er wischte sich die Hände an einem Lappen ab. „Ja, das weiß ich."

„Wie dem auch sei, es tut mir sehr leid, dass ich Ihre Zeit verschwendet habe."

„Ist schon in Ordnung. Ist ja nichts passiert."

Ein Hoffnungsschimmer loderte in ihr auf. *Sei ein sexy Biest. Sei ein sexy Biest.* „Ich habe gehört, mein Vater hat Sie beauftragt, den Mustang meines Großvaters zu restaurieren."

„Ja. Ich fahre nächstes Wochenende hin, um ihn abzuholen."

„Möchten Sie Gesellschaft?"

Er hob eine Braue. „Sie wollen mit mir nach Kalifornien fahren?"

„Mit einem kurzen Stop in Vegas."

„Warum das denn?"

Sie zuckte nur die Schultern, denn sie war noch nicht ganz bereit, ihn an diesem Punkt ihrer Beziehung um Nachhilfe in Sachen Sex zu bitten. Und ganz sicher wollte sie nicht näher auf den Grund für Vegas eingehen.

„Freiheit", sagte sie schlicht. „Abenteuer." Als er sie nur zweifelnd ansah, fügte sie hinzu: „Ich könnte wirklich mal eine Auszeit gebrauchen zwischen dem Jurastudium und dem Rest meines Lebens, den ich angekettet an einem Schreibtisch verbringen werde."

„Das ist eine Dienstfahrt."

Sie setzte ein strahlendes Lächeln auf, hoffte, dass es flirtend und aufmunternd rüberkam. „Schrägstrich Urlaub."

„Warum lächeln Sie denn so?" Er zog seine Brauen zusammen. „Ich mache keine Urlaube."

„Dann sind Sie aber überfällig."

Er schüttelte den Kopf. „Ich muss arbeiten."

Ihr Lächeln verschwand, als er sich umdrehte und sich wieder dem Wagen zuwandte, an dem er gearbeitet hatte. Dann wurde ihr mit einem Schlag klar, dass das hier niemals funktionieren würde. Er hatte sie aus Versehen geküsst. Er war nicht an ihr interessiert. Sie hatte nichts an sich, was er wollte.

Oder doch?

„Wussten Sie, dass der Mustang seit 1969 nicht mehr gefahren wurde?", sagte sie.

Da wurde er hellhörig. Er ging zu ihr, nahm ihre Hand in seinen festen Griff und führte sie hinaus ins strahlende Sonnenlicht.

Er blieb stehen und beugte sich vor, worauf ihr Herz kräftig zu wummern begann. „Erzählen Sie mir alles, was Sie über den Wagen wissen."

Es war so aufregend, ihn so nahe zu haben, dass sie sich kaum auf das konzentrieren konnte, was sie sagte. „Ich habe das alte Haus meines Großvaters in Kalifornien geerbt. Darum will ich hinfahren, mir die Sachen ansehen und ein paar Familien-Erinnerungsstücke aussuchen. Meine Mom wollte nichts davon haben, darum gehört alles mir."

„Lily, der Wagen", sagte er.

Sie grinste und flüsterte dramatisch: „Scheunenfund." Manchmal hatte sie sich, wenn sie in den Semesterferien bei ihrem Vater gewesen war, Autosendungen angesehen. Sie wusste, dass ein altes, unberührtes, klassisches Auto, das jemand in einer Garage oder in einer Scheune zurückgelassen hatte, für Autobegeisterte geradezu der heilige Gral war.

Der Blick seiner tiefbraunen Augen bohrte sich in ihre. „Was wissen Sie über das Auto? Ihr Dad hat nicht viel gesagt."

Ihr wurde heiß. Allerdings sah er so ernst aus, dass ihr plötzlich klar wurde, dass er sich für den Wagen interessierte, nicht für sie. *Ruhe, schmutzige Gedanken.* So eine Nummer hatte sie noch nie durchgezogen, aber sie konnte es sich lebhaft vorstellen.

„Meine Mom hat erzählt, dass mein Großvater ihn von einem Nachbarn bekommen hat", sagte sie. „Irgendeine limitierte Auflagensache, aber die Bremsen haben nicht funktioniert, als der andere Typ damit zur Hochzeit seiner Tochter gefahren ist, darum hat er ihn in die Garage gestellt und ihn nie wieder gefahren. Mein Großvater hat ihn reparieren wollen, ist aber nie dazu gekommen."

„Whoa." Nico fuhr sich mit einer Hand durchs Haar und stolperte zurück. Wow. Er wirkte ganz schön aufgeregt. Beinahe so sehr wie Lily wegen der Vorstellung einer Fahrt mit ihm. „Das hat Ihr Vater gar nicht erwähnt."

„Er spricht ja auch nicht mit meiner Mom. Ich schon." Ihr Dad sprach auch kaum mit seiner eigenen Tochter, doch das war mehr schmutzige Wäsche, als Nico wissen musste.

„Wie viele Meilen ist er gefahren? Ist das … ist es … ein Ford Mustang Boss 429?"

Sie zuckte die Schultern. „Wir werden es herausfinden, nicht wahr?"

„Haben Sie überhaupt eine Vorstellung, für wie viel man einen unberührten 1969er Ford Mustang Boss 429 verkaufen könnte?"

Sie schüttelte den Kopf.

Er grub beide Hände in sein Haar und zog daran, wodurch seine Augenwinkel seltsam hochgezogen wurden. „Wer weiß sonst noch davon?"

„Meine Mom weiß nur das, was ich Ihnen gesagt habe, aber das Haus und alles, was darin ist, gehört offiziell mir. Wenn Sie mich mitnehmen, gebe ich Ihnen den Wagen."

Nico begann auf und ab zu gehen.

„Geht es Ihnen gut?", fragte sie. Er wirkte aufgeregt.

„Wie viel wollen Sie dafür?"

„Sie können ihn einfach für die Fahrt bekommen." Und

hoffentlich auch noch für eine andere Fahrt. Punkt eins für das sexy Biest!

Er kniff die Augen zusammen. „Ihr Dad wollte, dass ich den Wagen restauriere, ihn bei einer Auktion verkaufe und Sie dann den Erlös bekommen. Und jetzt sagen Sie mir, Sie würden ihn mir einfach so geben? Das kann eine Menge Geld sein. Warum sollten Sie das tun?“

Sie ließ ihren Blick in die Ferne schweifen. Wie sollte sie ihm sagen, dass sie das Geld nicht brauchte, ohne wie ein verwöhntes, unberührbares Treuhandfonds-Baby zu klingen? Und was noch wichtiger war, wie konnte sie ihm sagen, dass das hier gerade die aufregendste Sache war, die ihr je passiert war? Es war, als wachte sie neben einer anbetungswürdigen Berühmtheit auf, die ganz versessen darauf war, sie im Arm zu halten und zu küssen–

Nico wedelte mit einer Hand vor ihrem Gesicht herum. „Lily?“

Sie drehte sich wieder zu ihm um. „Ja?“

„Warum?“

„Denken Sie einfach darüber nach“, sagte sie. „Eine Woche hin, eine zurück, wir halten unterwegs für ein bisschen Sightseeing an …“ Sie starrte hinunter zu den Zehenspitzen seiner Arbeitsstiefel, und es platzte aus ihr heraus: „Und nachts steigen wir in hübschen Hotels ab.“ Sie hoffte, dass die Message jetzt bei ihm angekommen war. Das hier war vollkommen neues Terrain für sie. Sie machte einem umwerfenden Mann ein unmoralisches Angebot.

„Ihr Vater würde mich umbringen.“

Ihr Kopf zuckte hoch, und sie stellte fest, dass er ganz klar zwischen den Zeilen gelesen hatte.

„Ich meine, er wird mich *vernichten*“, sagte er. „Er ist mein bester Kunde.“

„Mein Dad wird es niemals erfahren. Das schwöre ich.“

Er musterte sie einen Moment lang, und sein Blick wanderte zu ihrem Mund, bevor er dann wieder zurück zu ihren Augen zuckte. „Ich will nur sichergehen, dass ich das hier richtig verstehe. Wir würden uns ein Hotelzimmer teilen?“

„Korrekt." Sein scharfer Verstand gefiel ihr wirklich. „Zwei Wochen lang." Das sollte ausreichend Zeit für sie sein, um eine sehr erfahrene, sehr zufriedene Frau zu werden. Sie würde für ihren neuen Job als selbstbewusster Single in die Stadt ziehen, bereit, sich unters Volk zu mischen. Eine neue Lily. Ein neues Leben.

„Warum sollten Sie mir all das anbieten?", fragte er. „Einen Wagen? Und Sie, wenn ich Sie recht verstehe?"

Sie biss sich auf die Lippe. Niemals würde sie ihm erzählen, dass sie bisher nur mit einem Mann zusammen gewesen war. Er würde sie für armselig halten. Sie entschied sich für etwas, bei dem sie sich beide wohlfühlen konnten. „Sie sind verdammt heiß."

Er grinste. „Das ist schon verführerisch, aber …" Langsam schüttelte er den Kopf, als wollte er ausschlagen.

Sie unternahm einen letzten verzweifelten Versuch, senkte ihre Stimme zu einem Schnurren, wie es nur von einem sexy Biest kommen konnte. „Zwei Wochen, Nico. Dann kehren Sie hierher zurück, und ich gehe meines Weges. Ende." Das war sowohl ein Angebot ohne Verpflichtungen als auch eine praktische Aussage. Sie wusste, dass sie nicht einmal ansatzweise darauf hoffen durfte, dass er etwas Längerfristiges wollte. Er war die Art Mann, die jede Frau haben konnte. Vermutlich würde er eines Tages in ferner Zukunft eine Frau heiraten, die genauso preisverdächtig heiß war wie er.

Er trat einen Schritt näher. „Und wo ist Ihres Weges?"

„New York City. Ich habe einen Job bei der Earth Defense Group." Sie ballte eine Faust. „Ich werde den guten Kampf für Mutter Erde kämpfen."

Nico trat einen Schritt zurück und fing an auf und ab zu gehen. Sie zog eine alte Quittung aus ihrer Handtasche, schrieb ihre Nummer auf die Rückseite und hielt sie ihm entgegen. „Rufen Sie mich an, wenn Sie Gelegenheit hatten, darüber nachzudenken."

Er blieb stehen, nahm ihre Nummer und steckte sie in seine Gesäßtasche. „Wie viel wollen Sie für den Mustang?"

„Ich sagte Ihnen doch, ich werde ihn Ihnen *geben*."

„Und was wird Ihr Vater denken, wenn Sie mir den Wagen *geben*?"

„Er wird es nicht erfahren. Restaurieren Sie ihn einfach, und melden Sie ihn wie geplant zur Auktion an. Der einzige Unterschied ist, dass Sie das Geld einstecken, anstatt mir einen Scheck auszustellen."

Er sah aus, als dächte er angestrengt darüber nach.

„Es ist mein Wagen", sagte sie. „Ich kann damit tun, was ich will."

Er nickte kurz. „Okay. Ich bin dabei."

Ihr Magen sackte ihr in die Kniekehle. O mein Gott, es passierte tatsächlich. Sie verkrallte ihre Hände fest ineinander, um die Tatsache zu verbergen, dass sie zitterten. *Komm schon, Lily, du kannst das.*

Nico fuhr fort. „Wir werden uns einen guten Preis überlegen, wenn ich ihn erst einmal sehe."

Sie schüttelte den Kopf. Für die Sexnachhilfe, ähm, die Fahrt würde zwischen ihnen kein Geld den Besitzer wechseln. „Ich habe Ihnen doch bereits gesagt, ich brauche das Geld nicht. Ich habe einen Treuhandfonds. Und übrigens, falls Sie auf irgendwelche Ideen kommen, hier meine übliche anwaltliche Vorabinformation: Ehevertrag ist obligatorisch."

Er sah sie seltsam an. „Sagen Sie Männern, die sie gerade erst kennengelernt haben, immer, dass sie einen Ehevertrag unterzeichnen müssen?"

„Schon so ziemlich."

Er neigte den Kopf und versuchte, sie einzuschätzen. „Und wie funktioniert das so für Sie?"

Sie hob ihr Kinn. „Ziemlich gut."

Er schüttelte den Kopf, wobei ein kleines Lächeln seine Lippen umspielte. Okay, vielleicht war es ein wenig seltsam, und ganz sicher hatte es nicht zu ihren Gunsten funktioniert, doch zumindest hatte sie am Ende nicht den Herzschmerz, wenn sich herausstellte, dass alles nur vorgespielt war.

„Keine Sorge", sagte Nico mit einem breiten Lächeln und einem Zwinkern. „Ehe steht ganz sicher nicht auf meiner Agenda."

Genau das hatte sie erwartet. Niemals würde er jemanden

wie sie wollen, wenn er – oh! Er hatte sie auf die Wange geküsst, was sie augenblicklich aus ihren schmerzhaften Gedanken gerissen hatte. Sie spürte, wie innerlich alles in Flammen stand, als er sie küsste, auch wenn es nur die Wange gewesen war.

Er schob ihr eine Haarsträhne hinters Ohr. „Ich bin noch nie mit dem Versprechen eines Autos angemacht worden."

Ihre Wangen brannten, und ihre Hände flatterten in der Luft. „Das war keine Anmache." Und um den Wagen ging es sowas von überhaupt nicht.

Sein Mund verzog sich zu einem langsamen, sexy Lächeln, bei dem ihre Knie schwach wurden. „Doch, das war es. Und ich fühle mich extrem geschmeichelt."

Sie war sprachlos. Vollkommen erstarrt und sprachlos.

Seine Stimme grollte in ihrem Ohr. „Das war heiß."

Immer noch sprachlos.

Seine Stimme grollte weiter in ihrem Ohr, und sie erschauerte. „Ich habe nur wegen Ihres, oder darf ich sagen *deines* Vaters, gezögert, aber was er nicht weiß, macht ihn nicht heiß. Nicht wahr?"

Sie nickte und hoffte, sie würde bald wieder der Sprache mächtig sein.

Er fuhr mit einer Hand von ihrer Schulter an ihrem Arm hinab und hinterließ dabei ein heißes Kribbeln, bevor er ihre Hand drückte. „Dann sehe ich dich am Samstag."

Wieder nickte sie, und ihr war beinahe schwindlig von der Vorstellung, dass sie zwei Wochen ein Bett mit diesem Mann teilen würde. Es war unfassbar, dass sie nach ihrer Trockenphase ausgerechnet mit diesem unglaublich wundervollen, sexy, kussstehlenden Nico zusammen sein würde. Dennoch sollte sie ihn doch wohl ein bisschen besser kennenlernen, bevor sie sich auszogen. Richtig?

Sie räusperte sich. „Wie heißt du eigentlich mit Nachnamen?"

Nico lachte schallend. „Marino. Bis bald, Lily Spencer." Dann ging er zurück in die Werkstatt.

Sie schluckte verkrampft und zitierte wieder ihr Mantra *Sei ein sexy Biest*. „Ich kann es kaum erwarten!"

4

Nico saß am überfüllten Eichenholzesstisch im Ranchhaus seiner Eltern, um wie jeden Sonntag mit ihnen zu Abend zu essen, und verkündete: „Die nächsten zwei Sonntagsessen werde ich verpassen, aber zu Vinces Hochzeit bin ich rechtzeitig zurück."

Vince, der zwei Jahre älter war als er, kam gleich auf den wichtigsten Punkt. „Und was ist mit meinem Junggesellenabschied?"

Sie waren einander ähnlich – dasselbe dunkle Haar, dieselben dunklen Augen und dieselbe gebräunte Haut, nur, dass Vince bulliger war, größer und breiter. Er war mal Profifootballspieler gewesen und jetzt im Baugeschäft unterwegs. Nico hatte Glück in der Genlotterie gehabt. Er war eine Kombination des Aussehens seiner Eltern, wodurch er nicht nur der mittlere Sohn, sondern auch ein Zwischending war zwischen einem bulligen Mann (Vince) und einem kümmerlichen Männchen mit lieblichem Gesicht (sein jüngerer Bruder Angel).

„Vielleicht", sagte Nico. Er wollte den Roadtrip nicht frühzeitig beenden. Er würde Lily so schon nur zwei Wochen in seinem Bett haben. Eine Woche hin, eine Woche zurück. Das waren eher dreizehn Tage, wenn man das Probeessen berücksichtigte, bei dem er am Abend vor der Hochzeit wirklich dabei sein musste. Er war einer von fünf Trauzeugen. Vince hatte all seine Brüder, zwei biologische (die Marinos) und drei Stiefbrüder (die Reynolds), gebeten, seine Trauzeugen zu sein. Die Marinos waren alle dunkelhaarige, dunkeläugige Italiener, die Reynolds hatten alle helle Haut, hellbraunes bis aschblondes Haar und blaue Augen. Abgesehen von Jared, der von irgendeinem Vorfahren der Reynolds grüne Augen geerbt hatte.

„Vielleicht?", polterte Vince. „Das ist der wichtigste Teil. Mein letzter Abend in Freiheit!"

„Ach, so?", fragte seine Verlobte, Sophia, von ihrem Platz an seiner Seite aus. Sie hatte langes, braunes Haar, tiefbraune Augen und einen umwerfenden Körper, obwohl Nico bemüht war, das nicht zur Kenntnis zu nehmen. Sie war eine italienische Schönheit mit feurigem Temperament. „Das ist also der wichtigste Teil? Und was bin ich–"

Ihr Protest wurde unterbrochen, als Vince einen Arm um sie legte, sie an sich zog und sie ein wenig länger küsste als vor ihrem Dad, ihrer Stiefmutter, fünf Brüdern, einer Schwägerin und einem Neffen in Babyalter angemessen gewesen wäre.

Schließlich ließ Vince sie wieder Luft holen. „Tut mir leid, Liebling, du bist natürlich der wichtigste Teil. Das weißt du auch. Es war nur ein Scherz. Ich liebe dich."

Sophia starrte auf seinen Mund. „Hmph."

Zufrieden mit ihrer Reaktion nahm Vince seinen Arm von ihren Schultern und machte sich wieder daran, die köstlichen Manicotti seines Vaters zu essen. Die beiden machten einander ständig wahnsinnig. Vince sagte, dass sie ihn verrückt machte, doch das beruhte offensichtlich auf Gegenseitigkeit.

„Wo willst du denn hin?", fragte seine zierliche blonde Stiefmutter. Seine Mom war gestorben, als er sieben Jahre alt gewesen war, und er hatte das Glück gehabt, ein paar Jahre später Allie als Stiefmutter zu bekommen. Sie hatte ihn und seine Brüder, Vince und Angel, angenommen, als wären sie ihre eigenen. Sie hatte sogar eine Bilderbuchreihe herausgebracht, in dem ihre Söhne, Gabe, Luke und Jared, als Igel

vorkamen, und er und seine Brüder als Stachelschweine. Als
er das gesehen hatte, hatte sie für die Ewigkeit einen Platz tief
in seinem Herzen gewonnen. Von dem Moment an waren sie
eine Familie gewesen.

„Ich fahre mit dem Auto nach Kalifornien", sagte Nico.

„Du hast dir auch mal einen Urlaub verdient", sagte seine
Stiefmutter. „Ich kann mich nicht erinnern, dass du in letzter
Zeit welchen gemacht hast."

Er nahm sich Nachschlag von den Manicotti. „Naja, wenn
ich nicht arbeite, verdiene ich kein Geld. Ich brauche immer
noch hundert Riesen, um Kevin auszubezahlen."

„Fährst du allein?", fragte Angel besorgt. Sein jüngster
Bruder war einige Zentimeter kleiner als er und bestand nur
aus sehnigen Muskeln. Sein stets zerzaustes dunkelbraunes
Haar und das Lächeln mit den Grübchen verliehen ihm das
engelsgleiche Aussehen eines Klosterbruders. Er lebte quasi
wie einer, da er schon seit Jahren einer Frau verfallen war, die
er niemals berührte. Er war Sozialarbeiter geworden und
achtete immer darauf, dass es allen emotional gutging.

Nico lächelte vor sich hin, als er an die sexy Lily dachte.
„Ich werde Gesellschaft haben."

„Das geile Lächeln habe ich gesehen", sagte Luke, und um
seine dunkelblauen Augen kräuselte sich sein eigenes
Lächeln. Sein Stiefbruder trug einen ordentlich getrimmten
Bart zu seiner Zweihundert-Dollar-Frisur. Waren das etwa
hellblonde Strähnen in seinen Haaren? Sein ansonsten aschblondes Haar sah irgendwie heller aus. Verdammt, er
verwandelte sich gerade in einen waschechten Stadthipster.
Als wären die teuren, maßgeschneiderten Anzüge nicht schon
genug. „Wer ist die Frau?"

„Nico hat eine Freundin?", fragte seine Schwägerin, Zoe,
und ihre braunen Augen leuchteten auf. Seit sie Gabe geheiratet hatte, hoffte sie, dass all seine Brüder die Art unendliche
Liebe finden würden, die sie hatten. Ein netter Gedanke, doch
nicht alle von ihnen waren dafür gemacht. Nico war einmal
verheiratet gewesen. Ava hatte ihn verlassen, nachdem sie
von einem anderen Mann schwanger geworden war. Er hatte
auf einen Vaterschaftstest bestanden, um sicher zu sein. Ganz

sicher würde er nie wieder eine Frau so nah an sich heranlassen, dass sie sein Herz in Fetzen reißen konnte. Ehe kam nicht in Frage.

„Wirklich?", fragte Gabe skeptisch.

Nico spießte ein Stück von einem Manicotto auf. „Keine Freundin. Nur jemanden, den ich kennengelernt habe."

„Ist es die Rothaarige?", fragte Luke.

„Oh!", warf Jared ein, „ich stehe auf Rothaarige." Sein jüngerer Stiefbruder war orthopädischer Chirurg und arbeitete permanent daran, eine der hübschen Schwestern in seinem Krankenhaus nach der anderen abzuhaken. Das war praktisch, denn Jared arbeitete beinahe pausenlos. Wo sollte er sonst jemanden kennenlernen?

Nico stopfte sich eine Gabel voll in den Mund, denn er hatte genug gesagt. Er nickte Luke kurz zu und hoffte, dass er das Thema fallen lassen würde.

„Die, die dir eine geknallt hat?", fragte Luke.

Nico verzog das Gesicht, als seine Brüder lachten. Sogar sein Dad. Die Frauen sahen ihn besorgt an. Luke wusste bereits, dass beide Frauen ihn geohrfeigt hatten.

Diskret kratzte er sich mit seinem Mittelfinger an der Wange, während er Luke auf der anderen Seite des Tisches ansah, denn er wusste, dass seine Stiefmutter eine offene Geste nicht tolerieren würde. Sie verlangte gutes Benehmen beim Familienessen.

Luke grinste verschlagen. „Klingt temperamentvoll."

Vince meldete sich zu Wort. „Die temperamentvollen sind gut im – autsch!" Er drehte sich zu Sophia um, die ihn unterm Tisch getreten haben musste. Als Vince so laut aufschrie, erschreckte sich sein fünf Monate alter Neffe, Miles, und brach in Tränen aus.

„Jetzt hast du mein Patenkind zum Weinen gebracht", sagte Vince zu Sophia. Er stand auf und ging um den Tisch herum zu Miles' Hochstuhl zwischen seinen Eltern Gabe und Zoe. „Komm her, kleiner Mann. Zeit für eine Motorradfahrt."

Er hob das Baby heraus, legte ihn sich mit dem Bauch auf seinen Unterarm und drehte eine langsame Runde durch das Esszimmer, begleitet von blubbernden Motorengeräuschen.

Miles wurde augenblicklich still, und sein flaumartiges, dunkles Haar stand ein wenig zu Berge, während er sich umsah.

Luke bedeutete Vince, er solle weiterreden. „Gut in was?"

Vince zuckte mit seinem Kinn Richtung Luke. „Unruhestifter."

Zoe lächelte Sophia an. „Ich wette, du kannst es nicht abwarten, seine Babys zu bekommen."

„Er hat so seine Momente", erwiderte Sophia mit einem Lächeln.

Seine Stiefmutter sah Nico direkt an, die Liebe war ihren Augen anzusehen. „Wir werden dich hier auf jeden Fall vermissen, aber ich hoffe, diese Fahrt ist genau das, was du brauchst."

„Danke, Ma." Er hatte seit Jahren kein Sonntagsfamilienessen verpasst. Er hatte seine Routine: Arbeiten, am Samstag Zufallsbekanntschaften und am Sonntag das Familienabendessen. Es macht nichts, dass er sich manchmal ein wenig einsam fühlte, wenn er in seinem billigen Studioapartment saß. Er hatte es gemietet, um Geld zu sparen. Alles, was er tat, hatte einen Zweck – Alleinbesitzer der Werkstatt zu werden. Seine Stiefmutter hatte recht. Diese Fahrt war genau das, was er brauchte, sowohl einen Urlaub mit einer schönen Frau als auch die Chance auf einen Scheunenfund, der ihm das große Geld bringen würde.

„Hey, Nic, ich bin am Sonntag in Chicago", sagte Luke. „Wenn du meinst, dass du dann da sein kannst, könnten wir uns zum Abendessen treffen."

Nico dachte darüber nach. Er hatte Lily bereits schriftlich bestätigt, dass sie früh am Samstagmorgen aufbrechen würden. Vermutlich würden sie am Samstagabend in Cleveland und am Sonntag zur Abendessenszeit in Chicago sein.

„Klar", sagte Nico. „Aber wenn du dich an Lily ranmachst, bist du tot."

„Oh, Lily! Sie hat einen Namen!", schmunzelte Jared.

Seine Stiefmutter sah seinen Dad vielsagend an. Nico spürte, wie seine Ohren brannten. Er hatte noch nie den Namen einer seiner zufälligen Bekanntschaften erwähnt.

„Vielleicht könntest du Lily, wenn ihr von eurer Fahrt zurückkommt, mal zum Abendessen mitbringen", sagte seine Stiefmutter. Nico hatte seit seiner Exfrau keine Frau mehr mitgebracht. Und er hatte auch nicht die Absicht, jetzt damit anzufangen.

„Ja", warf Vince mit einem breiten Lächeln ein. Sein Bruder genoss die Tatsache so richtig, dass seine Stiefmutter sich mit ihren Verkupplungsversuchen jetzt auf ihn konzentrierte. Das hatte sie bei Vince schon praktiziert. Sie hatte Sophia italienische Hochzeitssuppe und Hochzeitskekse angeboten, als er sie zum ersten Mal mit nach Hause gebracht hatte. „Back die Kekse, Ma", fügte Vince hinzu.

„Nein, back keine Kekse", sagte Nico. „Ich werde sie nämlich nicht zum Abendessen mitbringen."

„Nico ist verliebt", neckte Luke. Wenn er in Reichweite gewesen wäre, hätte Nico ihn dafür bezahlen lassen.

„Halt die Klappe", blaffte Nico stattdessen.

Seine Stiefmutter hatte Mitleid mit ihm und lenkte die Unterhaltung zu einem sichereren Thema, nämlich Vinces und Sophias Hochzeit und dem Probeessen. Vince setzte sich mit Miles, der dabei war, einzudösen und sich an Vinces Brust geschmiegt hatte, an den Tisch.

„Ich finde, alle Trauzeugen sollten einen Toast auf Vince und Sophia ausbringen", sagte sein Dad. Seit dem Schrecken seiner Krebserkrankung – nach der OP und der folgenden Chemo zur Behandlung seines Darmkrebses war er für gesund erklärt worden – war sein Dad viel sentimentaler geworden.

„Das fände ich nett", sagte seine Stiefmutter.

„Ich auch", sagte Sophia.

Vince saß zur Abwechslung einmal ruhig da, und seine Ohren liefen rot an.

„Ich werde darüber reden, wie du ihn gezähmt hast, Soph", sagte Nico unter dem Gelächter seiner Brüder. Abgesehen von Vince, der Sophia mit offener Anbetung ansah. „Und uns alle gerettet hast!"

„Hört, hört", sagte Luke.

Darauf stießen alle an.

Vince schüttelte den Kopf. „Ich habe verdammtes Glück.“

„Aww!“, rief Zoe. „Sieh doch nur an, wie glücklich er ist, Nico. Du bist der nächste, das schwöre ich!“

Er hob seine Hände. „Mir geht es auch so gut.“

Luke grinste. „Ich werde euch allen Bericht erstatten, wenn ich sie kennengelernt habe.“

Nico stöhnte.

„Bitte, tu das“, sagte seine Stiefmutter. Alle stimmten zu, nur, um ihn zu ärgern.

Er schüttelte den Kopf und aß weiter. Er und Lily hatten bereits darüber gesprochen. Zwei Wochen, keine Verpflichtungen. Auch wenn er ganz gut in den wohlhabenden Kreisen der Elite zurechtkam, zu denen seine Kunden und die Treuhandfonds-Babys gehörten, die er bei den Partys kennengelernt hatte, zu denen Luke ihn in der Stadt mitgenommen hatte, machte er sich nicht einen Moment lang vor, dass er dem Mädchen mehr zu bieten hatte als nur ein bisschen Spaß. Er war Automechaniker, nicht mehr, nicht weniger, und für ihn war das okay. Seine Stiefmutter würde zwar enttäuscht sein, doch dagegen konnte er nichts tun.

Doch er würde jede Minute mit Lily genießen. Er wusste von dem Kuss her bereits, dass sie gut zueinander passen würden. Das war genau der unbeschwerte Spaß, für den er lebte. Kurz machte er sich Sorgen wegen ihres Dads, und das, was er sich wohl von ihm würde anhören müssen, trieb Wolken in seine Vision einer schönen Zeit, doch die drängte er schnell beiseite. Sie hatte ihm geschworen, dass sie es ihm nicht erzählen würde, und er hatte ganz sicher nicht vor, es zu erwähnen. Was konnte also schon schief gehen?

Nico fuhr am nächsten Morgen zur Arbeit und war mehr als aufgeregt wegen des Autos, das Lily ihm beschrieben hatte. Er hatte am Abend zuvor 1969er Ford Mustangs recherchiert. Der Wert reichte vom unteren fünfstelligen Bereich bis hinauf zu einer halben Million, je nach Modell und Zustand. Das untere Ende war seine Zeit kaum wert, doch die Möglichkeit, derjenige zu sein, der seine Hände ans andere Ende des Spektrums legen konnte, an den ultimativ unberührten Scheunenfund, motivierte ihn so sehr, dass er am liebsten getanzt hätte. Und eigentlich war er gar kein Tänzer. Es war nicht nur das Geld, obwohl er Kevin verzweifelt ausbezahlen wollte, es war für einen Autoliebhaber wie ihn einfach eine einmalige Sache, einen solchen Schatz in seine Hände zu bekommen. Er würde ihn verkaufen müssen, doch erst würde er ihn ein bisschen genießen und ihn bei ein paar Oldtimerausstellungen präsentieren.

Es war alles in greifbarer Nähe. Endlich würde er erfolgreich sein.

Und dann war da noch Lily, das süße Sahnehäubchen. Zwei Wochen auf der Straße am Tag und Laken zerwühlen in der Nacht. Verdammt, ja. Und es war alles so klar und gut geregelt. Sie würde dann in ihre Wohnung in der Stadt ziehen und fertig. Doch er würde diese zwei Wochen immens genießen. Nico hatte schon viele Frauen geküsst, doch es war verdammt lange her, seit er sich wirklich im Moment verloren hatte. Es war immer nur glatte Technik gewesen, eine gut choreografierte Routine, um von Punkt A effizient zu Punkt B zu kommen. Lily hatte ihn gierig gemacht, hungrig und mit einer Dringlichkeit, die ihn erschüttert hatte.

Sein Blick fiel auf den Pickup-Truck mit dem Tieflader-Anhänger am anderen Ende des Parkplatzes, als er dort vorfuhr. Er hatte vor, den Truck zu nehmen, um den Mustang zu holen. Plötzlich wurde ihm klar, dass Lily vielleicht nicht wusste, wie man einen Truck fuhr, ganz zu schweigen davon, wie man eine Gangschaltung bediente, und auch wenn er die ganze Zeit hätte fahren können, war er der Meinung, dass es sicherer wäre, sich beim Fahren abzuwechseln, damit niemand am Lenkrad einschlief.

Er lächelte vor sich hin. Wem machte er eigentlich etwas vor? Er wollte sie nur wiedersehen. Er stellte seinen Porsche ab und rief sie an.

„Ja?", meldete sie sich und hörte sich noch verschlafen an. Es war acht Uhr morgens.

„Hey, Nico hier."

„Oh!"

„Was machst du gerade?"

„Schlafen. Wieviel Uhr ist es?"

„Acht."

„Oh."

Schweigen. War sie wieder eingeschlafen? Er stellte sich ihr rotes Haar zerzaust vor, ihre stahlblauen Augen, die sich langsam schlossen, ihren Mund mit dem niedlichen Amorbogen und der vollen Unterlippe. Er rückte seine Hose zurecht. Er war schon angetörnt, wenn er nur an ihren Mund dachte. „Lily?"

„Hmm?"

„Bist du wach?"

„Kaum."

„Komm doch bitte in der Werkstatt vorbei, wenn du wach bist. Ich würde dir gern beibringen, wie man einen Truck mit Anhänger fährt. Er hat eine Gangschaltung. Ist Mittag okay?"

„Ein Truck mit Anhänger?"

„Ich muss den Pickup mit dem Tieflader-Anhänger nehmen, um den Mustang hierher zu bringen."

„M'kay. Bye."

Sie beendete das Gespräch nicht. Er konnte sie atmen hören. Lächelnd schüttelte er den Kopf und legte auf. Wahrscheinlich war es besser, sie später noch einmal anzurufen, nur für den Fall, dass sie sich nicht an ihre Unterhaltung erinnern konnte.

~

Lily tauchte am Mittag hübsch zurechtgemacht in Nicos Werkstatt auf. Sie musste ihn von ihrer vollkommenen fehlenden Koordinationsfähigkeit ablenken. Sie wusste einfach, dass sie unmöglich mit einer Gangschaltung fahren konnte. Ihr Dad hatte mal versucht, ihr das in seinem Mercedes beizubringen. Nach ein paar Minuten hatte er sie angeschrien, sie war in Tränen ausgebrochen, und das war das Ende ihres Fahrens mit Gangschaltung gewesen. Es war einfach so schwierig, sich zu merken, welches Pedal sie treten musste – es gab schließlich drei Pedale, und sie hatte nur zwei Füße –, wenn sie gleichzeitig auch noch dieses Gangschaltungsding schalten musste. Sie trug Shorts, die reichlich Bein zeigten, und ein lockeres weißes T-Shirt mit V-Ausschnitt, das nicht an ihrer Taille klebte. Natürlich wieder Kontaktlinsen. Sie hoffte, die ganze Fahrt auf ihre Brille verzichten zu können, obwohl er sie wahrscheinlich früh am Morgen sehen würde, bevor sie die Kontaktlinsen einsetzen konnte. Nicht, dass mit ihrer Brille irgendetwas nicht stimmte, doch wenn sie sie in der Uni getragen hatte, hatten andere sie mehr als einmal für eine Dozentin gehalten. Damit sah sie intelligent aus, älter und viel zu gediegen, um eine Zufallsbekanntschaft fürs Bett zu sein.

Sie ging direkt in die Werkstatt, denn plötzlich konnte sie es nicht erwarten, ihn zu sehen. Er hatte sie vor einer Stunde noch ein zweites Mal angerufen, darum war sie sich sicher, dass er sie wirklich, wirklich sehen wollte. Sie warf einen Blick auf die Männer, die an verschiedenen Autos arbeiteten. Kein Nico. Sie ging in den Ausstellungsraum. Immer noch kein Zeichen von ihm.

Sie blickte zur Tür, die in sein Büro führte, und ihr wurde überall ganz heiß, als sie an das letzte Mal dachte, als sie da drin gewesen war. Sie atmete einmal tief durch und ging hinüber. Sie klopfte und wartete.

„Hallo", sagte eine tiefe Stimme sehr dicht hinter ihr.

Sie wirbelte herum. „Hi!"

Nico lächelte, und sie schmolz dahin. Dieses Lächeln war der Hammer – teils ungezogen, teils charmant und ach-so-sexy. „Hast du was gegessen?"

„Was gegessen?", hauchte sie.

Er nahm sie beim Ellbogen und führte sie durch den Ausstellungsraum. Ihr Ellbogen prickelte. „Hast du zu Mittag gegessen?"

Sie war zu nervös gewesen, um zu essen. „Ja."

„Ich nicht. Was dagegen, wenn wir ganz schnell was holen?"

„Nein. Ja."

Er blieb stehen und sah sie mit hochgezogenen Brauen an. „Was denn jetzt?"

„Ich habe nichts dagegen."

„Nicht weit von hier gibt es eine gute Pizzeria."

Sie nickte. Er führte sie zu einem umwerfenden, auf Hochglanz polierten roten Porsche. Vermutlich wusch und wachste er ihn täglich. Als er ihr die Tür öffnete und ihr hinein half, ließ sie sich auf den Ledersitz sinken.

Nico stieg ein, und insgeheim inhalierte sie seinen Duft, den scharfen, hartnäckigen Geruch nach Öl, nach irgendeinem moschusartigen Parfum und warmem, italienischem Hengst. Sie konnte es noch immer nicht fassen, dass sie für zwei ganze Wochen mit ihm zusammen sein würde. Er packte den Gangschaltungshebel, legte den Gang ein und fuhr vom Parkplatz.

„Bist du denn schon jemals mit einer Gangschaltung gefahren?", fragte er.

„Einmal, aber das ist so lange her, dass ich es vollkommen vergessen habe. Ich hoffe, du bist ein geduldiger Lehrer."

„Sicher, das habe ich schon vielen beigebracht. Kinderspiel."

„Ich gebe mich ganz in deine Hände."

Er sah sie an und schenkte ihr ein sexy Lächeln, bei dem ihr Magen köstlich zuckte. „Der Truck fühlt sich anders an als ein normales Auto mit Gangschaltung, er hat ein paar Gänge mehr, darum ist es gut, wenn es für dich praktisch neu ist."

„Truck-Jungfrau hier!", rief sie ein wenig zu laut.

Er schmunzelte. Er sah wirklich gut aus, beinahe zu gut. Ihr Magen ging von warmer Schmelze zu einem verkohlten Zustand über. Die Nervosität setzte ein. „Ich meine, natürlich nicht buchstäblich."

Er sah sie mit geneigtem Kopf an. „Nicht buchstäblich was?"

„Nicht buchstäblich eine Jungfrau", platzte es aus ihr heraus. Warum hatte sie das gesagt?

„Oh-kay."

„Also, ich *bin* schon eine Truck-Jungfrau, aber nicht, du

weißt schon, das andere." *Halt die Klappe. Halt einfach die Klappe.*

Er lachte, darum lachte sie auch. Nur, dass ihr Lachen ein bisschen zu hoch war, wie das einer nervösen, fünfundzwanzigjährigen Jungfer. Was sie nicht war. Sie hatte es viele Male getan mit vielen Liebhabern.

In ihrer Fantasie.

Sie sollte ihm vermutlich erzählen, dass sie nur mit einem Mann zusammen gewesen war, der seine Augen schließen und an eine andere Frau hatte denken müssen, während er mit ihr geschlafen hatte. *Nein, erzähl ihm das nicht! Dann wird er niemals mit dir schlafen.*

„Ich bin auch nicht ganz die andere Richtung", platzte es aus ihr heraus.

„Welche andere Richtung?"

Sie sollte wirklich versuchen, nicht zu reden, wenn sie nervös war. Sie hätte beinahe gesagt, dass sie auch keine vollkommene Schlampe war, aber das würde ja auch nicht weiterhelfen. „Ach, egal."

Er streckte seine Hand aus und drückte ihre. „Ich nehme dich, wie immer ich dich bekommen kann."

Er schenkte ihr ein höschenschmelzendes Lächeln, das wirklich, wirklich funktionierte. Vielleicht gab es ja doch noch Hoffnung für sie.

5

———

Es gab ganz im Ernst keine Hoffnung für sie. Sie kleckerte sich Pizzasauce auf ihr T-Shirt, obwohl sie so sehr versucht hatte, vorsichtig zu essen. Und als sie dann versuchte, es in der Toilette, die Gott sei Dank eher ein kleines Badezimmer war, auszuwaschen, hatte sie es irgendwie geschafft, die Vorderseite völlig zu durchnässen und den Fleck fast über die ganze Brust zu verteilen. Am liebsten hätte sie geheult. Jetzt musste sie eine Unterrichtsstunde Gangschaltung überstehen, von der sie schon wusste, dass sie es vermasseln würde, und dabei ein überaus unerotisch fleckiges T-Shirt tragen. Sie schaltete den Handtrockner an und hob ihr T-Shirt darunter. Jetzt war die Sauce eher orange als rot.

Das hier war einfach alles zu viel für sie.

Vielleicht konnte sie sich hinten rausschleichen. Das Restaurant war allerdings so klein, dass er sie bestimmt im Flur sehen würde. Über der Kabine in der Toilette gab es ein kleines Fenster. Wenn sie sich auf die Toilette stellte, konnte sie sich vielleicht irgendwie hochhieven. Aber würde sie auch durchpassen? Was, wenn sie steckenblieb?

Jemand klopfte an die Toilettentür. Sie war wirklich schon lange hier drin.

„Lily?", rief Nico. „Geht's dir gut?"

Sie räusperte sich. „Ja."

„Okay."

Wieder warf sie einen Blick auf das Fenster. Sie konnte nicht riskieren, da steckenzubleiben. Sie würde wie Bruder Bär aussehen, der in seinem Loch feststeckte, weil er zu viel Honig gefressen hatte. Sie zog das Oberteil aus und sah es sich an. Sollte sie es falsch herum tragen? Auf links gedreht? Was war besser? Sie riss das Etikett ab und drehte es auf links. So. Dann machte sie sich an ihre Haare und trug noch etwas von ihrem Lieblingslipbalm auf, der leicht getönt war und nach Kirschen schmeckte, bevor sie einmal tief durchatmete und die Tür öffnete.

Sie wollte schnurstracks zu ihrem Tisch gehen und wäre beinahe mit Nico zusammengestoßen, der im Flur stand. Sein Blick fiel auf ihre Brust. „Was ist denn mit deinem T-Shirt passiert?"

„Ein kleiner Klecks. Aber ich habe es wieder hinbekommen."

Er beugte sich zu ihrem Ohr hinunter. „Ich kann geradewegs hindurchsehen."

Als sie an sich hinunter blickte, stellte sie fest, dass, nachdem sie es auf links gedreht hatte, sich das T-Shirt gleich vollgesaugt und auch ihren BH nass gemacht hatte. Ihre Nippel waren wie zwei Scheinwerfer, die direkt auf ihn zeigten. Sie verschränkte die Arme vor der Brust. „O Gott, ich bin so ein Trottel", flüsterte sie.

Und dann knöpfte er sein Arbeitshemd auf.

„Was tust du denn?", fragte sie ein wenig entsetzt von der Vorstellung eines barbrüstigen Nico. Es konnte passieren, dass sie bei seinem Anblick spontan explodierte.

Er knöpfte weiter, und sie bemerkte, dass er Gott sei Dank ein weißes T-Shirt darunter trug.

„Halt das mal", sagte er und reichte ihr das dunkelblaue Hemd, auf das sein Name gestickt war. Er zog sein T-Shirt mit einer schnellen, beidhändigen Bewegung über den Kopf und reichte es ihr. Ihr blieb der Mund offen stehen. Er hatte Muskeln, und zwar überall – Schultern, Bizeps, Brustmuskeln, einen festen Sixpack am Bauch. Ihre Hand hob sich gegen ihren Willen, um all diese schöne, gebräunte Haut zu berühren, doch er riss ihr sein Arbeitshemd aus der Hand und zog sich bereits wieder an. Er zuckte mit seinem Kinn in ihre Richtung. „Zieh dich um, wir treffen uns dann draußen."

Sie nickte wie ein Wackeldackel und ging zurück in die Toilette. Sie zog das schmutzige T-Shirt aus und warf es in den Müll. Unter dem Trockner trocknete sie rasch ihre Brüste und zog sich sein T-Shirt über den Kopf. Es war noch warm von seinem Körper. Sein Duft nach Öl, Deo und Nico hüllte sie ein und ließ sie in Verzückung geraten. Es war natürlich zu lang und die Schultern hingen viel zu tief herunter. Sie überlegte, ob sie es in die Hose stecken oder so lassen sollte.

Sie blickte in den Spiegel und steckte es in den Hosenbund. Nein. Das war zu viel Stoff, und es sah aus, als hätte sie einen Rettungsring um die Taille. Dann also Nachthemd. Sie seufzte. Soviel zum Thema, ihn mit ihrem sexy Outfit von einer mit Sicherheit desaströsen Fahrstunde abzulenken.

Nico rieb sich den Nacken und versuchte, das Bild von Lilys harten Nippeln aus dem Kopf zu bekommen. Er konnte ihr nicht beibringen, Schaltgetriebe zu fahren, wenn er die ganze Zeit darüber nachdachte, wie er sie möglichst schnell flachlegen könnte. Endlich kam sie aus dem Restaurant. Sie trug diese große, runde Sonnenbrille und schmollte, was ihre Lippen nur noch sündiger und appetitlicher wirken ließ. Sein T-Shirt sah an ihr aus wie ein sexy Schlaf-T-Shirt, und der Schweiß brach ihm aus, als er an die kommenden Nächte dachte, in denen er sie in so etwas und dann auch ohne sehen würde.

„Danke für das T-Shirt", sagte sie leise.

„Gern geschehen." Seine Stimme klang rau von all seinen wirren Gedanken, gegen die er ankämpfte. Er wollte sie heiß machen. Er wollte ihre ungezwungene Affäre jetzt sofort beginnen. Sein Büro wäre gut genug dafür.

Immer noch schmollend trottete sie hinter ihm her. Ihm fiel ein, dass sie vielleicht traurig war, dass sie ihr T-Shirt ruiniert hatte. Er ging zu ihr zurück, nahm ihre Hand und ging mit ihr zu seinem Wagen. „Hey, mach dir keine Sorgen um das T-Shirt. Meins sieht großartig an dir aus. Sogar noch besser als das andere."

„Ja?", fragte sie. „Sagst du das zum Spaß?"

„Ja."

Sie runzelte die Stirn.

„Nein, ich meine, ich sage das nicht zum Spaß. Ich meine ja, du siehst gut darin aus."

Er öffnete ihr die Tür und sie stieg in seinen Wagen ein. Sie schob ihre Sonnenbrille in die Haare und als sie ihm in die Augen sah, erschauerte er. „Es ist viel zu groß. Sieht aus wie ein Nachthemd."

Er konnte einfach nicht anders. Er zeichnete mit seinem Finger den Amorbogen an ihrer Oberlippe nach und ging dann langsam zu ihrer Unterlippe über. Ihr Mund öffnete sich, als er auf die volle Weichheit ihrer Unterlippe drückte. Er war besessen von ihrem Mund. Er ließ seine Hand sinken und stahl kurz einen Kuss, der Hitze durch seinen ganzen Körper strömen ließ. Er zog sich zurück, bevor er zu gierig wurde. „Ich stelle mir ständig vor, dass du nur dieses T-Shirt trägst."

„O-oh", sagte sie, und ihr Gesicht lief rot an. Sie legte ihre Hände an die Wangen.

Ihre Reaktion erstaunte ihn. Er musterte sie einen Moment lang. Sie benahm sich fast wie eine Jungfrau.

Er drehte sich um und ging auf die andere Seite des Wagens, dann nahm er auf dem Fahrersitz Platz, während sie sich anschnallte. Sie sah verboten sexy aus in seinem viel zu großen T-Shirt, dessen Saum bis zu ihrem Oberschenkel reichte. Es sah wirklich so aus, als hätte sie nichts darunter an.

Er fuhr vom Parkplatz. „Darf ich fragen, wie alt du bist?"

„Fünfundzwanzig. Warum?"

Er schüttelte den Kopf. Mit fünfundzwanzig noch Jungfrau war auf keinen Fall mehr Jungfrau. Und nicht nach dem, wie sie ihn neulich geküsst hatte. „Ich war nur neugierig."

Sie setzte ihre Sonnenbrille wieder auf. „Wie alt bist du?"

„Zweiunddreißig."

„Dann ist es ja legal."

Sein Mundwinkel zuckte. Er hatte fast vergessen, dass sie Anwältin war. Sein Stiefbruder Gabe war auch Anwalt, ein verdammt guter Typ. Mit der Anwaltssache hatte er kein Problem. Das Warten war schwierig. Himmel, er war wirklich notgeil. Er konnte doch wohl bis zum Wochenende warten. Sechs Tage würden ihn schon nicht umbringen.

❧

Lily jedoch machte ihn fertig. Und zwar nicht, weil sie ständig aufs Gas trat anstatt auf die Bremse oder weil sie die Gänge nicht einlegen konnte und auch nicht, weil sie sie beinahe umgebracht hatte, als sie mit Vollgas rückwärts gefahren war. Es war die Art, wie sie sich ständig auf die Unterlippe biss. Wie sie quietschte und kreischte, während sie furchtbar aufgeregt und lautstark fuhr. Wie sie sich mit einer lachenden Entschuldigung zu ihm umdrehte, ihr Lächeln ihr Gesicht zum Strahlen brachte, während sie ihn um einen weiteren Versuch anflehte. Sie war viel zu anziehend für eine Frau, bei der er noch sechs Tage warten musste, um sie nackt zu sehen.

„Stopp!", schrie er nach zwanzig Minuten Achterbahnfahrt zwischen purem Horror und wilder Lust.

Versehentlich trat sie wieder aufs Gas, bevor sie dann die Bremse traf und sein Sitzgurt ihn zurück riss, als er nach vorn geschleudert wurde. Gott sei Dank waren sie auf einem großen, leeren Parkplatz, also brachte sie nur ihn in Gefahr.

„Was? Ich bin furchtbar, stimmt's?" Sie wedelte mit ihrem Finger vor seinem Gesicht. „Ich habe dich gewarnt."

Er rieb sich die Nasenwurzel und schloss die Augen. „Wir versuchen es morgen nochmal."

„Wirklich?" Sie klang hoffnungsvoll und ein wenig aufgeregt.

Er sah sie an. Sie strahlte. Ihre leuchtend blauen Augen glänzten, ihre Wangen waren rosa und rund. Ein paar Sommersprossen waren um ihre niedliche Stupsnase gesprenkelt, die ihm vorher gar nicht aufgefallen waren. Sein Herz schlug einen seltsamen Purzelbaum.

„Du brauchst einfach mehr Übung", sagte er schlecht gelaunt.

Sie wedelte mit der Hand durch die Luft. „Oh! Ich wusste, dass du wütend sein würdest." Spontan schlang sie ihre Arme um seinen Hals. Sie duftete so süß und frisch, mit einem Hauch Kirschen. „Danke, dass du so geduldig bist. Ich werde versuchen, mich an das, was du gesagt hast, zu erinnern. Gang einlegen, dann Gas. Der erste Gang ist wichtig", sagte sie und löste sich von ihm.

Er presste die Lippen aufeinander und versuchte nicht zu lachen. Es gab auch noch ein paar andere Gänge, die wichtig waren, aber was sollte es schon. „Nicht schlecht für eine erste Stunde. Mittagessen und Unterricht morgen?"

Sie nickte glücklich.

„Dann lass uns mal die Plätze tauschen." Er stieg aus dem Truck, und das Gefühl des festen Bodens unter seinen Füßen war nach den letzten zwanzig Minuten eine Erleichterung. Sie ging in diesem Schlafhemd an ihm vorbei. Ihre Hüften wiegten bei jedem Schritt, und er drehte sich um, um auch ihre Rückansicht zu genießen. Dass ihre Shorts unter dem Saum hervorblitzten, brachte ihn fast um. Er wandte sich ab und stieg in den Truck.

„Du bist ein großartiger Lehrer, Nico", sagte sie.

Sie war eine grottenschlechte Schülerin, doch so begeistert, dass er nichts dazu sagen konnte. „Danke."

Lily saß Nico am nächsten Tag im Deli gegenüber, tat so, als würde sie essen, und lenkte ihn von der Tatsache ab, dass sie eigentlich nichts aß, indem sie wie ein Wasserfall redete. Auf keinen Fall durfte er bei diesem zweiten Treffen sehen, wie sie sich wieder mit dem Essen bekleckerte. Stattdessen sprach sie, vielleicht zu viel, über ihr das Jurastudium. Er war ein wirklich guter Zuhörer, darum stürzte sie sich in die Geschichte über den muffigen Juraprofessor in ihrem ersten Jahr, den sie versucht hatte, zum Lachen zu bringen, indem sie verschiedene Schilder hochgehalten hatte.

„Ich dachte, er wäre so steif, weil er nervös war, weißt
du?", fragte sie. „Also, er hat immer einen Punkt hinten an
der Wand angestarrt, als wollte er so tun, als wären wir
fünfzig gar nicht da."

„Willst du denn gar nichts essen?", fragte Nico.

„Doch." Sie stibitzte sich eine seiner Fritten, da sie glaubte,
damit nichts ruinieren zu können. „Jedenfalls, nachdem er
eine Woche lang wie ein Roboter seine Vorlesung gehalten
hatte, habe ich ein Schild hochgehalten, auf dem stand: *Meine
Erwartungen sind ermutigend niedrig.*

Nico schnaubte. „Hat er dich aus dem Kurs geschmissen?"

„Nein, er hat gelacht. Natürlich hat mir das Auftrieb gegeben, darum habe ich am nächsten Tag ein Schild hochgehalten, auf dem stand: *Tun Sie einfach so, als wären wir nicht hier.*"

Nico schüttelte den Kopf. „Welche Uni war das?"

„Yale. Alle aus meiner Familie sind Alumni da."

„Was heißt das?" Er schraubte den Verschluss einer
Wasserflasche auf und trank einen langen Schluck.

„Das heißt, dass viele Spencers dort ihren Abschluss
gemacht haben, und sie nehmen die Spencers auch weiter
gerne auf. Um es kurz zu sagen, ich habe ihn genagelt."

Nico spuckte sein Wasser aus. Sie lachte.

Er hustete geschockt und wischte sich die Augen. „Das
hast du nicht."

Sie grinste. „Nein, aber er hat mir dafür gedankt. Hat
gesagt, dass er zum ersten Mal unterrichtet und sich immer
auf meine Schilder gefreut hat."

„Hast du jeden Tag ein anderes hochgehalten?", fragte
Nico.

„Ja. Ungefähr einen Monat lang. Dann hat er sich
entspannt, und ich habe es sein gelassen."

„Du bist wirklich eine ... Iss dein Essen."

„Ich hab keinen Hunger."

„Hast du schon was gegessen?"

„Nein."

„Ich werde nicht mit einer hungrigen Frau in diesen Truck
steigen. Dann sinkt deine Laune gegen null, weil du Hunger

hast, und dann –" Er pfiff und schlug seine Faust in seine Handfläche – *krach*.

Sie starrte auf ihr Riesensandwich mit Schinken, Käse, Kopfsalat, Tomatenscheiben und Dressing, was sicherlich alles auf ihrem T-Shirt landen würde.

„Du darfst auch wieder mein T-Shirt tragen, wenn du kleckerst", feixte er. Er war ein ziemlich cleverer Typ. Das gefiel ihr. Andererseits musste er sie für eine vollkommene Idiotin halten, was furchtbar peinlich und nicht gerade sexy war. Doch wenn sie wirklich kleckerte, würde sie wieder einen Blick auf einen Nico ohne Oberteil erhaschen.

„Du hast niedlich ausgesehen in meinem T-Shirt", ergänzte er zwinkernd. „Darum hoffe ich fast, dass du kleckerst."

Sie musste unwillkürlich lächeln. Sie biss herzhaft in ihr Sandwich, und eine Tomate fiel auf der anderen Seite heraus. Gott sei Dank fiel sie auf den Tisch und nicht auf ihr T-Shirt.

Er lehnte sich zurück, denn er war mit seinem Sandwich bereits fertig. „Ich kann warten. Nur zu, iss zu Ende."

„Hast es wohl nicht sehr eilig, wieder mit mir in diesen Truck zu steigen, wie?"

„Ich bin mir sicher, dass du es heute schon hinkriegen wirst."

Sie grinste. „Da bin ich mir auch sicher." Sie biss noch einmal in ihr Sandwich und kaute. „Erzähl mir von dir. Wolltest du schon immer Automechaniker werden?"

„Ich wollte Feuerwehrmann auf einem Dinosaurier werden, doch dann bin ich erwachsen geworden."

Sie lachte. Er grinste, und seine schokoladenbraunen Augen tanzten amüsiert. „Ja, ich habe Autos schon immer gemocht. Mit sechzehn habe ich in der Werkstatt angefangen. Ich hatte das Glück, mit Kevin, meinem alten Boss, zusammenarbeiten zu können – er ist ein Experte für Ferraris und weiß verdammt viel über Oldtimer. Ich liebe meinen Job."

Sie lauschte und kaute, während er ihr von Oldtimern erzählte und was man alles beachten musste, wenn man sie restaurierte.

Er unterbrach sich. „Du musst dir das nicht alles anhören."

„Es hat mir gefallen. Ich finde es wunderbar, dass du deine Arbeit liebst. Nicht jeder hat einen Job, den er gerne macht."

Er neigte den Kopf. „Das Beste daran ist, dass ich jetzt der Boss bin."

„Dir gehört der Laden also?", fragte sie, dann biss sie wieder in ihr Sandwich.

Er reagierte ein wenig gereizt und zerknüllte die Verpackung seines Sandwichs. „Fast. Bald. Ich arbeite daran, Kevin auszubezahlen. Er ist immer noch Teilhaber."

„Dann schätze ich mal, dass mein Scheunenfund dir dabei behilflich sein wird."

„Ganz genau. Und darum kann ich es auch nicht abwarten loszufahren."

Ihre Hoffnungen stürzten in sich zusammen. Und sie hatte gedacht, dass sie einander so gut verstanden. Vielleicht sogar miteinander geflirtet hatten. Er hatte sie zweimal geküsst, was umwerfend gewesen war, zumindest für sie. Für ihn war es vermutlich nichts gewesen.

Sie nickte. „Natürlich." Sie schluckte. „Ich hoffe, es lohnt sich für dich. Ich weiß ja nicht einmal, was für ein Auto es ist."

Er verschränkte die Arme. „Ich nutze eben meine Chancen."

Sie legte ihr Sandwich ab. Ihr Appetit war auf einmal verschwunden. Sie kam sich dumm vor, weil sie die ganze Zeit davon fantasiert hatte, dass Nico sie wirklich wollte. Natürlich wollte er bloß das Auto und das Geld, das es ihm bringen würde. Alles ließ sich auf Geld reduzieren.

„Bist du fertig?", fragte er.

Sie nickte und wickelte vorsichtig das Papier um das halbe ungegessene Sandwich ein. „Ja. Ich bin bereit für Lektion zwei." Sie zwang sich zu lächeln. „Das wird Spaß machen. Ich glaube, so langsam hab ich's raus."

„Großartig", sagte er. „Ich freue mich schon drauf, wieder mal das Armaturenbrett zu küssen." Er zwinkerte, und ihre

Hoffnungen keimten wieder auf. Mann. Sie war wirklich naiv. Nur, weil ein umwerfender Mann gut im Flirten war, hieß das nicht, dass es persönlich gemeint war. Vermutlich zwinkerte er jeder Frau so zu.

Sie erhob sich und warf den Rest ihres Essens in den Mülleimer. „Dieses Mal wirst du das Armaturenbrett nicht küssen. Das verspreche ich.“

Er beugte sich vor, und seine Stimme senkte sich zu einem rauen Grollen. „Ich nehm dich beim Wort.“

Ihr stockte der Atem. Er ergriff ihre Hand und führte sie zur Tür hinaus. Immer wieder berührte er sie. Wie sollte sie denn da nicht auf falsche Ideen kommen? Vielleicht war er einfach so, berührte Frauen eben ständig. Sie war es einfach nur nicht gewohnt. Sie war in einem ziemlich steifen, konservativen Haushalt aufgewachsen, und sie hatte ja nur den einen Freund gehabt. John hatte sie nur im Bett berührt.

Als sie wieder auf den leeren Parkplatz hinter dem Lagerhaus fuhren, hielt Nico den Truck an und sah sie vom Fahrersitz aus an. „Bereit?“

„Bereit“, antwortete sie lächelnd.

„Dann los!“

Sie stiegen aus und liefen vorne um den Truck herum, um die Plätze zu tauschen. Sie kicherte, als sie an ihm vorbeikam und er sie anlächelte. Sie sprang hinein, wartete, bis beide die Sitzgurte angelegt hatten, und versuchte, sich an seine Anweisungen zu erinnern.

Erstens, den Motor anlassen. Er machte ein lautes, seltsames Geräusch.

„Er ist doch schon an!“, keuchte Nico. „Hast du den Motor denn nicht gehört?“

„Tut mir leid! Ich habe nur versucht, mich an alles zu erinnern. Okay, verstanden. Also, erster Gang.“

Nachdem sie den Motor ein paarmal abgewürgt und den Gang falsch eingelegt hatte, fühlte sie sich ziemlich gut dabei, wie sie vom ersten in den zweiten Gang wechselte und dabei gar nicht mehr versehentlich in den Rückwärtsgang kam. Nach ungefähr einer halben Stunde, in der der Unterricht wunderbar glatt gelaufen war und sie nur ein paarmal geruckelt und plötzlich gebremst hatte, unterbrach Nico sie.

„Ich glaube, das reicht", sagte er. „Jetzt übernehme ich wieder."

„Bist du dir sicher? Vielleicht sollte ich noch ein bisschen mehr üben."

„Morgen", sagte er streng. Einen Moment lang machte sie sich Sorgen, dass sie es vermasselt hatte und dass er wütend war, doch dann hob er ihr Kinn und lächelte. „Okay?"

„Okay." Sie hätte bei diesem Killerlächeln allem zugestimmt. Und die beiläufige Art, wie er sie immer wieder berührte. Es würde ganz einfach sein, ihn dazu zu bringen, mit ihr zu schlafen. Natürlich würde er, sobald sie erst einmal im Bett wären, feststellen, dass sie vollkommen unerfahren war. Mist. Die Nervosität legte wieder ihre Krallen um sie. Vielleicht war diese ganze Miteinander-schlafen-Sache eine schlechte Idee. Sie wollte nicht, dass er sie auslachte oder noch schlimmer, so tat, als wäre sie eine wirklich heiße Frau, oder dass er – Gott bewahre – ihre Pfunde anstarrte. Was in aller Welt tat sie nur mit diesem umwerfenden Mann? Er wollte sie ja nur wegen des Oldtimers. Sie machte sich da gerade wieder etwas vor.

Er stieg aus dem Truck und ging wieder vorn herum, um mit ihr die Plätze zu tauschen, darum tat sie dasselbe. Als sie vor dem Truck an ihm vorbeikam, gab er ihr ein enthusiastisches High Five, wodurch sich ihre Stimmung besserte. Vielleicht lief der Unterricht ja doch nicht so schlecht, wie sie gedacht hatte. Vielleicht hätte der großartige Nico auch nichts dagegen, ihr noch ein oder zwei weitere andere Dinge beizubringen.

Im Bett.

6

Nico musste schließlich kapitulieren, nachdem der Truck bei einer haarsträubenden Wende beinahe umgekippt wäre. Es waren nun fast fünf Tage vergangen, und sie hatten den leeren Parkplatz immer noch nicht verlassen.

„Bremse!", schrie er.

Lily trat mit voller Wucht auf die Bremse, wodurch sie beide in ihre Sitzgurte geworfen wurden, dann schleuderte der Truck herum.

„Ich weiß, was ich tun muss", sagte Lily, trat auf die Kupplung und ließ den Motor erneut an.

„Weißt du was?", fragte Nico.

Sie drehte sich mit offenem und eifrigem Gesichtsausdruck um. „Was?"

„Ich könnte selbst fahren."

„Bist du dir sicher? Es sind doch so viele Meilen, und ich finde, dass ich schon wirklich besser geworden bin."

Im Ernst? „Was meinst du?"

Sie lächelte fröhlich. „Ich erinnere mich immer an die Handbremse, wenn der Truck aus ist. Er rollt nicht mehr weg."

Er nickte. „Das ist gut."

„Ja, und ich komme seltener ins Schleudern."

„Stimmt …" Er wollte wirklich nicht ihre Gefühle verletzen. Sie war wie ein Kavallerist, der Tag um Tag zu furchtbaren Reitstunden wiederkam. Sie *versuchte* es. Das tat sie wirklich. „Aber ich fahre gern. Es macht mir nichts."

Sie seufzte. „Ach, dann ist gut. Ich wollte dir nichts sagen, aber es würde mir wirklich eine Last von den Schultern nehmen, wenn du fahren könntest. Dann könnte ich nämlich für die Zulassungsprüfung lernen."

Er hatte die ganze Woche sein Leben riskiert, graue Haare bekommen und unter extremen Bedingungen gegen seine Lust ankämpfen müssen, und sie *wollte* nicht einmal fahren?

Langsam schüttelte er den Kopf. „Du hast es also die ganze Zeit über nur … nett gemeint?"

„Naja, ich hatte den Eindruck, als wolltest du es mir unbedingt beibringen. Ich dachte, das wäre das Mindeste, was ich tun könnte. Schließlich hab ich dich ja gebeten, mich auf diese Fahrt mitzunehmen. Ich wollte nicht, dass die ganze Arbeit an dir hängenbleibt."

Er lehnte seinen Kopf gegen den Sitz zurück und stieß einen langen, frustrierten Seufzer aus. Er zuckte wieder hoch, als der Truck zu rollen begann. „Bremsen!"

Sie stieg auf die Bremse, und sie blieben abrupt stehen. „Ups."

„Stell den Motor aus", sagte er zwischen seinen Zähnen hindurch.

Sie drehte den Schlüssel um, dachte sogar an die Handbremse, und alles wurde still, als der Motor ausging. Er atmete einmal tief durch. Es war in Ordnung. Niemand war zu Schaden gekommen. Was machte es schon, dass er gelitten hatte? Es war es wert. Er würde den Scheunenfund bekommen, den er wollte, vielleicht sogar den Heiligen Gral der Oldtimer, und spätestens morgen Abend würde er Lily endlich haben. Er hatte sie absichtlich nicht wieder geküsst, denn sonst wäre sie innerhalb von Sekunden unter ihm gelandet, und so konnte man niemandem das Autofahren beibringen. Er zwang sich, diese Gedanken abzustellen, und konzentrierte sich stattdessen auf die nervende Tatsache, dass er sich ohne guten Grund selbst gequält hatte. Die ganze

Woche über hatte er den schlimmsten Fall von dicken Eiern gehabt.

Sie schob ihre Sonnenbrille auf ihren Kopf und sah ihm in die Augen. „Das wäre viel einfacher gewesen, wenn wir meinen Prius genommen hätten."

„Ich bin eins achtundachtzig. Meinst du, dass ich in diese Blechbüchse hineinpasse? Und wie zum Teufel solle ich damit ein nicht fahrtüchtiges Auto transportieren? Das würde den Motor vollkommen ruinieren."

Sie schürzte ihre sündig sexy Lippen. „Du bist wütend. Ich habe mir wirklich Mühe gegeben, weißt du?"

Er ertrug es nicht mehr. Er legte seine Hand um ihren Nacken und zog sie an sich, presste seinen Mund auf ihren, nahm sich hungrig den Kuss, für den er eine ganze Woche schon hätte sterben können. Er schmeckte sie und verlor sich. Es gab nichts als ihren weichen Mund und das dringende Verlangen nach mehr. Er wünschte sich verzweifelt, zwischen ihnen wäre keine Konsole, da er sich danach sehnte, mehr von seinem Körper an sie zu pressen. Sie stieß diesen kleinen Laut hinten in ihrer Kehle aus, der ihn in den Wahnsinn trieb. Er küsste sie, verschlang sie und bemerkte plötzlich, dass er sich schon auf die andere Seite des Trucks vorgeschoben hatte, um ihr näher zu sein. Er riss seinen Mund von ihrem. „Komm, wir gehen für einen Quickie in mein Büro."

Sie rutschte von ihm weg.

„Was ist los?", fragte er.

Sie starrte stur geradeaus. „Ich bin nicht wie du, Nico, okay? Ich kann nicht einfach mitten am Tag in einem Büro mein Ding rausholen und danach meinem Alltagskram nachgehen."

Seine Lippen zuckten. Was um alles in der Welt wollte sie auch rausholen? „Tut mir leid. Ich bin … ich weiß nicht. Ich habe mich da irgendwie reingesteigert. Ich habe die ganze Woche immer wieder an dich gedacht."

Unter ihren Wimpern hervor blickte sie beinahe schüchtern zu ihm auf. „Das hast du?"

Er nahm ihre Hand und hielt sie. „Ja. Du hast gesagt, ich

hätte zwei Wochen, um mit dir zu schlafen. Ohne Verpflichtungen. Erinnerst du dich daran?"

Sie errötete und murmelte etwas vor sich hin.

Er hob ihr Kinn. „Was murmelst du da vor dich hin?"

Sie starrte auf einen Punkt über seiner Schulter. „Ich sagte, die zwei Wochen beginnen am Samstag."

„Das ist morgen."

„Ja."

„Lily?"

„Was?"

Er wartete, bis sie ihm wieder in die Augen sah, und erkannte, dass sie unsicher war. „Willst du aus unserem Deal raus?" *Sag bitte Nein.* Mit der sexy Lily ins Bett gehen zu können war der halbe Grund, weswegen er so dringend auf diesen Roadtrip gehen wollte. Und allmählich wurde es sogar der Hauptgrund.

Sie betrachtete ihn von oben bis unten, benetzte ihre Lippen, was seine Hose schmerzhaft enger werden ließ. „Nein."

Erleichtert atmete er aus. „Dann okay." Er rieb sich den Nacken. „Dann schätze ich, dass du einfach einen netteren Ort willst als nur mein Büro."

Sie nickte. „Und keinen Quickie. Einen Slowie."

Er lachte, und sie versteifte sich. Mist. Er hatte sie nicht auslachen wollen. Es klang nur so lustig. *Einen Slowie.*

Er schob eine Hand in ihr weiches rotes Haar, streichelte mit seinem Daumen über ihre Wange und flüsterte in ihr Ohr: „Ich mache so langsam, dass du mich anflehen wirst, schneller zu machen."

Sie atmete vernehmbar ein.

Er zog sich zurück, um ihr in die blauen Augen zu sehen. „Versprich es mir."

„Oh", seufzte sie.

Er liebte ihre Reaktionen, sie waren so offen und ehrlich. Er drückte einen Daumen auf ihre Unterlippe und in ihren heißen Mund. Sie saugte daran, und sein Schwanz zuckte. Er unterdrückte ein Stöhnen. Er hatte einfach zu viel Zeit damit verbracht, über diesen Mund nachzudenken, diese rosa, vollen Lippen mit dem ausgeprägten Amorbogen. Er ließ ihre Hand los. „Lass uns Plätze tauschen."

Sie stiegen aus, tauschten, und er fuhr vom Parkplatz.

„Danke, dass du es verstehst", sagte sie leise.

„Kein Problem." Es war schon ein Problem. Es würde die Hölle sein, es langsam anzugehen, doch er würde es tun. Zumindest in der ersten Nacht, damit sie sich entspannte.

„Ich habe unsere Route schon genau geplant", sagte sie. „Über die I-80 nach Westen mitten übers Land, mit Stopps an ein paar schönen Aussichtspunkten, und wenn wir unterwegs zu Mittag essen, können wir immer irgendwo für ein schönes Abendessen und einen entspannenden Abend anhalten."

„Entspannend, wie? Ich schätze, hinterher werden wir entspannt sein." Als er sie ansah, sah er, dass sie rot wurde. Er hatte schon wieder das ungute Gefühl, dass sie unerfahren war, doch er wollte nicht so direkt sein und sie fragen, ob sie noch Jungfrau war. Das wäre eine Beleidigung. Dennoch musste er doch wissen, womit er es hier zu tun hatte.

„Du, ähm", begann er. *Schläfst du mit vielen Typen? Schläfst du überhaupt mit irgendwelchen Typen?* Er wusste nicht, wie er es fragen sollte. Eine solche Erfahrung hatte er noch nie gemacht. Die Frauen, auf die er sich einließ, waren immer alle sehr erfahren.

„Was?"

„Hast du jemals ..." Warum war das nur so schwierig? „Mit was für Typen gehst du denn sonst so aus?" So. Das war nett und neutral.

Sie zuckte die Schultern. „Spielt das eine Rolle?"

„Nein." Er versuchte es noch einmal. „Worauf stehst du so?" Er beglückwünschte sich zu der subtilen Frage, auf die er bestimmt die Antwort bekäme, die er brauchte.

„Ich häkle gern, und ich stehe total auf Superheldenfilme. Und lass mich erst gar nicht von nordischer Mythologie anfangen!"

Er nickte. „Cool."

„Und worauf stehst du?", fragte sie ganz unschuldig.

Sie raubte ihm wirklich den Verstand.

7

___

Lily tauchte am Samstagmorgen pünktlich und mit einem großen Koffer vor Nicos Werkstatt auf. Sie hatte sich ein lilafarbenes Wickelkleid mit tiefem V-Ausschnitt angezogen, das ihre Oberweite zur Schau stellte. Sie hatte zwei Stunden damit verbracht, ihre Haare dazu zu bringen, in scheinbar mühelosen Wellen zu fallen, und auch Make-up aufzutragen, das aussah, als wäre es gar nicht da. Sie wusste, dass das zu viel war. Wer reiste schon so aufgetakelt in einem Pick-up-Truck? Doch sie war sich sicher, dass das ihre einzige Möglichkeit wäre, Nico auf dieser Fahrt zu beeindrucken. Nach einer Weile wäre ihre Kleidung sicher zerknittert, und sie hätte zu viel mit der Reise zu tun, als sich um ihr Aussehen zu scheren.

„Hey, *bella*", sagte er und begrüßte sie mit einer warmen Honigstimme und diesem Killerlächeln.

Ihr Magen schlug Purzelbäume. „Hey, *bello*." Sie neigte den Kopf. „Ist das richtig?"

„Oh ja. Hübsches Kleid."

Sie hob eine Schulter. „Hab es mir in letzter Minute noch übergeworfen."

Nico trug ein schwarzes T-Shirt und schwarze Basketballshorts, womit er zu hundert Prozent wie der breitschultrige, athletische Hottie aussah, der er nunmal war. Vermutlich hatte er das erste, was ihm in die Hände gefallen war, angezogen, doch das spielte keine Rolle, denn er sah in allem umwerfend aus.

Er nahm ihren Koffer und stellte ihn auf der Ladefläche des Pickup-Trucks neben seinen, dann sicherte er beide mit Spanngurten. Sie stieg auf der Beifahrerseite ein und seufzte. Das war's. Der Anfang von zwei Wochen abenteuerlicher, abwechslungsreicher Tage und verschwitzter, lusterfüllter Nächte. Sie wand sich vor Aufregung und einer großen Portion schierer Angst.

Sei verwegen! Wo bist du nur, du sexy Biest?

Er stieg ein und ließ den Motor an. „Bereit?"

Sie schluckte. „Ja."

„Ich dachte mir, wir fahren heute geradewegs bis nach Cleveland durch", sagte er, während er vom Parkplatz fuhr. „Damit wir ein paar Meilen schaffen. Acht Stunden und dann" – ein weiteres charmantes Killerlächeln – „gehört die Nacht uns."

Sie bekam Hitzewallungen, daraufhin brach die Nervosität ein und machte sie nur noch peinlicher. „Was ist denn mit dem Pezmuseum? Das wollen wir doch nicht verpassen."

Er sah sie an. „Und wo ist das?"

„Pennsylvania."

„Ich habe nicht unendlich viel Zeit, um mir Sehenswürdigkeiten anzusehen. Ich muss in etwas weniger als zwei Wochen wieder da sein, um es zur Hochzeit meines Bruders zu schaffen."

„Oh."

„Ich bin Trauzeuge. Naja, einer von fünf Trauzeugen. Vince wollte, dass all seine Brüder Trauzeugen werden."

„Du hast fünf Brüder?"

„Ja. Zwei biologische und drei Stiefbrüder. Mein Dad hat ihre Mom geheiratet, und seitdem sind wir eine Großfamilie."

„Du hast solches Glück. Ich bin Einzelkind." Zumindest war sie wie eines aufgewachsen.

„Und ob ich Glück habe."

Sie war sich nicht bewusst gewesen, dass sie keine zwei ganzen Wochen haben würden. Das hieß, dass sie sogar noch weniger Zeit hatte, um diesen ungezwungenen, verschwitzten, lusterfüllten Traum von einer Affäre wahr zu machen. Sie hatte keine Zeit für Nervosität. „Wie viele Tage haben wir genau?"

„Fast zwei Wochen. Dreizehn Tage."

„Wusstest du, dass Santa der meistverkaufte Pez ist?"

„In Cleveland kannst du dir alles ansehen, was du willst."

Vergiss Pez. Du isst doch nicht einmal Pez!

„In Cleveland gibt's den größten Gummistempel", informierte sie ihn.

„Ach ja? Und was ist mit der Rock'n'Roll Hall of Fame?"

Sie rümpfte die Nase. „Viel zu touristisch. Der Gummistempel ist wirklich cool."

„Okay. Wenn du meinst, aber wir haben nur Zeit für einen Stopp."

Sie nickte und machte es sich für viele Stunden auf der Straße bequem. Dann konnte sie auch genauso gut gleich damit anfangen, sich das anzuhören, was sie sich anhören musste. „Hast du einen Zigarettenanzünder?"

Er sah sie an. „In meinem Truck wird nicht geraucht."

Sie hielt ihr Ladekabel hoch. „Für mein iPhone. Ich muss mir ein paar Vorlesungen anhören. Das sollte über die Radiolautsprecher funktionieren, wenn ich es richtig einstelle." Er zeigte es ihr, und sie tippte auf ihrem Handy herum. Ein paar Minuten später dröhnte eine eintönige Stimme aus dem Lautsprecher: „Herzlich willkommen zum Plus-Repetitorium für die New Yorker Zulassungsprüfung. Die Lektionen teilen sich wie folgt auf–"

„Lily?"

„Ja?"

Die Stimme des Professors dröhnte weiter. „Strafrecht, Vertragsrecht, Grundrecht ..."

„Müssen wir *beide* für die Zulassungsprüfung lernen?", fragte Nico.

„Natürlich nicht, Dummerchen."

Der Professor fuhr fort. „... Immobilienrecht, Deliktsrecht und Zivilrecht."

„Hast du denn keine Kopfhörer oder sowas?", fragte Nico.

„Nein." Sie lächelte. „Ich dachte, so könntest du mir am Ende noch Fragen stellen."

„Dann lernen wir also doch beide für die Zulassungsprüfung."

„Nein, nur ich. Du stellst mir am Ende die Fragen."

Der Professor fuhr fort: „Staatsrechtsspezifische Fragen am Ende von Lektion fünfzig."

Nico stöhnte.

„Ich habe auch achthundert Karteikarten, mit denen du mich abfragen kannst", sagte Lily und deutete auf die Ladefläche hinter ihnen. „In meinem Koffer."

Nico drehte das Radio leiser. „Wir werden dir Ohrhörer besorgen."

„Von Ohrhörer bekomme ich Kopfschmerzen. Du musst nicht zuhören. Denk doch einfach … du weißt schon … an was anderes." Sie drehte die Lautstärke wieder hoch.

Der Professor fuhr fort. „Lektion eins …"

Nico stöhnte noch lauter.

„Schh", ermahnte Lily ihn.

Acht lange Stunden gefüllt mit juristischem Repetitorium später, stellte Nico den Wagen auf einem öffentlichen Parkplatz in Cleveland ab und ließ seine Stirn auf das Lenkrad sinken. Wie um alles in der Welt hatte sein Stiefbruder Gabe all diesen langweiligen Jurakram überlebt? Er wusste bei Weitem zu viel über Dinge, die für ihn kaum einen Sinn ergaben. Delikte? Was zum Teufel waren Delikte? Acht Stunden, und sie hatten erst sieben Lektionen hinter sich. Er ertrug das nicht. Er würde die ganze Fahrerei übernehmen, er würde auch ihren Wunsch, sich bescheuerte Dinge wie einen riesigen Gummistempel anzusehen, ertragen, aber er würde *nicht* für die Zulassungsprüfung lernen. Es gab einen Grund dafür, warum er geradewegs in die Werkstatt gegangen war. Er war eher ein praktisch veranlagter Typ. In akademischen Dingen war er nicht gut. Am liebsten hätte er sich eine Gabel ins Hirn gestoßen, um all den langweiligen Mist, mit dem es jetzt gefüllt war, loszuwerden.

Lily tippte ihm auf die Schulter. Er hob seinen Kopf und sah sie mit hochgezogener Braue an.

„Ich habe uns ein Zimmer im Hilton gebucht", sagte sie.

„Im Ernst?"

„Mein Dad bekommt so ziemlich überall kostenlose Bonusnächte, weil er so viel reist."

„Das heißt, die Hotels sind alle Luxus und kostenlos?", fragte Nico. Es war seltsam, dass die Reichen, die sich doch mit Leichtigkeit ein Zimmer leisten konnten, sie umsonst bekamen. Doch warum eigentlich nicht? Er konnte schon damit umgehen, für eine Weile luxuriös zu wohnen.

Sie nickte. „Okay?"

„Mehr als okay. Das macht fast meine Kopfschmerzen von der Lernerei wieder gut."

Sie schlug ihm verspielt auf den Arm. „Ach was, du hast gar keine. Der Professor hat eine sehr beruhigende Stimme."

Er ahmte die eintönige Stimme von der Aufnahme nach. „Zivilrecht im Staate New York erfordert ... zzz."

Sie lachte. „Lass uns einchecken und was zu Abend essen."

„Geht auch Zimmerservice?", fragte er aus dem einzigen Grund, sie im Zimmer zu behalten und sie so schnell wie möglich nackt zu machen.

„Klar. Warum nicht?"

Sie checkten ein, und Lily zückte irgendeine Gold Card, mit der sie sofort VIP-Behandlung genossen.

„Wird dein Dad erfahren, dass ich bei dir bin?", fragte er. „Vom Hotel, meine ich?"

Sie senkte die Stimme. „Nein. Er wird nicht einmal bemerken, dass ich die Karte benutzt habe. Er achtet nie auf seine Bonuskarten."

Das war großartig für ihn. Das Letzte, was er jetzt gebrauchen konnte, war, dass sein bester Kunde seinetwegen angepisst war. Nico fragte den Typen hinter der Rezeption, wo sie Ohrhörer kaufen konnten.

Lily runzelte die Stirn. „Ich mag Ohrhörer nicht einmal.

Sie fühlen sich in meinen Ohren komisch an, und ich bekomme Kopfschmerzen davon."

„Und ich bekomme Kopfschmerzen von Deliktsrecht", sagte er. „Du benutzt sie, oder dein Plus-Repetitorium für die mündliche Prüfung muss dran glauben.

Sie kicherte, als er seine Stimme bedrohlich senkte. Er liebte es, sie zum Lachen zu bringen. Dieses Lächeln erhellte ihr ganzes Gesicht. Er ging in den Souvenirladen des Hotels und fand Kopfhörer, die für sie bequemer waren als Ohrhörer, dann traf er Lily mitten im Foyer wieder.

Er sah sich nach ihren Koffern um. „Wo ist unser Gepäck?"

Sie wedelte mit einer Hand. „Das bringt schon jemand für uns nach oben."

Okay. Es fühlte sich für ihn seltsam an, nicht seinen eigenen Koffer nach oben zu bringen, aber okay. Sie gingen zu den Aufzügen und kamen dabei an einem Schild vorbei, auf dem Finkel-Stewart-Hochzeit stand.

„Oh, eine Hochzeit", strahlte Lily.

Er hatte null Interesse an Hochzeiten. Seine eigene mit einundzwanzig war eine große kirchliche Hochzeit gewesen, mit einem Empfang, den seine ehemaligen Schwiegereltern bezahlt hatten. Sie hatten dafür sogar einen Kredit aufgenommen. Was für eine Geldverschwendung!

Sie fuhren nach oben und bestellten beim Zimmerservice zweimal Steak, Kartoffelpüree und gemischtes Gemüse. Ein paar Minuten später brachte jemand ihr Gepäck. An diese Art Leben konnte er sich gewöhnen. Während sie auf ihr Essen warteten, warf er sich aufs Bett und hoffte, dass sie sich zu ihm gesellen würde. Sie hatten zwei Doppelbetten, doch eins davon würde nicht benutzt werden, wenn er etwas dazu zu sagen hatte. Nach all der Fahrerei und dem Repetitorium für die Zulassungsprüfung, hatte er das mehr als verdient. Sie konnten eigentlich schon vorm Abendessen ein bisschen rummachen, fand er. Eine Vorspeise für den Hauptgang.

„Komm her", sagte er mit dieser rauen Stimme, mit der er immer Erfolg hatte.

Lily fummelte an ihrem riesigen Koffer herum. Aus

irgendeinem Grund packte sie ihn komplett aus und legte alles in Schubladen, obwohl sie nur eine Nacht hierbleiben würden. „Schon gut."

„Warum packst du denn aus? Wir fahren doch morgen ganz früh wieder."

„Ich möchte nicht aus dem Koffer leben."

„Komm her. Ruh dich mit mir aus, bevor das Essen kommt."

Sie winkte mit einer Hand in seine Richtung ab. „Nicht jetzt."

„Lily."

„Hmm?"

„Willst du mich irgendwann auch mal ansehen?"

Sie drehte sich um und starrte auf einen Punkt irgendwo über seiner Schulter. „Hi." Sie drehte sich wieder zurück und machte sich daran, eine Vielzahl an Dingen auf dem Schreibtisch zu verteilen. Er sah fünf Stapel Karteikarten in Plastik verpackt. Verdammt, nein.

„Ich werde nicht diese Karteikarten mit dir durchgehen", sagte er.

Sie drehte sich mit einem Stapel Karten in der Hand zu ihm um. „Nur ein paar?"

„Nein."

„Ich würde dir helfen, wenn du lernen müsstest, um das wichtigste Examen deines Lebens zu bestehen."

Er verschränkte die Arme und tat so, als schliefe er.

Sie schnaubte, und er blieb so, bis das Essen kam. Sie hatten einen kleinen Wohnzimmerbereich im Zimmer mit einem Sofa und einem Sofatisch und gingen dorthin, um zu essen.

„Was möchtest du nach dem Essen machen?", fragte er beiläufig, während er sich ein Stück eines medium gebratenen Filets abschnitt. Er hoffte, ihre Antwort wäre *ich will dich um den Verstand ficken*. Er wartete auf ihr verräterisches Rotwerden.

„Ich möchte wirklich diesen Gummistempel sehen!", sagte sie lächelnd und wurde kein bisschen rot.

„Oh. Wirklich? Was ist so besonders daran?"

„Er ist der größte der Welt." Sie trank einen Schluck ihres Pellegrino Mineralwassers. „Und es steht *FREI* drauf. Alles in Großbuchstaben."

Er lud sich Kartoffelpüree auf seinen Teller. „Ach, ja dann, wenn da *FREI* in Großbuchstaben draufsteht, müssen wir ihn uns natürlich ansehen."

Sie nickte. „Wir sollten direkt nach dem Essen gehen, bevor es dunkel wird. Das ist am Hafen, in der Nähe der Rock'n'Roll Hall of Fame."

„Haben wir vielleicht auch Zeit uns das absolut Beste in Cleveland anzusehen?"

Sie nickte. „Wenn wir uns beeilen."

„Ich meinte die Rock'n'Roll Hall of Fame." Er holte sein Handy heraus und suchte nach den Öffnungszeiten. „Nein. Das haben wir verpasst. Dann also Gummistempel."

Sie strahlte, und der Anblick erwärmte sein Herz. Es freute ihn, dass er sie glücklich machte. Ach verdammt, allein dafür war es das wert.

Kurz darauf kamen sie am Willard Park an, wo Nico gehorsam ein Foto von Lily vor dem riesigen Gummistempel machte, der auf der Seite lag.

Sie kam angelaufen, um sich das Bild anzusehen, und sagte ihm dann, was es mit dem *FREI* auf sich hatte. Es bezog sich nämlich auf die Freiheit der Sklaven, denn ursprünglich war dieser Stempel gegenüber des Monuments für die Soldaten und Seeleute des Bürgerkriegs gewesen, was viel sinnvoller gewesen war. Langsam wurde es dunkel, darum gingen sie, da der Gummistempel ja jetzt abgehakt war, zurück zum Hotel.

Er nahm auf dem Weg ihre Hand und hielt sie. Er musste dafür sorgen, dass sie sich an seine Berührung gewöhnte, wenn er heute Nacht irgendwelche Fortschritte machen wollte. Sie sah ihn nicht an, ging einfach ein wenig steif weiter. Nervosität, dachte er sich.

„Ich weiß noch, was du gesagt hast", sagte er ihr. „Das mit dem langsam machen."

Sie zuckte zusammen. „Oh. M-hm." Sie ging schneller. Er hielt mit ihr mit und hielt ihre Hand fest in seiner. Sie musste genauso scharf darauf sein wie er, dass die heutige Nacht endlich begann. Er hatte die ganze Woche an nichts anderes denken können.

Als sie in der Hotellobby ankamen, dröhnte aus dem nahegelegenen Ballsaal, wo die Hochzeitsfeier stattfand, Musik, begleitet vom Gelaber eines DJs.

Lily blieb abrupt stehen und sah zu ihm auf. „Ich bin die Begleitung des Cousins des Bräutigams. Du bist die Begleitung der Cousine der Braut."

„Was?"

„Ich habe Lust zu tanzen. Komm mit!" Sie öffnete die Ballsaaltür und zog ihn in den schwach beleuchteten Raum, in dem die Hochzeitsgäste zu „Love Shack" von B-52 tanzten. Altmodisch. Er ging zögernd weiter. Er war nicht gerade für eine Hochzeit angezogen. Lily trug ein Kleid. Er ein T-Shirt und Shorts.

Sie ging an den Rand der Tanzfläche und begann, wild zu tanzen. Ihre Arme schwangen auf und ab, während sie mit der Hüfte wackelte, dann in die Knie ging und wieder hochkam. Er bemerkte, dass er lächeln musste. Sie nahm seine Hand und zog ihn zu sich.

„Lil, ich bin nicht richtig gekleidet für eine Hochzeit."

Sie hob einen Finger und ließ ihn einfach da stehen. Er nickte einer neugierig dreinblickenden alten Dame, die in der Nähe tanzte, zu. Plötzlich kam Lily mit einer Anzugsjacke und einer Krawatte zurück.

„Wo hast du die denn her?", fragte er, während sie ihm die Krawatte um den Hals band. Sie machte einen unordentlichen, losen Knoten.

„Die hat jemand an einem Tisch gelassen."

Er hielt die Jacke vor sich. Zu klein. Er schüttelte den Kopf und warf sie auf den nächsten Tisch. Lily zerrte wieder an ihm und machte mit ihrem verrückten Tanz weiter. Er konnte nur amüsiert zusehen. Sie tanzte wirklich gern.

„Komm schon!", rief sie und tanzte um ihn herum. „Tanz, Marino!"

Er bewegte sich widerwillig vor und zurück. Er konnte zwei Tänze – langsamen Engtanz und Walzer – und den hatte er den Tanzstunden zu verdanken, zu denen er und seine Brüder gezwungen worden waren, als ihr Dad ihre Stiefmutter geheiratet hatte.

„Mehr!", sagte sie und stieß mit ihrer Hüfte gegen ihn.

Er packte sie bei der Hüfte und manövrierte sie vor sich, um langsam mit ihr zu tanzen. Ebenso langsam bewegte er sie beide von einer Seite zur anderen. Das Lied wechselte zu einem ruhigeren, was perfekt gewesen wäre, nur, dass es auf der Tanzfläche leer wurde, wodurch sie noch mehr auffallen würden. Er wollte gerade schon gehen, als Lily ihre Arme um seinen Hals legte.

Er beugte sich zu ihrem Ohr hinunter. „So gern ich auch langsam mit ihr tanze, aber vielleicht sollten wir oben damit weitermachen."

„Oben gibt es aber keine Musik."

„Ich werde für dich singen."

Sie löste sich von ihm, um ihm in die Augen zu sehen. „Du bist lustig."

„Danke." Nur, dass er es ernst gemeint hatte. Es war dringend, dass diese Sache oben bald stattfand. Es war, als wollte sie ihn aufziehen, so wie sie ihre Kurven vor ihm bewegte und ihn nur noch mehr lockte. Zu einer ganzen Menge mehr als das, was auf der Tanzfläche einer Hochzeit passieren konnte, bei der sie sich eingeschlichen hatten.

„Nein", sagte sie.

„Nein?"

„Ich will tanzen. Hier." Sie schmiegte sich noch fester an ihn, ihr Busen an seiner Brust, und es fiel ihm schwer, ihr das abzuschlagen. Außerdem war er steinhart und brauchte irgendetwas, womit er das Zelt in seiner Basketballhose verdecken konnte.

„Lily", sagte er mit leiser Stimme, „die Leute fangen schon an, uns anzustarren. Ich bin mir sicher, dass sie gemerkt haben, dass ich Shorts und eine Krawatte trage."

„Tanz einfach weiter", zischte sie.

Das tat er. Lily war anders als jede Frau, mit der er je zusammen gewesen war, und so langsam gewöhnte er sich daran. Das Lied endete, und ein älterer Mann in Smoking kam auf sie zu.

„Zeit zu gehen", sagte Lily. Sie packte seine Hand und sie liefen lachend zur Tür hinaus.

Lily liebte es, sich auf Hochzeiten zu schleichen, außerdem hatte das noch den Vorteil, dass sie so mehr Zeit hatte, ihre Nervosität angesichts dessen, was Nico für heute Nacht erwartete, zu überwinden. Sie wollte es auch – wirklich –, wenn es ihr nur gelänge aufzuhören, sich wegen all der Möglichkeiten, wie sie ihn enttäuschen könnte, verrückt zu machen. Sie stellte ihre Schuhe in die Ecke des Hotelzimmers und nahm das weinrote Satin-Babydoll, das sie für dieses besondere Ereignis gekauft hatte, aus einer Schublade. Sie schwang ihre Handtasche über ihre Schulter, denn ein Teil ihres Lieblings-Make-ups war da drin, und als sie sich umdrehte, sah sie, dass Nico bereits im Bett lag, außer einer schwarzen Boxershorts nackt und mit einem verführerischen Lächeln. Ihr Herz pochte. O Gott. Er sah wie ein verdammtes Unterwäschemodel aus, diese gebräunte Haut und die Muskeln. Nirgendwo an ihm war auch nur ein einziges Gramm Fett zu sehen.

Also tat sie, was jede gesunde Frau getan hätte, wenn sie mit solch männlicher Perfektion konfrontiert wurde –

Sie versteckte sich im Badezimmer.

Wirklich lang.

Klar, sie hatte eine große Klappe (danke dir, inneres *sexy Biest!*), und er hatte geschworen, dass er es langsam angehen würde, doch jetzt, da der große Moment da war, stand sie kurz vor einer Panik. Sie konnte nicht im Ansatz mit dem Typ Frau mithalten, den er wahrscheinlich sonst abschleppte. Wie diese Tiffany, mit der er sie wegen ihrer roten Haare verwechselt hatte.

Im Badezimmer zog sie sich das Babydoll an, legte noch etwas Make-up auf, und obwohl das Hemdchen großartig aussah, konnte sie den Gedanken nicht ertragen, dass er sie darin anfassen würde. Das Nachthemd sah genau darum gut aus, weil es locker saß und fließend war. Sobald seine Hände aber ihre Taille berühren würden, würde er spüren, wie plump sie war – ihren viel zu weichen Körper. Als sie vorhin getanzt hatten, hatte sie darauf geachtet, ganz eng mit ihm zu tanzen, damit seine Hände auf ihrem Rücken lagen. Wenn sie doch nur mehr als eine Woche gehabt hätte, um zu trainieren. Ihre zwanzig Situps am Tag hatten wirklich nichts gebracht.

Sie setzte sich auf den Toilettendeckel und begann ein Solitairespiel auf ihrem Handy. Vielleicht würde er einschlafen, wenn sie einfach nur lang genug herumtrödelte. Viele Spiele später rief Nico durch die Tür.

„Alles gut da drin?"

„Bin fast fertig", rief sie zurück.

Eine halbe Stunde später …

„Lil?", rief er.

Es war schon irgendwie niedlich, wie er sie Lil nannte.

„Ja, Nic?", fragte sie und versuchte es mit einem eigenen Spitznamen.

Seine Stimme grollte nahe durch die verschlossene Badezimmertür. „Was ist da drin los?"

„Nichts."

„Ist dir schlecht?"

„Nein, ich mache mich nur fertig."

„Immer noch?"

„Du kannst ruhig schon schlafen, wenn du möchtest. Ich komme raus, wenn ich fertig bin."

Er murmelte etwas Unverständliches vor sich hin, und sie machte sich daran, ihr siebtes Solitairespiel zu gewinnen.

Eine weitere halbe Stunde später …

Jetzt fielen *ihr* die Augen zu. Es war ein sehr langer Tag gewesen, und ihre Nervosität hatte sie noch mehr ausgelaugt. Es war sehr still im Raum. Sie hoffte, dass das hieß, dass er eingeschlafen war. Sie steckte ihr Handy in ihre Handtasche, öffnete leise die Tür und stand direkt vor Nico.

„Hi", sagte er.

„Hi", quietschte sie.

Er griff nach ihrer Taille, und sie zuckte zurück und knallte ihm die Tür vor der Nase zu.

„Lil", sagte er durch die Tür, „ich beiße nicht."

Sie lachte voller gespieltem Selbstbewusstsein. „Ich weiß das."

„Warum versteckst du dich dann im Badezimmer?"

„Tue ich nicht." Sie entschied sich, ihre Kontaktlinsen herausnehmen. Das tat sie, und die Welt war ganz verschwommen. Dann setzte sie ihre runde Drahtgestellbrille auf, damit sie auf ihrem Weg nach draußen nicht stolperte. Damit musste sie sich sicher keine Sorgen mehr machen. Nico würde einen Blick auf ihre Professorenbrille werfen und vollkommen abgetörnt sein.

Sie gähnte demonstrativ. „Könntest du bitte von der Tür zurücktreten?"

„Bin ich schon."

Sie öffnete die Tür und stellte fest, dass er einen Meter entfernt davor stand. Sie huschte an ihm vorbei, eilte zu dem noch unberührten Bett, stieß sich dabei das Schienbein am Bettgestell und hechtete unter die Decke. *Autsch.* Sie legte ihre Brille auf den Nachttisch und kehrte ihm den Rücken zu. Zur Sicherheit versuchte sie es noch mit einem reichlich undamenhaften Schnarchen.

Das Bett knarrte, die Decke wurde angehoben und er kletterte neben sie. Sie verkrampfte sich.

Er legte seine warme Hand an ihren Oberarm. „Ich weiß, dass du so schnell nicht einschläfst."

Sie sah ihn über die Schulter an. „Ich bin von der ganzen Fahrerei supermüde. Du doch auch. Acht Stunden auf der Straße ist verdammt lang. Gute Nacht."

„Gute Nacht? Und das war's?"

Sie begann wieder zu schnarchen.

Er seufzte.

Sie kniff die Augen ganz fest zu und dachte an etwas Beruhigendes, denn ihm so nah zu sein, die Hitze seines superheißen Körpers an ihrem Rücken zu spüren, machte sie zu einem nervösen Wrack. Sie würde niemals schlafen können, wenn er neben ihr war. Sie wollte ihn gerade schon bitten, ins andere Bett zu wechseln, als er ihre Haare zu streicheln begann.

„Bin ich denn nicht mehr höllisch heiß?", fragte er.

Sie kicherte über diese lächerliche Frage und sah ihn über die Schulter an. Von der Straßenlaterne draußen schien gerade genug Licht herein, dass sie sein Lächeln sehen konnte. „Du bist immer noch höllisch heiß, und das weißt du auch."

„Wie wäre es dann mit einem Gutenachtkuss?"

Ihr ganzer Körper vibrierte vor Nervosität und Vorfreude. Ein Kuss. Mit einem Kuss konnte sie umgehen. Sie drehte sich um. „Ich werde dich küssen."

„Okay."

Er legte sich flach auf den Rücken und wartete. Oh. Jetzt war sie ja die Angreiferin. Ihre Nervosität verschwand im Licht dieser neuen, unerwarteten Situation. Er hatte wirklich küssenswerte Lippen. Sie beugte sich über ihn und drückte ihm einen sanften Kuss auf den Mund. Er schmeckte nach Pfefferminz, und seine Lippen waren wie warmer Samt. Er fasste sie nicht an oder sonst etwas, darum machte sie weiter, vertiefte den Kuss, schob ihre Zunge vor, um seine zu berühren. Dann schob er seine große Hand in ihre Haare und hielt sie fest. Es fühlte sich so gut an, dass sie ihre Nervosität vergaß und weitermachte. So viel Köstlichkeit, so viel wunderschöne Brust. Ihre Hand streichelte über sein Brusthaar, seine Brustmuskeln, über seine Rippen. Ein leises Stöhnen entfleuchte ihr. Er nahm seine Hand aus ihrem Haar und ließ sie ihren Rücken hinab gleiten. Sie unterbrach den Kuss und rutschte schnell von ihm weg.

„Gute Nacht", sagte sie und wandte sich wieder von ihm ab.

„Bist du denn wirklich so müde?", fragte er, und seine Stimme rumpelte in ihrem Ohr.

Wieder konnte sie seine Hitze spüren, so nahe, dass sie sich wie ein Stromkabel anfühlte, prickelnd und elektrisch. Ihre Nervosität und eine überwältigende Lust trugen einen Kampf in ihr aus. Ihr Herz raste.

„Ja", sagte sie. „Sehr, sehr müde."

Seine Stimme war jetzt ganz ruhig. „Du bist nicht einfach nur … ich weiß nicht … aus irgendeinem Grund nervös?"

Sie schnarchte.

„Lil?"

Wieder Schnarchen.

„Mit wie vielen Männern warst du schon zusammen?", fragte er.

O mein Gott, diese Frage würde sie nicht beantworten. Ein Mann klang so erbärmlich. Er würde definitiv denken, dass etwas mit ihr nicht stimmte.

„Wie viele?", drängte er weiter.

„Das willst du wirklich nicht wissen", erwiderte sie. „Gute Nacht."

„Will ich doch."

Schnarchen.

„Bin ich dein Erster?", fragte er.

Sie schnaubte. „Nein." Wenigstens konnte sie stolz behaupten, dass sie keine fünfundzwanzigjährige Jungfrau war. Wenn man auf sowas stolz sein konnte.

„Der Zweite?", fragte er.

Schnarchen.

„Das nehme ich dann mal als ein Ja", sagte er. „Das ist okay. Ich habe doch gesagt, ich werde es langsam angehen."

Sie wandte sich ihm zu und sah ihm in seine tiefbraunen Augen, die voller Mitgefühl und Verständnis waren, wodurch sie sich nur zehnmal schlimmer fühlte. „Zu deiner Information, ich war schon mit vielen Männern zusammen. Weit mehr als nur einem." In ihrer Fantasie. „Du musst also nicht so tun, als wärest du mir irgendwie überlegen. Wir wissen beide, dass du eine ganze Menge Frauen hattest." Sie wandte sich wieder ab, denn dieser Gedanke stieß ihr ein wenig sauer auf.

„Bist du jetzt wirklich wütend?", fragte er. „Ich war doch überhaupt nicht überheblich."

„Doch, warst du, mit all deinen Fragen und dem Mitleid in deinen Augen." Ihr Hals schnürte sich zu. „Denk doch einfach an all diese anderen Frauen, wenn du dich dann besser fühlst."

Er stöhnte. „Damit fühle ich mich überhaupt nicht besser. Lil, komm schon. Ich habe kein Mitleid in den Augen. Die sehen immer so aus."

„Gute Nacht", sagte sie mit Endgültigkeit in ihrem Tonfall.

Seufzend legte er sich auf den Rücken, wodurch die Matratze wankte. Sie blinzelte. Sie fühlte sich wie eine komplette und totale Versagerin, war aber nicht in der Lage, es irgendwie besser zu machen. Sie konnte einfach nicht mit all diesen Frauen mithalten. Kurz darauf verließ er das Bett, und sie hörte, wie er die Dusche anstellte.

Dass sie das Bett jetzt für sich allein hatte, machte es nicht besser. Was tat sie denn nur? Das hier sollte doch ihre große Sex-Nachhilfe sein. Die Geburt einer neuen Lily. Doch irgendwie trampelte die alte Lily einfach über ihr Selbstvertrauen. Sie konnte nicht schlafen. Sie musste das irgendwie hinbekommen. Sei tapfer und mach dich dran. Vielleicht hätten sie Wein bestellen sollen. Etwas, um über diese unangenehme, nervöse Anspannung hinwegzukommen, die sie lähmte.

Sie hörte, wie die Dusche ausgestellt wurde, und kurz darauf ging Nico in das andere Bett. Sie sagte sich, sie sollte etwas unternehmen. Einfach aufstehen, hingehen, sich zu ihm legen. Das war doch nicht so schwer, oder? Er hatte schon gesagt, dass er es langsam angehen würde. Doch würde er meinen, dass sie zu dick war, zu massig, zu *Godzilla*? Würde er sich von ihrem weichen, undefinierten Bauch abgestoßen fühlen?

Sie biss sich auf die Lippe. *Hör damit auf*, sagte sie sich. *Deshalb bist du doch hier. Steh auf!*

Sie erhob sich aus dem Bett, ging hinüber zu seinem Bett und blickte auf ihn herab. Er lag auf seinem Bauch und schnarchte leise.

Sie konnte ihn nicht wecken. Nicht, nachdem er heute den ganzen Tag gefahren war. Sie ging zurück in ihr Bett, hin- und hergerissen zwischen Erleichterung und Enttäuschung. Morgen Abend, versprach sie sich.

Als sie Cleveland verließen, war Nico entschlossen, dass der heutige Tag um einiges besser für ihn enden würde als mit dicken Eiern. Er wusste, dass Lily unerfahren war, doch das war ihm egal. Er wollte einfach nur so unbedingt in ihr sein. Als sie am vorherigen Abend in diesem winzigen roten Fähnchen aus dem Bad gekommen war, hatte er sich zusammenreißen müssen, um sie nicht einfach zu packen und an der Wand zu nehmen. Sie war verdammt sexy, und die Tatsache, dass sie das nicht wusste, machte sie sogar noch reizvoller. Sie spielte nicht mit ihm und machte ihm auch nichts vor, wie zahlreiche Liebhaberinnen es in der Vergangenheit gemacht hatten. Sie war einfach echt. Und sie hatte sich dem Kuss genauso hingegeben wie er. Er konnte langsam machen. Was er nur absolut *nicht* tun konnte, war nichts.

Er würde eher nach Connecticut zurückfahren, als eine weitere Nacht zuzusehen, wie sie in diesem winzigen Satinding herumhüpfte, aus dem ihre Brüste fast heraussprangen, während er sich hin- und herwälzte. Diese Tortur konnte man einem Mann nicht zumuten. Er hatte im anderen Bett schlafen müssen, verdammt noch mal! Er konnte es nicht ertragen, so nah bei ihr zu sein und sie nicht zu berühren.

Er sah zu ihr hinüber. Sie trug ein T-Shirt mit V-Ausschnitt, der ihr Dekolleté hübsch zur Schau stellte, und ihre Shorts präsentierten eine Menge kurviges, glattes Bein. Dieses Outfit gefiel ihm sogar noch besser als das Kleid, das sie gestern angehabt hatte, weil er so um einiges mehr Bein sah. Ihren Ausschnitt präsentierte sie immer. Das gefiel ihm an ihr. Sie trug eine große, runde Sonnenbrille, darum konnte er ihren Gesichtsausdruck überhaupt nicht einschätzen. War sie immer noch wütend, weil er ihr letzte Nacht diese Fragen gestellt hatte? War es ihr peinlich? Er wünschte, er wüsste es, dann könnte er die Sache vielleicht hinbiegen. Miteinander zu schlafen war schließlich keine große Sache, und wenn er nur ihre Nervosität überwinden konnte, war er sich sicher, dass sie viel Spaß miteinander haben würden.

Er wedelte mit einer Hand vor ihrem Gesicht, um ihre Aufmerksamkeit auf sich zu ziehen, da sie die Kopfhörer trug und bereits dem Repetitorium für ihre Prüfung lauschte. Wenigstens blieb ihm diese Qual heute erspart.

Sie hob eine Seite des Kopfhörers an. „Was?"

„Wie wäre es mit Kaffee und Donuts?"

„Nur Kaffee."

„Die Fahrt heute wird nur kurz sein", sagte er ihr. „Fünf Stunden bis Chicago. Ich möchte nicht, dass du heute Abend wieder so müde bist."

„Ach", winkte sie ab. „Ich habe nichts gegen eine lange Fahrt. Wir können ruhig weiter fahren."

„Chicago", sagte er bestimmt. Außerdem sollte er dort Luke zum Abendessen treffen. Sein Bruder reiste geschäftlich oft nach Chicago und London.

Sie setzte ihre Kopfhörer wieder auf und rutschte auf ihrem Sitz tiefer. War es denn wirklich so grässlich, mit ihm zusammen zu sein? Himmel, er fühlte sich so langsam wie der große böse Wolf. Er hatte sich nie so sehr darum bemühen müssen, eine Frau nackt zu bekommen.

Kurz darauf kaufte er zwei Kaffee und zwei Donuts mit Zuckerguss. Beide Donuts waren für ihn. Er hatte Hunger, nachdem er heute Morgen eine Stunde im Fitnessraum des Hotels verbracht hatte, wo er versucht hatte, ein bisschen von der Anspannung seiner unruhigen Nacht abzubauen. Die ganze Nacht über war er immer wieder aufgewacht, hatte gelauscht, wie Lily in ihrem Schlaf seufzte und laut atmete, hatte an ihre weiche Haut und den süßen Duft gedacht. Er trank einen Schluck Kaffee und biss dann einmal herzhaft in den Donut.

Lily beobachtete ihn hungrig. Er hielt ihr den Donut entgegen. „Willst du mal beißen?"

Sie schüttelte den Kopf und nippte an ihrem Kaffee. Er biss noch einmal hinein, und sie sah immer noch zu. Er reichte ihn ihr, und sie aß ihn schnell, als käme sie um vor Hunger. Warum hatte sie vorhin überhaupt nein zu seinem Angebot gesagt? Er schüttelte den Kopf und holte den zweiten Donut aus der Tüte, um ihn zu essen.

Sie nahm ihre Kopfhörer ab und hielt das Repetitorium an. „Danke."

„Gern", erwiderte er. „Möchtest du irgendetwas Besonderes in Chicago unternehmen? Wir haben den ganzen Nachmittag und den Abend. Ich habe gehört, der Navy Pier ist ziemlich cool."

Sie leckte sich den Zuckerguss des Donuts von ihren Fingern – diese rosa Zunge zwischen den vollen, rosa Lippen – warum brachte sie ihn nicht einfach gleich um? Er wünschte wirklich, er hätte das nicht gesehen. Sie lächelte ihn an.

Er verzog das Gesicht.

„Bist du okay?", fragte sie.

„Ja."

„Ich würde gerne den Friseurstuhl von Präsident Obama sehen. Der ist in dem Laden, wo er sich immer die Haare hat schneiden lassen, unter Plexiglas."

Natürlich. „Wirklich? Nicht shoppen gehen, keine Museen, kein Navy Pier? Nur einen Friseurstuhl?"

„Das ist der des Präsidenten, Nico. Das ist etwas Besonderes." Und damit setzte sie ihre Kopfhörer wieder auf und begann, weiter dieser grässlich eintönigen Stimme zu lauschen.

Er schaltete das Radio ein und freute sich über die Musik, die so viel besser war, als für die Zulassungsprüfung zu lernen. Wieder warf er einen Blick auf ihren Ausschnitt, ihre langen, weichen Beine, die sie vor sich ausgestreckt hatte, und hielt sich tapfer davon zurück sie anzufassen. Bald. Er konnte noch ein bisschen warten. Eine kurze Fahrt, ein kurzer Blick auf einen Friseurstuhl, und dann würde sie ihm gehören.

Lily war schon mal in Chicago gewesen, Nico nicht, darum sorgte sie dafür, dass sie - nachdem sie sich den Friseurstuhl angesehen hatten, der abgesehen davon, dass er unter Plexiglas stand, wie jeder andere Friseurstuhl aussah, aber scheinbar doch etwas ganz Besonderes war, weil einmal ein Präsident draufgesessen hatte - einen langen Spaziergang machten, bei dem sie ihm berühmte Sehenswürdigkeiten zeigte, damit er müde wurde. Sie zeigte viel und sprach viel, ohne irgendwo stehen zu bleiben. Das Museum of Science and Industry! Millennium Park! Lake Michigan! Nico hörte aufmerksam zu und fragte immer wieder, ob sie auch mal stehen bleiben und sich die Sehenswürdigkeiten ansehen wollte, was sie natürlich nicht wollte, denn sie musste ihn ja auf Trab halten. Danach ging sie mit ihm in den Kaufhäusern auf der Michigan Avenue einkaufen, was die meisten Männer zu Tode langweilen würde.

Nico hielt ihre Handtasche, während sie Unmengen an Kleidungsstücken anprobierte. Das Schuldbewusstsein angesichts ihrer Absichten und ihrer schrecklichen Nervosität hielt sie davon ab, irgendetwas zu kaufen. Denn wie konnte sie sich amüsieren, wenn ihr einziges Ziel war, Nico müde zu machen?

Es war ja nicht so, dass er nicht der umwerfendste sexy Mann auf dem Planeten war. Denn das war er, das war er definitiv. Und er war so nett und geduldig mit ihr. Es lag an ihr. Sie war das Problem. Das wusste sie, und es war ihr peinlich, doch sie konnte nichts tun. Sie musste ihn einfach hinhalten bis Las Vegas, wo sie hoffte, dass sie sich beide betrinken konnten, damit es leichter werden würde. Er würde sich an nichts erinnern, außer daran, dass sie es getan hatten. Und wenn sie erst einmal diese Hürde hinter sich hatten, konnte sie sich endlich entspannen. Vielleicht.

Sie kam mit leeren Händen aus der Umkleide von Bloomingdale's. Das war das dritte Kaufhaus, das sie in vier Stunden besucht hatten.

„So langsam habe ich den Verdacht, dass du überhaupt nichts kaufen willst", sagte er.

„Der Schnitt hat mir nicht gefallen", sagte sie. „Willst du in eine Bar?"

Er reichte ihr die Handtasche und legte ihr den Riemen über die Schulter. „Wir sollten erst was zu Abend essen."

„Lass uns einfach was Verrücktes tun und uns betrinken", sagte sie. Denn sie konnte sich ja genauso gut in Chicago betrinken wie in Las Vegas. Warum warten?

Er legte einen Arm um ihre Schultern und tippte ihr mit einem Finger auf die Nase. „Warum sollte ich das tun? Ich möchte mich doch an alles von unserer Nacht erinnern."

Sie schluckte. „Oh."

„Wir sollten in Chicago unbedingt eine Pizza essen gehen, findest du nicht?"

Sie nickte, denn sie war nicht in der Lage zu sprechen, wenn er ihr so nah war und zu ihr hinablächelte. Er war einfach atemberaubend.

„Mein Stiefbruder Luke ist in der Stadt", sagte er und führte sie zur Tür hinaus. „Er hat mir geschrieben, dass er ganz in der Nähe ein Lokal kennt. Komm."

„Wir treffen deinen Bruder?"

„Ja. Ist das ein Problem?"

„Ich denke nicht. Ich hatte nur nicht gedacht, dass wir die Familie des anderen kennenlernen."

„Nur Luke."

Er behielt den Arm weiter um ihre Schulter, als wäre es die natürlichste Sache der Welt. Sie verbrannte geradezu durch seine Nähe, und die Ungezwungenheit dieser Geste bestätigte die Tatsache, dass sie, Lily Spencer, mit dem umwerfendsten Mann unterwegs war und der sich auch noch für sie interessierte. Zumindest vorübergehend. Zwei Wochen, keine Verpflichtungen. Das war die Abmachung.

„Luke ist derjenige, der mich mit dieser rothaarigen Tiffany zusammenbringen wollte", sagte er.

Sie verzog das Gesicht. „Aber du hast mich bekommen.“

„Ich habe dich bekommen.“

„Wärst du lieber mit Tiffany hier?“

Er beugte sich zu ihr herunter und küsste sie auf die Nasenspitze. „Ich dachte, ich wäre mit Tiffany hier. Wer bist du nochmal?“

Sie schlug ihm auf die Brust, und er lachte. Einen kurzen Spaziergang später blieben sie vor dem Restaurant stehen, dem Gino East. Ein Mann mit aschblonden Haaren stand an das Ziegelgebäude gelehnt und starrte auf sein Handy.

Nico blieb vor ihm stehen. „Hey.“

Der Mann blickte auf und lächelte, beinahe ein Grinsen, als er sie zusammen sah. Ihr stockte der Atem. War denn Nicos ganze Familie so umwerfend? Allein von dem Gesicht wäre jede Frau schwach geworden – aschblondes Haar, das ganz kurz geschoren war, dunkelblaue Augen, ein sorgfältig getrimmter Bart und ein sexy Grinsen. Doch er war außerdem noch groß und muskulös und strahlte Selbstvertrauen aus.

„Du musst Lily sein“, sagte er. „Ich bin Luke.“

„Schön, dich kennenzulernen“, hauchte sie. „Ich bin Lily Spencer.“

Nico sah sie mit zusammengekniffenen Augen an. „Vielleicht sollten wir reingehen.“

„Spencer“, sagte Luke. „Ist dein Dad George Spencer?“

Sie zuckte zusammen. Er kannte ihre Familie. Jetzt würde er sie anders behandeln, nicht mehr locker Spaß machen. „Ja.“

Luke drehte sich zu Nico um. „Sie ist die Spencer-Erbin. Wusstest du das? Du hast einfach nur *die Rothaarige* gesagt.“

Sie drehte sich zu Nico um. „Nur *die Rothaarige*? Konntest du dich nicht an meinen Namen erinnern?“

Nico sah Luke wütend an. „Ich habe sie beim Namen genannt. Natürlich kenne ich ihren Dad. Er ist mein Kunde. Können wir jetzt was essen?“

Luke hielt die Tür auf und winkte sie ins Restaurant. Sie war noch nie hier gewesen. Die Wände und Nischen und selbst einige der Stühle waren mit Graffiti überzogen. Die

Tische waren mit rotweiß karierten Tischtüchern eingedeckt. Wie anders!

Nachdem sie kurz gewartet hatten, brachte jemand sie zu einer Nische. Nico nahm ihre Hand und zog sie neben sich auf die Bank. Sie bestellten eine große Supreme Gino mit Peperoni, von der der Kellner sagte, dass die Zubereitung fünfundvierzig Minuten dauern würde. Die Brüder bestellten sich jeweils ein Bier. Lily ein Glas Chianti. Nico und Luke sprachen von der bevorstehenden Hochzeit ihres anderen Bruders Vince, von den Red Sox und diskutierten Lukes Porsche, von dem er sagte, dass er plötzlich komische Geräusche mache. Lily war das egal. Das lockere Geplänkel und die Unterhaltung zwischen den Brüdern gefielen ihr. Als wären sie beste Freunde. Ihr Leben lang hatte sie sich nach einer solchen Familie gesehnt.

„Also, Lily, tut mir leid, dass ich so viel von meinem Auto geredet habe", sagte Luke, nachdem die Pizza serviert worden war. „Lass uns über dich sprechen. Welche Absichten hast du bei meinem Bruder?"

Sie lachte, und Nico verzog das Gesicht. „Ehrenhafte Absichten, Sir."

Luke lächelte. „Gut, gut. Ich hoffe, du hast die Absicht, einen ehrbaren Mann aus ihm zu machen nach eurer zweiwöchigen" – er senkte seine Stimme – „Fahrt."

„Halt die Klappe", knurrte Nico Luke an. „Was machst du eigentlich in der Stadt?"

„Meine Firma verlegt eine Abteilung von Chicago nach New York, und sie wollen, dass ich bei der Abwicklung helfe", sagte er. „Ich bin Finanzplaner", sagte er zu Lily. „Wenn du jemals Hilfe dabei brauchst zu investieren–"

„Vergiss es", blaffte Nico.

Luke schmunzelte. „Und was habt ihr beide heute so gemacht?"

„Wir waren einkaufen", sagte Lily.

Luke hob eine Braue und biss in die Pizza.

„Unter anderem", sagte Nico. „Der übliche Tourikram."

„Wart ihr am Navy Pier?", fragte Luke. „Vom Riesenrad

aus hat man eine fantastische Sicht auf die Skyline und den See. Das solltet ihr euch wirklich nicht entgehen lassen."

„Vielleicht machen wir das noch", sagte Nico.

„Vielleicht sind wir aber auch zu beschäftigt", sagte Lily. Sie hatte ein Problem mit Riesenrädern.

Nico lächelte und legte einen Arm um sie. „Vielleicht sind wir zu beschäftigt."

„Oder nicht", fügte Lily hinzu, als ihr plötzlich klar wurde, dass ein Ausflug an den Pier sich die ganze Nacht hinziehen konnte und das damit seine Enttäuschung über sie im Bett hinauszögern würde.

Luke trank nur einen langen Schluck von seinem Bier und beobachtete die beiden. Sie hatte das Gefühl, dass er genauso klug war wie Nico. Sie hoffte nur, dass er nichts Peinliches ansprach wie die Tatsache, dass Nico es nicht abwarten konnte, ins Hotel zurückzukommen.

Nach einem köstlichen Abendessen, bei dem sie es schaffte, sich nicht mit der Sauce zu bekleckern, holte Lily einen Stift aus ihrer Handtasche und schrieb ihre Initialen auf eine kleine Stelle oberhalb der Sitzbank, auf der noch kein Graffiti war.

„Nicos Initialen auch", sagte Luke. „Und eine kleine Vier. Du weißt schon 4 ever."

„Fordere es nicht heraus", knurrte Nico.

Lily wurde rot. „Möchtest du, dass ich deine Initialen dazuschreibe?", fragte sie Nico.

Nico sah sie an, und sein Blick senkte sich auf ihren Mund. „Nicht nötig", sagte er leise. Ein enttäuschter Schmerz breitete sich in ihr aus, doch als er ihre Hand nahm und sie hielt, fühlte sie sich ein wenig besser.

Luke bestand darauf zu bezahlen und ließ es auf das Konto seiner Firma schreiben. Kurz darauf gingen sie nach draußen. Luke musste noch in seinem Hotel einchecken und erklärte, er müsse noch arbeiten, darum verabschiedeten sie sich.

„Lily Spencer, es war schön, dich kennengelernt zu haben", sagte Luke, als er ihre Hand nahm und sie zwischen seinen beiden hielt. „Ich hoffe, wir sehen dich am Sonntag beim Familienessen. Meine Mom wird dich mögen. Sie macht diese köstlichen italienischen Kekse ..."

Sie errötete. „Oh! Das ist sehr nett–"

„Kein Sonntagsessen", sagte Nico, legte eine Hand an Lukes Wange und stieß ihn weg. „Und auch keine Kekse."

Lilys Wangen brannten. Es war, als hätte Nico Luke gerade gesagt, dass sie zwar miteinander schliefen, aber nichts weiter. „War schön, dich kennenzulernen", sagte sie und trat von den beiden Männern weg.

„Bis zum nächsten Mal", sagte Luke mit einem verschmitzten Lächeln.

Nico stieß seine Schulter an. Die Brüder tauschten ein paar leise Worte miteinander aus, die sie nicht verstehen konnte, dann ging Luke lachend davon.

Dann nahm er ihre Hand. „Willst du dir den Navy Pier ansehen oder zurück ins Hotel?"

„Lass uns den Pier ansehen!", trällerte sie.

Er hielt im Gehen ihre Hand. Sie musste sich immer noch an diese ganzen Berührungen gewöhnen.

„Wir sollten mit dem Riesenrad fahren", sagte Nico. „Ich wette, die Skyline sieht bei Sonnenuntergang richtig cool aus."

Und weil er bei ihrem ganzen Bummeln, bei dem sie nichts gekauft hatte, so geduldig gewesen war, und weil sie mehr als sonst etwas wollte, dass die heutige peinliche, seltsame Vielleichtverführung so spät wie möglich stattfand, stimmte sie zu.

Bis zum Pier war es mehr als eine halbe Stunde zu Fuß, darum hoffte Lily, dass der Fußmarsch nicht nur die Kalorien der köstlichen Pizza verbrennen, sondern sie auch beide müde machen würde.

Als sie sich dem Pier näherten, vermied sie es, zu dem riesigen Rad des Todes aufzublicken. Vom Lake Michigan kam eine sanfte Brise herüber. Wenn der Wind stärker wurde, würde er die Gondeln des Riesenrads ins Schwingen bringen, und sie würden rausfallen. Ihr Herz begann schneller zu schlagen.

Als sie sich für die Tickets anstellten, waren ihre Handflächen bereits klamm, und sie musste ihre Hand aus Nicos ziehen, um sie an ihren Shorts abzuwischen. Er nutzte die Gelegenheit, um auf seinem Handy nach Nachrichten zu sehen, und sie nutzte die Gelegenheit, um ein paar Schritte beiseite zu treten, ihren Kopf zwischen ihre Knie hängen zu lassen und ein paarmal tief durchzuatmen. *Du schaffst das. Du hast schonmal in einem Riesenrad gesessen.*

Das letzte Mal hatte sie gekotzt.

Sie richtete sich auf, ihr war immer noch ein wenig schwindelig. Sie wollte das hier für Nico nicht ruinieren.

„Hab sie", sagte er fünf Minuten später und hielt die Tickets in die Höhe. „Jetzt stellen wir uns dort an."

Sie hoffte auf eine sehr, sehr lange Schlange.

Doch sie war kurz.

„Ich wette, ganz oben können wir schöne Fotos von der Skyline und dem See machen", sagte er.

„Ja", sagte sie verkniffen.

„Geht es dir gut? Du siehst so blass aus."

Sie schüttelte den Kopf und kniff sich, damit sie wieder etwas Farbe in die Wangen bekam. „Ich bin nur ein bisschen müde. Ein anstrengender Tag."

Er legte einen Arm um ihre Schultern. „Dann gehen wir direkt danach zurück zum Hotel, okay?"

AAAAH!!!!

„Okay", sagte sie.

Er hob ihr Kinn und küsste sie zärtlich. Sie beruhigte sich immens, als sie sich nur noch auf diesen Kuss konzentrierte und nicht mehr auf ihre verdammte Höhenangst. Sie mochte seine Küsse wirklich, wirklich sehr.

Ehe sie sich's versah, stiegen sie bereits in eine der Todesgondeln. Sie schaukelte verdächtig, als die vorherigen Fahrgäste, ein Vater und sein kleiner Sohn, ausstiegen. Ihr war schwindlig. Jetzt *nicht* ohnmächtig werden.

Nico führte sie mit einer Hand an ihrem unteren Rücken hinein und folgte ihr. Die Tür wurde verriegelt, als würde das verhindern, dass sie herausfielen. Ein Windstoß, und sie wären Pfannkuchen auf dem Pier. Sie schnallte sich an und betete.

Das Rad begann, sich ganz langsam zu drehen, und dann waren sie in der Luft. Sie fing an, panisch mit Gott zu verhandeln. *Wenn ich das hier überlebe, gebe ich Schokolade auf. Ganz.* Der Wind wurde stärker, und die Gondel schaukelte ein wenig. Sie kniff die Augen zu. *Ich werde mein Leben der Armenfürsorge widmen. Ich werde einhundert Decken pro Woche stiften für –*

„Lily?"

Für jeden Mann, jede Frau und jedes Kind, denen jemals kalt war.

„Hey, Lil, warum sind deine Augen zu? Du verpasst ja den Ausblick."

Sie hielt ihre Augen weiter fest geschlossen. Ihr Magen rutschte ihr in die Kniekehle, als sie immer höher stiegen. Wieder schaukelte die Gondel in der Brise. *Ich werde jeden Hund adoptieren, der an der Ostküste ein Heim braucht. Sogar die Kläffer.*

„Mach die Augen auf", sagte Nico. „Sieh dir den Sonnenuntergang an."

„Hübsch", sagte sie mit geschlossenen Augen.

„Was ist denn los?", fragte er.

„Ich hab Höhenangst", flüsterte sie für den Fall, dass das Riesenrad es hören und sich entschließen könnte, sie rauszuschmeißen. Das Rad blieb stehen. Sie öffnete die Augen und schloss sie ganz schnell wieder. O Gott. Sie würden für immer ganz oben festsitzen. Vielleicht war das Rad kaputt.

„Warum steigst du dann in ein Riesenrad?", fragte Nico.

„Weil ich eben keine Angst vor Höhen haben will", sagte sie. Das stimmte. Sie versuchte, sich einigen ihrer Ängste zu stellen. Abgesehen von der Sache mit den Spinnen. Und Schlangen. Und Clowns. Sie schauderte, als sie daran dachte.

Nico legte einen Arm um sie. „Ich bin bei dir. Mach die Augen auf."

„Okay, du hältst mich, aber wer hält dich? Bei der leichtesten Bewegung könnte dieses Ding umkippen."

„Weißt du, was gut ist, wenn man auf dem Riesenrad ganz oben ist?", fragte er mit leiser, rauer Stimme, die sie vorübergehend ablenkte.

„Was?"

„Knutschen."

„Oh. Wirklich?" Das hatte sie noch nie gehört und fragte sich einen Moment lang, ob er sich das nur ausgedacht hatte, doch dann küsste er sie bereits. Langsam löste sie sich aus ihrem erstarrten Zustand. Seine warme Hand lag auf ihrer Wange, sein Mund war heiß und fordernd, und sie war gleich überwältigt. Er machte weiter, seine Zunge stieß in ihren Mund, und sie schmolz an ihn. Der Kuss war noch intensiver durch den drohenden Tod.

Schließlich löste er sich von ihr und lächelte. „Und jetzt schau."

Das tat sie. Die Skyline war spektakulär mit dem Willis Tower, der von der untergehenden Sonne golden angestrahlt wurde.

Nico nahm seinen Arm von ihr, und die Gondel schaukelte bei der Bewegung.

„Was machst du denn?", kreischte sie.

Er zog sein Handy aus der Tasche seiner Shorts. „Ich will ein Foto machen."

„Oh."

Und dann machte er ein Foto von ihr.

„Warum machst du denn ein Foto von mir? Ich dachte, du willst die Skyline."

Er sah sie eindringlich an, und in seinen Augen war kein Mitleid zu sehen, nur Wärme. „Ich wollte ein Foto von deinem Mut."

Ein langsames Lächeln formte sich auf ihren Lippen. „Danke."

Dann fuhr das Riesenrad weiter. „Whoa!", schrie sie.

Nicos Arm legte sich wieder um ihre Schultern. „Du schaffst das."

Und das tat sie. Die ganze Zeit über ließ sie ihre Augen offen und hielt sehr, sehr still. Am liebsten hätte sie den Boden geküsst, als sie endlich aus dem Todesrad ausstiegen. Ihre Beine zitterten, doch Nicos Hand war wieder stark und fest und hielt ihre.

Sie gingen zurück zum Hotel, und allmählich fühlten ihre Beine sich nicht mehr wie Gummi an.

Er drückte ihre Hand, als sie das Hotelfoyer betraten. „Du versteckst dich aber nicht wieder die ganze Nacht im Bad, oder doch?"

Ihre Wangen brannten. „Ich habe mich nicht versteckt."

„Doch, hast du."

Sie schüttelte den Kopf und spielte beleidigt, obwohl es ihr einfach nur peinlich war, wie leicht er sie durchschaute. Als sie erst einmal im Hotelzimmer waren, schnappte sie sich ihren Pyjama und ihre Kosmetiktasche und eilte ins Bad.

„Heute komme ich dich holen, wenn du zu lange brauchst", warnte er sie.

„Nico, ich brauche meine Privatsphäre."

„Oh. Sorry."

Sie ging hinein und verschloss die Tür. Ihr inneres *sexy Biest* hatte sie scheinbar für immer verlassen. Dieses Miststück! Einen Moment später hörte sie den Fernseher und entspannte sich ein wenig. Jetzt war es Zeit für die schweren Waffen. Leider waren sie beide nüchtern, und sie konnte auf keinen Fall diese sexy Verführerinnennummer durchziehen. Keine Reizwäsche heute. Kontaktlinsen raus, Brille auf. T-Shirt und Pyjamahose im Bett, wie sonst auch immer. Das Outfit war ausgeleiert und unförmig und ach-so-bequem. Nico würde begreifen, dass man ihretwegen nicht erregt sein musste, und dann könnten Sie sich beide entspannen und fernsehen, bevor sie schliefen. Sie atmete ein paarmal tief durch, öffnete die Tür und stellte sich ihm. Er hatte auf sie gewartet und stand in blauen Boxershorts vor der Badezimmertür. Ihr ganz eigenes Unterwäschemodell. Er hatte keine Ahnung, wie einschüchternd es war, jemandem, der so sexy war, so nahe zu sein.

Er hob einen Mundwinkel. „Hübsche Brille, Frau Professor."

„Danke."

Er nahm sie ihr ab und legte sie auf den Waschtisch. Dann zog er sie aus dem Bad. Seine Hand hielt ihren Kopf, während er sich langsam hinabbeugte und mit seinem

Mund über ihren strich. Sie schloss die Augen und stieß ein leichtes Seufzen aus, als er sie beinahe trunken küsste. Ihre Glieder wurden ganz schwach, schmolzen dahin, und ihr war schwindelig. Er küsste sie weiter und schob sie, bis sie die kühle Wand in ihrem Rücken spürte. Sie entspannte sich ein wenig, denn es war ja nicht das Bett. Sein Kuss wurde fordernder, heiß und intensiv, während er seinen harten Körper an ihren presste. Sie riss ihren Mund von seinem, denn plötzlich wurde ihr bewusst, dass vieles von dem, was er im Bett tun konnte, auch an der Wand möglich war. Er senkte seine Lippen auf ihren Hals, küsste sie, kostete sie und kratzte mit den Zähnen über ihre Haut. Ihre Knie gaben nach, und sie hing an ihm. Er kehrte zu ihrem Mund zurück, küsste sie fest und leidenschaftlich, und die Hitze und die Stärke seines Körpers, der sie an die Wand pinnte, ließen sie ihre Nervosität vergessen, und sie gab sich einfach hin.

Nach einer glorreich langen Zeit, in denen sie einander leidenschaftlich geküsst hatten, unterbrach er den Kuss, nahm ihre Hand und zog sie Richtung Bett. Sie rührte sich nicht. Er drehte sich zu ihr um und küsste sie noch einmal. Sie löste sich von ihm. Ihr Körper und ihr Verstand rangen miteinander – *mach weiter, hör auf, mach weiter, hör auf.* Wenn sie nur mit Sicherheit wüsste, dass sie ihn nicht enttäuschen würde.

„Was ist?", fragte er mit rauer Stimme. Sein erhitzter Blick durchbohrte sie mit anhaltender Intensität. Sie schluckte und wandte den Blick ab, als ihre Nervosität sie wieder packte.

Einen Herzschlag lang schwiegen sie.

„Ich habe Kopfschmerzen von den Kopfhörern", sagte sie schließlich und sah ihm wieder in die Augen. „Von der Lektion heute Morgen", fügte sie hinzu und wedelte mit der Hand, als er sie verwirrt ansah. „Du weißt schon, auf der Fahrt hierher."

„Hast du nicht."

„Ich hab dir gesagt, dass ich von diesen Dingern Kopfschmerzen bekomme."

„Dann hole ich dir Paracetamol."

„Ich brauche nur eine Nacht meinen Schlaf. Gute Nacht, Nico."

„Lil, ich weiß, dass du diese" – er gestikulierte zwischen ihnen beiden hin und her – „diese Chemie zwischen uns auch spürst."

Sie biss sich auf die Lippe, drehte sich um und ging ans andere Ende des Bettes.

„Sag mir einfach, was das Problem ist, dann kann ich was dagegen tun", sagte er.

Das war es ja eben. Er konnte nichts dagegen tun. Sie schüttelte den Kopf und kroch ins Bett, tat so, als würde sie schlafen. Einen langen Moment war er still; dann ging er ins Bad und schloss die Tür. Ein paar Minuten später hörte sie die Dusche.

Als sie die Augen schloss, rollte eine Träne über ihre Wange. Verdammt. So viel zum Thema Mut.

9
___

Nico war einer Frau noch nie so viele Stunden und Tage und Nächte nahe gewesen, ohne sie nackt zu machen. Das hier war eine vollkommen neue Erfahrung für ihn, all dieses Fahren und Mahlzeiten-und-Hotelzimmer-Teilen, während sie ihre Kleidung anbehielten. Er war sich nicht so sicher, ob das eine gute Sache war.

Er sah zu der Verführerin hinüber, die auf der anderen Seite des Trucks saß, ihre Kopfhörer aufhatte und sich wieder ihr Repetitorium anhörte. Er war schon zuvor der Meinung gewesen, dass sie schön war, doch jetzt, da er sie besser kannte, all ihre spleenigen, mutigen Verhaltensweisen, war er dabei, sich in sie zu verlieben. Er dachte fast die ganze Nacht an sie, bevor er gnädigerweise dann doch einschlafen konnte. Er ging in Gedanken ihren Tag noch einmal durch, erinnerte sich an alles, was sie gesagt oder getan hatte, und versuchte, aus ihr schlau zu werden. Er verliebte sich in sie, wie er sich erst einmal in seinem Leben verliebt hatte – in seine Exfrau –, und das war verdammt ungünstig.

Nein, er wusste es besser, als es so weit kommen zu lassen. Er musste nur mit ihr schlafen, sie sozusagen aus dem Kopf bekommen, dann würde er aufhören, so oft an sie zu denken. An diese T-Shirts, die sie trug, unter deren dünnem Stoff sich ihre Brüste abzeichneten. Wie sie an ihn schmolz, wenn er sie küsste, und ihn doch wegstieß, wenn er versuchte, mehr zu bekommen. Wie sie sich so mutig ihrer Höhenangst gestellt hatte. Wie sie so süß zu ihm aufblickte, als würde er wie der Mond hoch am Himmel hängen.

Er wurde ganz rührselig. Das war so gar nicht seine Art. Er war überhaupt nicht sentimental.

Sie stieß ein leises Seufzen aus, öffnete ihre Lippen, und er stellte fest, dass sie eingeschlafen war. Natürlich war sie das, sie waren fast in Omaha, und der Professor, der aus ihren Kopfhörern laberte, hätte jeden eingeschläfert. Sie mussten noch drei Stunden weiter durch Iowa fahren, und er entschloss sich, sie schlafen zu lassen. Dann hätte sie keine Ausrede mehr, dass sie am Abend zu müde war oder Kopfschmerzen hatte. Sie würde richtig wach sein, und er würde diese Energie so richtig ausnutzen. Himmel, er hatte ja nur noch elf Tage mit ihr. Am letzten Tag würden sie getrennte Wege gehen, darum konnte man den eigentlich gar nicht mehr zählen. Er musste dafür sorgen, dass sie es endlich taten, bevor er noch an dicken Eiern starb.

Kurz darauf schreckte sie aus dem Schlaf auf. Sie richtete sich auf und zog sich die Kopfhörer von den Ohren. „Wo sind wir? Hab ich es verpasst?"

„In Iowa. Was sollst du verpasst haben?"

„Die zweitgrößte Salz- und Pfefferstreuersammlung, den größten Zementzwerg der Welt, Iowas größte Pfanne, such dir was aus!"

Er hob eine Braue. „Muss ich wirklich?"

„Wir können das doch nicht alles verpassen!"

„Ich glaube nicht, dass ich anhalten kann. Wir müssen heute eine ordentliche Strecke hinter uns bringen. Du weißt, ich muss nach L.A. und rechtzeitig für die Hochzeit meines Bruders wieder zurück sein."

„Nico, das hier ist Iowa. Wir *müssen* anhalten."

„Müssen wir nicht." Bis jetzt hatte er nur Maisfelder und flaches, leeres Land gesehen. Und er hatte ja wirklich eine Deadline. Er musste rechtzeitig für das Probeessen zurück sein.

„Ich war noch nie in Iowa, du?", fragte sie.

„Nein."

„Dann ist es gebongt. Lass mich schnell nachsehen." Dann, ein paar Minuten später: „Okay, wir sind nur dreißig Meilen von der zweitgrößten Sammlung von Salz- und Pfefferstreuern entfernt."

Er stöhnte. „Es ist nicht einmal die Größte. Meinst du das ernst?"

„Das sind mehr als sechzehntausend! Und ich meine nicht nur schlichte, alte Steuer, ich meine Keramikkühe, Betty Boob, Rennwagen, alles!"

„Naja, wenn es Rennwagen gibt", sagte er sarkastisch.

„Ja, nicht wahr?"

Er konnte ihrem Enthusiasmus einfach keinen Dämpfer verpassen. Es war erfrischend, jemanden kennenzulernen, der so lebenshungrig, neuen Erfahrungen gegenüber so offen war, selbst, wenn sie Angst vor ihnen hatte. Also warum war sie ihm gegenüber so vorsichtig?

Und dann wurde ihm klar, dass sie vielleicht eine schlechte Erfahrung gemacht hatte, oder – er versteifte sich vor aufbrandender Wut – eine ungewollte. Er wollte das Thema nicht ansprechen, doch die Wut, die sich in ihm aufbaute, allein bei der Vorstellung, dass jemand ihr weh getan haben könnte, drängte die Worte einfach aus ihm heraus.

„Lil, hast du schon mal, eine, ähm, schlechte Erfahrung mit einem Typen gemacht? Vielleicht jemanden, der dich genötigt hat?" Er verkrampfte seinen Kiefer. Es brachte ihn um. Er würde denjenigen finden und ihn mit bloßen Händen töten.

Als er sie ansah, stellte er fest, dass ihr Mund offen stand. „Hast du?", hakte er nach.

„Nein. Warum fragst du?"

„Weil du mich jede Nacht abweist." Da. Jetzt war es raus.

„Ich habe dir doch den einen Abend gesagt, dass ich müde war."

„Ja, ich weiß. Und die Kopfschmerzen. Wirst du heute Abend müde sein oder Kopfschmerzen haben?"

„Von dieser Unterhaltung bekomme ich Kopfschmerzen."

„Kann ich irgendetwas tun, dass es dir leichter fällt?"

„Mir geht's gut."

Ihm nicht. So langsam hatte er das Gefühl, dass sie überhaupt nicht mit ihm schlafen wollte, was noch nie passiert war. Vielleicht sollten sie getrennte Hotelzimmer nehmen. Es war ihm egal, was es kosten würde. Er konnte nicht jede Nacht in ihrer Nähe schlafen, wenn sie in ihren T-Shirts ohne BH herumlief, ihn mit diesen weiten Pyjamahosen lockte, die aussahen, als würden sie jeden Moment herunterrutschen. Er konnte es einfach nicht ertragen. Kein heißblütiger Mann konnte das.

~

Nico nutzte die Geschwindigkeitsbegrenzung voll aus, während sie durch Iowa fuhren, und Lily verlangte, in Richtung einer Stadt namens Traer zu fahren, wo sie unbedingt anhalten wollte, um sich diese verdammten Salz- und Pfefferstreuer anzusehen. Wie lange würde das dauern? Sechzehntausend Streuer? Und er hätte darauf wetten können, dass sie von so ziemlich jedem ein Foto wollte.

„Nico, bitte! Es ist wirklich wichtig für mich."

„Warum?"

„Weil ich Amerika sehen möchte."

„Du versuchst doch bloß, diese Fahrt in die Länge zu ziehen." Nach zwei ruhelosen Nächten und mehr als einer Woche dicker Eier, versagte Nicos ansonsten so müheloser Charme. Die Ironie, dass er diesen Charme mehr denn je brauchte, entging ihm nicht.

„Kannst es wohl nicht abwarten, nach Omaha zu kommen, wie?", fragte sie.

„Ja."

„Warum?"

Er zögerte. Sollte er zugeben, dass er nichts mehr wollte, als ins Hotel zu kommen und ihr die Kleider vom Leib zu reißen? Niemals. Das war so weit von einer langsamen Verführung entfernt, wie es nur ging. Er sah zu ihr hinüber. Sie saß in ihrem weißen T-Shirt mit dem Earth Defense Group

Aufdruck über ihren vollen Brüsten da. Er konnte ganz deutlich ihren Push-up BH durch den dünnen weißen Stoff sehen. Er hoffte, dass sie nicht noch mehr weiße T-Shirts eingepackt hatte. Sie war Verführung pur.

„Ich habe gute Dinge über Omaha gehört", sagte er verkrampft.

„Was zum Beispiel?"

„Zum Beispiel …" Was hatte er denn schon über Omaha gehört? Dann fiel ihm eine Werbung ein, die er einmal gesehen hatte. „Mutual of Omaha."

„Du willst eine Versicherung besuchen?"

„Unter anderem." *Wie zum Beispiel unser Hotelzimmer, das Bett, deinen Körper.*

„Okay, aber erst müssen wir wirklich nach Traer. Sie haben sogar eine Wendeltreppe, die ins Nichts führt." Er sah zu ihr hinüber, und sie strahlte. „Mitten auf dem Bürgersteig!"

Er gab auf. Es war dieses strahlende Lächeln. Er liebte es, sie so glücklich zu sehen. „Okay, aber wir können nicht so lange bleiben. Wir müssen uns an den Zeitplan halten."

„Okay, okay."

Als sie bereits eine Stunde in ihrem Salz- und Pfeffermuseum waren, wurde Nico langsam klar, dass sie sein Zeitplan nicht interessierte. Sie blieb bei jedem Ausstellungsstück stehen, als hätten sie den ganzen verdammten Tag Zeit. Er zerrte sie regelmäßig weiter, doch sie fand immer wieder neue Schätze.

Sie drehte sich zu ihm um. „Ah! Da ist sie ja! Betty Boob! Mach ein Foto von mir!"

Gehorsam machte Nico ein Foto, während Lily mit einer Hand an ihrer Hüfte posierte, die Brust vorgestreckt, die Augen geweitet und die Lippen geschürzt, um Betty Boob zu imitieren. Sein Körper reagierte augenblicklich auf ihre Pose. Bevor er sie jedoch an sich ziehen konnte, um sich einen Kuss zu stehlen, rannte sie schon weiter, um sich noch mehr Pfefferstreuer anzusehen.

„Eine Kuh!", formte sie die Worte mit ihren Lippen von der anderen Seite des Raums aus.

Ein widerwilliges Lächeln zupfte an seinem Mund.

Sie kam zu ihm und lächelte zu ihm auf. „Gib schon zu, es macht Spaß."

Er legte einen Arm um sie und zog sie an sich. „Wir müssen uns jetzt aber wirklich langsam wieder auf den Weg machen."

„Cowboystiefel!", rief sie und stürmte auf die andere Seite des Raums.

Er spielte mit seinem Handy, während er darauf wartete, dass Lily sich jedes verdammte Paar in den verglasten Vitrinen ansah. Er hatte eine Nachricht von Luke: *Wie geht's unserem Rotschopf?*

Er sah zu Lily hinüber, die sich gerade vorbeugte und hinten in eine Vitrine blickte, was dazu führte, dass ihre Shorts über ihrem runden Po spannten und zwei Nummern zu klein aussahen. Er wandte sich ab und schrieb zurück: *Gut.*

Ein paar Minuten später kam eine Antwort, während er sich so weit weg wie möglich von Lily entfernt an eine Wand lehnte, um sich abzukühlen. *Einfach nur gut?*

Ja.

Ich dachte Roadtrip wäre ein Code für ‚sich in einem Hotelzimmer verbarrikadieren und schmutzige Dinge tun.'

Nico musste sich anders hinstellen, da ihm auf unangenehme Weise bewusst wurde, dass es ihm an schmutzigen Dingen ziemlich mangelte. *Wir sind in Iowa.*

Wie ich höre, sind sie da besonders schmutzig.

Du denkst auch wirklich nur daran, flachgelegt zu werden.

Klingt so, als ließe sie dich nicht ran. War wohl nix.

Das pisste ihn an. *Fick dich.*

Ha. Mom hat einen Smoking für dich ausgeliehen. Vince sagt, er kann dir nur raten, zu seinem Junggesellenabschied zu kommen.

Nico antwortete nicht. Er wollte so viele Nächte wie möglich mit Lily zusammen sein. Und natürlich ging es bei dieser ganzen Fahrt vor allem um das Auto. Er fuhr sich mit einer Hand durchs Haar. Was tat er hier eigentlich? Er scharwenzelte sinnlos in Iowa herum, bekam sie nicht rum und ließ seinen Bruder im Stich.

Er schrieb zurück. *Ich werde da sein.* Der Junggesellenabschied sollte am vorletzten Abend vor der Hochzeit stattfinden. Er würde die Fahrt eben beschleunigen, jeden Tag eben ein bisschen weiter fahren als geplant.

Doch dann blickte er auf, und Lily kam geradewegs auf ihn zu, während ein großes Lächeln ihr Gesicht erhellte und ihre kurvigen Hüften ihn mit ihrem Wiegen faszinierten.

Vielleicht, fügte er schnell seiner Nachricht hinzu.

„Komm und sieh dir mal diese viktorianischen Stiefelstreuer an", sagte sie, und er folgte ihr ohne Protest.

Mist. Er hatte ein Problem.

Als sie nach einem netten dreistündigen Ausflug ins Salz- und Pfefferstreuermuseum in Omaha ankamen, führte Lily sie nach Little Italy, denn sie wollte wirklich unbedingt die fünf Meter hohe Metallgabel mit Pasta sehen. Sie stand aufrecht da, als wäre sie aus dem Bürgersteig herausgewachsen.

Nico ließ sich darauf ein, posierte davor und tat so, als würde er die Nudeln essen.

„Siehst du, das sind doch coole Sachen, die wir unterwegs sehen", sagte sie.

„Los, stell dich mal daneben. Ich will ein Foto von dir machen."

Das tat sie und tat dabei so, als versuchte sie, die Gabel mit übermenschlichen Kräften aus dem Gehsteig zu ziehen.

„Und jetzt streck deine Zunge raus, als wolltest du die Spaghetti aufsaugen", sagte er.

„Das wär dann wohl eher so", sagte sie, schürzte ihre Lippen und tat so, als würde sie saugen.

Er stöhnte und machte das Foto. „Lil, lass uns jetzt bitte im Hotel einchecken. Bitte."

„Wir sind in Little Italy. Lass uns was essen."

„Ich habe keinen Hunger."

„Kann nicht sein. Ist schon ewig her, seit wir Mittag gegessen haben."

Er nahm ihre Hand. „Wir bestellen beim Zimmerservice."

„Ach komm schon." Sie führte ihn die Straße entlang, wo sie ein niedliches kleines Lokal mit dunklen Holztischen und toskanischen Landschaften fanden, die an die Wände gemalt waren. Sie bestellten Spaghetti und Fleischbällchen und teilten sich Knoblauchbrot.

Nico war irgendwie angespannt. Sein charmantes Lächeln und das gut gelaunte Gehabe waren verschwunden. Das führte dazu, dass auch sie sich verkrampfte. Natürlich verkrampfte sie sich immer mehr, je näher die Hotelzeit drückte. Doch in zwei Tagen sollten sie in Vegas sein, und da war sie sich sicher, dass sie sich genug betrinken würden, um in einer unvergesslichen Nacht miteinander zu schlafen, ohne dass es irgendwie peinlich wurde. Nachdem sie sich das vorgenommen hatte, lächelte sie ihn über den Tisch an.

Der Blick, den er ihr daraufhin zuwarf, war so heiß, dass sie sich wand. Er hatte ja keine Ahnung, was er bei ihr bekam. Er dachte sicher an eine heißere, ehemalige Liebhaberin, und der Gedanke daran ließ sie vor Demütigung glühen.

Als sie zurück ins Hotel kamen, hatte sie ihre Ausrede bereits parat. Sie kam in einem ausgeleierten T-Shirt mit V-Ausschnitt und Jogginghose aus dem Badezimmer, ihre Brille auf der Nase.

„Hey, *bella*", sagte er und rollte sich aus dem Bett, wo er es sich in Boxershorts bequem gemacht hatte, wie er es jeden verdammten Abend gerne tat. War es wirklich zu viel verlangt, normale Shorts zu tragen? Sie konnte den Anblick ihres italienischen Unterwäschemodels nicht jeden Abend ertragen, ohne ihn zu berühren. Wenn sie mit Sicherheit gewusst hätte, dass sie ihn berühren konnte, ohne dass er sie an bestimmten molligen Stellen anfasste, hätte sie es sofort getan.

Sie schnaubte, denn bei dem italienischen Kompliment, das unmöglich wahr sein konnte, fühlte sie sich unbehaglich. Sie war nicht schön. Das war so ein Spruch, den er vermutlich bei jeder Frau benutzte, die er traf. Er ging durch den Raum zu ihr, schob seine Hand in ihr Haar, auf diese anziehende Weise, bei der sie immer ihre Augen schließen musste, während seine große Hand es schaffte, sowohl ihren Kopf zu halten als auch irgendwie besitzergreifend zu wirken, während seine Lippen ihre zu einem harten, fordernden Kuss trafen. Sie gestattete sich diese kleine Freude. Er war ein umwerfender Küsser. Schon bald stöhnte sie tief in ihrem Hals und rieb sich schamlos an seinem harten Körper. Doch als er ihre Hand nahm und sie in Richtung Bett zog, stemmte sie sich dagegen.

„Ich habe einen Ausschlag", verkündete sie. So. Niemand, der noch bei Sinnen war, wollte sich einen Ausschlag einfangen.

Er hob eine Braue. „Wo?"

Sie sah bedeutungsvoll hinab zu ihrer Scham.

Er verzog das Gesicht. „Hast du nicht."

Sie schüttelte traurig den Kopf. „Ich glaube, ich hab mir was eingefangen, als ich in Chicago diese engen Jeans anprobiert habe."

„Lil, was ist los? Das hier" – er deutete auf das Bett – „war der halbe Grund, warum ich diesem Trip überhaupt zugestimmt habe."

„War es?"

„Ja! Zwei Wochen. Keine Verpflichtungen. Aber jetzt ist die Hälfte schon fast um! Wo ist das Problem?"

Ihre Wangen brannten. Das war so peinlich. Warum wollte er denn ständig darüber reden? Sie konnte ihm niemals von ihrer Angst erzählen, dass sie seinen Ansprüchen nicht genügen würde. Je mehr Nächte vergingen, in denen sie nicht miteinander schliefen, desto unangenehmer wurde es. So hatte es nicht sein sollen. Es hatte einfach sein sollen, Lust und Spaß. Sie rang sich die Hände.

„Was?", blaffte er. „Erzähl es mir."

Ihre Augen weiteten sich. Nie zuvor hatte sie gehört, wie er seine Stimme erhob. Sonst war er immer so gut gelaunt und charmant, als könnte ihm nichts etwas anhaben. Selbst als sie ihn beim Fahrunterricht beinahe umgebracht hätte, hatte er nicht seine Geduld verloren. Doch dieser feurige Blick, den er gerade in ihre Richtung schoss, war doch ein wenig einschüchternd. „Es ist nichts."

Er ging auf und ab und blieb schließlich stehen. „Und warum weist du mich dann immer ab?"

„Tue ich nicht. Ich bin nur ..." Sie seufzte. „Warum hast du's denn so eilig? Ich bin mir sicher, dass es spätestens in Vegas passieren wird. Da werde ich mich betrinken. Du wirst dich betrinken. Wir werden im Dunkeln aufs Bett fallen und uns am Morgen an nichts erinnern." Sie hob einen Finger. „Das ist doch was, worauf wir uns freuen können!"

Er musterte sie einen Moment. „Ist es wirklich das, was du willst?"

Sie hob eine Schulter und senkte sie wieder. Sie sah auf ihre Füße. „Ich bin Jungfrau." Jedenfalls fühlte sie sich wie eine. Mit John war es immer so eine schnelle Sache im Dunkeln gewesen. Sie hatten kaum angefangen, da war es auch schon vorbei gewesen.

Er schwieg. Sie warf ihm einen verstohlenen Blick zu. Seine Miene war besorgt und ein wenig mitleidig. „Wirklich?", fragte er.

„So in der Art."

„So in der Art?" Er stemmte die Hände in die Hüfte. „Wie kannst du denn *so in der Art* Jungfrau sein?"

„Na schön, nicht so in der Art. Ich bin eine fünfundzwanzigjährige Jungfrau!" Sie biss sich auf die Lippe und wandte den Blick ab. Das Schuldbewusstsein wegen ihrer Lüge nagte an ihrem Gewissen. Doch sie konnte ihm auf keinen Fall die Wahrheit erzählen. Dass ihr letzter Liebhaber an jemand anderen hatte denken müssen, um mit ihr schlafen zu können. Dass sie Godzilla war.

„Und warum glaube ich dir das nicht?", fragte er.

Sie sah ihm in die Augen, obwohl sie wusste, dass sie eine grottenschlechte Lügnerin war, und es platzte aus ihr heraus: „In der Highschool haben sie mich *Spencer, die Schlampe* genannt."

„Wie du willst!", bellte er. „Dann erzähl es mir eben nicht. Dann warten wir eben darauf, bis wir uns in Vegas betrinken."

„Im Dunkeln", erinnerte sie ihn.

Er hielt inne und drehte sich langsam um. „Ist das so wichtig für dich?"

Sie zuckte die Schultern. Er ging zum Lichtschalter und schaltete das Licht aus. Sie fummelte auf der anderen Seite des Raums nach dem Lichtschalter und stieß sich das Knie an der Kommode an, doch sie fand ihn. Sie schaltete das Licht an, während sie weit entfernt von ihm stand.

„Ich werde einfach nicht schlau aus dir", sagte er.

„Ich bin ein Geheimnis, eingewickelt in ein Rätsel."

Er starrte sie einen langen Moment an. „Du bist mir wirklich Eine. Willst du, dass ich mir ein eigenes Zimmer nehme?"

Ihre Augen weiteten sich. Es wäre um einiges schwieriger, ihre Nervosität zu überwinden, wenn sie auch noch an seine Tür klopfen musste. „Nein."

Er fuhr mit beiden Händen durch sein Haar und glättete es gleich wieder. „Also ist unser Deal damit vorbei? Keine heiße Affäre ohne Verpflichtungen?"

„Lass uns einfach bis Vegas warten. Okay?"

Er stöhnte und ging ins Bad. Er entspannte sich offensichtlich gern mit einer Dusche am Ende des Tages. Und einer am Morgen. Sie musste ihm wirklich Punkte für seine persönliche Hygiene geben.

10

Bis Denver waren es siebeneinhalb Stunden, und Nico überlegte schon, ob er direkt bis Vegas durchfahren sollte. Das konnte er natürlich nicht. Von Denver aus waren es noch einmal elf Stunden bis Vegas, und es war riskant, wenn man nicht schlief, doch, verdammt, er musste so bald wie möglich nach Vegas. Aus irgendeinem Grund wollte Lily, dass sie beide sturzbetrunken waren. Wenn sie damit ihre Nervosität überwinden konnte, würde er sie trinken lassen, aber er wäre nicht betrunken. Er wollte jeden Moment ihrer gemeinsamen Nacht in Erinnerung behalten. Die Hälfte der letzten Nacht hatte er damit zugebracht, dem Atem aus ihren vollen Lippen zu lauschen. Ihr geschwungener Amorbogen trieb ihn in den Wahnsinn. Ihre Brüste, von denen er wusste, dass sie seine Hände füllen würden, voll und weich. Und sie waren auch noch echt – Falsche hatte er genug gesehen, um das einschätzen zu können. Und dann diese küssbare Haut! Die Frau duftete die ganze Zeit nach Kirschen, das musste ihr Lippenstift oder das Shampoo oder sowas sein. Er wusste es nicht. Er wusste nur, dass er jeden Zentimeter an ihr ablecken wollte.

Zitternd atmete er ein und warf einen Blick zu ihr hinüber auf die Beifahrerseite des Trucks. Sie war schon wieder bei ihrem Repetitorium eingeschlafen. Das überraschte ihn nicht.

Bei dieser monotonen Stimme musste jeder einschlafen. Er musste eben lernen, Geduld mit ihr zu haben. Nur, weil sie gesagt hatte, dass er höllisch heiß war und dass sie mit ihm schlafen würde, hieß das nicht, dass sie sich einfach so auf ihn stürzen würde. Er hatte es jetzt nicht so lange langsam angehen lassen, um dann alles zu vermasseln. Er drängte sie zu sehr. Für Lily bedeutete ein Kuss nicht, dass man gleich im Bett landen musste.

Zum Mittagessen weckte er sie nicht auf. Er aß nur zwei Müsliriegel, die er sich am Morgen im Souvenirladen des Hotels gekauft hatte. Er trainierte jeden Morgen eine Stunde, bevor Lily aufwachte, denn er musste die Anspannung der nächsten Nacht in ihrer Nähe, in der er sie nicht hatte berühren dürfen, abbauen. Er verbrachte nachts einfach viel zu viel Zeit damit, an sie zu denken. An ihr Mienenspiel, ob sie nun lächelte oder sich Sorgen machte, weil er ihr schuldbewusstes Gesicht, wenn sie log, durchschaute. Er fasste es einfach nicht, mit was für Kalauern sie kam. Wenigstens war sie eine schlechte Lügnerin. Ein Hautausschlag, weil sie Jeans anprobiert hatte. Also bitte!

Er dachte auch häufig daran, wie sehr sie sich für die einfachen Dinge des Lebens begeistern konnte, obwohl sie in so einer wohlhabenden Familie aufgewachsen war. Diese Begeisterung für eine riesige Spaghettigabel mitten in Omaha konnte man nicht spielen oder für diese Salz- und Pfefferstreuer, die bestenfalls kitschig, schlimmstenfalls hässlich waren. Sie hatten mehr als drei Stunden in diesem Salz- und Pfefferstreuermuseum verbracht, und als sie nach draußen gekommen waren, hatte sie gestrahlt und von all diesen „anbetungswürdigen" Streuern geplappert, die sie gesehen hatte. Er hoffte nur, dass sie nicht vorhatte, selbst mit dem Sammeln anzufangen. Ihm gefiel die minimalistische Einrichtung zu Hause.

Moment, sie wohnten ja gar nicht zusammen. Der Roadtrip erzeugte eine seltsame Intimität zwischen ihnen – nachts teilten sie sich ein Zimmer, und sie saßen den ganzen Tag zusammen in seinem Truck. Selbst, wenn sie sich nicht unterhielten, war er sich ihrer mehr als bewusst. Jeder Atem, jedes Seufzen, jede Bewegung ihres Körpers. Ihr Duft, Kirsche und frische Seife und süße Lily. Wie ihre Wangen rosa anliefen, wenn sie sich schämte oder einfach nur aufgeregt war. Manchmal war ihre Stimme belegt, manchmal mehr wie ein Lied. Wie sie ihre seidigen roten Haare zwischen ihren Fingern zwirbelte, wenn sie müde wurde.

Oh Mann, es hatte ihn wirklich schlimm erwischt.

Er zwang sich, an etwas anderes zu denken als an Lily. Er freute sich darauf zu sehen, wie sein Bruder Vince unter die Haube kam. Vince war mal ein Playboy gewesen und hatte einen beeindruckenden Trackrecord, gleich beim ersten Treffen innerhalb von zwei Stunden im Bett zu landen. Er fragte sich, ob einer seiner Brüder wohl einen Rat für ihn hätte, wie er eine verschämte Jungfrau wie Lily verführen konnte. Er glaubte nicht wirklich, dass sie noch Jungfrau war, doch so, wie sie auf seine Annäherungsversuche reagierte, die in der Regel extrem erfolgreich waren, musste das der Wahrheit ziemlich nahe kommen. Vince würde sagen, dass er auf das Signal warten und die Barriere so schnell wie möglich durchbrechen musste. Doch das hatte er getan. Er hatte sie die ganze Zeit berührt, ihre Hand gehalten, seinen Arm um ihre Schulter gelegt, sie geküsst. Das Küssen gefiel ihr. Er wusste, dass es so war. Sie wurde heiß und stöhnte in seinen Armen. Er wurde hart. Verdammt. *Hör auf, an sie zu denken!*

Meilenweit gab es nichts, nur Straßen und noch mehr Straßen, und sie war direkt neben ihm, kurvig und weich. Vielleicht konnte er eine Decke hinten auf die Ladefläche legen und sie dort nehmen. Nein. Sie wollte ein bequemes Bett. Sie wollte einen Slowie.

Er konnte nicht noch langsamer machen. Dann würde er sterben.

Sie seufzte leise im Schlaf und drehte sich auf die Seite. Luke würde ihm sagen, dass er behutsam mit ihr reden sollte. Nico war nicht so geschickt im Umgang mit Worten. Er musste sich auf ein Killerlächeln und ein paar wohl überlegte Sprüche beschränken. Die meisten Frauen mochten es, wenn er sie *bella* nannte, was auf Italienisch *schön* hieß. Für gewöhnlich scherzte er ein wenig mit Frauen herum. Doch nichts von dem, was er für gewöhnlich tat, funktionierte bei Lily. Klar, auch sie mochte es, wenn er mit ihr scherzte, doch es führte ihn niemals dorthin, wo er es wollte. Sie hatte da so eine Art Blockade. Es lag nicht an ihm. Er konnte die Chemie zwischen ihnen spüren, die jedes Mal, wenn er sie küsste, stärker zu werden schien. Selbst, wenn sie sich von ihm löste, spürte er, dass sie eigentlich weitermachen wollte. Sie war hin- und hergerissen, was dazu führte, dass auch er hin- und hergerissen war.

Es reichte. Heute Abend würde er der Sache auf den Grund gehen und herausfinden, was sie zurückhielt. Er würde ihr Sicherheit geben, und dann musste er ihretwegen nicht mehr besessen sein.

Er fuhr eine weitere halbe Stunde und sah hin und wieder zu ihr hinüber, während sie schlief. Sie sah wie ein sexy Engel aus. Er dachte daran, was er sich schon einmal vorgenommen hatte, die Fahrt einfach vorzeitig zu beenden und rechtzeitig zu Vinces Junggesellenabschied zurückzukommen. Doch er brauchte mehr Zeit mit ihr. Was gab es bei diesem Junggesellenabschied schon zu sehen, eine Stripperin vielleicht? Er wollte nur Lily sehen. Ihre Haut war wie das blasse Rosa eine Rose, weich wie ein Blütenblatt.

Schluss mit der Gefühlsduselei! Er musste wieder ein Mann werden. Seit wann war er denn ein Poet? Sie trieb ihn einfach in den Wahnsinn.

Plötzlich setzte sie sich auf und zog einen Kopfhörer vom Kopf. „Hab ich das Mittagessen verpasst?"

Er reichte ihr einen Müsliriegel.

„Das ist alles?"

„Das ist alles." Sie waren fünf Stunden von Denver entfernt, und er konnte es nicht erwarten anzukommen. Er musste sie so schnell wie möglich nackt bekommen, damit er aufhören konnte, ein peinlicher Poet zu sein, der sich zu ihren Füßen wand.

„Setzt du mich auf Diät?", fragte sie.

„Nein." Auf die Frage kannte er die richtige Antwort. Frauen waren verdammt empfindlich, was ihr Gewicht anging. Außerdem musste sie kein Gewicht verlieren. Sie war perfekt.

„Warum hast du dann nicht zum Mittagessen angehalten?"

„Wir müssen nach Denver kommen. Wir können da früh zu Abend essen."

Sie riss die Verpackung des Müsliriegels auf und biss einmal hinein. Einen Moment später sagte sie: „Du hättest mich nicht so lange schlafen lassen sollen."

„So bist du heute Nacht wenigstens munter."

„Und warum sollte ich heute Nacht munter sein?"

„Ich hab da so meine Gründe."

„Welche zum Beispiel?", fragte sie mit feindseligem Tonfall. „Ach, egal."

„Genau."

„Ich könnte heute Abend wirklich einen Tequila gebrauchen."

„Brauchst du wirklich Alkohol, um mit mir zu schlafen?"

Sie machte sich wieder an ihren Müsliriegel, doch ihre Wangen leuchteten rot. Er musste der Sache auf den Grund gehen, koste es, was es wolle. Aber nicht jetzt. Sobald er sie küsste. Das war eine natürliche Gelegenheit, um sie für das Thema empfänglich zu machen.

„Keinen Tequila", sagte er.

„Du bist gar nicht so lustig, wie ich gedacht hatte." Sie schmollte.

Die Bemerkung tat weh. Alle sagten immer, dass er lustig war. Er machte ständig Scherze, amüsierte sich. Lily hatte ihn langweilig gemacht, und es gab nur eine Lösung.

„Heute Abend werde ich lustiger sein", sagte er.

„Kann es kaum abwarten", murmelte sie.

Er verkniff sich das, was er am liebsten geschrien hätte. Er wurde nie wütend, stritt sich ungern. Er und seine Ex hatten ihre halbe Ehe damit zugebracht, einander anzuschreien, und er hatte es gehasst.

„Ach, Nico, das hätte ich fast vergessen. In Colorado gibt es Volkskunst aus Bierdosen. Wir sollten–"

„Nein."

„Aber es ist nur ungefähr –"

„Wir werden aus *keinem* Grund anhalten."

Einen Augenblick lang herrschte Stille.

„Ich muss mal", sagte sie.

„Musst du nicht. Du versuchst nur, es hinauszuzögern. Du kannst es noch aushalten."

„Kann ich wirklich nicht. Halt bitte am nächsten Parkplatz an. Vielleicht gibt es da ja auch Salz- und Pfefferstreuer!"

„Du wirst jetzt aber nicht selbst mit dem Sammeln anfangen, oder?"

„Ich schicke sie in dieses Museum nach Traer. Ich habe mir zum Ziel gesetzt, ihnen zu helfen, die weltgrößte Sammlung zu werden. Du weißt schon, eben nicht nur die Zweitgrößte. Klingt um einiges besser, nicht wahr?"

Innerlich seufzte er. Das war eine nette Einstellung, aber er wollte nicht den Rest der Reise damit verbringen, überall anzuhalten, um Salz- und Pfefferstreuer zu kaufen.

„Oh, sieh mal!", rief sie. „Auf der Werbetafel steht, dass man in der Nähe Fallschirmspringen kann. Lass uns da anhalten."

„Fallschirmspringen? Und das sagt die Frau, die im Riesenrad starr vor Angst war?"

„Ich war nicht starr vor Angst. Ich war tapfer. Du hast gesagt, dass ich Mut habe. Ich versuche, mich meinen Ängsten zu stellen. Außerdem steht da, dass man mit einem Trainer zusammen springt."

„Und das ändert was daran, dass man tausend Meter in die Tiefe stürzt?"

„Natürlich! Der Trainer will doch nicht sterben. Sie würden den Job nicht machen, wenn es gefährlich wäre."

„Wir werden *nicht* Fallschirmspringen."

„Hast du's schon mal gemacht?"

„Nein." Sein Bruder Jared hatte es schon oft getan. Er war der Adrenalinjunkie der Familie, nicht Nico.

„Komm schon, das wird lustig. Und danach werde ich nie wieder Höhenangst haben. Das ist wie mein Mount Everest."

Er stieß ein langes, leidendes Seufzen aus. „Lil."

„Bitte, Nico. Nach dieser Fahrt muss ich für die Zulassungsprüfung büffeln, und danach bin ich an einen Schreibtisch gekettet und werde nie wieder Spaß haben."

Darüber musste er nachdenken. Er wollte ja, dass sie gute Erinnerungen an ihre Fahrt hatte. Der beste zweiwöchige Roadtrip, beziehungsweise die beste Affäre ihres Lebens. Und nur seinetwegen.

„Das ist was, das du niemals vergessen würdest?", sagte er.

„Absolut!"

„Bist du dir sicher?"

„Ich bin mir sicher."

„Okay, dann gehen wir Fallschirmspringen."

„Juhu!" Sie strahlte ihn an und drückte seinen Bizeps, was ihn innerlich ganz unruhig machte.

Verdammt, er würde ihr alles geben, was sie wollte.

Alles außer seinem Herzen.

Lily ließ ein fünfundvierzigminütiges Trainingsvideo und detaillierte Anweisungen von der Crew, die das Fallschirmspringunternehmen leiteten, mit wachsendem Grauen über sich ergehen. Was sagte das über sie, dass sie sich lieber aus einem Flugzeug stürzen als zu schnell mit dem sexiesten Mann auf dem ganzen Planeten in einem Hotelzimmer allein sein wollte?

Nico wirkte angespannt, darum streckte sie ihm immer wieder lächelnd den erhobenen Daumen entgegen. Er erwiderte das Lächeln mit etwas, das einer Grimasse nahekam. Es war in Ordnung, wenn er auch nervös wegen des Fallschirmsprungs war. Diese Erfahrung würde sie aneinanderbinden. Sie würde niemals den Moment vergessen, indem sie in ihren Tod gestürzt war, um Sex aus dem Weg zu gehen.

Sie waren an dem Nachmittag die einzigen, die springen wollten, das machte die Erfahrung nur noch intensiver. Sie würden für einen Tandemsprung vorne an den Tandemmaster geschnallt werden. Der Tandemmaster würde dann den Fallschirm öffnen. Ihre einzige Aufgabe war es, ihre

Hände aus dem Weg zu halten, indem sie sich an den Gurten ihres Geschirrs festhielt, während der jeweilige Tandemmaster sie auf Absprunghöhe zur offenen Tür des Flugzeugs brachte und dann sprang. Klang ganz simpel. Einfach die Augen zumachen und fallen.

Als sie erst einmal ihr Geschirr und die Sicherheitsbrille trugen, gingen sie mit dem Piloten und den beiden Tandemmastern, mit denen sie springen würden, hinüber zu dem winzigen Flugzeug. Sie wurde langsamer.

Nico legte seinen Arm um ihre Schultern. „Bereust du es schon?"

Sie lächelte zu ihm auf. „Nein."

„Die Gebühr ist nicht erstattbar", sagte ihr Tandemmaster Alex lachend. Alex war ein drahtiger Mann mit einem abenteuerlichen Funkeln in seinen blauen Augen. Sie war froh, dass er ihr Partner war, denn Mike, der andere Springer, war ein bulliger Typ mit Bart, von dem sie ganz sicher *nicht* wollte, dass er auf sie drauf fiel.

Lily lachte herzlich mit Alex. Es zahlte sich immer aus, sich gut zu stellen mit dem Mann, an den man festgeschnallt sein würde, wenn man aus einem Flugzeug sprang.

„Bereit, das Leben zu feiern?", fragte Mike in trockenem Ton.

„Klar", sagte Nico.

„Absolut!", rief Lily und passte sich damit Mikes Enthusiasmus an.

„So ist es richtig", sagte Mike und gab ihr ein High Five. „Du wirst es lieben." Mike drehte sich zu Nico um. „Der schwerste springt zuerst, um Treibstoff zu sparen, das sind dann wir. Bereit, Mann?"

Nico nickte. „So bereit ich nur sein kann."

„Das ist die richtige Einstellung", sagte Mike und klopfte Nico auf die Schulter.

Sie quetschten sich in das winzige Flugzeug, in dem es von den Propellern laut und heiß war. Sie und Nico wurden vor Alex und Mike geschnallt. Als das Flugzeug die Startbahn entlang raste und unter der Kraft des Windes zitterte, erlebte Lily einen Moment puren Terrors. Was tat sie denn hier? Was hatte das hier damit zu tun, sich ihren Ängsten zu stellen? Ihre richtige Angst war am Boden – sich ihren Problemen mit ihrem eigenen Körper zu stellen und den Blockaden, die sie ihrem Ex-Verlobten zu verdanken hatte. Was würde sie überhaupt mit diesem Sprung beweisen?

Und dann waren sie in der Luft. Sie schloss die Augen und versuchte, normal zu atmen. Endlich erreichte das Flugzeug die geplante Flughöhe, und als sie die Augen öffnete, stellte sie fest, dass Nico sie anstarrte. Sein Blick war intensiv. Sie wollte ihn fragen, was er gerade dachte, doch es war so laut, und sie waren an zwei fremde Männer geschnallt, die ihre Unterhaltung nicht unbedingt mitbekommen mussten.

Sie hielten den Blickkontakt. Sie konnte einfach nicht wegsehen. Etwas wallte in ihr auf, eine starke Emotion. Sie war sich nicht sicher, was es war oder woher sie gekommen war, von ihm oder von ihr, doch sie war da, diese spürbare Verbindung, in viertausend Metern Höhe.

Bevor sie wusste, wie ihr geschah, signalisierte Mike, dass es Zeit war. Er öffnete die kleine Tür seitlich am Flugzeug. Lily erhaschte einen Blick auf den offenen Himmel, und aus Sorge wurde Panik vor dem, was sie jetzt gleich tun würden.

„Bist du aufgeregt?", schrie Mike Nico zu, der vor ihn geschnallt war.

„Und wie!", sagte Nico. Er warf ihr einen sehnsuchtsvollen Blick über Mikes Schulter zu, dann manövrierte Mike ihn schon zur Öffnung.

O mein Gott. Es passierte wirklich. Sie sah aus dem Fenster. Sie waren über den Wolken, doch sie konnte auch das ebene, in Rechtecke unterteilte Ackerland von Nebraska sehen, gelbe und grüne Flecken, die unter ihnen lagen. Plötzlich wurde ihr schlecht.

Dann waren Nico und Mike weg. Ihr Herz raste. Zuerst hörte sie nichts als den Wind. Einen herzbrechenden Moment lang fürchtete sie, sie könnte Nico für immer verloren haben, bevor sie überhaupt Gelegenheit gehabt hatte, das Wunder ihres italienischen Unterwäschemodels erfahren zu haben.

Sie stieß einen Urschrei aus. „Nico!" Verschwitzt und

voller Panik drehte sie sich zu Alex um und sagte über ihre Schulter: „Komm. Auf geht's. Wir müssen springen."

„Noch nicht. Sie brauchen Zeit, um zu landen."

Sie durften Nico nicht verlieren. Sie hatte ihn doch gerade erst gefunden. Sie versuchte aufzustehen, doch Alex war zu schwer an ihrem Rücken.

„Geduld", sagte Alex. „Wir sind gleich dran."

Sekunden verstrichen, und Lilys Herz raste. Am liebsten wäre sie gerannt, hätte geschrien und gleichzeitig geweint, während sie hilflos dasaß. Endlich stand Alex auf.

„Bereit?"

„Ja!"

Sie gingen im Watschelgang zur Öffnung des Flugzeugs. Der Wind peitschte in ihr Gesicht, und sie sah nichts als Himmel, als Alex die Haltestange seitlich an der Tür packte und seinen Fuß auf die Kante stellte.

Gerade, als sie spürte, dass er sich anspannte, um sich abzustoßen, kreischte sie: „Ich hab's mir anders –"

Entsetzen raubte ihr die Stimme, als sie der Erde entgegen stürzten. Sie drehten sich, und ihr Entsetzen nahm zu – dann gab es einen Ruck, als sich der Fallschirm öffnete. Ihr Puls beruhigte sich, und sie glitten dahin.

Sie hatte es getan! Sie hatte sich ihrer Angst gestellt! Sie würde nie wieder Höhenangst haben.

Und dann verlor sie das Bewusstsein.

Nico hatte einen Moment lang Horror empfunden, als sie oben im Flugzeug gewesen waren, und das nicht nur, weil er mit einem zweihundert Pfund schweren bärtigen Mann an seinem Rücken in den Tod springen würde. In den letzten Augenblicken vor seinem Tod konnte er an nichts anderes denken als daran, dass er froh darüber war, dass Lily das Letzte war, was er in seinem Leben gesehen hatte. In diesem langen Moment, in dem er ihr in die Augen gesehen hatte, hatte er etwas sehr Reales und erschreckend Zartes gespürt, das sich in der Nähe seines verbarrikadierten Herzens niedergelassen hatte und drängte, eingelassen zu werden.

Und dann hatte Mike sie Gott sei Dank zur Tür manövriert, und der Bann brach, als er sich von ihr abwandte. Es gab keinen Platz für diese Art unbequemer, zarter Gefühle für eine zweiwöchige Affäre ohne Verpflichtungen.

Als nächstes sah er eine Wolke vorbeipeitschen, Mike sprang, und es folgten sechzig Sekunden freier Fall in denen er sich unerwartet übergeben musste. Der Wind schleuderte alles in Mikes Richtung, der sich lautstark fluchend beschwerte. Nico hatte auch etwas ins Gesicht bekommen, doch das war sein geringstes Problem. Sie drehten sich, trudelten, und der Fallschirm öffnete sich nicht.

Dann wurde er zurückgerissen, als Mike den Schirm endlich öffnete und ihr Fall abrupt gebremst wurde. Ein paar Momente später stabilisierte sich ihre Lage, und sie glitten friedlich dahin. Der Ausblick war spektakulär, doch sein Verstand und sein Körper versuchten immer noch die Tatsache zu verarbeiten, dass er Hunderte von Metern über dem Boden schwebte. Ihm war schwindelig, während der Wind um ihn peitschte. Doch für Lily war es das wert. Sie hatte sich hier ihrer Angst gestellt, und dann, heute Abend, wenn sie noch high von dem Adrenalin war, würde sie auch bei ihm ihre Nervosität überwinden.

Sie schwebten in eine sanfte Landung, und Mike löste die Gurte. Nico war noch nie so glücklich gewesen, Boden unter seinen Füßen zu spüren. Nicht einmal nach diesen grässlichen Fahrstunden, in denen Lily sie beide beinahe umgebracht hätte. Er war zittrig, und seine Beine fühlten sich an wie Gelee. Er drehte sich zu Mike um und sah ihn an, als er gerade seine Schutzbrille abnahm, an der noch Erbrochenes klebte.

„Das tut mir leid", sagte Nico. „Ich habe nicht einmal gemerkt, dass es kommen würde. Es ist einfach passiert."

„Mach die keine Sorgen, Kumpel. Passiert Anfängern alle Nase lang. Wenigstens hast du nicht das Bewusstsein verloren. Ich gehe mal eine Küchenrolle holen."

Mike kam mit Papiertüchern und ein paar Wasserflaschen

aus dem Hangar zurück. Nico goss Wasser auf eines der Tücher und wischte sich sein Gesicht ab, dann gurgelte er mit dem Wasser und spuckte es aus.

Er sah hinauf, wie das Flugzeug hoch über ihnen eine Runde drehte. Er hatte gedacht, dass Lily mittlerweile auch herausgesprungen wäre.

Mike musste das auch gedacht haben. „Verdammt, deine Freundin lässt sich aber ziemlich Zeit. Ich hoffe, da oben ist alles in Ordnung."

Nico erstarrte. Er fragte sich, ob sie da oben vor Angst gelähmt war. Er wünschte, er hätte es ihr leichter machen können. Und dann tauchte jemand an der Tür des Flugzeugs auf. Er erhaschte einen Blick auf rotes Haar, und sein Herz rutschte in seine Kehle, als sie mit Alex heraussprang.

Er ging auf und ab, während er darauf wartete, dass Lily gesund und munter am Boden ankam. Als sie in Sichtweite war, sie langsam dahinglitten, sah sie seltsam aus. Ihre Augen waren geschlossen, ihr Mund wirkte schlaff und sie hing irgendwie einfach da. Oh, Mist. Sie war ohnmächtig geworden.

Alex landete vorsichtig und ließ sich auf den Rücken fallen, sodass Lily auf ihm landete. „Holt sie von mir runter. Sie hat das Bewusstsein verloren."

Mike eilte zu ihnen und schnallte Lily von Alex los, dann legte er sie behutsam auf den Boden, bevor er ihr die Wange tätschelte. „Wach auf."

Nico schob ihn beiseite und drückte ihr die kühle Wasserflasche an die Stirn. „Lil, hey. Mach die Augen auf. Du hast es geschafft."

Sie reagierte nicht. Vorsichtig nahm er ihr die Schutzbrille ab. „Komm schon, Baby. Wach auf."

„Bespritz sie mit Wasser", sagte Alex.

„Nein", blaffte Nico. Er beugte sich zu ihrem Ohr hinunter und schob ihr Haar beiseite. „Wach auf. Sie haben hier diese Salz- und Pfefferstreuer, die du so magst. Flugzeuge. Verdammt *anbetungswürdig*."

Ihre Lider öffneten sich flatternd, und ihr Blick schoss zu ihm. „Nico. Du lebst."

Er zog sie hoch und hielt sie fest in seinen Armen. „Klar doch. War eine Kleinigkeit."

Sie vergrub ihren Kopf an seiner Brust. „Ich dachte schon, ich hätte dich verloren."

Dieses unangenehme Gefühl war zurück, ein Ziehen in seiner Brust. Er war noch nicht bereit, damit umzugehen. „Kannst du aufstehen?"

„Ich habe nichts als Himmel gesehen, und dann warst du weg! Ich habe Panik bekommen. Ich dachte, du würdest sterben–"

„Ich *bin* ja auch fast gestorben."

Da lachte sie, ein lautes, halb hysterisches, aber glückliches Lachen. Ein Lächeln zupfte an seinen Lippen, obwohl diese ganze Sache eine verdammt elendige Erfahrung gewesen war. Er hatte sich übergeben, verdammt noch mal! Sie war ohnmächtig geworden. Was war daran bitte lustig?

Sie zog ihn wieder fest an sich.

„Kommt schon, ihr Turteltäubchen", sagte Alex. „Jetzt kommt noch das Debriefing. Und dann könnt ihr euch im Souvenirladen diese Salz -und Pfefferstreuer holen."

Lily bekam große Augen. „Die haben wirklich welche?"

Er zog sie auf ihre Beine und legte einen Arm um ihre Schultern. „Lass uns gehen."

Sie gingen mit der Crew zurück zum Hangar. Lily machte Small Talk mit den Männern, während Nico darüber grübelte, was in ihn gefahren war. Warum hatte er sich bereit erklärt, Fallschirmspringen zu gehen? Nur weil sie ihn anlächelte, wenn er ihr gab, was sie wollte? Das war armselig. Und nicht gerade so, wie er die Sache zwischen ihnen handhaben wollte. Er musste konsequenter sein. Wer wusste schon, wozu sie ihn sonst als nächstes überreden würde?

Wieder im Truck und auf der Interstate sah Lily ihn von der Seite an. „Meinst du, du wirst es irgendwann nochmal machen?"

„Gott, nein." Er zeigte mit einem Finger auf sie. „Und das war unser letzter Zwischenstopp heute. Wir fahren jetzt direkt nach Denver. Wir halten nicht mehr an. Aus keinem Grund. Habe ich mich klar ausgedrückt?"

Sie salutierte. „Sir, yes, Sir!"

Mehrere Stunden später, nach dem Abendessen, diversen Toilettengängen und für noch mehr Salz- und Pfefferstreuer aus dem Souvenirladen des Hotels, führt Nico Lily endlich ins Hotelzimmer. Es war fast zehn Uhr, viel später als er geplant hatte, doch nach einer schnellen Dusche und nachdem er sich die Zähne geputzt hatte, hatte er sie genau da, wo er sie haben wollte. In seinen Armen. Er küsste sie unendlich lang, bis ihre Lippen von seinen Küssen geschwollen waren und sie tief in ihrer Kehle schnurrte und sich unruhig an ihm rieb. Und dann endlich, endlich, führte er sie zum Bett.

Sie löste sich von ihm.

Die Pyjamahose, die sie trug, rutschte gefährlich tief. *Fall runter*, dachte er verzweifelt, *bitte fall*. Er hatte fast all seine Geduld verloren und wusste auch nichts Nettes mehr zu sagen. Es musste jetzt passieren, sonst würde er noch den Verstand verlieren.

„Lil", sagte er mit so viel vorsichtiger Zurückhaltung wie er nur konnte, „du hast heute deine Ängste überwunden. Als du aus diesem Flugzeug gesprungen bist, warst du wirklich tough. Warum hast du Angst vor mir?"

Sie schnaubte. „Ich habe keine Angst vor dir." Sie lächelte. „Du hältst mich wirklich für tough?"

„Ja."

Sie lächelte. „Das bist du auch."

„Ich weiß. Zieh dich aus."

Sie lief rot an. „Nico."

„Wo ist das Problem?", blaffte er und hatte jetzt wirklich seine Geduld verloren.

Sie seufzte, sah sich im Raum um, stemmte schließlich kampflustig ihre Hände in die Hüften und begegnete seinem Blick mit ihren stahlblauen Augen. Er spürte den Schlag, den er immer spürte, wenn sie einander in die Augen sahen. „Ich bin nicht so heiß wie du, okay?", sagte sie. „Das ist einschüchternd."

Er lächelte. Das war überhaupt kein Problem. „Du bist heiß." Er trat näher, und sie hob eine Hand.

„Ich hab Schwabbel."

Verwirrt runzelte er die Stirn. „Was ist denn Schwabbel?"

„Du weißt schon, ein Bäuchlein."

Er lächelte. „Ich mag Kurven. Ich mag es weich."

„Danke. Gute Nacht."

„Du glaubst mir nicht."

„Sei ernst."

Er beugte sich vor. „Wie kann ich denn da ernst bleiben? Deinetwegen habe ich seit drei Nächten dicke Eier. Und davor schon eine ganze Woche, als ich versucht habe, dir das Fahren mit einem Schaltgetriebe beizubringen."

„Wirklich?"

Er warf die Hände in die Luft. „Ja, wirklich!"

Sie trat an seine Seite und streichelte seinen Arm. „Das ist das Netteste, was jemals jemand zu mir gesagt hat."

„Ich musste mir jeden Abend unter der Dusche einen runterholen, wenn ich nur an deinen Mund gedacht habe!", gestand er.

Sie lehnte sich an seine Seite. „Du bist so süß."

Er grunzte. „Lass mich deinen Schwabbel sehen."

„Nico."

„Komm schon, ich sterbe hier. Ich überlebe keine zehn weiteren Nächte mit dicken Eiern."

Sie stand einfach nur da.

Er legte nach. „Ich bin für dich aus einem Flugzeug gesprungen. Das war nicht meine Vorstellung von Spaß. Ich bin fast *gestorben*."

Sie runzelte die Stirn. „Du bist nicht fast gestorben. Du hattest nur das Gefühl, als würdest du gleich sterben."

„Hör auf, mir auszuweichen."

Sie schloss die Augen und hob ihr T-Shirt. Ihr Bauch war sanft gerundet und niedlich. Er sah zu ihrem Gesicht auf, wo sie die Augen fest geschlossen hatte. Die Art, wie sie sich vor ihm entblößte, tat ihm im Herzen weh. Wie sie sich ihrer Angst vor Zurückweisung stellte, obwohl es ihr unglaublich schwerfallen musste. Genau wie im Riesenrad, als sie sich ihrer Höhenangst gestellt hatte. Wie sie sich auch heute wieder ihrer Höhenangst gestellt und sie vollkommen besiegt hatte.

Er ging vor ihr auf die Knie, küsste ihren weichen Bauch und atmete ihren süßen, frischen Duft ein. Und das war's.

Es war um ihn geschehen.

11

———

„Nico", sagte Lily zögernd, „was tust du denn da?" Er war immer noch auf seinen Knien, umarmte sie, und seine stoppelige Wange drückte gegen ihre sensible Haut am Bauch.

Er sah zu ihr auf mit einem Blick in seinen tiefbraunen Augen, der sich nur als Bewunderung beschreiben ließ. Ihr Herz klopfte schneller. „Ich liebe deinen Schwabbel", sagte er.

Und sie glaubte ihm.

In einer flüssigen Bewegung erhob er sich, legte seine Arme um sie und küsste sie. Und dieses Mal erwiderte sie seinen Kuss mit all der Leidenschaft, die sie immer empfand, wenn er sie küsste, und hielt sich nicht zurück. Es gab keine Furcht mehr davor, dass er sie berühren und enttäuscht sein könnte. Es war fantastisch. Und dann hob er sie hoch und trug sie zum Bett, und sie wäre dabei beinahe dahingeschmolzen. Einen Moment später kroch er zu ihr aufs Bett, legte sich auf die Seite, küsste sie, streichelte ihre Wange und ihr Kinn, ließ sich einfach Zeit. Mit stotterndem Herzen ließ sie sich fallen und erlaubte sich endlich zu genießen, was er ihr bot. Sie strich mit ihren Händen über seine Haut, über seine breiten Schultern, seinen Bizeps, seine umwerfende Brust. Jetzt küsste er ihren Hals, und sie neigte ihren Kopf, damit der besser hinkam, und ihre Lippen öffneten sich mit einem Seufzer.

Er schob ihr T-Shirt hoch, und sie richtete sich ein wenig auf, um ihm dabei zu helfen. Sie legte sich zurück, während er sie betrachtete. Ein leiser Zweifel kam wieder in ihr auf, als er ihre Brüste betrachtete und sein Blick zu ihrem Bauch hinunterwanderte, bevor er sie berührte. Seine warme Hand umfasste ihre Brust, sein Daumen streichelte ihren Nippel, und sie bog sich seiner Hand entgegen, denn sie brauchte mehr. Sein Mund folgte bald, als er den sensiblen Warzenhof küsste, ringsherum, bevor er dann sich dem erigierten Nippel zuwandte und hart daran saugte. Hitze durchströmte sie, und sie stöhnte. Er wandte sich der anderen Brust zu, zunächst wieder mit langsamen Küssen und dann einem intensiven Saugen, bei dem ein heißes Wonnegefühl durch sie hindurchschoss.

Dann unterbrach er sich und blickte ihr lange in die Augen. Sie konnte nicht sagen, was er dachte, ob es etwas Gutes oder Schlechtes war. Panik stieg in ihr auf.

„Was denkst du?", fragte sie, denn sie war besorgt, dass es irgendein Supermodel-Pin-up war, das er sich vorstellen musste, um mit ihr zusammen sein zu können. Sie schloss die Augen. Er war nicht ihr Ex. Dennoch hielt die Angst sie fest in ihren Krallen.

Er küsste ihre geschlossenen Augenlider, ihre Wange und beugte sich dann zu ihr hinunter, um ihr die extrem schmutzigen Sachen ins Ohr zu flüstern, die er mit ihr tun wollte. Sie riss die Augen auf. *Sie.* Er wollte *sie.* Ein Strom von Zuneigung und Dankbarkeit erfüllte ihr Herz. Sie schlang die Arme um ihn. „Wirklich?"

Seine Lippen strichen über ihre, dann saugte er ihre Unterlippe in seinen Mund, bevor er sie losließ und ihr in die Augen sah. „Verdammt, ja. Ich will dich so sehr, Lil." Dann zog er ihr die weite Pyjamahose aus und die schlichte weiße Unterhose, und das nächste, was sie wahrnahm, war, dass er sich zwischen ihren Beinen niederließ, sie küsste, leckte und saugte, und sie explodierte nur kurze Zeit später durch die schockierende Intimität und das unglaubliche Gefühl.

Er richtete sich auf und starrte sie an. „Ich kann nicht

fassen, dass du so schnell gekommen bist. Ich hab doch gerade erst angefangen."

Sie streckte sich genüsslich, war immer noch warm und feucht, all ihre Muskeln vollkommen entspannt. „Mmm."

Plötzlich war auch Nico nackt und presste seinen ganzen Körper gegen ihren. Sie schlang ihre Arme und Beine um diesen köstlichen Mann. Er strich ihr das Haar aus dem Gesicht und leckte langsam mit seiner Zunge über ihre Lippen. „Lil?"

Sie öffnete die Augen. Er war wunderbar. Sie hatte solches Glück. „Ja?"

„War das dein erster Orgasmus?"

„N-nein", stotterte sie, und ihre Wangen brannten. Sie wollte *danach* nicht darüber reden. Sie hatte schon viele Orgasmen gehabt. Nur, dass nie eine andere Person daran beteiligt gewesen war. Sie dachte furchtbare Gedanken über ihren Ex, der dafür gesorgt hatte, dass sie sich immer minderwertig fühlte, und der sich nie auch nur ansatzweise so viel Mühe gegeben hatte wie Nico. Sie packte seinen Po. „Lass es uns tun."

Doch er machte überhaupt keine Anstalten. Stattdessen begann er erneut, sie überall zu küssen, von ihren Wangen zu ihrer Kehle, zu ihren Brüsten hinunter, ihrem Bauch, ihren Schenkeln, und zu ihrer Überraschung machte er weiter, küsste ihre Beine bis hinunter zu ihren Zehen. Sie hatte noch nie das Gefühl gehabt, so von innen heraus zu strahlen. „Willst du denn nicht–"

„Ich bin noch nicht fertig", sagte er mit heiserer Stimme, dann drehte er sie auf den Bauch und begann, ihre Beine zu massieren, wobei er mit ihren Waden begann. Sein Mund folgte dem Pfad seiner Hände ihre Beine hinauf. Es war wie eine Massage, wurde aber von der Tatsache intensiviert, dass der umwerfendste Mann der Welt sie ihr gab. Jetzt waren seine Hände an ihrem Po, und sie wand sich, darum machte er langsamer, massierte und liebkoste sie, bis er ihre Beine spreizte. Seine Hand glitt zwischen ihre Beine und ließ sie zusammenzucken.

„Ich bin ein sehr glücklicher Mann", murmelte er. Sie hatte

keine Ahnung, was er damit meinte, doch sie hatte auch keine Zeit, darüber nachzudenken, denn er küsste und leckte die Senke ihres unteren Rückens, und als er sich an ihrem Rücken hinauf arbeitete, über ihre Schultern, schmolz sie dahin und war nur noch eine funkensprühende Pfütze voller Verlangen. Er schob ihr Haar beiseite und küsste ihren Nacken. Seine Zähne kratzten und bissen dann vorsichtig zu. Elektrische Stöße schossen ihre Wirbelsäule hinunter. Sie wollte ihn. Wollte das hier.

„Nico", stöhnte sie. „Bitte."

„Erzähl mir, worauf du stehst", knurrte er in ihr Ohr, und seine Hitze wärmte ihren Rücken.

Sie vibrierte geradezu vor Verlangen. Sie hatte keine Ahnung, keine Erfahrung, auf die sie sich beziehen konnte. „Ich stehe auf alles, auf das du auch stehst."

Er stöhnte und drehte sie auf den Rücken. Sie packte ihn, zog ihn zu einem gierigen Kuss an sich und fühlte sich, als stünde sie am Rand von etwas Großartigem. Sie stieß ihm ihre Hüfte entgegen, und seine dicke Erektion drückte gegen ihren Bauch.

„Ich habe dir versprochen, dass ich langsam mache", sagte er, und seine Stimme klang rau und belegt.

„Ich brauche mehr. Bitte."

Er küsste sie heiß und leidenschaftlich, und sie war verloren. Es gab nichts als Nicos Mund, der von ihrem Besitz ergriff. Seine Hand glitt zwischen ihre Beine, und sie bog sich ihm entgegen, stöhnte wie eine wahnsinnige, sexgierige Frau. Was sie ja auch absolut war.

„Schh, beruhig dich", sagte er, dann glitt er noch tiefer und drang mit einem Finger in sie ein. „O Gott, du bist so eng."

Sie konnte nicht antworten, sondern sich nur ununterbrochen bewegen, denn sie wollte mehr, so viel mehr.

„Lil, sieh mich an."

Mit großer Kraftanstrengung öffnete sie ihre Augen.

„Du musst es mir sagen, wenn das hier dein erstes Mal ist."

Sie schüttelte den Kopf. „Ist es nicht. Tut mir leid, dass ich so eng bin. Es ist schon eine Weile her."

Seine Finger waren wieder da, glitten in sie hinein und heraus und dehnten sie. „Wie lange?" Seine Stimme klang heiser.

„Zwei Jahre. Lass mich bitte nicht noch länger warten."

Er stöhnte, und dann drängte sein Mund gegen ihren, ein entschlossenes Verlangen, bei der ihr vor Verlangen beinahe schwindlig wurde. Das hier hatte sie also ihr ganzes Leben lang verpasst. Diese Leidenschaft. Seine Finger glitten aus ihr heraus und liebkosten sie weiter, und sie hätte sich beinahe unter ihm gewunden, bis er dann die Stelle massierte, wo sie ihn besonders brauchte. Sie explodierte erneut. Seine Stirn senkte sich auf ihre, und er atmete schwer. „Sowas habe ich noch nie gesehen."

„Ist das gut oder schlecht?"

Er schmunzelte und küsste sie vorsichtig. „Das ist mehr als gut", sagte er an ihrem Mund.

„Jetzt?", fragte sie.

„Nur eine Minute, du geiles kleines Ding." Er ging zu seinem Koffer – um ein Kondom zu holen, dachte sie sich. Sie fühlte sich albern. Niemand hatte sie jemals geil oder klein genannt. Und dann war er wieder da, ließ sich zwischen ihren Beine nieder, und sie schlang ihre Arme und Beine um ihn. Er stützte sich auf seine Unterarme und blickte auf sie herab, seine Augen dunkel und erhitzt. „Ich bin so froh, dass du mich gewählt hast. Du bist unglaublich."

Sie konnte seinen Worten kaum glauben, doch sie schossen geradewegs in ihr Herz und ließen sich dort mit einem seltsamen, unbehaglichen Gefühl nieder. Sie küsste ihn, und als er dann sehr, sehr langsam in sie eindrang, schmerzte ihr Körper, während er sich dehnte, um ihn aufzunehmen.

Er hielt inne und sah sie an. Schweißtropfen hatten sich auf seiner Stirn gebildet. Sie wischte sie weg und fuhr mit ihren Fingern durch sein weiches, dunkelbraunes Haar. „Ist schon okay", sagte sie. „Du musst nicht langsam machen."

„Doch, muss ich." Er drang noch weiter ein, und ihre

Schmerzen wurden stärker. Zwei Jahre waren eine lange Zeit, um nicht mit einem Mann zusammen gewesen zu sein, und er war so dick.

„Bist du fast drin?", fragte sie mit angestrengter Stimme.

Er senkte seinen Kopf und küsste ihre Schulter. „Nein."

Sie atmete zitternd aus. Und dann stützte er sich ein Stückchen hoch, damit seine Hand hinuntergleiten und sie dort liebkosen konnte, wo er wusste, dass sie sich nach seiner Berührung sehnte. So konnte er sie von ihrem Schmerz ablenken, damit sie sich vollkommen entspannte und er tiefer in sie eindringen konnte. Sie schnappte nach Luft, dann waren seine magischen Finger wieder da und streichelten sie so langsam, als hätte er die ganze Nacht Zeit, bis sich der Orgasmus anschlich. Plötzlich schrie sie auf, hob unvermittelt ihre Hüfte, und dann war er ganz in ihr. Und jetzt war sie diejenige, die schwitzte.

„Du bist so schön", sagte er, während er begann, langsam in sie hinein zu pumpen, und seine Worte zusammen mit seinen Liebkosungen ließen sie sich noch ein bisschen mehr entspannen, während sie versuchte, nicht an das intensive Dehnen zu denken, das sie erhitzte und ihr gleichzeitig Schmerzen bereitete.

„Und du bist so wunderbar", sagte sie.

„Lil." Er schob noch einmal seine Hand zwischen sie, und sie kam ihm entgegen, war ganz gierig auf seine Berührung, und unerwartet nahm sie ihn noch tiefer auf. Sie stöhnten beide. „Nochmal", sagte er zu ihr, und seine Finger massierten sie fiebrig, während er langsam und tief in sie hinein stieß. Es war zu viel, die Kombination aus Elektrostößen und dem süßen Schmerz, die sie erfüllten. Sie kam wie die Welle eines Tsunami und verkrampfte sich um ihn.

Und dann stieß er zu, wieder und wieder, nahm sich, was er brauchte, und sie hing an ihm, bis er mit einem heiseren Laut, der vielleicht ihr Name war, losließ. Wenig später sanken ihre Arme schlaff auf die Laken, und ihre Beine zitterten, weil sie ihn so fest umklammert hatte.

Ein paar Augenblicke später kümmerte er sich um das Kondom und zog sie dann in seine Arme und drückte ihr einen Kuss auf die Haare. Ihr Ex hatte sie danach nie gehalten. Sie kuschelte sich an ihn, schmiegte ihren Kopf an seine Brust und lauschte auf das tiefe Pochen seines Herzens.

Sie konnte sich nicht vorstellen, sich in zehn Tagen von ihm verabschieden zu müssen. Warum hatte sie so getan, als machte es ihr nichts, wenn sie getrennte Wege gingen? Würde es ihm genauso gehen? Sie wollte keine Klette sein. Sie hatte schon immer Trennungsangst gehabt, das wusste sie, wegen der Sache, die in Vegas auf sie wartete.

Sie verdrängte diesen unangenehmen Gedanken. Ihr Körper war immer noch wie elektrisiert. Vier Orgasmen in einer Nacht! Sie war eine sehr glückliche Frau.

12

Nico drehte fast durch, als sie zu der elfstündigen Fahrt nach Vegas aufbrachen. Er konnte es zugeben. Sich selbst gegenüber, nicht Lily. Denn er hatte diese kitschigen und zärtlichen Gefühle der Frau gegenüber, von der er sich eigentlich in neun kurzen Tagen verabschieden sollte. Sie würde ihr neues Anwaltsleben in der Stadt beginnen; und er wäre dann wieder ein Schrauber in Eastman. Sie spielte so gar nicht in seiner Liga, und er konnte es sich nicht leisten, es sich mit ihrem Vater zu verscherzen. Ganz zu schweigen davon, dass er nie wieder heiraten würde.

Whoa. Wo war denn der Gedanke hergekommen? Er trat noch fester aufs Gas. Das war wohl, weil sie nach Vegas fuhren. Da heirateten ja viele Leute. Er war noch nie –

„Nico?" Ihre süße Stimme drang durch seine Panik, und er antwortete in einem sanften Ton, weil sie ihm letzte Nacht vertraut hatte.

„Ja?" Er sah zu ihr hinüber. Die Kopfhörer saßen schief auf ihrem Kopf, ihr rotes Haar war vom Fahrtwind durch das offene Fenster zerzaust, ihre Lippen waren voll und rosig. An ihrem Hals hatte sie einen Knutschfleck. Er wollte sie so dringend.

„Vielleicht sollten wir ein bisschen langsamer machen", sagte sie.

Erleichterung durchfuhr ihn. Sie fühlte es wohl auch, diesen Sturz in ein gefährliches Gebiet, den Kopf voran. Liebesgebiet.

„Das gleiche habe ich auch gedacht", sagte er.

Einen Moment lang herrschte Stille, während er darüber nachdachte, wie er es aussprechen konnte. Denn er hatte das Gefühl, als gäbe es für diese Sache zwischen ihnen keine Bremse.

„Du fährst aber immer noch nicht langsamer", sagte sie. „Du fährst hundert Meilen pro Stunde."

Er sah auf den Tacho. Mist. Er ging vom Gas. „Entschuldigung."

„Ist alles in Ordnung?", fragte sie fast schüchtern.

„Ja, alles gut." Er wollte mit seinen panikartigen Gedanken ihre Gefühle nicht verletzen. Nicht, nachdem sie sich ihm heute Morgen wieder so hingegeben hatte, obwohl sie auf seine Frage hin gestand, dass sie ein bisschen wund war. Also hatte er sie stattdessen verwöhnt, und sie war bereits nach zwei Minuten gekommen. Sie war einfach verdammt erstaunlich empfänglich. Er fragte sich, ob es nur an ihm lag, oder ob sie bei all ihren Liebhabern so war. Obwohl er wusste, dass es nicht viele gewesen sein konnten.

„Hey, Lil, nicht, dass das eine Rolle spielt, aber mit wie vielen Männern hast du bisher geschlafen?"

„Mit wie vielen Frauen hast du denn geschlafen?"

„Weiß nicht. Vielleicht vierzig?"

„Vierzig!", kreischte sie. Wahrscheinlich waren es sogar mehr. Er führte darüber nicht Buch, doch er hatte mit Frauen geschlafen, seit er sechzehn war. In dem Jahr, in dem er verheiratet gewesen war, war er treu gewesen, und davor waren sie drei Monate zusammen gewesen, das hatte ihn also ein wenig gebremst.

„Mach dir keine Sorgen", sagte er. „Ich verhüte immer. Und ich lasse mich regelmäßig testen. Ich bin sauber."

Es folgte eine lange Pause.

„Bist du böse auf mich?", fragte er.

Sie sagte etwas so leise, dass er es nicht verstehen konnte.

„Bitte?", fragte er.

„Ich sagte zwei. Einschließlich dir. Ich habe mit zwei Männern geschlafen."

Das erklärte eine Menge. Doch sie hatte es so sehr genossen, dass er sich nicht erklären konnte, warum sie es sich so viele Jahre versagt hatte.

Er nahm ihre Hand und drückte sie. „Darf ich fragen warum? Warst du lange mit dem einen Typen zusammen?"

„Wir waren ein Jahr zusammen."

„Oh. Warum dann?"

Stille. Er verspannte sich. Was hatte der Typ ihr angetan? Er würde ihn umbringen.

„Lil, du kannst mir alles erzählen. Ich werde es niemandem weitersagen." *Und dann werde ich ihn töten.*

Sie stieß einen Seufzer aus. „Der Grund, warum ich nicht mit vielen Männern geschlafen hab ist, dass nicht viele Männer mit mir schlafen wollten."

„Was meinst du?"

„Ich meine, dass ich nicht oft um ein Date gebeten werde. Ich bin halt nicht, du weißt schon, die ideale Frau, wenn es um, ähm, das Aussehen geht."

„Das soll wohl ein Scherz sein. Du bist umwerfend sexy." Er gestikulierte an ihrem Körper auf und ab. „Sieh dir nur deine Kurven an. Du bist eine Marilyn Monroe mit roten Haaren. Klug –"

„Wirklich? Du findest, ich sehe aus wie Marilyn Monroe?"

„Besser."

„O mein Gott, ich weine gleich."

Alarmiert sah er sie an. „Nein, nicht weinen. Das ist doch ein Kompliment."

„Ich weiß." Ihre Stimme klang vor Emotionen erstickt. „Du bist was ganz Besonderes, Nico. Wirklich. Danke."

Er zuckte mit den Schultern. Er hatte doch nur von Tatsachen gesprochen. Dieser eine Typ musste ihr irgendetwas angetan haben, sodass sie dachte, dass sie nicht sexy war. Sie war in allem, was sie trug und was sie tat, sexy. Selbst jetzt in diesem schlichten T-Shirt und in Shorts – ein sexy Lollipop. Er wusste nicht, wo dieser Gedanke hergekommen war, doch jetzt musste er wieder an diesen Mund auf sich denken, und mit dieser erotischen

Vision, die sich in seinem Kopf festgesetzt hatte, würde er es nicht bis Vegas schaffen. Sie hatten noch zehn Stunden Fahrt vor sich. Er zwang sich, an Ehe zu denken, das ultimative Weltuntergangsszenario, das bei ihm immer den kalten Schweiß auslöste.

Nur, dass es dieses Mal nicht funktionierte.

Als sie gegen zehn Uhr abends in Vegas ankamen, flippte Lily fast aus. Nicht wegen Nico. Er war einfach wunderbar. Sie konnte es immer noch nicht ganz fassen, dass er auf sie stand. Nein, das Problem war, dass sie wusste, was sie in Vegas zu tun hatte. Und darum entschied sie sich spontan, sich zu betrinken.

Sie checkten im Hotel Paris Las Vegas ein, weil Lily der kitschige Eiffelturm davor gefiel. Nico schlüpfte aus seinen Schuhen, ließ sich auf eins der beiden französischen Betten fallen und streckte sich aus. Nach der langen Fahrt musste er erschöpft sein, doch sie war es nicht.

„Komm her", sagte er mit leiser, verführerischer Stimme, die sie anzog.

„Ich bin nicht müde."

„Bring mich nicht dazu aufzustehen", sagte er fast mit einem Ächzen.

„Ich werde jetzt spielen gehen und mich betrinken", sagte sie und nahm ihre Handtasche.

Er sprang aus dem Bett. „Ich komme mit."

Er durfte nicht mitkommen. Sonst würde er die eine Person treffen, von der sie nicht wollte, dass er sie traf.

„Entspann du dich einfach", sagte sie. „Ich will die ganze Nacht spielen und trinken – nach der Fahrt willst du da doch sicherlich nicht mitkommen."

Er verschränkte die Arme. „Ich soll also eine junge, schöne, sexy Frau allein betrunken durch diese Stadt ziehen lassen? Das kannst du vergessen."

Sie schmolz dahin. Er war einfach so charmant. Er konnte richtig gut mit seinen süßen Worten umgehen.

Sie zuckte die Schultern. „Mach, was du willst."

Er sah sie an, während er sich die Schuhe wieder anzog. „Das werde ich."

Lily stieg mit Nico in den Aufzug, wo er sie mit heißen Blicken ansah. Doch sie durfte sich nicht von ihrer Mission ablenken lassen. Als sie das Casino betraten, ging sie geradewegs zur Bar und bestellte sich einen Tequila. Das eine Getränk, von dem sie wusste, dass es seinen Zweck schnell erfüllen würde. Nico bestellte ein Bier.

Sie kippte den Kurzen hinunter und saugte an einer Limette. Nico stöhnte. Er legte einen Arm um ihre Schultern, zog sie an sich und strich mit seiner Nase ihren Hals entlang. Sie seufzte, denn sie fühlte sich bereits lockerer.

„Wie du an dieser Limette saugst, Lil." Er flüsterte in ihr Ohr, woran er dabei denken musste, und ihr wurde überall heiß. Das war etwas, das sie kannte, und was hätte sie nicht dafür gegeben, wenn der so erfahrene Nico wegen ihr die Kontrolle verlor.

Er schenkte ihr ein Lächeln, das ihm sagte, dass er wusste, was sie gerade dachte. „Willst du nach oben gehen? Nur für zwanzig Minuten oder so?"

„Ich wünschte, ich könnte." Sie brauchte noch ein bisschen mehr flüssigen Mut für ihre Mission. Wenn sie es sich leicht machte und mit Nico ins Bett ging, würde sie das Hotelzimmer nie wieder verlassen wollen.

Er legte seine Arme um sie, zog sie vom Barhocker und stellte sie zwischen seine Beine. „Wünsch es dir nicht nur", hauchte er in ihr Ohr. „Lass uns diesen Traum wahr machen. Wenn du nur wüsstest–"

Sie lachte und stemmte die Hände gegen seine Brust. „Ich habe noch nicht gespielt. Ich habe zweihundert Dollar in meiner Tasche, die sich gern vermehren würden." Sie glitt davon, ging hinüber zum Roulettetisch und beobachtete, wie sich das Rad drehte.

„Bei dem Spiel ist sicher, dass man verliert", sagte Nico, nahm sie an der Hüfte und zog sie an sich. Sie konnte spüren, warum er sie an sich zog. „Warum versuchst du nicht Blackjack? Dafür braucht man wenigstens ein bisschen Talent. Dieses Spiel hier kann man einfach nur verlieren."

„Feigling", sagte sie. Sie standen hintereinander und sahen dem Spiel zu. Als der Casinoangestellte wieder um Einsätze bat, legte sie ihre zweihundert Dollar auf die rote Drei.

Nico schüttelte den Kopf. „Ich hoffe, du hast noch mehr Bargeld."

„Nein. Das ist alles, aber ich weiß, dass ich gewinnen werde."

„Ich sag dir das ja nur ungern –"

„Rouge impair trois", sagte der Croupier.

Lily kreischte und begann, auf und ab zu springen. „Das bin ich!" Sie kicherte wie verrückt und nahm ihren Gewinn entgegen. Sie hatte gerade zwölftausend Dollar gewonnen.

„Ich fasse es nicht", sagte Nico.

„Heute Abend gehen alle Getränke auf mich", sagte sie beschwingt.

„Ich will nichts. Vielleicht sollten wir das Geld oben in den Safe legen."

Lily verzog das Gesicht. „Wieso das denn. Das brauche ich doch hier, um Spaß zu haben."

Er schüttelte den Kopf. Lily tauschte ihren Gewinn an der Casinokasse gegen einen Zehntausend-Dollar-Scheck und zweitausend Dollar in bar ein. Sie trank mehr Tequila und steckte immer mehr Quarter in die Spielautomaten, während Nico wie ein Soldat neben ihr stand und auf sie aufpasste. Endlich war es Mitternacht, sie war betrunken und bereit für das, was sie zu tun hatte.

„Komm", sagte sie zu Nico und zog an seinem Arm. „Wir sehen uns jetzt eine Show an."

„Eine Show?", wiederholte er.

„Ja, das hier ist Vegas, Showgirls, Federn, alles was dazugehört." Sie hob ihre Arme über den Kopf und wackelte ein wenig mit den Hüften, um es zu demonstrieren.

Er runzelte die Stirn, wie er es oft in ihrer Nähe tat. „Du willst dir Showgirls ansehen? Ich dachte, das wäre nur was für Männer."

Sie blieb stehen und verdrehte die Augen. „Das ist Entertainment."

Er hob die Hände in die Höhe. „Okay, lass mich deinen Scheck aufbewahren."

„Der ist in meiner Handtasche vollkommen sicher."

„Jeder im Casino hat dich kreischen gehört, als du gewonnen hast. Ich möchte vermeiden, dass ihn dir jemand stiehlt."

Sie zog einen Schmollmund. Er küsste sie und saugte ihre Unterlippe in seinen Mund. Als er sie wieder losließ, hielt er ihre Handtasche.

„Nico!"

„Ich geb sie dir zurück, wenn wir wieder in unserem Zimmer sind. Ich will nur, dass du sicher bist."

Sie öffnete ihre Handtasche und reichte ihm den Scheck. Er sah sich um und steckte ihn in seinen Geldbeutel, bevor er ihn wieder in seiner Hosentasche verschwinden ließ. „Danke."

„Seit wann kommandierst du denn so gerne herum?", beschwerte sie sich.

„Seitdem du drei Tequila getrunken hast und–" er senkte seine Stimme „–eine verdammte Menge Geld gewonnen hast."

Sie kicherte. „Auf dem Scheck steht mein Name, weißt du."

„Ich bin mir sicher, dass jemand deine Unterschrift fälschen könnte."

„Ha!" Sie drehte sich um und ging Richtung Ausgang, blieb dabei aber immer wieder an den blinkenden Automaten stehen. Plötzlich packte Nico ihren Ellbogen und führte sie in die entgegengesetzte Richtung zum Ausgang.

Als sie draußen waren, sah sie sich auf der Straße um und versuchte sich zu orientieren. Sie deutete nach rechts. „Da lang!"

„Bist du dir sicher?"

„Ich bin mir sicher." Sie zog ihn mit sich, die Straße hinunter, dann in eine Seitenstraße zu einem zwielichtig aussehenden Club, in dem sie schonmal gewesen war, dem Pink Navel. „Das wären wir."

„Ist das eine Stripbar?"

„Nein, sie strippen nicht. Sie tanzen." Sie bezahlte den Eintritt, und sie gingen in den dunklen, stickigen Raum, an dessen anderem Ende eine Bühne war. Das hier war der einzige Grund für ihre Fahrt. Die Habseligkeiten ihres Großvaters waren ihr egal, da sie ihn ohnehin nie kennengelernt hatte, selbst der Mustang war egal, das einzige, woran ihr etwas lag, war das Wissen, das im Verstand eines dreiundvierzigjährigen Showgirls steckte.

13

Nico war verwirrt. Lily verhielt sich so seltsam. Den Großteil dieser Reise über war sie quirlig und enthusiastisch gewesen, wollte irgendwelche skurrilen Sachen wie Gummistempel, Salz- und Pfefferstreuermuseen und überdimensionierte Gabeln besichtigen, doch jetzt in Vegas, wo sich die meisten Leute amüsierten, war sie wild entschlossen, sich zu betrinken und ihr Geld zu riskieren. Und diese schäbige Bar war nicht gerade etwas, wovon er gedacht hätte, dass es jemanden, der so privilegiert aufgewachsen war wie Lily, interessieren würde. Die Musik begann zu spielen, ein wirklich altmodischer Stripteasesong, und ein Dutzend Frauen betrat in fast nicht vorhandenen Kostümen aus Federn und strategisch platzierten Pailletten die Bühne. Alle hatten die Haare hochgesteckt, ein künstliches Lächeln im Gesicht und hielten die Köpfe, auf denen sie ein aufwendiges Gesteck aus rosa Federn trugen, hoch erhoben.

Ihn reizte es nicht sonderlich, doch Lily schien geradezu hypnotisiert. Sie betrachtete einzelne Frau, beobachtete aufmerksam ihre Bewegungen, bevor sie dann die letzte Frau fixierte.

Auch er sah sich die Frau an. Sie hatte rote Haare.

Und dann wurde ihm plötzlich klar, warum Lily sich so seltsam verhalten hatte. Sie musste ihre Schwester sein. Sie sahen einander ähnlich, nur dass die andere Frau hart und tough wirkte und ihre Muskeln definiert waren.

„Ist das deine Schwester?", fragte er.

Lily wirkte überrascht und trank den nächsten Tequilashot aus. „Nein. Wie kommst du darauf?"

„Sie sieht aus wie du."

Lily starrte die Frau weiter an und schluckte schwer.

„Kennst du sie?", fragte er.

„Schh. Kannst du mir noch einen Drink bestellen?"

„Nein."

„Bitte! Dann mache auch diese Sache, die du vorhin wolltest."

„Du willst mich wirklich mit einem Blowjob bestechen, damit ich dir noch einen Drink bestelle?"

Endlich riss sie ihren Blick von der Frau los und beugte sich zu ihm vor, ihre Stimme war ein kehliges Schnurren. „Ja, ich will dich mit einem Blowjob bestechen. Interessiert?"

Sein Schwanz war bereits in Habachtstellung, also ja. Er nickte kurz und ging an die Bar, um ihr den versprochenen Drink zu holen. Während er sich anstellte, dachte er über die Frau nach, von der Lily so fasziniert schien. Und dann traf es ihn. Wenn sie nicht ihre Schwester war, war sie vielleicht ihre Mutter? Er wusste, dass sie zu Hause eine Stiefmutter hatte.

Er kehrte zu ihr zurück und reichte ihr den Drink. Lily kippte den Kurzen hinunter und saugte an der Limette, dann küsste sie ihn aggressiv, sogar mit Zunge, und auch wenn er wusste, dass ihre Aggression daher rührte, dass sie betrunken war, konnte er nicht anders, als den Kuss zu erwidern.

„Danke", sang sie, und ihre Augen waren vor Alkohol und Lust ganz glasig. Nur gut, dass er bei ihr war, so viel war sicher.

„Wann hast du deine Mom das letzte Mal gesehen?", fragte er.

Sie versteifte sich, dann lächelte sie ihn ein wenig an. „Meine Mom mag schicke Tees und Verabredungen zum Mittagessen. Wenn sie mich in ihren Terminkalender quetschen kann. Habe ich nicht ein Glück?"

Er runzelte die Stirn. Schicke Tees klangen nicht gerade

nach einem Vegas Showgirl. Vielleicht hatte er sich doch getäuscht.

Sie blieben eineinhalb Stunden, und Nico achtete darauf, dass Lily keinen Alkohol mehr bekam. Fünf Kurze waren eine ganze Menge für einen Abend, was man daran sehen konnte, wie sie sich beim Tanzen schmutzig an seinem Bein rieb, obwohl aus dem Publikum niemand sonst tanzte. Er war zu diesem Dirty Dancing gezwungen worden, weil er fast vom Stuhl gefallen wäre, als sie einen Lapdance versucht hatte. Schließlich war die Show zu Ende.

„Zeit, mich der Realität zu stellen", trällerte Lily und verschwand in Richtung Bühne.

„Warte!", rief er.

Ein Sicherheitsmann hielt sie davon ab, auf die Bühne zu klettern.

„Taylor!", rief Lily und sprang auf und ab und winkte. „Taylor!"

Die rothaarige Frau drehte sich um. „Lily? Was tust du denn hier?" Sie signalisierte dem bulligen Sicherheitsmann, dass er sie durchlassen sollte, und Lily stieg auf die Bühne.

„Können wir uns unterhalten?", fragte Lily laut.

„Ich gehöre zu ihr", sagte Nico zu dem Gorilla vor der Bühne und folgte Lily.

„Hallo, Hübscher", schnurrte die Frau in seine Richtung.

„Mom, das ist mein Freund Nico", sagte Lily und legte ihren Arm um ihn.

„Ich habe dir doch gesagt, du sollst mich so nicht nennen", sagte die Frau und sah sich um, um sich zu versichern, dass es niemand gehört hatte. „Ich kann meinen Job so schon kaum halten. Kommt mit in die Umkleide, damit ich mir was anderes anziehen kann."

Nico versuchte, sich den stilvollen George Spencer vorzustellen, der mit dieser Frau verheiratet war, doch es gelang ihm nicht. Ein Blick auf Lily neben ihrer Mom, und die Ähnlichkeit war erstaunlich deutlich – die Haare, die stahlblauen Augen, die helle Haut, sogar die vollen Lippen mit dem ausgeprägten Amorbogen. Nur, dass ihre Mom nicht so groß war wie sie.

„Ziehen die anderen Frauen sich da nicht gerade um?", fragte Nico.

„Denen macht es nichts, wenn man ihnen dabei zusieht", sagte ihre Mom, dann brauste sie davon, ein Blitz aus Federn und Pailletten und kein bisschen Liebe. Seine Verwirrung über Lilys seltsames Verhalten heute Abend verschwand. Er hatte wirklich das Glück gehabt, eine nette, liebevolle Mom zu haben, die leider gestorben war, doch dann hatte er ein zweites Mal Glück gehabt, einige Jahre später eine warmherzige, liebevolle Stiefmutter zu bekommen. Lily hatte offensichtlich ins Klosett gegriffen.

Lily war betrunken, aber nicht so betrunken, dass sie deswegen taub gewesen wäre. Ihre biologische Mom zu sehen ließ sie nie kalt. Die Mom, die mit ihr zu schicken Tees ging, war ihre Stiefmutter, die einzige Mom, die sie gekannt hatte, bis ihr Dad ihr zu ihrem achtzehnten Geburtstag endlich die Wahrheit über ihre Mom erzählt hatte. Das hatte so verdammt viel erklärt. Warum sie ihren Dad immer so enttäuschte zum Beispiel. Warum ihre Stiefmutter ihr gegenüber immer so wenig herzlich und distanziert gewesen war. Sie war das Ergebnis einer Affäre, mit der sich ihre Stiefmutter nur des Geldes ihres Vaters wegen abgefunden hatte. Lily war der lebende Beweis dafür, dass ihr Dad fremdgegangen war. Lily hatte sich ihrer Stiefmutter, Mona, anpassen müssen, denn Mona war viel mehr zu Hause als ihr Dad. Mona hatte sie an ihrem Leben teilhaben lassen, wenn es ihr passte. Jetzt zog ihre Stiefmutter es vor, das ganze Jahr in ihrem Sommerhaus in Newport, Rhode Island, zu bleiben.

Die Umkleide war voller halbnackter schöner Frauen, darunter auch ihre Mom, die jetzt ohne BH ein Top anzog und sich nicht einmal die Mühe machte, sich umzudrehen. Es hätte auch keine Rolle gespielt. Auf allen Seiten des Raumes waren Spiegel. Die Kälte der Umgebung mit den grellen Glühbirnen an den Schminkspiegeln, den Tischen voller Make-up und Zigarettenstummeln, dem schmutzige Linoleumboden und – was das Schlimmste war – die Realität, ihre Mom zu sehen, ließen Lily schnell nüchtern werden. Sie fühlte sich vom Tequila nicht mehr albern, sondern stattdessen nur unendlich müde.

Sie hatte Nico mit sich gezogen, denn sie brauchte seine Rückendeckung. Als sie sich umdrehte, stellte sie fest, dass er ganz hinten an der Wand weit weg von den Frauen stand. Dafür hätte sie ihn umarmen können. Und das tat sie auch. Sie ging zu ihm und schlang ihre Arme um seine Taille, woraufhin er die Umarmung mit viel Wärme erwiderte.

Sie wünschte sich, sie hätte einfach so bleiben können, sicher in seinen Armen, doch sie musste ihre Mom etwas Wichtiges fragen, und das konnte nicht warten.

Sie löste sich von ihm und drehte sich zu ihrer Mom um. „Taylor, können wir irgendwo hingehen, wo wir unter uns sind?"

Ihre Mom zog sich Leggins an und schlüpfte in Sandalen mit hohen Absätzen. „Ja, lass uns gehen. Ich muss eine rauchen." Sie nahm sich ihre Handtasche. „Kommt mit."

Sie folgten ihr an den halbnackten Frauen, die Nico anerkennend von oben bis unten betrachteten, vorbei auf die Rückseite des Gebäudes nach draußen. Es war dunkel, und die Leuchtreklame von der Vorderseite des Clubs erreichte sie nicht ganz. Nur ein einziges Licht schien von der Fassade auf sie herab. Ihre Mom stellte sich unter die Lampe und zündete sich eine Zigarette an. „Kippe?" Sie bot beiden ihr Päckchen an, doch sie lehnten ab.

„Wie komme ich denn zur Ehre deines Besuchs?", fragte ihre Mom und ließ den Rauch seitlich aus ihren Mundwinkeln entweichen.

„Ich warte da drüben", sagte Nico und deutete zur Tür.

Lily nahm seine Hand. „Nein. Bleib."

Er blieb.

„Wie geht es dir, Mom?", fragte Lily.

„Taylor. Nenn mich Taylor."

Nico drückte ihre Hand.

„Taylor", sagte Lily.

Ihre Mutter schenkte ihr ein kleines, unechtes Lächeln und

zog einmal lang an ihrer Zigarette. „Gut. Wie nett, dass du vorbeigekommen bist." Ihrer Stimme war keine Begeisterung anzuhören. Nur ein ausdrucksloser, fast desinteressierter Ton.

Lily atmete einmal tief ein. „Als wir uns das letzte Mal unterhalten haben, hast du erwähnt, dass du noch eine Tochter hast. Wo ist sie? Wie kann ich Kontakt zu ihr aufnehmen?" Bei ihrem letzten Telefonat war ihre Mutter betrunken gewesen, sonst wäre ihr das niemals rausgerutscht.

„Du bist jetzt Anwältin?", fragte ihre Mom.

„Ja, ich habe gerade den Abschluss gemacht. Sobald ich die Zulassungsprüfung hinter mir habe, ist es offiziell."

Ihre Mutter kniff die Augen zusammen und genehmigte sich noch einen langen Zug. „Das große Geld jetzt, wie? Ich bin stolz auf dich, Lily. Du bist genauso geworden, wie dein Dad es gewollt hat."

Wohl kaum, dachte Lily. Ihre Stiefmutter konnte keine Kinder bekommen, und was ihr Dad am liebsten gehabt hätte, wäre ein Sohn, der den Namen Spencer weitergetragen hätte. Taylor war die Geliebte ihres Vaters gewesen. Sie hatte wegen ihres Alters gelogen und hatte Lilys Dad gesagt, dass sie dreiundzwanzig war, obwohl sie erst achtzehn gewesen war, und war absichtlich schwanger geworden, denn sie hatte gehofft, dass ihr Dad seine Frau für sie verlassen würde. Sie hatte vorgehabt, hochschwanger mit dem Erben, den er sich immer gewünscht hatte, aufzutauchen und sich so ihren Platz in der wohlhabenden Spencer-Familie zu sichern. Wie sich herausstellte, hatte der Arzt beim Ultraschall fälschlicherweise einen Jungen gesehen. Doch die Enttäuschung kam erst, als sie zur Welt kam. Taylor hatte das Neugeborene ohne Erklärung Lilys Dad übergeben und gesagt, abgemacht ist abgemacht.

Denn Lily war Teil eines Vertrages zwischen ihren Eltern. Ein Ergebnis von Taylors Plan, der mächtig in die Hose gegangen war. Als ihr Dad unerwartet in Taylors Wohnung (für die er bezahlt hatte) aufgetaucht war, als er bei einem Wohltätigkeitsgolfturnier in Vegas gespielt hatte, hatte er zu seiner Überraschung festgestellt, dass seine Geliebte im sechsten Monat schwanger war, doch heiraten wollte er sie nicht. Taylor hatte gedroht, den Jungen – den Spencer-Erben – zur Adoption freizugeben. Ihr Dad hatte immer einen Erben gewollt und dafür gesorgt, dass alles schriftlich festgehalten wurde. Er würde das Kind mit seiner Frau großziehen und sie würde für ihren Anteil daran, dass die Spencer-Dynastie am Leben gehalten wurde, entschädigt werden, indem er ihr zwanzig Riesen pro Jahr zahlte, bis der Erbe achtzehn war. Und es durfte keinen Kontakt zwischen Mutter und Sohn geben.

Taylor hätte eine Menge Geld haben können. Ihr Dad hätte es sich leisten können, doch für Taylor, die in Armut gelebt hatte, bevor sie Lilys Dad kennengelernt hatte, war der Deal unglaublich gut gewesen. Sie hatte zugestimmt und war scheinbar mit ihrer Entscheidung zufrieden gewesen, bis Lily achtzehn Jahre alt wurde und die Geldquelle versiegte. Taylor hatte Kontakt zu ihrem lange ignorierten Kind gewollt, und das war der einzige Grund, weshalb ihr Dad ihr überhaupt von ihrer biologischen Mutter erzählt hatte. Taylor hatte gleich angefangen, Lily finanziell zu melken. Doch Lily war es egal. Ihre Mutter war der Schlüssel dazu, ihre verkorkste Existenz zu verstehen, und im Laufe der Jahre hatte sie die ganze Geschichte Stück für Stück aus Taylors Mund erfahren.

Ihr Dad weigerte sich darüber zu reden, als wäre es unter seiner Würde. Doch jetzt gab es noch ein weiteres Stück der Geschichte, eine Schwester, und Lily wollte diese Beziehung mehr als alles in der Welt.

Nicos scharfe Stimme drang durch ihre Erinnerungen. „Wissen Sie was, Taylor? Sie ist eine wunderbare Frau geworden."

Ihre Mom grinste Nico an. Er versteifte sich.

„Ich habe dich nie um etwas gebeten", sagte Lily. „Ich möchte nur meine Schwester kennenlernen. Bis zu unserer letzten Unterhaltung wusste ich ja nicht einmal, dass ich eine habe."

„Ich erinnere mich nicht, dass ich das erwähnt habe", sagte ihre Mom. „Ich war betrunken. Habe vielleicht eine ganze Menge Mist fantasiert, der nicht stimmt."

„Das war aber schon sehr spezifisch. Du hast gesagt, dass

sie wütend auf dich ist, weil du sie weggeben hast. Dass sie es nicht so verstanden hat wie ich. Taylor, bitte, einen Namen, eine Telefonnummer, irgendetwas."

Ihre Mutter trat die Zigarette mit ihrer Sandale aus. „Wieviel ist es dir wert?"

„Sie wollen allen Ernstes, dass sie Sie bezahlt, um ihre eigene Schwester kennenlernen zu dürfen?", brauste Nico auf.

„Fick dich", zischte ihre Mutter, machte auf dem Absatz kehrt und ging davon.

Lily legte eine Hand an Nicos Arm. „Ist schon okay", sagte sie, dann rief sie Taylor hinterher: „Wieviel brauchst du?"

Taylor blieb stehen und drehte sich um. „Dreitausend. Ich bin mit der Miete hinterher."

Lily nickte und zog fünfzehnhundert in bar aus ihrer Handtasche, die sie von ihrem Spielgewinn noch hatte, und hielt sie ihr entgegen. „Den Rest überweise ich dir auf dein Konto."

Taylor lächelte ein Raubkatzenlächeln. „Danke Lily. Ich konnte mich schon immer auf dich verlassen. Ich melde mich, wenn das Geld da ist." Auf wackligen Absätzen verschwand sie in die Nacht.

Nico zog sie in eine Umarmung. „Geht's dir gut?"

Sie sah zu ihm auf. „Mir geht's wunderbar. Ich habe gerade eine Schwester bekommen."

„Du solltest deine eigene Mutter nicht bezahlen müssen –"

Sie küsste ihn, denn in dem Moment brauchte sie ihn einfach. Die Stärke seines Körpers, die Wärme seiner Berührung. Er schob seine Hand in ihr Haar und küsste sie zärtlich, was irgendwie Liebe ausstrahlte.

Sie löste sich von ihm und verschluckte sich fast. „Lass uns Spaß haben, okay? Ich brauche ein paar gute Erinnerungen an Vegas."

Er legte einen Arm um ihre Schultern, und sie gingen zurück zum Strip. „Dein Wunsch ist mir Befehl."

Nico erwachte auf dem Fußboden einer riesigen Hotelsuite mit einer nackten Lily, die einen kurzen Hochzeitsschleier trug, auf ihm. Sein Kopf dröhnte. Das hier war nicht das Zimmer, in das sie eingecheckt hatten. Bruchstücke der Nacht kamen ihm wieder in den Sinn. Sie hatten getrunken, Blackjack gespielt, Lily war gerannt und hatte auf der Brüstung des Brunnens vor dem Bellagio getanzt, bis ein Sicherheitsmann sie heruntergezogen hatte, und sie hatte dabei wie verrückt gekichert. Er hatte *nicht* geheiratet. Das würde er niemals tun. Er starrte den weißen Schleier auf ihrem Kopf an, doch es fiel ihm keine vernünftige Erklärung dafür ein.

„Lil.“ Er schüttelte ein wenig ihre Schulter. „Wach auf.“

Sie drehte sich auf die Seite und rollte von ihm auf den Boden. Sie landete auf ihrem Rücken und stieß ein kleines Schnarchen aus. Er starrte auf ein kleines Schmetterlingstattoo unter ihrem Bauchnabel, das vorher auch nicht dagewesen war. Verdammt. Was hatten sie denn nur getan? Er sah an sich selbst hinunter und fand ein passendes Motiv auf seinem Bauch, aber verblasst. Er rieb daran. Gott sei Dank, es war nur eines dieser abwaschbaren Tattoos. Er trug immer noch ein Kondom. Und das Unheimliche daran war, dass er sich nicht einmal daran erinnern konnte, es getan zu haben. Er entsorgte es und kehrte zu Lily zurück, die immer noch auf dem Boden schlief.

„Lil.“ Er stupste sie an. „Wach auf.“ Sie lächelte im Schlaf. Er zog sie in eine sitzende Position, und sie legte ihre Arme um ihn und schlief an seiner Brust weiter. Die Frau schlief wie eine Tote. Er gab es auf. Er hob sie hoch und legte sie auf das große Doppelhimmelbett, auf dem die Decken zu fehlen schienen. Er fand sie auf der anderen Seite am Boden, wo auch ihre Kleidung lag und ein ganzer Streifen Kondome. Er legte das Laken und die Decke über sie und die Kondome auf den Nachttisch.

Okay … okay. Vielleicht hatten sie letzte Nacht nur ein bisschen Spaß gehabt. Er zog seine Unterhose und seine Jeans an und ging ins Bad. Überstürzte Hochzeiten konnten in Vegas ganz schnell wieder aufgelöst werden. Sie hatten vermutlich auch schnelle Scheidungen. Dennoch fühlte er sich aufgewühlt und schlecht. Er pinkelte wie ein Rennpferd, wusch sich die Hände, schrubbte sich dann den Schmetterling vom Bauch und schaffte es sogar, ihn ganz zu entfernen. Nachdem er sich mit der Zahnbürste und der Zahnpasta, die er in einem Korb auf dem Waschtisch fand, die Zähne geputzt hatte, rief er den Zimmerservice an und bestellte Kaffee und Toast für sie beide.

Und dann wartete er und starrte seine Braut an, die den Morgen verschlief. Ihre roten Haare waren halbherzig hochgesteckt, und obendrauf saß der Schleier. Ihr voller Mund war ein Stück weit geöffnet. Ihre Schulter war nackt, die Haut perfekt und glatt. Der Grund dafür, warum sie letzte Nacht traurig gewesen war, kam ihm wieder ganz klar in den Sinn. Ihre biologische Mutter, die nur hinter ihrem Geld her war. Vermutlich hatte sie das mit ihrer Schwester nur ausgeplaudert, weil sie noch mehr Geld aus Lily herauspressen wollte. Wer wusste schon, ob diese Schwester überhaupt existierte? Und Lily akzeptierte einfach, dass sie nicht mehr als das von dieser Frau erwarten konnte. Es tat ihm wirklich körperlich weh, das zu wissen. Lily war innerlich und äußerlich solch ein guter Mensch und hatte eine überquellende, ungekünstelte Freude am Leben. Wie konnte sie nur von dieser Frau abstammen? Oder auch von ihrem Dad, von dem er wusste, dass er ein harter Knochen war. Vielleicht war ihr Dad privat zu seiner Tochter ganz anders. Das hoffte er zumindest.

Kurz darauf kam der Zimmerservice, und Lily schreckte aus dem Schlaf hoch, als an die Tür geklopft wurde. „Wer ist das?", fragte sie und setzte sich im Bett auf. Das Laken und die Decke rutschten von ihr herunter, und er beeilte sich, sie zu bedecken, bevor der Zimmerkellner ihre schönen Brüste zu sehen bekam.

„Hey", sagte er leise und legte sie wieder hin, dann deckte er sie mit dem Laken und der Decke zu. „Das ist der Zimmerservice. Bleib einfach einen Moment so liegen."

Sie stöhnte. „Mir geht's gar nicht gut."

Er stand auf, um dem Zimmerservice zu öffnen, und Lily sprang aus dem Bett und rannte ins Bad, wodurch der Zimmerkellner eine ganz nette Flitzerschau geliefert bekam.

Nico zuckte die Schultern und gab ihm ein Trinkgeld. „Danke. Und Entschuldigung wegen gerade …“

„Ein typischer Morgen in Vegas für mich“, sagte der Mann mit einem professionellen Lächeln und ging.

Im Bad lief das Wasser, aber er konnte trotzdem hören, dass Lily sich übergab. Besser, es kommt raus, dachte er.

Er nippte an seinem Kaffee und hoffte sehr, dass Lily Ibuprofen oder sowas in der Art in ihrem Koffer hatte. Er sah sich um. Er war nicht hier. Ihre Sachen mussten noch im ersten Hotelzimmer sein, in dem sie eingecheckt hatten. Waren sie überhaupt im selben Hotel? Er hörte, wie sie sich die Zähne putzte. Und dann kam sie aus dem Bad gestolpert und stand nackt mit ihrem Schleier da, die blauen Augen weit aufgerissen.

„Ich habe mir ein Tattoo stechen lassen?“, fragte sie. „Zwei sogar?“

Sie drehte sich um, und da, in der Senke an ihrem unteren Rücken, genau über ihrem kurvigen Hintern, stand in großen Buchstaben ein Wort – Nico.

Er sprang auf und rieb an seinem Namen. Oh, Gott sei Dank. Noch so ein falsches Tattoo. Wenn das echt gewesen wäre, hätte jeder Mann, bei dem sie sich jemals ausgezogen hätte, seinen Namen gesehen und–

„Ich fürchte schon“, sagte er. „Sieht aber gut aus.“

„Da steht Nico!“, kreischte sie, dann verzog sie das Gesicht. Ihr Kater war vermutlich schlimmer als seiner.

„Cool.“

„Und wo ist deins?“

Er zuckte die Schultern und drehte ihr den Rücken zu, um es ihr zu zeigen. Sie lachte. „Auf deinem steht Lily.“

„Was?“ Er verrenkte sich den Nacken, um über seine Schulter zu schauen. Er konnte es nicht sehen. Er rannte ins Bad, und da war es – sie hatten tatsächlich passende Tattoos. Wenigstens wusste er, dass es nicht echt war. „Hm.“

„Das ist alles? Hm? Du bist nicht wütend, dass mein Name jetzt für immer in deine Haut geritzt ist?“

„Das haben sie doch gut gemacht. Hast du zufällig Ibuprofen dabei?“

Sie rannte mit hüpfenden Brüsten aus dem Bad. Überraschenderweise wollte er sie. Ob nun Kopfschmerzen oder nicht. Sie fand ihre Handtasche und schüttelte ein paar Tabletten vor ihm aus, dann kippte sie selbst ein paar herunter.

„Ich fasse es nicht, dass du zugelassen hast, dass ich mir zwei Tattoos habe stechen lassen", sagte sie kopfschüttelnd.

Er legte seine Arme um sie. „Mir gefällt es."

Sie löste sich von ihm. „Gott. Das ist grässlich." Sie holte sich einen weißen Bademantel aus dem Schrank, zog ihn an und setzte sich an den kleinen Tisch, auf dem der Kaffee und der Toast standen.

„Sind wir wirklich verheiratet?", fragte er und schloss die Augen, während er sich für die Antwort wappnete.

„Was ist denn los?", blaffte sie. „Ein Tattoo, das jedem sagt, dass du mir gehörst, ist in Ordnung, aber ein Stück Papier, auf dem das steht, ist es nicht?"

Er öffnete die Augen. „Sag mir bitte, dass wir nicht verheiratet sind."

Sie warf einen Stück Toast nach ihm. Er duckte sich. Sie sah auf ihre linke Hand und hielt sie für ihn hoch. „Goldring. Wo ist deiner?"

Er sah nach. „Ich habe keinen."

Sie ließ ihren Kopf in ihre Hände sinken, und der Schleier fiel nach vorn. „Das ergibt einfach keinen Sinn."

Er schob die Hände in seine Taschen, fand hartes Metall und holte einen goldenen Ring hervor. „Ähm, Lily."

Sie hob den Kopf und starrte auf seinen Ring. „Warum hast du deinen nicht getragen und ich schon?"

Er probierte ihn, und er passte nicht. „Meiner ist zu klein."

„Und meiner ist zu groß", sagte sie und nahm ihn ab. Sie deutete auf seinen, dann tauschten sie, und sie passten perfekt. „Ich glaube, wir sind verheiratet", sagte sie leise.

Ihm blieb der Mund offen stehen. Das war ätzend. Er war wirklich verheiratet. Und seine Familie hatte es verpasst. Er begann, wie ein Tiger im Käfig auf und ab zu gehen. Er musste diese Ehe, von der er sich nicht erinnerte, sie je geschlossen zu haben, auflösen, doch er wollte ihre

Gefühle nicht verletzen. Er versuchte, sich an die Hochzeit zu erinnern, doch es gelang ihm nicht. Vielleicht war sie doch nicht wirklich passiert. Vielleicht war alles nur ein Spiel gewesen. Er klammerte sich an diesem verzweifelten Gedanken fest.

„Erinnerst du dich an die Hochzeit?", fragte er.

„Nein." Sie nahm den Schleier ab und legte ihn auf den Tisch.

„Okay, okay, dazu ist doch ein Trauzeuge nötig, oder? Wer war der Zeuge?" Er zwang sich, ruhig zu bleiben. „Und es muss eine Urkunde geben. Wir müssen nachsehen! Noch gibt es keinen Grund, in Panik zu verfallen."

Sie sah ihn an. „Ich habe keine Panik. Du schon."

„Willst du denn allen Ernstes mit mir verheiratet sein?", blaffte er. Sie verzog das Gesicht, und er senkte seine Stimme. Er musste ihr begreiflich machen, warum das niemals funktionieren würde. „Mit dem Typen, der die Autos deines Vaters repariert? Ich habe dir nichts zu bieten, und ich möchte ganz sicher nicht verheiratet sein."

Sie schmollte und starrte den Schleier an. „Warum nicht?"

Er wollte ihr nicht von dem Theater mit seiner Ex erzählen. „Lil, du und ich, wir kommen aus zwei verschiedenen Welten. Wir sind beide mit offenen Augen in diese ganze Sache hineingestolpert. Du willst meine Art Leben nicht, und ich mache mir erst gar nicht vor, dass ich jemals in dieses Country Club-Leben passen könnte, aus dem du kommst."

Sie war still.

„Sobald wir geduscht haben und diesen Kater losgeworden sind", sagte er, „werden wir herausfinden, wo wir gestern gewesen sind, und auflösen, was auch immer aufgelöst werden muss."

Endlich sah sie ihm in die Augen. „Mein Dad wollte, dass ich Trevor heirate."

„Wer ist Trevor?"

Sie rieb sich die Schläfe. „Er ist einer dieser Country Club-Typen mit rosa Hemd, Harvard-Absolvent, altes Geld, bla, bla, bla. Wir sind praktisch Bruder und Schwester."

Er legte beide Hände auf den Tisch und sagte mit

täuschend ruhiger Stimme, denn am liebsten hätte er geschrien: „Bist du verlobt?"

„Nein."

Er richtete sich auf und wollte nicht zu angestrengt darüber nachdenken, warum er so erleichtert war, während er selbst doch gar nicht verheiratet sein wollte.

„Wir werden das geradebiegen", sagte er entschlossen und eilte in die Dusche. Dann überlegte er es sich schnell anders, nahm den Schleier und nahm ihn mit. Das Ding brachte ihn noch um den Verstand. Er warf ihn in den Mülleimer und entschied sich, sich später darum zu kümmern, sobald sie beide ihren mörderischen Kater überwunden hatten. Als er lange Zeit später aus dem Bad kam, hatte er sich beruhigt.

Er schlang ein Handtuch um seine Taille und ging zurück in die Suite, wo Lily in diesem weißen Bademantel dastand und aus den raumhohen Fenstern auf die Skyline blickte. Sie mussten in der Penthousesuite sein, denn der Ausblick war spektakulär. Er konnte nicht widerstehen, sich hinter sie zu stellen und seine Arme um sie zu legen. Das Tattoo mit seinem Namen würde sich unter der Dusche wegwaschen, und er wollte, dass sie nur noch ein bisschen länger die Seine war. „Weißt du, was cool ist an deinem Tattoo?", fragte er in ihr Ohr, bevor er dann vorsichtig in ihr Ohrläppchen biss.

„Was?", fragte sie leise, als er ihr den Bademantel von den Schultern schob. „Nico!"

Er legte einen Arm um ihre Taille. „Ganz genau."

Sie wand sich und rieb ihren Po an ihm. „Wir stehen direkt vor einem Fenster."

Er drehte sie um und zog sie mit sich zum Bett. Dort legte er sie auf den Bauch, dann zog er sie an der Hüfte hoch, in Position für mehr und mit einem hübschen Blick auf seinen Namen. Er nahm das Handtuch ab, holte ein Kondom vom Nachttisch und rollte es sich über.

„Ich will meinen Namen sehen und hören", sagte er und schob seine Hand unter sie, um sie zu streicheln. Sie stöhnte. Er würde sie das nicht abwaschen lassen. Es gefiel ihm, dass sein Name da stand.

„Ich bin froh, dass du ein Lily-Tattoo hast", sagte sie mit atemloser Stimme. „Damit gehörst du für immer mir."

Schweiß trat ihm auf die Stirn. Er ließ seine Hand sinken und richtete sich auf, doch dann spreizte sie ihre Beine noch weiter, und er spürte, wie er härter wurde.

„Nimm mich", sagte sie.

Er drängte nach vorn und nahm sich mit einem schnellen, harten Stoß, was ihm gehörte. Sie schrie seinen Namen, wodurch er nur noch mehr wollte – er war verrückt danach, es zu hören.

„Mehr", knurrte er, während er ihre Hüfte packte und sie fest und tief nahm. Sie schrie immer wieder seinen Namen, hauchte ihn, stöhnte ihn, während er sie wie ein verdammtes Tier fickte, bis beide vollkommen verschwitzt waren. Er schob seine Hand unter sie und massierte sie fiebrig, und sie schrie, als sie kam, was ihn selbst über die Klippe stieß, als sich ihr Körper um ihn verkrampfte. Schließlich sackte er neben sie, eine Hand besitzergreifend auf ihrem unteren Rücken, direkt auf seinem Namen.

Er schloss die Augen, als ihm klar wurde, dass er nicht beides haben konnte. Er konnte nicht wollen, dass sie nur ihm gehörte, und sich gleichzeitig zurückhalten. Er musste auch geben. Er war sich nur nicht sicher, ob er das konnte. Ehe war eine Grenze, die er nicht überschreiten konnte.

14

Lily ließ die heiße Dusche ihre Wunder wirken, während sie versuchte, ihre verworrenen Emotionen zu sortieren. Es hatte wirklich weh getan, dass Nico so entsetzt bei dem Gedanken ausgesehen hatte, er könnte mit ihr verheiratet sein. Als wäre es das Schlimmste, was ihm jemals passieren könnte. Für sie war es das jedoch nicht. Sie verstand ja, was er meinte, dass sie aus zwei verschiedenen Welten kamen, doch sie hatte auch nie in diese Country Club-Welt gepasst. Sie hatte sich immer wie ein Außenseiter gefühlt. Sie konnte sich gut vorstellen, mit Nico zusammen zu sein. Er war so ganz anders als jeder andere, den sie bis jetzt gekannt hatte, doch auf eine gute Art und Weise.

Sie ließ die Schultern hängen, als ihr schlagartig klar wurde, dass sie in ihn verliebt war. Was hatte sie sich nur dabei gedacht? Sie durfte nicht in Nico verliebt sein. Ganz offensichtlich sah er in seiner Zukunft keine Ehe, doch sie wünschte sich genau das. Ihn und Kinder, die Chance, ihre eigene, liebevolle Familie zu schaffen. Das hatte sie nie gehabt, und das wollte sie so sehr. Sie wusch sich gründlich und als sie an ihrem Bauch hinab blickte, stellte sie fest, dass das Schmetterlings-tattoo blasser wurde. Sie schrubbte fester, und es wurde noch blasser. Nico hatte gelogen! Kein Wunder, dass er so seltsam reagiert hatte, als sie duschen gehen wollte. Er hatte sie immer wieder zurück ins Bett gezogen, sie mit seinen Händen und seinem Mund abgelenkt. Der Mann hatte sie siebenmal kommen lassen. Schließlich war sie ihm entwischt, als sein Handy vibriert hatte. Sie schrubbte ihren Rücken und hoffte, dass auch das Nico-Tattoo verschwinden würde. Es war schwierig, es da hinten zu sehen. Wie konnte er es wagen …

Plötzlich kam ihr eine Erinnerung. Ein Elvis-Imitator. Vielleicht war das ja ihr Zeuge gewesen. Und vielleicht gab es neben der Kapelle ein Geschäft, indem sie abwaschbare Tattoos anboten. Warum sollte Nico seinen Namen auf ihrem Rücken wollen, wenn er doch keine Zukunft mit ihr sah? Sie stellte das Wasser ab, schlang sich ein Handtuch um und ging zurück ins Zimmer.

Er drehte sich um. „Ich habe deinen Scheck vom Casino wieder in deine Handtasche gesteckt. Ich fasse es nicht, dass er nach letzter Nacht immer noch in meinem Geldbeutel war. Apropos–"

Sie hob eine Hand. „Die Tattoos haben sich abwaschen lassen."

Er blickte seltsam drein. „Das musste ja so kommen."

Sie stemmte ihre Hände in die Hüften. „Warum hast du zugelassen, dass ich ausgeflippt bin, als ich geglaubt habe, dass ich wirklich fürs Leben gezeichnet bin?"

Er zuckte die Schultern. „Es hat mir gefallen, dass mein Name auf dir war."

„Warum?"

Er antwortete nicht.

Sie ging zu ihm und sah ihm in seine dunkelbraunen Augen. „Dein Name auf meinem Rücken sagt, dass es zwischen uns etwas Dauerhaftes ist, und trotzdem hast du Panik geschoben, weil wir verheiratet sind." Ihre Kehle schnürte sich zu. „Ist es wirklich ein so schrecklicher Gedanke, mit mir verheiratet zu sein?"

„Bitte wein doch nicht", sagte er.

Ihre Unterlippe zitterte. „Ich weine doch gar nicht."

Er legte seine große, warme Hand an ihre Wange und sah

ihr zärtlich in die Augen. „Jeder könnte sich glücklich schätzen, mit dir verheiratet zu sein."

Ungeduldig wischte sie eine verirrte Träne beiseite. „Wirklich?"

„Wirklich."

„Selbst du?"

Er ließ seine Hand sinken und antwortete nicht.

„Abgesehen von dir", sagte sie.

„Ich nicht", sagte er, „aber das hat nichts mit dir zu tun. Ich werde nur … nie wieder heiraten."

„Du warst schon mal verheiratet?"

„Ja."

„Was ist passiert?"

Er presste seine Lippen zu einer grimmigen Linie aufeinander.

„Was ist passiert?", hakte sie nach.

Er seufzte. „Ich bin nicht gut darin."

Sie erkannte eine faule Ausrede. Sie spielte die Toughe und ließ sich ihre Emotionen nicht anmerken, genau, wie ihr Vater es ihr eingebläut hatte. „Sei nicht so ein schwaches Mädchen", hatte ihr Dad immer gesagt, wenn er mit ihren Tränen konfrontiert worden war. Und wenn sie nicht aufhören konnte zu weinen, hatte er angewidert gesagt: „Spencers weinen nicht", dann hatte er den Raum verlassen. Sie nahm ihren Ehering vom Finger und steckte ihn in ihre Handtasche. Nico trug seinen ja ohnehin nicht. Sie würden die Ehe annullieren lassen, genau wie er gesagt hatte.

„Da war ein Elvis-Imitator", sagte sie und drehte sich zu ihm zurück. „Vielleicht war er unser Zeuge."

„Ich habe eine Heiratserlaubnis in deiner Handtasche gefunden", sagte er.

Sie bekam große Augen. „Hast du?"

Er lächelte. „Ja. Ich habe beim Standesamt angerufen. Sie haben nichts über eine Eheschließung mit unserem Namen. Vielleicht gibt es nur diese Erlaubnis, aber keine wirkliche Hochzeit."

„Vielleicht hat die Kapelle es auch nur noch nicht weitergeleitet. Vielleicht ist das in meiner Handtasche nur eine Kopie."

Sein Lächeln versiegte, und ihr wurde das Herz schwer.

Sie hob eine Hand. „Weißt du was? Tu einfach so, als wäre es nie passiert." Schnell zog sie ihre Kleider vom vorigen Tag wieder an und spürte dabei, wie Nico sie beobachtete.

Ihr Handy klingelte. Sie atmete einmal tief durch und holte es aus ihrer Handtasche. „Das ist mein Dad", flüsterte sie.

Er schwieg.

„Hallo?", sagte sie mit leiser Stimme.

Ihr Dad fing gleich an, sie anzuschreien. Sie hielt das Handy vom Ohr weg. „Er ist wütend", flüsterte sie.

Nico hob seine Augenbrauen, als wollte er sagen: *Ach was.*

Sie hielt das Handy wieder ans Ohr. „Dad, hör bitte auf, mich anzuschreien. Ich kann dich kaum verstehen." Mit einem bangen Gefühl hörte sie ihm zu, und letzten Endes sagte sie das einzige, was sie angesichts des Chaos, das sie veranstaltet hatte, überhaupt sagen konnte. „Ich werde mich um alles kümmern." Er warf ihr noch mehr an den Kopf – wegen der Zulassungsprüfung und wann sie gedachte, ihren Hintern wieder nach Hause zu bewegen. „Ich bin nächstes Wochenende wieder zu Hause", sagte sie und legte auf.

„Was hat er gesagt?"

Sie warf das Handy in ihre Handtasche und sah ihm in die Augen, plötzlich vollkommen erschöpft. „Offensichtlich habe ich mich gestern, nachdem wir geheiratet haben, gleich daran gemacht, herumzutelefonieren."

„Weiß er, dass ich es bin?"

Sie sah ihn vielsagend an. „Er sagt, ich habe ihn gebeten, mich von jetzt an Mrs Nico Marino zu nennen. Das war um drei Uhr morgens natürlich ein Schock, denn er dachte, ich wäre bei einer Freundin in Boston und nehme an einem Repetitorium für die Prüfung teil, und er hat den Mann ja bereits ausgewählt, den ich heiraten soll – und der ist nicht sein Automechaniker."

„Ruf ihn zurück und sag ihm, dass wir nicht verheiratet sind."

„Ich weiß nicht, ob wir verheiratet sind!" Sie atmete
einmal tief durch. „Und nicht nur das, ich habe auch auf dem
Anrufbeantworter unseres Anwalts eine Nachricht hinterlassen und ihn gebeten, einhunderttausend Dollar auf das
Konto meines neuen Ehemanns zu überweisen und die
Papiere fertig zu machen, die ihn zum alleinigen Eigentümer
der Werkstatt machen."

„Lily, warum hast du das getan?"

„Weil ich geglaubt habe, dass das genau das ist, was du
dir am allermeisten auf der Welt wünschst ... dass du allei-
niger Eigentümer der Werkstatt bist, und dass es mein Job als
deine Frau ist, dafür zu sorgen, dass deine Träume wahr
werden. Darum habe ich all deine Probleme gelöst, und jetzt
musst du mir nur dabei helfen, meins zu lösen."

„Was ist denn dein Problem? Abgesehen davon, dass du
mit mir verheiratet bist."

Sie schnaubte. „Ich muss meine Schwester finden."

Nico rieb sich den Nacken. „Ich hätte gestern Abend bei
Bier bleiben sollen. Ich kann nicht fassen, dass du meine
Schulden abbezahlt hast. Das wollte ich doch selbst
schaffen."

Sie schüttelte den Kopf. „Natürlich gibt es auch keinen
Ehevertrag, weil ja alles so schnell ging. Das war der Teil, der
meinen Dad besonders aufgeregt hat."

Er sah sie immer noch fassungslos an. „Ich werde das
zurückbezahlen, Lil. Komm. Lass uns herausfinden, wo wir
heute Nacht gewesen sind, und das wieder geradebiegen."

Sie folgte ihm zur Tür hinaus, wenn auch sehr zögerlich.
Es war ohnehin egal. Wenn sie verheiratet waren, würden sie
es annullieren. Wenn sie nicht verheiratet waren, war es
dasselbe Ergebnis – Nico würde kein Teil ihrer Zukunft sein.
Er erwiderte ihre lächerlichen Gefühle nicht. Wann war das
schon jemals passiert? Sie hatte sich noch von niemandem
geliebt und akzeptiert gefühlt. Ihr Dad sagte nie, dass er sie
liebte, seine Enttäuschung ihretwegen war immer kristallklar,
ihre Stiefmutter tolerierte sie nur so gerade, ihre Mom wollte
nur Geld von ihr. Genau darum wollte sie ihre Schwester so
unbedingt kennenlernen. Eine Schwester, die auch wegge-

geben worden war, würde sie verstehen, wie es sonst niemand auf der Welt konnte.

Nico nahm ihre Hand und zog sie mit sich. Er konnte es nicht abwarten, diesem Geheimnis auf den Grund zu gehen und sicherzustellen, dass er nicht an sie gefesselt war. Er drückte den Knopf des Aufzugs. „Wir müssen einfach nur die Kapelle mit dem Elvis-Imitator finden."

„Ich bin mir sicher, dass es mehr als eine gibt."

Er kniff die Augen zusammen. „Dann sehen wir sie uns eben alle an."

„Ich dachte, du hättest es eilig, nach Hause zu kommen", sagte sie.

„Jetzt habe ich es eilig, mein Leben zu reparieren."

Sie kniff ihren Mund zu und starrte stur geradeaus. Er ließ sie. Ihr Handy klingelte, als sie durch die Hotellobby gingen. Sie hob einen Finger in seine Richtung und ging in eine stille Ecke. Es war ihre Mom.

„Hi, Taylor."

Ihre Mom bestätigte, dass das versprochene Geld angekommen war, und plapperte nun glücklich drauflos, dass sie in ihrer Küche neue Vorhänge aufhängen wollte.

„Ich brauche den Namen und die Telefonnummer meiner Schwester."

„Ich halte das für keine gute Idee", sagte ihre Mom. „Sie ist sehr wütend."

„Auf dich! Wir haben eine Abmachung. Wie heißt sie?"

Als sie die Stimme hob, ging Nico zu ihr.

„Oh, beruhig dich." Taylor stieß einen langen Seufzer aus. „Sie haben sie Missy genannt."

„Wovon ist das die Abkürzung? Melissa?"

„Ja."

„Okay, Nachname." Sie versuchte, ihren Zorn in den Griff zu bekommen. Es war immer so, wenn sie versuchte, etwas aus ihrer Mom herauszubekommen. Sie hielt immer sämtliche Informationen, Gefühle, alles zurück. Sie hatte Lily nie etwas gegeben, ohne sie dafür arbeiten und reichlich zahlen zu lassen.

„Das Letzte, was ich gehört habe, ist, dass sie einen Mann

namens Braxton geheiratet hat. Aber ich glaube, sie sind geschieden."

„Ich brauche eine Telefonnummer. Eine Adresse. Irgendwas."

„Ich könnte ein neues Auto gebrauchen", sagte Taylor.

Wut und grenzenlose Enttäuschung brandeten in ihr auf. „Nachdem du mir alles gesagt hast, was du über Missy weißt."

„Da ist dieses niedliche Cabriolet. Ein wirkliches Schnäppchen, nur fünfundzwanzigtausend."

„Ist gebongt. Aber erst brauche ich die Informationen."

Ihre Mutter stieß noch einen langen Seufzer aus, als wäre mit Lily zu reden eine lästige Hürde auf ihrem Weg zu noch mehr Geld. „Ich weiß nicht viel. Sie hat früher in L.A. gewohnt, als sie noch verheiratet war. Sie könnte überall sein."

„Wo hast du zum letzten Mal von ihr gehört?"

„Seattle."

„Wann?"

„Vor ein paar Monaten. Sie hat angerufen und mir gesagt, ich soll ihr keine Geburtstagskarten mehr schicken."

Lily spürte den stechenden Schmerz der Eifersucht. Taylor hatte ihr nie irgendetwas geschickt. Vielleicht war das aber auch Teil der Abmachung mit ihrem Dad gewesen. Keinen Kontakt.

„Und du kennst ihren Nachnamen nicht?", fragte Lily.

„Ihre Adoptivfamilie hieß Higgins."

Na endlich. Eine richtige Information, mit der sie etwas anfangen konnte. „Wie alt ist sie?"

„Ich habe sie mit sechzehn bekommen. Du kannst es dir ja ausrechnen."

Ihre Schwester war zwei Jahre älter als sie. „Kannst du mir noch etwas anderes sagen?"

„Mehr weiß ich nicht. Sie ist verbittert und wütend. Du wirst sie nicht mögen–"

„Danke. Ich werde dir das Geld schicken." Sie drückte auf den Knopf, um das Gespräch zu beenden.

Nico sah sie an, und seine tiefbraunen Augen waren voller

Mitleid. „Du wirst ihr doch nicht wirklich noch mehr Geld schicken, oder? Sie nutzt dich schamlos aus."

Sie hob ihr Kinn. „Was weißt du schon? Soll ich meine eigene Schwester nie kennenlernen?"

„Schick ihr kein Geld mehr", sagte er.

„Ich halte meine Versprechen", sagte sie.

Er schüttelte den Kopf, und sie ging nach draußen. „Lass es uns als erstes bei der berühmtesten Hochzeitskapelle versuchen. Zwei betrunkene Idioten wie wir haben sich bestimmt auf die naheliegendste Option gestürzt."

Sie konnte gegen diese Bezeichnung nicht einmal protestieren. Sie war eine Idiotin. Weil sie ihn liebte. Weil sie ihr Leben und seins vermasselt hatte. Argh.

Sie gingen ein Stück und blieben an einer Kapelle stehen, die zwar nicht die berühmteste war, doch sie glaubte, die lebensgroße Pappfigur von Elvis im Schaufenster erkannt zu haben. Der Angestellte hatte keine Unterlagen von ihnen. Als nächstes gingen sie wirklich zur berühmtesten Kapelle von Vegas, *A Little White Chapel*, vor der ein großes Schild stand, das damit prahlte, dass Joan Collins und Michael Jordan dort geheiratet hatten (wenn auch nicht einander).

Nico versteifte sich. „Ich erinnere mich an dieses Schild mit der Rund-um-die-Uhr Drive-in-Hochzeit." Er seufzte. „Auf geht's."

Er ging voraus und blieb vor einer Angestellten am Empfang stehen, einer weißhaarigen Frau, die ihre Haare zu einem Knoten hochgesteckt hatte. Auf ihrem Namensschild stand Shirley.

„Hi, Shirley", sagte Nico. „Können Sie mir bitte sagen, ob sie gestern Nacht einen Nico Marino und eine Lily Spencer verheiratet haben?"

Shirley klatschte in die Hände, sie sah aus, als wäre sie froh, sie zu sehen. „Sie sind zurück! Wie wunderbar! Also Elvis hat gerade keinen Dienst" – sie senkte ihre Stimme – „er hatte eine Wurzelbehandlung." Dann strahlte sie wieder. „Aber wir haben trotzdem eine ganze Anzahl netter Angebote, die Ihnen vielleicht gefallen. Wie wäre es mit einem hawaiianischen Thema?" Sie blickte eifrig zwischen Lily und Nico hin und her.

„Wir haben also nicht geheiratet?", fragte Lily.

Shirley schüttelte den Kopf. „Sie haben beide ein bisschen mitgenommen ausgesehen, aber ich konnte die Liebe in Ihren Augen sehen. Ich wusste, dass Sie zurückkommen würden!"

Nico sah Lily in die Augen, er wirkte ernst. Ihre Blicke begegneten sich, und Lily konnte nur denken, dass ihr betrunkenes Ich vielleicht besser wusste, was sie füreinander empfanden, als ihr nüchternes Ich zugeben konnte. Vielleicht war es ihrem betrunkenen Ich ganz egal, woher sie kamen, oder wie verschieden sie waren. Vielleicht hatte ihr betrunkenes, idiotisches Ich gewusst, was sie taten, als es sie hierher geführt hatte. Und vielleicht missfiel Nico die Idee einer Ehe doch gar nicht so sehr, wie er behauptet hatte.

Nico schluckte und drehte sich zu Shirley um. „Was genau ist denn passiert?"

Shirley machte tststs. „Sie erinnern sich nicht? Sie sind hier hereingekommen und waren bereit. Naja, *sie* war es. Sie hatte bereits den Schleier aufgesteckt und den Ring getragen. Dann hat sie mit der Urkunde herumgewedelt und gesungen, dass sie Mrs Nicky Malino ist."

„Nico Marino", sagte sie leise.

„Ja!", rief Shirley. „Und Nico hat ständig gesagt, dass Sie Kekse brauchen. Aber ich bin mir sicher, dass er eigentlich Kuchen meinte. Wie dem auch sei, sie haben das Elvis-Spezial bestellt und gerade, als sie ihr Ehegelübde hätten sagen sollen, haben Sie" – sie deutete auf Nico – „Ihre Verlobte gepackt, sie sich über die Schulter geworfen und sind abgehauen."

Lily musterte Nico. Sie hatte erwartet, dass er lachen oder erleichtert aussehen würde, doch stattdessen war er ernst und blickte mit seinen dunkelbraunen Augen in ihre.

Shirley fuhr fort. „Ich habe Ihnen noch hinterhergerufen, Ihnen gesagt, dass es nicht offiziell ist, bis wir die Zeremonie beendet haben, und dass ich die Urkunde brauche, um sie nach der Zeremonie einzureichen, aber da waren Sie schon weg." Sie lächelte die beiden an. „Also, was nehmen wir heute?"

„Wir werden Ihre Dienste nicht benötigen", sagte Nico, „Trotzdem vielen Dank."

Sie gingen wieder nach draußen. Lily setzte ihre dunkle Sonnenbrille auf, denn sie war froh, dass sie dahinter ihre Tränen verbergen konnte, die sie aufsteigen spürte.

„Ich schätze, es ist besser so", sagte sie.

Nico drehte sich zu ihr um. „Es *ist* besser so." Er nickte zurück in Richtung Kapelle. „Das wäre ein riesiger Fehler gewesen."

Sie schluckte. „Ja."

„Sei ehrlich", sagte er. „Hast du jemals daran gedacht, einen Typen wie mich zu heiraten?"

„Einen Typen wie dich habe ich vorher nie kennengelernt", antwortete sie aufrichtig.

Er verkrampfte seinen Kiefer. „Am Ende ist alles so ausgegangen, wie es das auch sollte. Komm, wir suchen unser Gepäck und sehen zu, dass wir aus diesem Höllenloch rauskommen."

Nico wusste nicht, was er von der so unheimlich stillen Lily halten sollte. Sie waren unterwegs nach L.A., und sie starrte nun schon seit mehr als einer Stunde einfach nur stur aus dem Fenster. Sie hörte sich auch nicht ihre Repetitoriumslektionen an. Sie waren sich einig gewesen, dass es gut war, dass sie nicht wirklich geheiratet hatten, darum hätte alles wieder normal sein sollen. Doch irgendwie passt es ihm nicht. Er hatte gedacht, dass er nur Erleichterung empfinden würde, doch stattdessen war er angepisst. Was einfach nur dumm war. Das hier hatte nie mehr als eine zweiwöchige Affäre sein sollen. Er hatte jemandem wie Lily nichts zu bieten. Natürlich hatte sie in ihren schicken Privatschulen oder den Partys im Country Club nie jemanden wie ihn kennengelernt. Ihm war doch egal, dass er kein reicher Golfjunkie im rosa Hemd war. Er wollte ja nicht einmal verheiratet sein!

Auf jeden Fall wusste er, dass dieser ganze Schlamassel nicht der Grund war, weswegen sie so traurig war. Es war die Sache mit ihrer Schwester. Sie hatte im Internet recherchiert und ein paar Anrufe getätigt und dabei nur festgestellt, dass die Adoptiveltern ihrer Schwester bei einem Autounfall ums Leben gekommen waren. Sie hatte bei drei verschiedenen Melissa Higgins in Seattle Nachrichten auf dem Anrufbeantworter hinterlassen und keine hatte zurückgerufen. Eine Melissa oder Missy Braxton hatte sie nirgends gefunden.

Schließlich brach er das Schweigen, denn seine Sorge um sie war stärker als seine schlechte Laune. „Hey, ich bin mir sicher, du findest deine Schwester. Vielleicht kannst du einen Privatdetektiv beauftragen. Die sind doch gut darin, Leute ausfindig zu machen."

„Vielleicht", sagte sie mit niedergeschlagener Stimme.

Er konnte es nicht ertragen, dass es ihr so elend ging. „Kann ich irgendetwas tun, um dich aufzumuntern?"

„Du könntest mir eine neue Familie besorgen. Meine ist ätzend."

„Vielleicht würde dir meine gefallen. Ein ganzer Haufen Brüder, ein Spitzendad und eine großartige Stiefmom."

„Was ist mit deiner Mom?"

Er seufzte. „Sie ist gestorben, als ich sieben war."

„Oh, das tut mir leid."

„Schon okay. Soweit ich mich an sie erinnern kann, war sie großartig. Und so ist auch meine Stiefmom. Du solltest sie wirklich kennenlernen." Als er zu ihr hinübersah, runzelte sie die Stirn.

„Du meinst, wenn wir wieder in Connecticut sind?", fragte sie.

„Ja."

„Wir sind nicht verheiratet, du bist also vom Haken. Keine Verpflichtungen, erinnerst du dich?"

„So muss es ja nicht sein." Er konnte kaum fassen, dass er das gesagt hatte, doch als die Worte erst mal raus waren, meinte er sie auch so. Er wollte sich nicht verabschieden. Er war nicht bereit dazu. Noch nicht.

Sie sah ihn an, doch er konnte ihre Miene durch die

Sonnenbrille, die ihre Augen verdeckte, nicht lesen. „Du hast gesagt, dass du nie wieder heiraten würdest, aber ich möchte das schon. Ehe und Kinder sind wichtig für mich. Ich möchte eine Gelegenheit, meine eigene liebevolle Familie zu haben." Ihre Stimme versagte, und er verkrampfte sich, denn er fürchtete, sie würde in seinem Truck anfangen zu heulen. Es tat ihm weh, sie weinen zu sehen. Sie seufzte. „Wie du gesehen hast, hatte ich das noch nie, und ich wünsche mir nichts mehr. Es hat also keinen Sinn, dass wir weitermachen. Wir wollen nicht dasselbe."

Sie hatte Recht. Sie wollten nicht dasselbe. Sie hatte es verdient, alles zu bekommen, was sie wollte.

„Dann wirst du also irgendeinen Typen aus dem Country Club heiraten?", fragte er.

Sie lachte freudlos. Irgendwie traurig sogar, dafür, dass es ein Lachen war. „Vermutlich heirate ich jemanden, den ich in der Stadt kennenlernen werde. Da gibt es ja jede Menge Singles über zwanzig."

Er war schon in den Dreißigern. Sie sollte mit jemandem zusammen sein, der in ihrem Alter war. „Wie viele Kinder hättest du denn gern?"

„Ich war ein Einzelkind, naja, zumindest bin ich wie eins aufgewachsen. Ich weiß nicht, drei. Vielleicht vier."

„Dann solltest du besser mal damit anfangen. Du bist ja schon fünfundzwanzig."

Sie schnaubte. „Danke, dass du mich an mein Alter erinnerst."

„Du bist nicht alt. Ich sage nur, dass es seine Zeit braucht, um so viele Kinder zu bekommen."

Sie schwieg.

„Ich wünsche dir alles Glück der Welt", sagte er. „Ich bin mir sicher, dass du eine ganz wunderbare Mom sein wirst."

„Es wäre ganz hilfreich, wenn ich eine wunderbare Mom als Vorbild gehabt hätte", murmelte sie.

„Du solltest wirklich meine Stiefmutter kennenlernen."

„Ich werde deine Familie nicht kennenlernen! Weißt du noch? Du willst nicht gebunden sein. Das hier ist eine Sache für zwei Wochen."

„Wir haben immer noch eine Woche", erinnerte er.

„Oh, jippie."

„Was soll das denn heißen?"

Sie verschränkte die Arme. „Ich glaube, eine Woche ist eine ganze Menge."

„Warum bist du denn jetzt angepisst?"

„Tut mir leid. Ich bin nur traurig. Wir werden so viel ficken, wie du willst."

„Bitte sei nicht so." Als er zu ihr hinübersah, bemerkte er, dass ihre Unterlippe zitterte. Er nahm ihre Hand und hielt sie, schenkte ihr den einzigen Trost, den er ihr bieten konnte. Den Rest der Fahrt über war sie still.

Er wünschte nur, er könnte etwas tun.

Nico folgte Lily ins Haus ihres Großvaters in L.A. Den Schlüssel hatte sie bereits. In dem kleinen Ranchhaus war es heiß und es roch alt und muffig. Er half ihr dabei, die Fenster zu öffnen, um das Haus zu lüften, und sie schaltete die Klimaanlage an.

Lily öffnete die Tür neben der Küche, von der aus man in die Garage gelangte. „Da ist es", sagte sie mit ausdrucksloser Stimme. „Es gehört dir."

Er betrat die Garage, und sie verschwand. Er ging um das Auto herum, einen schwarzen 1969 Mustang Boss 429e. Reine Euphorie schoss durch ihn hindurch. Das hier war der ultimative Scheunenfund. Er konnte diesen Wagen zu seiner früheren Schönheit restaurieren, und irgendein Sammler würde ihm eine Menge Geld dafür zahlen. Eine Staubschicht bedeckte den Wagen. Unberührt. Seit Jahrzehnten. Er hielt den Atem an. Fünfhundert Meilen auf dem Tacho. Mit Leichtigkeit konnte er diesen Wagen für sechshunderttausend verkaufen. Vielleicht mehr. Er warf einen Blick auf den Rücksitz. Die Sitzgurte waren noch in ihrer originalen Verpackung. Er würde Kevin ausbezahlen und hätte dann noch genug für ein Haus übrig.

Das war der Fund seines Lebens.

Nur, dass seine Euphorie vorübergehend war und durch ein überwältigendes Gefühl des Verlustes verdrängt wurde. Darum hatten sie diese Fahrt unternommen. Er hatte bekommen, was er wollte, und jetzt gab es nichts mehr zu tun, als die lange Fahrt nach Hause anzutreten. Jeder Tag brachte sie dem Abschied näher, jede Nacht war bittersüß, während das Ende näher rückte. Verdammt. Wie konnte er alles haben, was er sich je gewünscht hatte, und immer noch unzufrieden sein?

Weil er nur daran denken konnte, dass Lily im Haus saß, sich elend fühlte und die Habseligkeiten ihres Großvaters durchging. Er wollte ihr den Schmerz nehmen, dafür sorgen, dass all ihre Träume wahr wurden, doch das konnte er nicht.

Er öffnete das Garagentor, trat hinaus in den Sonnenschein und ging auf dem Weg davor auf und ab. Es musste an der langen Fahrt liegen, dass er sich so sehr mit ihr verbunden fühlte. Er hatte sie doch erst vor zwei Wochen kennengelernt. Eine Woche gemeinsam auf der Straße war intensiv gewesen, doch bald schon würden sie in ihr reales Leben zurückkehren, getrennte Wege gehen, und es wäre besser so. Für beide.

Er stellte sich die Zukunft so vor: Er würde ihr Geld für den Mustang geben, ihn restaurieren und verkaufen, und dann wäre er endlich der alleinige Besitzer der Werkstatt. Er würde wirklich erfolgreich sein aufgrund seiner eigenen harten Arbeit. Lily würde Anwältin in der Stadt werden und einen adretten Mitzwanziger kennenlernen, der sich für seinen Lebensunterhalt nicht die Finger schmutzig machen musste. Dann würden sie Kinder haben und die liebevolle Familie schaffen, die sie sich immer gewünscht hatte. So sollte es sein. Lily und irgendein Typ, der perfekt zum Ehemann geschaffen war.

Nico war nicht dieser Typ.

～

Lily ging die Sachen ihres Großvaters durch, auch wenn da nicht viel war. Das Haus war sehr ordentlich, es gab nur wenig Krimskrams. Ihr Großvater hatte entweder sehr bescheiden gelebt oder viel weggeworfen. In der Küche und im Wohnzimmer waren keine persönlichen Dinge, darum ging sie ins Schlafzimmer. In der Nachttischschublade fand sie ein paar Bilder eines deutschen Schäferhundes, den er geliebt haben musste. Sie ging zum Schrank und fand dort einen großen Schuhkarton im Regal. Sie nahm den Karton, auf dem noch das Etikett der Wanderstiefel war, die mal darin gewesen sein mussten. Sie setzte sich im Schneidersitz auf den Boden und ging durch, was sie in dem Karton fand.

Sie fand Medaillen aus der Zeit ihres Großvaters bei den Marines. Er war bei den Special Forces gewesen, und sie vermutete, dass er unter einer posttraumatischen Belastungsstörung gelitten hatte. Ihre Mom hatte nur gesagt, dass er furchtbar gewesen war und die meiste Zeit getrunken hatte. Es gab eine Sammlung Geburtstagskarten ihrer Großmutter, die gestorben war, als ihre Mom zwölf Jahre alt gewesen war.

Sie fand ein Bild ihres Großvaters als Kind, vermutlich mit seinem Bruder. Ein weiteres Familienmitglied, das Lily nie kennengelernt hatte. Sie machte weiter und fand einen Stapel Urkunden für die beste Schülerin, auf denen der Name ihrer Mutter stand. Sie hatte gar nicht gewusst, dass Taylor gut in der Schule gewesen war. Was war passiert? Warum war sie geradewegs nach Vegas gezogen, um ein Showgirl zu werden?

Sie dachte über das Leben ihrer Mutter nach. Taylor hatte keine Mom gehabt, die ihr durch ihre Teenagerjahre geholfen hatte. Sie hatte einen missmutigen Vater gehabt, auf den sie sich nicht verlassen konnte. Und keine Geschwister, auf die sie sich hätte stützen können. Sie vermutete, dass Taylor auch noch schlimmer hätte enden können.

Unten in der Schachtel fand sie weitere Fotos. Ihre Mom als Baby. Dann eines, auf dem sie ungefähr sieben war und wütend in die Kamera starrte, dann noch eins, wo sie schon fast zehn war und in die Ferne blickte, dann eines als Teenager, auf dem sie mit einem sehr herablassenden Blick direkt in die Kamera starrte. Im Laufe der Jahre war sie tough geworden. Und hatte elend ausgesehen. Sie legte alles zurück in die Schachtel. Ihre Arbeit hier war erledigt. Sie hatte ein bisschen was gefunden. Nico hatte seinen Wagen. Es gab nichts mehr zu tun, als wieder zurückzufahren.

Ein Anflug von Sehnsucht erwachte in ihr. Wie viel besser wäre es gewesen, wenn sie ihre Schwester gefunden hätte? Wenn es ein Wiedersehen gegeben hätte. Sie entschloss sich, nach Seattle zu fliegen. Sie würde persönlich nachforschen, ob es dort eine Melissa Higgins gab. Sie wollte nicht nur mit einem Schuhkarton nach Hause kommen.

Nico tauchte in der Tür auf. „Hey. Wie läuft's?"

„Hier gibt's nicht viel", sagte sie. „Ich nehme nur diese Schachtel mit und werde das Haus zum Verkauf anbieten. Was ist mit dem Wagen?"

Er grinste. „Großartig! Er ist ein Vermögen wert."

Er sah so glücklich aus. Naja, er hatte ja auch bekommen, was er wollte. Wenigstens einer von ihnen …

„Ich schätze, dass ich mit Leichtigkeit sechshundert Riesen dafür bekommen sollte", fuhr Nico fort. „Nenn mir deinen Preis."

Sie winkte das ab. „Er gehört dir." Sie stand auf. „Als Dankeschön für die Gesellschaft. Ich werde, wenn wir hier fertig sind, nach Seattle fahren und dann von dort nach Hause fliegen."

Er runzelte die Stirn. „Das war's? Danke für die Gesellschaft? Du hast gesagt, wir hätten zwei Wochen. Wir hatten bisher gerade mal eine Woche."

„Die Dinge haben sich eben geändert. Außerdem wussten wir beide, dass das nichts Dauerhaftes sein würde. Jetzt hast du den Wagen. Ich möchte meine Schwester finden."

Er ging durch den Raum zu ihr, stellte den Karton, den sie noch hielt, auf den Boden und legte seine Arme um sie. Seine Stimme senkte sich ein wenig, war jetzt tief und rau. „Ich werde mit dir nach Seattle fahren."

Sie schüttelte den Kopf. „Lass es uns nicht schwerer machen, als es sein muss. Okay?"

Er ließ seine Arme sinken und trat einen Schritt zurück. „Nur, weil ich dich nicht heiraten will, heißt das nicht …"

Ihre Kehle schnürte sich zu. „Was?"

„Heißt das nicht, dass mir nichts an dir liegt."

„Auch ich werde mich immer gern an unsere nette gemeinsame Zeit erinnern", sagte sie leise.

Er verzog das Gesicht. „Verdammt, Lil!"

Sie war von seinem unerwartet harschen Ton überrascht.

Er wedelte mit der Hand in die Luft. „Es war verdammt viel mehr als nur nett!"

„Wir wussten beide, dass es so kommen würde", sagte sie leise.

Einen Moment lang sah er sie wütend an und dann sprach er mit ruhiger, gleichmäßiger Stimme: „Wir haben uns *viel* unterhalten. Wir haben dreimal am Tag zusammen gegessen. Wir haben uns die bescheuertsten Dinge an verrückten Orten angesehen. Wir haben uns gemeinsam unseren Ängsten gestellt. Wir sind beinahe draufgegangen, als wir aus einem Flugzeug gesprungen sind–"

„Wir sind nicht–"

„Unterbrich mich nicht! Wir haben täglich auf engem Raum im Truck zusammen gesessen! Wir haben uns jede Nacht ein Hotelzimmer geteilt, ob wir nun nackt waren oder nicht. Ich war dein zweiter, und ich wünschte, ich wäre dein erster gewesen, dann hättest du nicht einen Moment lang daran zweifeln müssen, wie verdammt sexy du bist." Er verschränkte die Arme und beendete seinen Satz mit der peinlichsten Sache von allen. „Und ich habe deinen Schwabbel geküsst."

Sie holte scharf Luft. „Sprich nicht über meinen Schwabbel." Sie würde gleich eine Diät anfangen.

„Ich liebe deinen Schwabbel."

Ihre Augen wurden feucht. Warum machte er es ihr nur so schwer? „Tust du nicht."

„Doch!"

„Tust du nicht!"

„Und ob!"

„Das ist verrückt!" Sie wandte den Blick ab. „Du bist verrückt."

Und dann zog er sie in seine Arme. Er küsste sie zärtlich und sanft, und sie hing an ihm, während ihre Gedanken verpufften und es nichts gab als nur seine starken Arme, die sie hielten, sie an seinen Mund pressten, der nach ihr verlangte. Ihr Körper reagierte augenblicklich und erhitzte sich an ihm. Er senkte sie aufs Bett, zog bereits an ihrem Oberteil, und plötzlich fiel ihr wieder ein, wo sie waren.

„Nico, wir können das hier nicht tun."

Er öffnete den Vorderverschluss ihres BHs und senkte seinen Kopf in ihr Dekolleté.

„Bitte", sagte sie. Und dann saugte er an ihrer Brust und ein vertrautes Verlangen raste durch sie hindurch. Die Hitze sammelte sich zwischen ihren Beinen. „Nicht hier", sagte sie schwach.

Er stöhnte und schloss ihren BH wieder. Dann zog er sie vom Bett. „Komm. Wir checken jetzt im Hotel ein."

Er zog sie zur Tür.

„Warte, ich brauche den Karton."

Er hob ihn auf, und sie folgte ihm nach draußen, wo er die Schachtel in den Mustang stellte und dann alles bereit machte, um den Oldtimer auf den Tieflader zu verfrachten. Es dauerte eine Weile, und je mehr Zeit verging, desto mehr Zweifel kamen ihr. Warum zog sie das zwischen ihnen noch weiter in die Länge?

Sie beobachtete, wie er den Tieflader-Anhänger des Trucks in Position brachte und die Auffahrrampe herauszog. Dann holte er ein langes Kabel von der Ladefläche des Trucks. Als er den Wagen aufgeladen hatte, war sie entschlossen, die Sache zwischen ihnen zu beenden, bevor sie noch beide verletzt wurden.

15

———

„Steig ein", sagte Nico mit barscher Stimme, denn Lily stand einfach nur in der Einfahrt und blinzelte, als würde sie gleich in Tränen ausbrechen, wodurch er angespannt und wütend wurde, denn am liebsten hätte *er* geheult. Er wusste, was kommen würde. Es war fast Zeit, sich zu verabschieden. Doch er wollte sich nicht verabschieden. Er wollte mehr Zeit. Nicht für immer. Nur ein paar Wochen. Vielleicht nur, bis sie in die Stadt zog, um ihren neuen Job anzutreten.

Sie stieg ein, schnallte sich an und setzte ihre Sonnenbrille auf. „Jetzt hast du ja deinen Wagen."

„Ja."

„Dann … Ich, ähm, ich denke, es wäre einfacher–"

„Du schuldest mir was." Sie würde ihn nicht abservieren, während sie doch beide wussten, dass sie noch nicht fertig waren.

Ihr blieb der Mund offenstehen. „Wie schulde ich dir denn noch was? Ich habe dir den Wagen gegeben–"

„Ich hatte dich eigentlich für intelligent gehalten."

„Ich *bin* intelligent", blaffte sie. Gut, jetzt war auch sie langsam wütend. Jetzt konnten sie sich richtig streiten und es im Bett austragen.

„Dann hör auf, so zu tun, als wüsstest du nicht, was ich

meine. Ich habe noch sechs Tage. Dann muss ich zum Junggesellenabschied meines Bruders."

„Aber ich werde nicht nach Hause fahren. Ich werde–"

„Sechs Tage! Sechs Nächte! Das war der verdammte Deal."

„Nico", sagte sie vorsichtig, wodurch er sich irgendwie verzweifelt fühlte. Er war dabei, sie zu verlieren, und es gab verdammt noch mal nichts, was er dagegen hätte tun können.

„Wir werden im Hotel darüber reden", sagte er, denn wenigstens konnte er sie dort daran erinnern, warum sie noch sechs weitere gemeinsame Nächte verdient hatten. Wenn das alles war, was er bekommen würde, dann würde er sich das nehmen.

Ihr Handy vibrierte in ihrer Handtasche. „Das ist mein Dad", murmelte sie.

Er brummte.

Lily hörte lange zu, dann rief sie: „Nein! So ist es nicht pass–" Sie schwieg. „Er hat aufgelegt."

Als er sie ansah, war sie ganz blass. „Was? Was ist passiert?"

„Er … o Gott, Nico. Es tut mir so leid. Ich werde versuchen, es wieder geradezubiegen."

Ein ungutes Gefühl überkam ihn, und er fuhr an den Straßenrand. Gott sei Dank waren sie noch nicht auf dem Freeway. „Was ist passiert?"

„Er war so wütend, dass wir ohne Ehevertrag geheiratet haben. Er denkt, dass du mich überrumpelt hast, mich dazu verführt hast, meine Verantwortung zu vergessen, und dass du dich über mein Bett in unser Familiengeld hast einschleichen wollen. Gott, ich hätte ihn gestern noch zurückrufen und ihm sagen müssen, dass wir gar nicht wirklich verheiratet sind, aber ich war so traurig, und jetzt habe ich alles ruiniert!"

„Was? Was hast du ruiniert?"

„Er hat dein Geschäft auf die schwarze Liste gesetzt. Hat allen erzählt, dass er weiß, dass du nicht vertrauenswürdig bist."

„Okay, einen Moment. Also … Ich habe ihn als Kunden

verloren, und du sagst mir ..." Er konnte die Worte nicht einmal aussprechen, doch er wusste es. George Spencer war ein mächtiger Mann und hatte großen Einfluss.

„Er hat allen aus dem Club gesagt, dass sie unter keinen Umständen deine Werkstatt benutzen sollen. Du stehst quasi auf der schwarzen Liste. Alle werden tun, was er sagt."

„Na wunderbar", murmelte er. „Was soll ich jetzt tun, in Kalifornien von vorne anfangen? Ruf ihn jetzt sofort zurück und erkläre es ihm. Sag ihm, dass wir nicht verheiratet sind und dass alles nur ein Missverständnis war. Und du solltest ihm besser auch sagen, dass er diese Lüge über mich richtigstellen soll. Ich werde ganz sicher nicht meine Heimat verlassen, nur weil irgend so ein aufgeblasener Arsch sich einbildet, das Geld gebe ihm das Recht, jemanden zu ruinieren, nur weil der mit seiner Tochter gefickt hat."

„Das war es für dich? Ficken mit der Tochter eines Kunden?"

Er war zu aufgewühlt, um darauf zu reagieren.

Sie presste ihre Lippen zu einer flachen Linie aufeinander. „Weißt du was? Vergiss es. Du hast es schon perfekt ausgedrückt. Ich versuche es nochmal, wenn wir im Hotel sind, aber Gott weiß, ob er mir zuhören wird. Ich habe vielleicht vergessen zu erwähnen, dass ich das schwarze Schaf der Familie bin. Ich habe ihn von dem Moment an, an dem ich auf die Welt gekommen bin, enttäuscht."

Er fuhr zurück auf die Straße, verwirrt von ihrer letzten Bemerkung. Wie hatte sie ihn enttäuschen können, als sie noch ein Baby war? Ihre Familie war ernsthaft verkorkst, und er wusste seine jetzt auf einmal noch viel mehr zu schätzen. Er hätte es besser wissen sollen und sich nicht mit der Tochter von George Spencer einlassen dürfen. Anstatt jetzt also Alleineigentümer des Geschäfts zu werden, musste er sich damit auseinandersetzen, den Laden Mangels Kundschaft zu schließen. Diese ganze Sache war von Anfang an ein Fehler gewesen.

Schweigend fuhren sie zurück zum Hotel. Lily hatte sie im Beverly Wilshire in Beverly Hills eingecheckt, ihrem Lieblingshotel, denn *Pretty Woman* war dort gedreht worden. Sie liebte diesen märchenhaften Film, in dem Held und Heldin einander retteten. Sie seufzte. Hier zu wohnen würde sie einem Märchen in ihrem Leben so nahebringen wie sonst nichts. Nico war angespannt und sein Kiefer verkrampft, während sie mit dem Aufzug hinauf in ihr Zimmer fuhren.

Nachdem ihr Gepäck nach oben gebracht worden war, setzte sich Lily an den großen Mahagonischreibtisch und rief ihren Vater noch einmal an, während Nico wie ein Tiger im Käfig im Zimmer auf und ab ging. Ihr Dad war einfach nur unvernünftig. Er versuchte, sie zu bestrafen, indem er Nico bestrafte. Sie erklärte ihm, dass sie nicht wirklich verheiratet waren, und er glaubte ihr das, doch er glaubte außerdem, dass Nico ihre Zukunft gefährdet hatte, indem er sie durch das halbe Land mitgenommen hatte, während sie doch eigentlich für ihre Prüfung hätte lernen sollen. Und nicht nur das, er glaubte auch, dass Nico sie mit irgendwelchem Süßholzgeraspel dazu gebracht hatte, seine Schulden zu begleichen. Und dass sie Gefahr lief, ihm einen Blankoscheck auszustellen.

Sie konnte so viel erklären, wie sie wollte, es half nicht gegen die Wut ihres Dads und sein mangelndes Vertrauen ihr gegenüber. Und dann legte er einfach auf. Zum zweiten Mal an diesem Tag.

„Das ist ja ganz toll gelaufen", sagte sie Nico.

Er stieß etwas aus, das einem Knurren gefährlich nahekam.

„Er, ähm, ist bloß wütend. Er wird sich schon wieder einkriegen. Ich versuche es morgen noch einmal."

„Großartig", stieß Nico zwischen zusammengebissenen Zähnen hervor. „Ich muss in der Werkstatt anrufen."

Er rief den Mechaniker an, dem er die Verantwortung für die Werkstatt übertragen hatte, um ihn zu warnen und ihn zu bitten, dass er ihn auf dem Laufenden hielt, falls irgendwas geschah. Lily suchte auf ihrem Handy nach Flügen nach Seattle. Sie fand einen Flug am nächsten Morgen. Nachdem er das Gespräch beendet hatte, drehte sie sich zu ihm um.

„Ich kann morgen früh um neun einen Flug nach Seattle bekommen", sagte sie.

Er marschierte auf sie zu. „Du wirst morgen nicht nach Seattle fahren."

Sie stand auf, damit er sie nicht so überragte. „Du musst mich nicht fahren. Ich fahre mit einem Taxi zum Flughafen."

Er blieb vor ihr stehen. „Ich fasse es nicht. Du hast mich *ruiniert*! Und dann verschwindest du einfach?"

Das traf sie tief, denn, auch wenn sie ihn nicht hatte ruinieren wollen, hatte diese ganze Sache einen Schneeball ins Rollen gebracht und ein riesiges Desaster ausgelöst.

„Ich wünschte, du hättest mich nie kennengelernt", sagte sie mit angestrengter Stimme. Sie räusperte sich jetzt etwas kräftiger und warf ihre Haare über ihre Schultern. „Aber ich bin froh, dass ich dich kennengelernt habe. Du hast mir gezeigt, wie sich eine Affäre anfühlt, und weißt du was? Es ist ätzend!" Sie hob ihre Stimme, weil sie so wütend war, dass sie so viel für einen Mann empfand, der ihre Liebe niemals erwidern würde.

„Diese ganze Sache war von Anfang an ein Fehler!", schrie er. „Ich habe die falsche Rothaarige abbekommen!"

„Ich werde nie wieder eine Affäre haben! Das nächste Mal–"

Sie wurde durch einen abrupten Kuss unterbrochen. Mit einer Hand packte er ihr Haar, die andere schob er zwischen ihre Beine, woraufhin sie nach Luft schnappte. Plötzlich zerrten sie wie wild an der Kleidung des anderen und küssten sich, als hinge ihr nächster Atemzug davon ab. Ihr Oberteil flog davon, als sie noch mit seinem kämpfte. Er riss sich das T-Shirt über den Kopf und öffnete ihren BH, dann klatschte sein Mund wieder auf ihren. Der Knopf flog von seinen Shorts, als er sie sich herunterriss, und dann zerriss er ihr Höschen. Sie stand nackt und fassungslos da. Er atmete schwer, und sein Blick war gierig, während er sich die Boxershorts auszog. Sie sah seine riesige Erektion, und wieder prallten sie aufeinander, ihre Zungen rangen miteinander, ihre Körper bemüht, einander noch näher zu kommen. Seine Zähne senkten sich in ihre Unterlippe, woraufhin sie wimmerte. Er ließ ihre Lippe nur so lange los, dass er sie zum Bett manövrieren konnte, dann verschmolzen ihre Münder wieder miteinander, während er sie zurückschob, bis ihre Beine gegen die Bettkante stießen, und er auf ihr landete. Sie rollten sich wie wahnsinnig umher, küssten und berührten einander überall gleichzeitig, und dann schob er sie unter sich, und sein Mund bewegte sich zu ihrem Hals, während seine Hand tiefer rutschte, seine Finger in sie hinein stießen und ihr vor Verlangen ganz schwindlig wurde.

Wieder forderte er ihren Mund, grob und besitzergreifend. Und sie erwiderte den Kuss, verzweifelt, denn sie wusste, dass das ihr letztes Mal zusammen war. Ihr Körper sehnte sich nach der Nähe, die sie von seinem Herzen nicht bekommen konnte. Und dann drang er in sie, und seine Hitze und Größe erfüllten sie und dehnten sie. Sie stöhnte angesichts dieses unglaublichen Gefühls. Und dann wurde ihr klar, warum es sich anders anfühlte.

Sie riss ihren Mund von seinem. „Kondom", stieß sie keuchend hervor.

„Oh Fuck", murmelte er. Er verschwand, um eins zu holen, und sie setzte sich auf, zog das Laken bis zu ihrem Hals hoch und kühlte ein wenig von diesem Wahnsinn ab. Warum hüpfte sie denn schon wieder mit ihm ins Bett? Das würde doch alles nur noch schlimmer machen.

Er rollte das Kondom über und kam zu ihr. Offensichtlich gefiel ihm gar nicht, was er sah. Er riss das Laken von ihr und zog sie aus dem Bett.

„So fühlt sich eine Affäre an", sagte er, dann klatschte er seinen Mund wieder auf ihren. Er schob sie gegen die Wand, einen Arm um ihre Taille gelegt, und presste seinen harten Körper gegen ihren. Als er sie endlich Luft holen ließ, konnte sie nicht reden, denn er überwältigte sie, biss und küsste ihren Hals, und seine Stoppeln kratzten über ihre empfindliche Haut. Er bewegte sich zu ihrem Ohr hinauf, leckte die empfindliche Muschel, dann biss er in ihr Ohrläppchen. „Es ist grob und wild", knurrte er, während er sie hochhob und in sie eindrang.

Sie schnappte nach Luft und schlang ihre Beine um ihn. Er pumpte in sie hinein. Die Wand war kühl und hart in ihrem Rücken, und sie ließ einfach los, entsetzt von dem, was er aus ihr gemacht hatte, auch wenn sie sich entfernt bewusst war, dass er ihr bis jetzt nur Zärtlichkeit entgegengebracht hatte. Er rammte weiter in sie hinein, und der Druck nahm zu, ihr Inneres verkrampfte sich, und sie zitterte am Rand ihrer Erlösung.

Plötzlich packte er ihr Haar und zog es so weit zurück, dass er ihr in die Augen sehen konnte. Sein Gesichtsausdruck war wütend. „Du hast mich verdammt noch mal *ruiniert*", sagte er mit rauer Stimme, die sie bis ins Mark erschütterte, denn in seinen Augen stand Liebe geschrieben.

„Du hast mich auch ruiniert!", rief sie und meinte von ganzem Herzen Liebe.

Und dann stieß er sie über die Klippe, rammte noch einmal mit einem harten Stoß in sie hinein. Sein Mund schluckte ihren Schrei, und er zerstörte sie vollkommen. Sie hatte zur gleichen Zeit alles gewonnen und verloren.

16
———

Nico hatte gerade den köstlichsten Traum. Sein Schwanz tief in Lilys Mund, diese vollen, rosa Lippen um ihn geschlossen, saugte sie ihn aus. Überrascht erwachte er, als weiches Haar ihn am Bauch kitzelte. Als er die Augen öffnete, stellte er fest, dass sein Traum wahr geworden war, dieser Mund, von dem er schon so lange geträumt hatte, und sie war soooo gut darin. Er zuckte zusammen und versuchte, sich zurückzuhalten, doch es nützte nichts, er explodierte mit überraschender Intensität. Die Nachbeben pulsierten noch durch ihn, bis nichts mehr da war, und sie trank jeden einzelnen Tropfen bevor sie ihn trocken leckte.

Er zuckte zusammen, als ihre rosa Zunge über ihn strich. „Lily", stöhnte er.

Sie sah mit diesen stahlblauen Augen zu ihm auf. „Ich werde dich niemals vergessen, Nico", sagte sie und wandte sich von ihm ab. Er packte sie und zog sie auf sich, wünschte sich, dass alles anders wäre.

Er schob ihr das weiche, rote Haar aus dem Gesicht und legte seine Hand an ihre Wange. „Nur noch ein bisschen länger."

Sie verbarg ihr Gesicht an seinem Hals und umarmte ihn. Er hörte ein Schniefen und blinzelte die eigenen peinlichen Tränen aus seinen Augen.

„Ich werde dich zum Flughafen fahren", sagte er grimmig. „Du nimmst kein Taxi."

„Okay", murmelte sie an seinem Hals. Er hielt sie noch lange Zeit fest, denn er war noch nicht bereit, sich zu verabschieden. Doch schließlich mussten sie los. Sie umarmte ihn ein letztes Mal, dann ging sie, um sich fertig zu machen.

Als beide bereit waren zu gehen, war Nico außer sich. Es fühlte sich einfach nicht richtig an. Er sollte sie nach Seattle begleiten. Was wollte sie denn tun, ganz allein durch die Stadt wandern und an Türen klopfen? So oder so, ob sie nun flogen oder nach Seattle fuhren, er würde den Mustang hier lassen und einem seiner Jungs Geld geben müssen, damit der herflog und ihn zurückfuhr. Er hatte nicht genug Zeit, um den Umweg zu fahren und pünktlich zu Vinces Hochzeit zurück zu sein.

Sie holte ihr Handy aus der Tasche und warf einen Blick auf das Display. „Oh! Ich habe eine Nachricht von jemandem in Seattle." Ein breites Lächeln huschte über ihr Gesicht, als sie sich die Nachricht anhörte, und schnell wählte sie eine Nummer.

„Hi, Lily hier." Pause. „Ja, ich bin die andere Tochter, die sie weggegeben hat."

Lily lauschte einen Moment. „Ich fliege gleich nach Seattle, damit wir uns treffen können. Ist das okay für dich?" Es folgte wieder eine Pause. „Ich habe eine Schachtel mit ein paar Erinnerungsstücken unseres Großvaters, darunter auch Bilder von Taylor als Kind. Die würde ich dir gerne zeigen." Sie lachte. „Ich mag sie auch nicht sonderlich." Sie hüpfte ein wenig auf der Stelle. „Okay, bis bald."

Sie beendete das Gespräch. „Ich habe eine Schwester. Eine große Schwester!"

„Das ist fantastisch", sagte er und meinte es auch so.

„Sie will mich am Flughafen abholen. Sie hasst Taylor auch."

„Dann seid ihr euch ja einig."

„Ah!", kreischte sie. „Ich fasse es nicht, dass ich sie gefunden habe."

Er versuchte, ihre Begeisterung nachzuempfinden, auch

wenn ihm klar wurde, dass sie ihn jetzt nicht mehr brauchte. Sie hatte ihre Schwester gefunden. Das war das Wichtigste. Er umarmte sie und küsste ihre Haare. „Ich freue mich für dich. Wir sollten jetzt besser los."

Sie nickte glücklich und nahm ihren Koffer.

Nico fuhr sie zum Flughafen, hörte zu, wie sie darüber plapperte, wie sie sich ihre Schwester vorstellte, dass sie sich fragte, ob sie wohl auch rote Haare hatte, und was sie in Seattle zusammen tun könnten. Es gefiel ihm, sie so glücklich zu sehen, auch wenn er sich scheiße fühlte. Denn sie wussten beide, dass das ihr Abschied war, doch nur er war derjenige, der sich davor fürchtete.

Sie waren schon fast am Flughafen, als ihr Handy klingelte. „Hallo!", meldete sie sich fröhlich. Sie wurde sofort ernst. „Was? Was sagen Sie?" Lange Stille. „Okay dann. Bye."

Sie beendete das Gespräch und schwieg. Als er zu ihr hinüberblickte, hatte sie ganz glasige Augen und war schneeweiß im Gesicht.

„Was ist passiert? Wer war das?", fragte er.

„Das war der Anwalt meines Vaters. Er …"

„Was?", knurrte er. „Was hat er jetzt getan?"

Ihre Stimme war ganz leise. „Er hat mich aus seinem Testament streichen lassen."

„Das kann er nicht tun!"

Ihre Stimme war nur ein heiseres Flüstern. „Er sagte, mein Treuhandfond ist das letzte Geld, das ich jemals bekomme. Er sagt, er vertraut mir nach meinen jüngsten Eskapaden nicht mehr."

Ihr Vater meinte ihn damit. Verdammt. Sie würde jetzt nicht seinetwegen alles verlieren.

Sie wandte sich ihm zu, und ihre Augen glänzten vor unvergossenen Tränen, was seine Brust furchtbar schmerzen ließ. „Er hat mich nie geliebt."

„Er ist dein Dad. Er muss dich lieben."

„Mich hat noch nie jemand geliebt", sagte sie, bevor sie leise in Tränen ausbrach.

Er wollte ihr sagen, dass er sie liebte, doch die Worte blieben ihm im Hals stecken. Denn es war ihr gegenüber nicht fair. Er konnte ihr nicht die Art von Bindung geben, die sie sich so sehr wünschte. Die sie verdiente.

Den Rest der Fahrt zum Flughafen verbrachten sie in betretener Stille. Tränen strömten über Lilys Gesicht, und er fühlte sich so hilflos, er konnte nur ihre Hand halten. Er würde ihren Vater umbringen, weil er ihr das angetan hatte. Vor allem, wo sie doch gerade so glücklich gewesen war, ihre Schwester gefunden zu haben. Seine eigene Tochter verstoßen! Was für ein Arschloch. Er würde das, sobald er wieder zu Hause war, von Angesicht zu Angesicht mit ihm klären.

Er fuhr zum Abflugterminal, blieb in der Ladezone stehen und holte ihr Gepäck von der Ladefläche. Sie wartete auf dem Gehsteig auf ihn.

„Willst du immer noch fliegen?", fragte er.

Sie wischte sich die Tränen weg und atmete einmal tief durch. „Natürlich. Sie ist alles, was ich jetzt noch habe."

„Schreib mir, wenn du da bist, okay?"

Sie nickte kurz und küsste ihn auf die Wange. „Lebewohl, Nico."

„Dein Dad wird schon wieder zu Sinnen kommen. Da bin ich mir sicher."

„Sag Lebewohl", sagte sie.

„Ich will nicht Lebewohl sagen. Ich hasse es, Lebewohl zu sagen."

Als sie zu ihm aufblickte, glänzten ihre stahlblauen Augen immer noch vor Tränen. „Ich brauche das aber. Bitte."

Er packte sie und küsste sie ein letztes Mal, ein kurzes, hartes Lebewohl. Dann drehte er sich um und stieg ohne einen weiteren Blick zurück in seinen Truck.

Und das war das Ende der herzzerreißendsten, verkorkstesten Woche seines ganzen Lebens. Seine Kehle war zugeschnürt, seine Brust schmerzte, alles an der Situation fühlte sich falsch an. Genau das hatte er versucht zu vermeiden. Es war seine eigene verdammte Schuld. Er war dumm genug gewesen, sie so nah an sich ran zu lassen.

Während er zurück nach Hause fuhr, versuchte er, all seine Wut und seinen Schmerz in die Rache an ihrem Vater fließen zu lassen. Er meldete sich bei Luke und bat ihn, weiterzugeben, dass er zu Vinces Junggesellenabschied da sein würde, und dass Gabe sich schonmal darauf vorbereiten sollte, dass er den alten Bastard George Spencer verklagen würde. Er sollte verdammt sein, wenn Lily seinetwegen alles verlor. Und auf keinen Fall würde er zulassen, dass er in den Bankrott getrieben wurde, weil ihn ein reicher alter Sack auf eine schwarze Liste setzte.

Lily hatte in ihrem ganzen Leben noch nicht so viel geweint. Dass sie Nico verloren und ihr Vater sie verstoßen hatte – das war alles zu viel. Das war sowohl die beste als auch die schlimmste Woche ihres Lebens gewesen.

Als die Durchsage kam, dass sie sich im Landeanflug befanden, zwang sie sich, sich zusammenzureißen. Sie würde jetzt ihre Schwester kennenlernen, und sie wollte nicht wie eine verheulte rothaarige Verrückte aussehen. Sie frischte ihr Make-up auf und betete, dass es gut laufen möge. Sie war an einem Punkt angelangt, an dem sie keinen weiteren Rückschlag mehr ertragen konnte. Dann würde sie vollkommen zusammenbrechen.

Endlich landeten sie, und sie folgte der langen Schlange von Passagieren zur Gepäckausgabe, wo Missy auf sie warten wollte. Sie sah jeder Frau, an der sie vorbeikam, ins Gesicht, und fragte sich, woher sie wissen sollte, wer ihre Schwester war. Vielleicht wusste Missy, dass sie nach roten Haaren Ausschau halten musste. Sie hätte ihr ein Foto schicken sollen. Ihr Atem stockte, und sie blieb abrupt stehen.

Ihre Schwester hielt ein Schild in die Höhe, auf dem stand *Lily, lang verlorene Schwester.*

„Das bin ich!", weinte sie. „Ich bin hier, Missy!"

Sie eilte in Missys offene Arme. Sie begannen, einander zu umarmen, und weinten beide.

„Ich wollte schon immer eine Schwester", brachte Lily mühevoll hervor.

„Ich auch", sagte Missy. Sie lachten und weinten noch eine Weile und sahen einander dann fragend an. Sie sahen einander nicht ähnlich. Ihre Schwester hatte braunes Haar und braune Augen, und sie war kleiner und nicht so kurvig wie Lily. Doch sie hatten dieselben vollen Lippen mit dem ausgeprägten Amorbogen. Taylors Lippen.

Missy schüttelte den Kopf. „Komm, wir machen gerade vor dem ganzen Flughafen eine Szene."

Sie wischten sich die Augen und gingen, um Lilys Gepäck vom Band zu holen.

„Ich wusste, dass du die Richtige bist, als ich deine Haare gesehen habe", sagte Missy. „Ich färbe meine Haare braun. Meine sind auch rot."

„Wirklich?"

„Ja. Aber ich wollte nicht wie *sie* aussehen, darum habe ich mich für braun entschieden."

„Ich habe gerade erst von dir erfahren, sonst hätte ich mich früher gemeldet."

Ihre Schwester schenkte ihr ein kleines Lächeln. „Und ich habe von dir erfahren, als du angerufen hast."

„Sie hat dich weggegeben, als sie sechzehn war. Das ist verständlich … Sie war ja so jung."

„Ja, lass uns zu Hause darüber reden. Ich brauche Wein für diese Unterhaltung."

„Das verstehe ich vollkommen."

In Missys Wohnung angekommen, einem Apartment im dritten Stock eines Mehrfamilienhauses, machte Lily es sich auf einem alten geblümten Sofa mit einer Decke auf der Rückenlehne gemütlich. Missy reichte ihr ein Glas Weißwein.

„Erzähl mir erst einmal deine Geschichte", sagte Missy. „Warum hat sie dich weggegeben? Sie muss doch da schon älter gewesen sein."

Lily nickte. „Sie war achtzehn." Sie erzählte ihr, was sie wusste: dass ihre Mom die Geliebte ihres Dads gewesen war, und dass Lily die Vereinbarung gewesen war, die nicht aufgegangen war.

Missy schüttelte den Kopf. „Das überrascht mich überhaupt nicht."

„Bei dir war es aber doch anders. Da war sie noch auf der Highschool."

„Ja, und dafür mache ich ihr auch keine Vorwürfe. Ich hatte eine großartige Adoptivfamilie. Doch dann sind sie bei einem Unfall ums Leben gekommen, einem Autounfall, als ich zehn war. Taylor hatte mir im Laufe der Jahre Geburtstagskarten geschickt, also hatte ich ihre Adresse. Ich habe ihr geschrieben und sie gebeten, mich zu besuchen. Das hat sie natürlich nicht gemacht. Am Ende bin ich bei einer Tante geblieben, der Schwester meiner Adoptivmutter, die mich eigentlich nicht wirklich wollte, aber das Geld vom Sozialamt gebraucht hat. Irgendwann hat sie dann einen Idioten geheiratet." Sie trank einen großen Schluck Wein und wandte den Blick ab. „Er ist mir an die Wäsche gegangen, als ich fünfzehn war."

Lily schnappte nach Luft.

„Ja." Missy leerte ihren Wein und schenkte sich nach. „Ich war geschockt. Ich bin weggerannt und habe sechs Monate auf der Straße gelebt. In Kalifornien ist das nicht so schlecht. Zumindest bin ich nicht erfroren. Schließlich bin ich in einer Reihe Pflegeheimen gelandet, bis ich mit achtzehn den ersten Typen, der versprochen hat, sich um mich zu kümmern, geheiratet habe." Sie nippte an ihrem Wein. „Ein Jahr lang hatten wir es ganz gut, und dann gefiel ihm plötzlich nicht mehr, wie ich mich anzog oder dass ich Freunde bei der Arbeit hatte." Sie senkte ihre Stimme. „Er fing an, mich zu schlagen, wenn er wütend war.

Lily spürte, wie eine Träne über ihre Wange rollte. „Das tut mir so leid."

Missy runzelte die Stirn. „Ihm auch. Ich bin länger geblieben, als ich sollte. Drei Jahre später habe ich endlich den Schlussstrich gezogen. Gott sei Dank hatten wir keine Kinder, sonst wäre ich für immer an ihn gebunden."

Missy zwang sich zu lächeln. „Genug von mir. Erzähl mir alles von dir. Ich habe dich online gesucht. Du bist eine reiche Erbin?"

Lily war nicht bereit, darüber zu reden. „Nochmal zurück, geht's dir jetzt gut?"

Missy nickte einmal. „Ich habe einige Zeit eine Therapie gemacht, also ja, jetzt geht es mir gut. Ich habe einen guten

Job als Vorstandsassistentin. Und" – sie lächelte strahlend– „ich habe gerade eine Schwester bekommen. Mehr kann ich mir nicht wünschen."

Lily blinzelte die Tränen weg, doch diesmal waren es Freudentränen. „Ich weiß, du hast nicht um mich gebeten, aber jetzt hast du eine Familie. Ich hoffe, wir bleiben in Kontakt."

Missy umarmte sie. „Natürlich! Ich habe nur dich als Familie. Danke, dass du mich gesucht hast."

„Ich habe auch nur dich." Ihre Kehle schnürte sich zu, und sie trank ihr halbes Glas aus, um lockerer zu werden. „Erbin zu sein ist ätzend. Mein Dad hat mich gerade verstoßen. Heute, um genau zu sein."

„Ach, Süße. Tut mir leid. Dein Dad hört sich wie ein arrogantes Arschloch an."

„Ist er auch! Aber er hat mich großgezogen, verstehst du?" Sie kämpfte gegen ihre Tränen an und verlor, dann heulte sie sich die Augen aus. Missy umarmte sie, und sie kämpfte gegen die Verlegenheit an, einer Frau etwas vorzuheulen, die sie gerade erst kennengelernt hatte, und die unerträgliche Traurigkeit darüber, dass ihr Dad sie gerade fallengelassen hatte. Wie ihre Mom am Tag ihrer Geburt. Wie Nico. Das brachte sie dazu, erneut zu schluchzen, bis ihre Augen wehtaten und sie schließlich keine Tränen mehr hatte.

Lily richtete sich auf und wischte ihre Tränen weg. „Tut mir leid. War ein schlimmer Tag. Aber zu einem interessanteren Thema. Magst du Pizza?"

Missy lachte. „Pizza klingt gut."

Kurz darauf hatten sie die halbe Pizza vom Lieferservice verdrückt, während sie über ihre verkorksten Familien und ihre erbärmlichen Erfahrungen mit Männern lachten. Lily erzählte ihr von John, und Missy erzählte ihr von den diversen Computernerds, die sie bei der Arbeit ständig um ein Date baten. Einer hatte ihr sogar mit einem seltsamen Instrument, das Theremin hieß, als Ständchen die Titelmelodie von *Star Trek* vorgespielt.

Lilys Handy vibrierte, und sie holte es aus ihrer Tasche.

Eine Nachricht von Nico. *Bist du gut angekommen?* Sie antwortete *Bin da. Alles gut.* Er schrieb nichts weiter zurück.

Sie wandte sich Missy zu. „Und dann ist da noch Nico."

„Brauchen wir dafür noch mehr Wein?"

Lily nickte. Missy goss ihnen beiden Wein nach, und sie machten es sich nebeneinander auf dem Sofa bequem, die Füße auf dem Sofatisch. Lily erzählte die ganze Geschichte, von dem aufregenden Verwechslungskuss bis hin zu ihrer gemeinsamen Fahrt, alles bis zum Ende, als Nico so versessen darauf gewesen war, noch eine Woche mit ihr zu bekommen, und wie sie sich dann verabschiedet hatten.

„Du liebst ihn", sagte Missy, und es war keine Frage.

Sie wand sich, wollte es leugnen. Und auch, dass es ihr das Herz brach. Denn niemand hatte ihre Liebe je erwidert.

Missy sah sie mitfühlend an. „Ich weiß, es ist schwer, das zuzugeben, geschweige denn es zu denken. Ich versteh das. Menschen wie wir – die von Taylor im Stich gelassen worden sind –, meinst du, es gibt noch mehr?" Sie schüttelte den Kopf. „Du hast nie das Gefühl, dass dich jemand wirklich lieben könnte, wenn deine Mutter dich aufgibt. Du denkst immer tief im Inneren, dass etwas mit dir nicht stimmt. Aber so ist es nicht! Das habe ich in der Therapie gelernt. Es war nie unsere Schuld und wir verdienen Liebe."

Lily blinzelte und versuchte, das auf sich wirken zu lassen.

Missy sprach vorsichtig weiter. „Ist Nico es wert? Ist er es wert, dass du es mit ihm riskierst?"

Sie dachte an Nico, und wie er sie behandelt hatte. Er war so geduldig gewesen, als er versucht hatte, ihr das Fahren mit dem Schaltgetriebe beizubringen, und das, obwohl sie ihn beinahe umgebracht hätte. So vorsichtig und zärtlich, als sie noch unerfahren und schon nervös gewesen war, sich vor ihm auszuziehen. Wie er ihre Handtasche gehalten hatte, während sie stundenlang shoppen gegangen war, wie er mit ihr Fallschirmspringen gegangen war, nur um ihr zu helfen … Ach, wem machte sie eigentlich etwas vor, sie hatte sich in dem Moment in ihn verliebt, als er sie über seinen Arm gebeugt

und sie am allerersten Tag, an dem sie einander kennengelernt hatten, geküsst hatte.

Lily schluckte schwer, dann gestand sie es auch sich ein:
„Er ist es wert."

„Dann kämpf um ihn."

Sie räusperte sich. „Er, ähm, will nicht noch einmal heiraten. Aber ich möchte es."

„Männer glauben nie, dass sie heiraten wollen." Missy
stieß sie mit dem Ellbogen an. „Bis sie es tun."

„Ich bin mir nicht sicher, dass er genauso empfindet wie
ich. Er hat gesagt, das Ganze war ein Fehler."

Missy nickte vielsagend. „Lass ihn dich vermissen und
schau dann, was passiert. Dasselbe gilt für deinen Dad. Lass
sie beide wissen, was sie an dir haben, wenn du nicht da bist.
Du kannst die nächste Woche gern hierbleiben, und wir
können tun … was auch immer Schwestern so tun."

„Das fände ich toll! Und weißt du was? Scheiß auf meinen
Dad. Ich bin es leid, ihn um jedes bisschen Zuneigung anzu-
flehen. Er hat nicht ein einziges Mal gesagt, dass er mich liebt.
Er umarmt mich nicht einmal. Ich muss ihn umarmen, und
dann ist er so …" Sie ahmte ihren Dad nach, mit steifen
Armen und zitronensauren Lippen.

Missy lachte schnaubend. „Was für ein Arsch. Apropos
…" Sie beugte sich vor und nahm ihr Weinglas. „Ein Toast auf
Taylor."

Lily nahm ihr Weinglas und stieß mit Missy an. „Die
schlechteste Mutter aller Zeiten."

„Danke dir, Taylor, du armseliges Exemplar einer Mutter,
weil du aus Versehen deine beiden verkorksten Töchter
zusammengebracht hast", sagte Missy.

Darauf stießen sie an.

∽

Schon am zweiten Tag auf dem Weg nach Hause fühlte Nico
sich absolut elend. Er stellte sich immer wieder vor, wie Lily
neben ihm in seinem Truck saß. Er sah immer wieder das rote

Haar, die stahlblauen Augen, ihre weichen Kurven. Ihr süßer Kirschduft lag noch in der Luft. Ihre Stimme saß in seinem Kopf fest, ihr Lachen, ihre Tränen. Er musste sie aus dem Kopf bekommen, bevor er noch durchdrehte. Diese Nähe, dieser Schmerz, jemanden in sein Herz zu lassen, war genau das, was er seit Jahren vermieden hatte. Er hatte sich nicht einmal bei seiner Scheidung so schlecht gefühlt. Die war eine Erleichterung gewesen. Das hier war ein ganz anderes Schmerzlevel.

Er hasste dieses Gefühl. Er hoffte nur, dass sie das Glück fand, das sie verdiente. Die Art, die sie nur ohne ihn bekommen konnte. Selbst, wenn er mit ihr zusammen sein wollte, er konnte es nicht. Ihr Dad hatte sie verstoßen, weil sie mit ihm zusammen gewesen war.

Er rief Luke bei seiner zweiten Pause nach diesem zweiten langen, quälenden Tag Fahrerei an, nur, um sich von seinen verkorksten, obsessiven Gedanken abzulenken.

„Was ist los?", fragte Luke. „Du hörst dich nicht an wie du selbst."

„Nichts. Ich bin nur müde. Ich bin zwölf Stunden durchgefahren."

„Na, dann ruh dich doch aus. Wie geht's der Erbin?"

„Wir haben Schluss gemacht."

„Was meinst du damit, ihr habt Schluss gemacht? Ich dachte, das wäre nur eine zweiwöchige Affäre."

„Ich bin ihr zu nahekommen." Seine Kehle schnürte sich zu. „Ich muss weiter. Ich seh dich am Donnerstagabend."

„Hey, Nic, pass auf dich auf. Lass es nicht zu sehr an dich ran."

Zu spät, dachte er niedergeschlagen. „Ja, danke. Bye." Er starrte auf sein Handy und überlegte, ob er Lily anrufen sollte. Nur, um zu hören, wie es ihr ging. Freunde konnten das doch tun, richtig?

Nur, dass er sich erbärmlich dabei vorkam. Sie waren verdammt viel mehr als nur Freunde gewesen. Er starrte ihr Bild auf seinem Handy an. Er liebte dieses Bild. Das war ihr mutiges Gesicht, gleich, nachdem er sie im Riesenrad geküsst hatte.

Ruf sie nicht an, sagte er sich. Und dann wählte er ihre Nummer.

Sie meldete sich mit einem fröhlichen Hallo, das für ihn angesichts seines eigenen Elends ein Schlag ins Gesicht war. Er legte auf.

Es ist vorbei, sagte er sich. *Sie braucht dich nicht. Komm darüber hinweg.*

Er würde diese Sache mit ihrem Dad geradebiegen und dann sein Leben weiterleben. Lily hatte ihren Platz als Spencer-Erbin mehr als verdient, denn sie hatte sich mit einem Leben voller Ablehnung und Schmerz zufriedengegeben. Er würde dafür sorgen, dass sie das Erbe ihrer Familie zurückbekam, und sich dann leise für immer aus ihrem Leben zurückziehen.

17

Nico war rechtzeitig zum Junggesellenabschied zu Hause. Er war wie ein Verrückter gefahren, denn Lilys Abwesenheit in seinem Truck und in seinem Bett machten ihn fertig. Er erwartete ständig, sie zu sehen oder zu hören, obwohl sie natürlich nicht da war. Er hatte nur vier Tage gebraucht, um nach Hause zu fahren, während er versuchte, seine Erinnerungen loszuwerden. Dann war er ins Bett gefallen und hatte vierzehn Stunden durchgeschlafen. Doch danach war er zu deprimiert gewesen, um vom Sofa aufzustehen. Er musste immer noch ihren Vater zur Rede stellen, doch er konnte das noch nicht tun. Es tat alles noch viel zu sehr weh. Am Ende würde er den alten Sack vor Wut töten.

Er betrat das Lombardis, ein italienisches Restaurant in Eastman, das seine Familie regelmäßig besuchte, und ging in den reservierten Nebenraum.

„Nico!", rief Vince. „Du hast es geschafft!" Sein Bruder klopfte ihm auf den Rücken, und er fühlte sich schuldig, weil er es fast verpasst hätte, nur um mit Lily schlafen zu können. Familie kam immer an erster Stelle. Er wusste das. Lily hatte ihm wirklich den Kopf verdreht.

„Natürlich habe ich es geschafft", erwiderte Nico und zwang sich zu lächeln. „Ich würde doch nicht die letzte Gelegenheit verpassen, dich in deiner Blüte zu sehen."

Vince lachte schallend. „Ich bin in meiner Blüte, mach dir darum mal keine Sorgen. Sophia hält mich auf Trab."

„Was hat sie wegen der Stripperin gesagt?", fragte er und war ehrlich neugierig, was seine künftige Schwägerin wohl dazu sagen würde. Sophia sprach immer aus, was sie dachte, und wies Vince in seine Schranken.

„Sie hat gesagt, anschauen ist erlaubt, aber nicht anfassen." Vince schüttelte den Kopf. „Wozu brauche ich eine Stripperin, wenn doch die schönste Frau der Welt zu Hause auf mich wartet? Ich werde der Stripperin ein paar Dollar extra bezahlen, damit sie Angel einen Lapdance gibt."

Nico lachte. Angel würde zu höflich sein, um die Stripperin abzuweisen. Er würde vermutlich hinterher noch bleiben, um mit ihr über einen Berufswechsel zu reden. Er konnte einfach nicht anders, wenn es darum ging, das Leben anderer zu verbessern.

„Hol dir ein Bier", sagte Vince. „Open Bar."

Nico ging hinüber zu der Bar, wo seine Stiefbrüder Luke, Jared und Gabe nebeneinanderstanden und sich angeregt unterhielten.

„Hab ich was verpasst?", fragte Nico.

Luke sah schuldbewusst aus. Jared und Gabe schwiegen.

Endlich durchbrach Jared das Schweigen. „Bier?"

„Ja." Er bestellte eins beim Barkeeper und wandte sich dann wieder seinen Brüdern zu. „Habt ihr über mich gesprochen?"

Jared stieß ihn mit dem Ellbogen an. „Nein. Das wäre ja langweilig."

Nico nahm das Bier, das der Barkeeper vor ihm abstellte, und trank einen langen Schluck. „Schon klar."

„Luke hat erzählt, dass er gestern bei dir zu Hause vorbeigefahren ist und du nicht vom Sofa aufstehen wolltest", sagte Gabe.

„Ich war müde", blaffte er. „Ich war gerade einmal quer durchs ganze Land gefahren." Er sah alle drei gereizt an und sagte dann zu Gabe: „Hast du wegen der Sache nachgeschaut, um die ich dich gebeten habe?"

„Ich brauche irgendeinen Beweis für die Diffamierung,

Hörensagen reicht nicht", sagte Gabe. „Aber ich arbeite daran."

„Naja, in der Werkstatt herrscht Flaute, da hast du deinen Beweis", sagte Nico.

„Wovon redet ihr?", fragte Jared.

Gabe erzählte ihm von Lilys Dad und dem, was er Nicos Werkstatt angetan hatte.

Jared stieß einen Pfiff aus. „Das ist ätzend. Aber mach dir keine Sorgen, Gabe wird sich um dich kümmern."

Nico ließ den Kopf hängen. Das war nicht einmal das Schlimmste seiner Probleme, und keiner seiner Brüder konnte ihm bei der Tatsache helfen, dass er so dumm gewesen war, eine Frau so nah an sich zu lassen, dass es ihn beinahe zerstört hätte. Sein Herz steckte in einem Schraubstock und alles tat weh. Er hatte sie gestern sogar angerufen, doch es hatte nichts gebracht. Es war hoffnungslos. Es war vorbei.

Sie schwiegen einander an, bis Luke das Wort ergriff.

„Hab's euch ja gesagt", sagte Luke. „Nicht ein Lächeln von diesem Jungen, nachdem er eine Woche im Bett –"

Nico packte Luke am Kragen. Lukes Blick begegnete seinem voller Mitgefühl. Da ließ er ihn los.

Jared legte einen Arm um Nicos Schultern. „Hey, die Stripperin ist eine echte Schönheit. Ich habe sie bei einem anderen Junggesellenabschied gesehen. Blond, vollbusig, genau dein Typ."

Nico schüttelte ihn ab und trank noch etwas Bier. Sein Typ hatte rote Haare, stahlblaue Augen und ein paar Sommersprossen um die Nase. Süße, weiche Kurven. Er stieß einen langen, leisen, verzweifelten Seufzer aus.

„Ihn hat's schlimm erwischt", sagte Luke.

Nico verzog das Gesicht. „Mich hat's nicht erwischt."

„Steh doch einfach dazu, Mann", sagte Luke. „Wenn du sie willst, dann mach dich ran."

„Wer zum Teufel bist du? Irgend so ein verdammter Beziehungsexperte?" Luke war noch nie länger als drei Monate mit jemandem zusammen gewesen. Nico war ein ganzes höllisches Jahr verheiratet gewesen. Er wusste einiges mehr über Beziehungen als sein Bruder.

„Er hat eine Beziehung", sagte Jared zu Gabe.

„Klingt ernst", sagte Gabe.

„Es ist nicht ernst!", rief Nico. „Es war eine Affäre, und jetzt ist sie vorbei." Das pisste ihn so an, dass er sein Bier auf die Bar knallte und hinaus auf den Parkplatz ging, um frische Luft zu schnappen.

„Dann hoff mal, dass du am Samstag den Strauß fängst!", rief Jared ihm hinterher.

Nico zeigte ihm den Mittelfinger und ging weiter. Er ging ein paarmal um den Block und wurde sich bewusst, dass er sich an Vinces großem Abend wie ein Arschloch aufführte, und ging wieder hinein.

Die Stripperin trug eine Menge Pailletten, was Nico an Lilys Mom und deren Showgirl-Auftritt erinnerte, was ihn wiederum daran erinnerte, wie verkorkst Lilys Familie war, und wie sehr sie deswegen gelitten hatte. Alles erinnerte ihn an Lily. Verdammt, alles.

Er stand einfach da und starrte vor sich hin, und schließlich blinzelte er und war genervt, weil seine Augen brannten. Er wandte den Blick von der tanzenden Frau ab, die sich auf dem Weg zu Angel, der reichlich nervös wirkte, auszog. Luke sah Nico in die Augen und nickte langsam. Die wortlose Kommunikation sagte, dass er wusste, dass es Nico erwischt hatte. Er sagte, dass er verstand und für ihn da sein würde. Luke hatte ihm mehr als sonst jemand geholfen, seine Scheidung durchzustehen. Er war verletzt gewesen, weil er sich wie ein Versager gefühlt hatte, denn Ava hatte ihm ständig gesagt, dass er es niemals zu etwas bringen würde. Das hier mit Lily war jedoch noch viel schlimmer.

Nico seufzte und nickte in Lukes Richtung. All die Kommunikation nur durch ein Nicken. Ja. Denn genau das waren Brüder. Nähe. Familie.

Lily hatte auch eine Familie an ihrer Seite verdient. Er verzog das Gesicht. Warum kreiste nur jeder seiner Gedanken immer gleich um Lily? Sie hatte jetzt eine Familie. Ihre Schwester. Sie würde kein Teil seiner Familie sein. Er würde niemals … plötzlich hatte er das Gefühl, nicht genug Luft zu bekommen.

„Nico!", schrie Vince. „Fang ihn auf!"

Im nächsten Moment wurde er auf einen Stuhl geschoben. Ihm war furchtbar schwindelig, und er schwitzte wie ein Stier. Sein Dad war da und hielt seine Hand an seine Stirn. „Was ist denn passiert, mein Sohn?"

Er schob die Hand seines Dads weg. Seine Brüder und ein paar von Vinces Freunden hatten sich um ihn versammelt und starrten ihn an. „Ich bin okay."

„Ist er krank?", fragte Angel.

„Du solltest besser nicht krank sein", sagte Vince und drückte ihm ein Glas Eiswasser in die Hand. „Du bist doch mein Trauzeuge."

Nico richtete sich auf und hielt sich das kalte Glas an seine Stirn, als der Schweiß einer seltsamen Klammheit wich. „Keine Sorge, ich bin okay. Ich bin nur müde von der Fahrerei."

„Ich werde dich nach Hause bringen", sagte sein Dad. „Du musst dich ausruhen. Allie wird sich um dich kümmern."

„Dad, ich bin okay."

Luke flüsterte seinem Dad etwas ins Ohr, und er zog eine Braue hoch. „Kannst du gehen?", fragte sein Dad.

„Ich werde nirgendwo hingehen", sagte Nico. „Ich amüsiere mich hier. Es ist Vinces Abend."

„Verschwinde", sagte Vince und versetzte ihm einen Klaps auf den Hinterkopf. „Du verdirbst allen nur die Stimmung, wenn du uns noch vom Stuhl kippst. Ich seh dich dann morgen beim Probeessen. Okay? Ma wird sich um dich kümmern."

Er hätte sich noch weiter dagegen gewehrt, doch starke Arme legten sich um ihn – Vince, Luke, Jared und sein Dad hoben ihn vom Stuhl und schoben ihn zum Ausgang. Er ging zur Tür hinaus, entschlossen es zuzulassen, dass seine Stiefmutter sich liebevoll um ihn kümmerte. Er brauchte das wirklich.

„Lad sie zum Abendessen ein", verlangte seine Stiefmutter, während sie ihn aufs Sofa im Wohnzimmer seiner Eltern schob und ihn mit einer Strickdecke zudeckte.

„Das ist vorbei", sagte er und rollte sich auf die Seite weg von ihr, denn er wollte nichts mehr, als auf dem Sofa, auf dem er früher immer mit seinen Brüdern herumgelümmelt hatte, in den Schlaf zu driften. Es war bequem, nostalgisch –

„Autsch!"

Sie hatte ihm einen Klaps auf den Rücken versetzt, und er drehte sich zu ihr um. „Wofür war das denn?"

„Nico Marino, du hörst mir jetzt gut zu. Ich weiß ja, dass Ava dir übel zugesetzt hat, aber ich weigere mich zuzusehen, dass du deswegen jetzt wieder leidest. Das war vor zehn Jahren. Luke sagt, dass du in Lily verliebt bist, und das heißt, dass du dich um sie bemühen musst. Ich möchte, dass du dich mit ihr triffst. Ich möchte, dass ihr beide die Hochzeitskekse esst–"

„Ich werde keine verdammten Hochzeitskekse essen!"

Sie hob warnend einen Finger. „Du weißt, dass es bei Vince funktioniert hat."

Er stöhnte und wischte sich mit einer Hand über das Gesicht. „Ich hatte eigentlich gedacht, dass ich von dir liebevoll behandelt werden würde."

„Das hier ist eine liebevolle Behandlung! Du gibst dir selbst eine Chance, wieder zu lieben. Du gibst ihr eine Chance!"

„Ihr Dad hat sie meinetwegen verstoßen. Ich bin nicht gut für sie. Ich bin ein Niemand. Sie sollte mit jemandem zusammen sein, der auf ihrem Niveau ist."

„Du bist weit über ihrem Niveau, wenn die Leute in ihrer Familie einander so behandeln. Ich werde ihren Dad anrufen."

„Nein! Ich werde mit ihm reden. Ich werde das schon wieder hinbiegen. Nur nicht jetzt. Ich bin erschöpft."

Sie musterte ihn einen Moment und strich ihm übers Haar, was seinen Ärger darüber, dass sie sich in sein Leben einmischte, um einiges milderte. „Nico", sagte sie vorsichtig,

„ich seh dich nicht gerne so. Du hast es verdient, glücklich zu sein."

Seine Kehle schnürte sich zu. „Ich bin nur müde."

„Ruh dich aus. Dann biegst du diese lächerliche Sache mit ihrem Vater gerade, und dann bringst du sie zum Abendessen mit. Hast du mich verstanden?" Sie zog die Decke um seine Schultern. „Sonst muss ich mich einmischen. Und du weißt, das werde ich, und dann werden Köpfe rollen."

Für ihre zierliche Gestalt hatte seine Stiefmutter ein Rückgrat aus Stahl. Sie hatte bei ihm und seinen Brüdern mit einer konsequenten Haltung und einem stets offenen Herzen dafür gesorgt, dass keiner aus der Reihe getanzt war.

„Sie geht nicht ans Handy", sagte er leise. „Ich weiß nicht einmal, ob sie schon wieder aus Seattle zurück ist."

„Irgendwann muss sie ja nach Hause kommen. Aber jetzt schlaf erstmal."

Sie ging und schaltete das Licht aus. Er drehte sich auf die Seite, immer noch ein wenig genervt, weil sie so darauf bestand, dass er Lily eine Chance geben sollte, obwohl er wusste, dass sie ihn zerstören konnte. Doch zum ersten Mal, seitdem er Lily in L.A. verlassen hatte, breitete sich wieder Ruhe in ihm aus.

Im nächsten Moment war er auch schon eingeschlafen.

Am Samstag umarmte Lily ihre Schwester zum Abschied, während vor ihr ein Taxi wartete. Es war eine großartige Woche gewesen, in der sie in Seattle Touristen gespielt hatten, doch was noch wichtiger war – sie hatten einfach Zeit miteinander verbracht und bis spät in die Nacht miteinander geredet. Obwohl sie einander gerade erst kennengelernt hatten, waren sie und Missy so gut miteinander ausgekommen, als wären sie schon ihr Leben lang miteinander befreundet. Doch jetzt war es Zeit, in die Realität zurückzukehren. Zeit, sich ihrem Dad zu stellen.

Und Nico.

Überall hatte sie Baustellen.

„Meinst du, mein Dad hat mich vermisst?", fragte Lily. Missy war sehr direkt und beschönigte nie etwas.

„Ich weiß, dass Nico es getan hat", antwortete Missy.

Nico hatte ihr auf den Anrufbeantworter gesprochen, ihr alles Gute für ihren neuen Job gewünscht und gesagt, er hoffe, dass sie Freunde sein können. Doch sie hatte nicht darauf geantwortet, denn sie wusste nicht, was sie dazu sagen sollte. Sie war sich nicht sicher, ob sie nach dieser verrückten Woche Freunde sein konnten.

„Komm mich in New York besuchen", sagte Lily. „Ich schick dir ein Ticket."

„Das werde ich. Ich muss mir nur Urlaub einreichen. Für deinen Besuch habe ich eine Woche aufgebraucht, und ich muss mir erst wieder Freizeit verdienen."

„Okay. Dann vielleicht zu den Feiertagen, wenn alle frei haben."

Der Taxifahrer hupte. Sie würde noch ihren Flug verpassen, wenn sie nicht bald aufbrach.

„Dann definitiv", sagte Missy und umarmte sie ein letztes Mal. „Bye, Schwesterchen."

„Bye, große Schwester!" Sie eilte zur Tür hinaus und rief noch über ihre Schulter: „Ich hab dich lieb!"

„Ich dich auch!"

Beinahe wäre sie gestolpert. Das war das erste Mal, dass für Lily eine irgendwie geartete Liebesbekundung erwidert wurde. Ihr Vater sagte nie etwas, wenn sie *ich hab dich lieb* sagte. Ihr Ex war solchen Dingen ganz aus dem Weg gegangen. Sie machte sich auf den Weg nach Hause und fühlte sich gewärmt von der Tatsache, dass sie endlich ihre liebevolle Familie gefunden hatte.

Nico stand am Samstag in einem Smoking vor der katholischen St. Joseph's Kirche in Clover Park neben den anderen vier Trauzeugen, seinen Brüdern, die alle darauf warteten, dass die Braut kam. Er hatte Lilys Dad im Laufe der letzten Tage mehrmals angerufen, doch er hatte ihn ignoriert. Er musste ihm also von Angesicht zu Angesicht gegenübertreten, und er hoffte nur, dass er sich zurückhalten konnte, den Mann nicht mit bloßen Händen zu erwürgen.

Er sah Vince an, der neben ihm am Altar stand, und sah keine Nervosität, sondern einen vollkommen ruhigen, beinahe fröhlichen Gesichtsausdruck. Der Hochzeitsmarsch begann, und Sophia ging am Arm ihres Vaters des ehemaligen Erzfeindes *seines* Vaters, den Gang zum Altar hinunter und trug etwas, das aussah wie ein aufwendiges weißes Ballkleid. Das trägerlose Spitzenoberteil passte ihr wie angegossen und fächerte auf Hüfthöhe zu einem mehrlagigen Rock mit langer Schleppe aus. Ein hauchzarter Schleier bedeckte ihr Gesicht und erstreckte sich auch über ihren Rücken. Sie sah strahlend glücklich aus. Er drehte sich wieder zu Vince um, der mit einem Taschentuch seine Augen wischte, eine Bewegung, die ihn ansonsten zu einem wohlplatzierten Ellbogenstoß in die Rippen animiert hätte, doch stattdessen schnürte sich Nicos Kehle zu. Verdammt. Er vermisste Lily.

Sophia blieb neben Vince stehen, und gleichzeitig drehten sie sich zu Pater Munson um. Nico sah seinem Dad, der in der vordersten Reihe saß und die Hand seiner Stiefmutter hielt, in die Augen, und sein Dad lächelte ihm augenzwinkernd zu. Nico erwiderte es, denn er war erleichtert, dass sein Dad wieder sein altes fröhliches Selbst war, und auch, dass er sich damit abgefunden hatte, dass sein Sohn die Tochter seines Feindes heiratete. Sein Dad hatte ihnen beim Probeessen gestern Abend mitgeteilt, dass er sich auf die Hochzeit freute, solange ihr Vater bei seinen Alpakas blieb. Offensichtlich gehörte Sophias Dad eine Alpakafarm in Virginia. Die beiden Väter hatten gut gelaunte Sticheleien hin und her geschossen, doch anscheinend war ihre Fehde, die vor vielen Jahren wegen Nicos Mutter begonnen hatte, vergeben und vergessen.

Während die Zeremonie weiterging, musste Nico sich unweigerlich an seine eigene Hochzeit mit Ava erinnern. Sie waren zusammengekommen, nachdem sie sich in einer Bar kennengelernt hatten, als sie beide erst einundzwanzig Jahre alt gewesen waren. Sie war schön und ehrgeizig gewesen. Er hatte nicht bemerkt, wie zielstrebig sie gewesen war, bis sie verheiratet waren und sie angefangen hatte, ständig zu lamentieren, er solle sich doch gefälligst vom Schmiermaxe zum Manager hocharbeiten. Mit einundzwanzig wäre das nicht unmöglich gewesen. Er hatte sogar mit seinem Boss über einen Zeitplan gesprochen, wie er sich hocharbeiten könnte, doch Kevin hatte ihm gesagt, dass er abwarten und sehen wollte, wie er sich entwickelte. Für Nico war das okay gewesen. Er wusste, dass er viel zu lernen hatte, und Kevin war der beste Automechaniker für Oldtimer im ganzen Bundesstaat. Er war begeistert gewesen, so eng mit ihm zusammen an teuren Autos arbeiten zu können, an die nicht jeder Hand anlegen konnte. Doch Ava hatte das nicht so gesehen. Sie hatte es als Versagen betrachtet, dass er zufrieden war. Sie hatte ihn ständig gedrängt, mehr zu tun, sich über ihr kleines Apartment beschwert, ihm gesagt, wie leid sie es war, im Salon zu arbeiten. Ihr Lieblingsspruch war „es ist deine Aufgabe, mich zu einer Luxusdame zu machen." Er hatte ihr versprochen, dass er das tun würde, doch es würde eben seine Zeit dauern.

Ava war nicht gerade geduldig gewesen. Sie hatte ihn ein Jahr später schwanger verlassen und hatte ihn angeschrien, dass es das Kind eines erfolgreicheren Mannes war. Sicherheitshalber hatte er nach der Geburt des Kindes einen Vaterschaftstest verlangt. Es war nicht von ihm.

Seine Gedanken schreckten zurück in die Gegenwart, als alle dem glücklichen Brautpaar zujubelten. Sein sechs Monate alter Neffe, Miles, begann zu weinen, denn der plötzliche Jubel hatte auch ihn erschreckt. Seine Mutter Zoe tröstete ihn, während sein Vater Gabe besorgt von dort, wo er mit seinen Brüdern stand, zu ihm hinübersah. Zoe hob ihre Hand und lächelte ihm aufmunternd zu, worauf Gabe beruhigt nickte.

Vince und Sophia stürmten Hand in Hand den Mittelgang entlang. Neid durchfuhr ihn. Sie sahen so verdammt glücklich aus.

Als Nico zum Empfang kam, war er gereizt. Grimmig brachte er die übliche Begrüßung von Familienmitgliedern und Freunden hinter sich. Er tanzte mit einer Brautjungfer, deren Namen er sich nicht merken konnte, denn er musste immer wieder daran denken, wie er sich mit Lily in Cleveland auf diese Hochzeit geschlichen hatte. Immer wieder kamen ihm Visionen von Lily, als sie so verrückt getanzt hatte. Wie sie losgelassen hatte, ihr kurviger Körper sich gewunden hatte und wie er sie dann bei diesem langsamen Tanz ganz fest gehalten hatte, bevor sie erwischt worden waren und die Flucht ergriffen hatten.

Was sollte das nur, dass er seinem Bruder das Glück neidete? Er musste sich zusammenreißen, bevor er sie noch für immer verlor.

Eilig verließ er den Empfang, denn wenn einem plötzlich klar wird, dass man etwas Dauerhaftes mit jemandem haben will, muss man so schnell wie möglich mit demjenigen zusammen sein. Wie ein Wahnsinniger fuhr er zum Haus ihres Vaters, entschlossen, sowohl den Mann dazu zu bringen, Lily wieder aufzunehmen, als auch in der Hoffnung, dass sie da wäre und mitbekäme, wie er zu ihrer Rettung eilte. Vielleicht war sie noch nicht in die Stadt gezogen. Vielleicht war auch sie sich bewusst geworden, dass es mehr sein könnte als nur eine Affäre.

Ihr Dad öffnete die Tür mit steinernem Gesicht. „Kann ich Ihnen helfen?"

Plötzlich wollte er nur noch Lily. „Ist Lily zu Hause?"

„Nein."

„Wo ist sie?"

„Warum?"

„Ich muss sie sehen."

George Spencer verschränkte die Arme und sah ihn von oben herab an. „Warum?"

„Weil ich sie liebe." Das tat er wirklich, und er hatte den Neid auf Vinces Glück bei dessen Hochzeit gebraucht, um ihm klarzumachen, dass es doch eine Hochzeit in seiner Zukunft geben konnte.

„Ich habe sie verstoßen, also machen Sie, dass sie wegkommen."

„Ja, das war ein Fehler. Sie sollten sie besser zurücknehmen, oder wie auch immer man das nennt. Sie können ihrer einzigen Tochter nicht den Rücken zukehren!" Er ballte seine Hände zu Fäusten. „Wissen Sie überhaupt, wieviel Leid Sie ihr verursacht haben?"

„Und wenn ich sie nicht zurücknehme? Wollen Sie sie immer noch, wenn sie nichts besitzt?"

„Natürlich will ich sie!"

George hob die Brauen. „Dann haben Sie den Test bestanden."

Nico brauste auf. „Welchen Test?"

„Sind Sie bereit, einen Ehevertrag zu unterschreiben?"

„Welchen Test?", wiederholte er.

George ließ seine Arme sinken. „Kommen Sie rein."

Nico betrat ein zweistöckiges Foyer mit Marmorfußboden, Säulen und einem riesigen Kristallleuchter, der von der Decke hing.

George fuhr fort. „Ich wollte sehen, ob Sie sie immer noch wollen, wenn Sie kein Geschäft mehr haben, kein Geld und keine Chance auf Lilys Geld. Darum habe ich sie verstoßen."

„Sie Bastard!" Er holte mit seiner Faust aus, doch bevor er einen rechten Haken landen konnte, schrie eine Stimme.

„Nico!"

Als er sich umdrehte, stand Lily mit entsetzter Miene im Foyer vor ihm. Ein blonder Typ mit rosa Hemd, der nach Geld aussah und offensichtlich Ehemannqualitäten besaß, stand neben ihr.

Er marschierte zu ihr. „Wer zum Henker ist das?"

„Ich bin Trevor", erwiderte der Mann steif. Trevor war einige Zentimeter kleiner als Nico. Mit ihm konnte er es leicht aufnehmen. „Und wer sind Sie?"

„Nico, was tust du denn hier?", fragte Lily. „Und warum trägst du einen Smoking?"

„Ich sorge dafür, dass dein Dad dich zurücknimmt!"

„Genau darum sind wir hier", sagte Trevor und schob seine Brust vor. Als wäre *er* der verdammte Ritter in glänzender Rüstung.

„Trevor!", schrie Nico. „Verschwinde, verdammt noch mal!" Er drehte sich zu Lily um. „Das Bett, das wir geteilt haben, ist kaum eine Woche kalt, und du lässt dich schon auf den Mann ein, von dem dein Daddy möchte, dass du ihn heiratest? Im Ernst?"

Trevor versetzte ihm einen Stoß. „Wie können Sie es wagen, so mit Lily zu reden!" Er hob eine Faust. „Ich sollte –"

Nico holte aus und landete einen perfekten rechten Haken, der Trevor geradewegs von den Füßen fegte. Obwohl es noch befriedigender gewesen wäre, wenn der Schlag ihren Dad getroffen hätte.

„Nico!", schrie Lily und eilte an Trevors Seite.

„Ist das die Art Mann, die du willst, Lily?", fragte ihr Dad.

„Du sprichst wieder mit mir?", fragte Lily ihn.

„Ich werde jetzt die Polizei rufen", sagte ihr Dad.

„Ich will dich immer noch heiraten, Lily", sagte Trevor schwach vom Boden aus, doch Nico packte ihre Hand und zog sie zur Tür hinaus.

18

„Was zum Teufel, Nico!", protestierte Lily. „Du kannst nicht einfach im Haus meines Vaters auftauchen und Leute verprügeln."

Nico fuhr sich mit einer Hand durchs Haar. „Eigentlich wollte ich deinen Dad schlagen, doch dann war Trevor da. *Er* hat zuerst Hand an *mich* gelegt!"

„Nico." Sie schüttelte den Kopf. „Warum bist du hier?"

„Weil ich alles für dich geradebiegen möchte. Ich habe deinem Dad gesagt, dass er dich nicht verstoßen kann."

Sie rieb sich die Schläfen. „Ich kann mich jetzt nicht darum kümmern. Ich bin gerade erst hergekommen und habe mich überwinden müssen, ein Gespräch mit meinem Dad zu verlangen."

Er gestikulierte wild. „Und du hast *Trevor* um Rückendeckung gebeten? Warum hast du mich nicht angerufen?"

„Ich dachte, du wärst bei der Hochzeit deines Bruders. Warst du ja auch!" Plötzlich wurde ihr klar, was der Smoking zu bedeuten hatte. „Geh zurück!" Sie stieß ihn, doch er rührte sich nicht.

„Das ist nur der Empfang. Ich werde nirgendwo hingehen."

Sie standen einander berührungslos gegenüber. Nico starrte sie an, und sie starrte zurück.

Und dann fuhr ein Streifenwagen mit eingeschaltetem Blaulicht vor. „Geh!", drängte Lily.

Er verschränkte die Arme. Ein Polizeibeamter näherte sich ihnen.

„Officer", sagte Nico mit einem Nicken.

„Wir sind wegen Hausfriedensbruchs gerufen worden", sagte der Beamte.

„Drinnen", antwortete Lily.

Der Beamte ging hinein. Als sich die Tür hinter ihm schloss, gab Lily Nico einen Stoß und traf auf harte Muskeln. „Verschwinde hier und komm nicht zurück! Mein Dad wird ein Kontaktverbot gegen dich erwirken, sobald er seinen Anwalt anrufen kann. Ich kenne ihn."

„Ich will eine Chance", sagte er und blieb stur. „Für uns."

„Ich kann mit niemandem zusammen sein, der lieber Fäuste als Worte gebraucht", sagte sie, was stimmte, doch hauptsächlich sagte sie es, um für ihn Schwierigkeiten mit der Polizei zu vermeiden. Er musste auf der Stelle gehen. Doch bei dem verzweifelten Blick, der sich in seinem Gesicht zeigte, wurde sie schwach. „Ich meine –"

„Ich verstehe", sagte er ruhig. Er drehte sich um und ging.

„Warte!", rief sie, doch er ging weiter.

Und dann wurde sie von ihrem Dad und der Polizei ins Haus gerufen. Sie musste Nicos Namen angeben und flehte Trevor an, ihn nicht anzuzeigen. Er war einverstanden, unter der Bedingung, dass Lily noch einmal über seinen Antrag nachdachte. Sie versprach es zu tun, auch wenn sie bereits wusste, dass ihre Antwort nein lauten würde. Und dann waren sie und ihr Dad endlich allein im Haus. Wo auch immer er hingegangen war. Er hatte sie und Trevor allein gelassen, damit sie ungestört reden konnten.

Sie ging in den Wintergarten, wo er sich oft entspannte. Sie hatte Zeit gehabt, über einiges nachzudenken, als sie bei ihrer Schwester gewesen war. Und als sie mehr über Missys Leben erfahren hatte, nachdem deren Adoptiveltern gestorben waren, war ihr klar geworden, dass ihre Kindheit mit ihrem toughen Dad nicht die Schlimmste gewesen war. Er hatte ihr den Wert harter Arbeit beigebracht und dass man nicht aufgeben durfte, selbst wenn alles ganz schrecklich erschien. Sie hätte schließlich auch von der selbstsüchtigen Taylor großgezogen werden können.

Sie fand ihn in seinem Lieblingssessel sitzend. Er rauchte seine Pfeife und las in der *New York Times*, als wäre es ein ganz normaler Samstagabend.

„Ich weigere mich, deinen Rauswurf zu akzeptieren", verkündete sie. „Ich bin deine Tochter, und nichts wird das jemals ändern."

Er ließ die Zeitung sinken. „Wurde aber auch verdammt nochmal Zeit, dass du nach Hause kommst."

„Dann bin ich also nicht …? Du sprichst wieder mit mir?"

„Das war nur ein Test, um zu sehen, ob Nico dich auch will, wenn du das Spencer-Geld nicht hast."

Überrascht wäre sie beinahe in die Knie gesunken. „Soll das ein Witz sein? Weißt du eigentlich, was du mir angetan hast? Ich war am Boden zerstört!"

Er runzelte die Stirn. „Warum solltest du am Boden zerstört sein? Du hattest doch immer noch deinen Treuhandfond." Er sah ehrlich verwirrt aus.

„Weil wir eine Familie sind!", sagte sie und bemühte sich gar nicht darum, ihren Zorn zu unterdrücken.

„Ich weiß, dass wir eine Familie sind."

„Familie verstößt man nicht! Besonders nicht, wenn man nur ein Kind hat!"

„Ich sagte doch bereits, dass es nur ein Test war."

Sie warf die Hände in die Höhe. „Das sagst du *jetzt*! Du hättest mich ruhig einweihen können."

„Dann hätte es nicht funktioniert. Du hättest es vermutlich Nico erzählt, und wir hätten es niemals gewusst." Er wandte sich wieder seiner Zeitung zu. „Jetzt wissen wir es."

„Was wissen wir, Dad? Was haben *wir* gelernt?"

Er warf einen Blick über seine Zeitung. „Wir haben gelernt, dass er ein Prolet ist. Ich meine, ich bitte dich, Fäuste?"

„Er hat für mich gekämpft, und das ist mehr, als du je getan hast."

Er wandte sich wieder seiner Zeitung zu, und all die Jahre,

in denen sie sich ignoriert gefühlt hatte, in denen sie auch nur um einen Hauch von Zuneigung gebettelt hatte, strömten in einer überwältigenden Woge puren, glühend heißen Zorns in sie zurück. Sie packte die Zeitung und riss sie entzwei.

„Lily! Was ist denn in dich gefahren? Ist das Nicos Einfluss?"

„Nico hat mich besser behandelt als jemals irgendjemand zuvor. Und weißt du was? Ich verstoße dich."

Wieder runzelte er die Stirn. „Du kannst mich nicht verstoßen. So funktioniert das nicht."

„Ich bin es leid, um ein bisschen Zuneigung oder deine Zeit betteln zu müssen. Ich bin es leid, nichts als eine Last für dich zu sein. Ich habe Besseres verdient."

„Wie diesen ölverschmierten Proleten?"

Sie warf die Zeitungsfetzen in die Luft. „Ich würde mich glücklich schätzen, wenn ich ihn hätte!"

Sie drehte sich um und stürmte hinaus, denn sie wollte nichts mehr, als Nico zu sehen. Sie musste sich entschuldigen, musste ihn wissen lassen, dass sie ihnen beiden auch eine Chance geben wollte.

Sie stieg in ihren Wagen und stellte fest, dass sie nicht wusste, wo der Hochzeitsempfang stattfand. Sie wusste nicht einmal, wo er wohnte. Sie rief ihn an, wurde jedoch sofort auf seine Voicemail weitergeleitet. Also schrieb sie ihm. *Es tut mir leid.*

Seine Antwort war niederschmetternd kurz. *Muss es nicht. Du verdienst Trevor.*

Das fühlte sich wie eine Ohrfeige an. War das hier das Leben, das sie verdiente? Ein Gesellschaftsleben? Eine Gesellschaftshochzeit? Eine herzlose, seelenlose Existenz?

Ich liebe dich, schrieb sie. Ihr Finger schwebte über Senden.

Dann löschte sie die Nachricht.

Nach dem Hochzeitsempfang kehrte Nico vollkommen erschöpft und erschlagen in sein Apartment zurück. Er hatte sein Bestes getan, hatte Lilys Vater die Stirn geboten, Lily gebeten, ihm noch eine Chance zu geben. Und dann hatte er ihr gezeigt, wer er wirklich war. Einer, der seine Fäuste einsetzte. Er würde eben niemals einer dieser Country Club-Typen sein, die sie gewohnt war. Die Art Mensch, die auch sie war, in Wirklichkeit, tief in ihrem Inneren.

Er blieb abrupt stehen. Lily saß auf der unteren Stufe der langen Holztreppe, die zu seinem Studioapartment hinauf führte.

„Du fährst einen Porsche und doch wohnst du über jemandes Garage?", fragte sie.

„Wie hast du mich gefunden?"

„Ich habe dich im Internet gesucht, aber es ist nicht so einfach, dich zu finden, weil du zur Miete wohnst und nur ein Handy hast, darum habe ich einen der anderen Marinos in Eastman angerufen. Deine Stiefmutter hat mir deine Adresse geben."

Das passte. „Und warum bist du hier?"

Sie stand auf. „Darf ich reinkommen?"

„Ich dachte, du bist wütend auf mich."

„Bitte."

Er nickte. „Komm." Er ging die Treppe hinauf und öffnete die Tür zu seinem Apartment, dann hielt er sie für sie auf. Er betrachtete den kleinen Raum seines Apartments, einen einzigen Raum mit einer kleinen Einbauküche. Nur das Bad war separat. Die Wände waren weiß und ohne jegliche Dekoration. Auf dem Fußboden lag ein billiger, beigefarbener Teppich. Es war meilenweit von dem entfernt, was Lily gewohnt war.

„Ich weiß, es ist nicht viel", sagte er. „Ich habe all mein Geld gespart, um Kevin auszubezahlen. Und ich fahre einen Porsche, weil ich nicht beruflich Oldtimer restaurieren und verkaufen und dann selbst irgendeine Schrottkiste fahren kann."

Sie sah sich um. „Wo schläfst du?"

„Das Sofa kann man ausziehen."

Sie stand einfach nur da, sprachlos erstaunt. Er dachte sich, dass es ihr vielleicht leidtat, dass sie überhaupt hier aufgetaucht war.

Er zog die Smokingjacke aus und warf sie über die Armlehne des Sofas. „Hör zu, ich habe dir ja schon gesagt, dass ich dir nichts zu bieten habe." Er knöpfte seine Fliege ab, nahm den Kummerbund ab und warf beides zur Jacke. „Ich bin nur ein Schmiermaxe, der seine Fäuste benutzt." Er ging zu dem kleinen Kühlschrank und holte den Scheck hervor, den er unter einen Magneten geklemmt hatte.

„Hier hast du deine hundert Riesen zurück", sagte er und reichte ihn ihr. „Ich verdiene das auf meine Art."

Sie steckte ihn ohne ein Wort in ihre Handtasche. Er konnte sich gut vorstellen, was sie gerade dachte. Dass er ein Loser war. Dass das hier nicht die Art Leben war, die sie jemals wollen würde.

„Ich mag mein Leben", sagte er ihr. „Ich habe nie um mehr gebeten. Ich wollte nie mehr." Bis ich dich kennengelernt habe, fügte er in Gedanken hinzu.

Sie sah ihn mit ihren stahlblauen Augen an, und er sah den Schmerz darin.

„Lily, warum bist du hier?"

Sie sprach endlich. „Es hat mir nicht gefallen, dass du Trevor geschlagen hast, aber es hat mir gefallen, dass dir so viel an mir liegt, dass du für mich kämpfst." Sie schluckte. „Ich liebe dich", sagte sie mit leiser Stimme.

Er konnte nicht ganz glauben, was er da hörte. „Was?"

Sie presste ihre Lippen zu einer flachen Linie und blinzelte schnell. „Lass mich das nicht noch einmal sagen. Ich hatte einen beschissenen Tag. Eine beschissene Woche. Ein beschissenes Le–"

Er zog sie an sich und küsste sie, als pure Erleichterung durch ihn strömte. Dann löste er sich von ihr, um ihr in die Augen zu sehen. „Ich liebe dich auch." Er zog sie fest an sich. „Ich habe dich so vermisst."

„Ich habe dich auf vermisst." Sie schlang ihre Arme ganz fest um ihn, und sie hielten einander fest. „Kann ich eine Weile hierbleiben?", flüsterte sie. „Ich bin für ein paar Wochen sozusagen obdachlos. Ich habe meinen Dad verstoßen, und mein Apartment ist erst am ersten Juli bezugsbereit."

Überrascht löste er sich von ihr. „Du hast deinen Dad verstoßen?"

„Ja", sagte sie, während sie ihr Oberteil auszog. „Es war ein schlimmer Abend, und ich will jetzt nur mit dir zusammen sein."

Er blinzelte, während sie sich in Rekordzeit auszog. Mit einer nackten Lily vor der Nase war es schwer, klar zu denken, doch irgendetwas stimmte nicht.

Sie sah ihn an. „Warum ziehst du dich nicht aus?"

Er öffnete die zwei obersten Knöpfe seines Hemdes. „Bist du okay?"

Ihre Unterlippe zitterte. Er zog sie an sich und streichelte ihren Rücken. „Hey, alles wird gut."

Sie brach in Tränen aus, und er hielt sie nur, bis sie sich ausgeweint hatte. Er hatte gespürt, dass etwas nicht stimmte. Heute Abend würde er besonders zärtlich zu ihr sein.

„Bin gleich zurück", sagte er. Er holte sich ein Kondom aus dem Badezimmer, steckte es in seine Hosentasche, und als er zu ihr zurückkam, begann sie, seinen Hals zu küssen und zu beißen, so fest, dass es brannte, was eine urtümliche, aggressive Seite an ihm weckte, die er versuchte, unter Kontrolle zu halten. Als er das letzte Mal mit ihr zusammen gewesen war, war er zu grob gewesen und hatte sie an der Wand genommen. Wahrscheinlich hatte sie blaue Flecken an ihrem Rücken, so, wie er gegen sie gerammt war.

Er übernahm die Kontrolle über den Kuss, grub seine Hand in ihr Haar und verlangsamte die Dinge etwas.

Sie biss ihm in die Lippe. Fest.

An den Schultern hielt er sie ein Stück weit von sich weg. „Du bringst mich um den Verstand", warnte er sie, „und ich will nicht so sein wie beim letzten Mal."

Sie wand sich aus seinem Griff, schmiegte ihren heißen, kurvigen Körper an ihn und drückte mit beiden Händen seinen Po. „Wie warst du denn beim letzten Mal?"

Seine Hand wanderte in ihren Nacken, und sie warf ihren Kopf zurück. „Grob", knurrte er, während er mit seinen Fingern an ihrem Hals hinab streichelte. „Du verdienst Zärtlichkeit. Besonders nach dem, was mit–"

Sie küsste ihn aggressiv, während ihre Hand vorschoss, geradewegs an seinen Schwanz. „Fick mich", forderte sie.

Sein dünner Geduldsfaden riss. Sein Mund klatschte gegen ihren, seine Zunge drang tief ein, seine Hände streichelten ihren Po, während er ein Bein zwischen ihre schob. Ihre Hände waren überall an ihm, und ihre Hüfte drängte gegen seine, machte ihn unfähig, noch rational zu denken. Er musste sie haben. Er schob sie zur Wand und presste seinen Körper ganz gegen ihre weichen Kurven. Sie schnappte nach Luft, und ihm fiel ihr Rücken wieder ein. Er packte sie und drehte sie um, beugte sie vor und stützte ihre Hände an die Wand. Er konnte nicht so lange warten, bis er sich ganz ausgezogen hätte, darum befreite er nur seine Erektion, rollte ein Kondom über und verschränkte seine Finger mit ihren, presste ihre Hände gegen die Wand.

„Nico", seufzte sie.

Sein Name auf ihren Lippen war die süßeste Einladung. Und dann hob sie ihre Hüfte, bog sich zurück, forderte, dass er sie nahm, und mit einem einzigen harten Stoß war er in ihr.

„Ja", zischte sie.

Nichts hatte sich je so richtig angefühlt. Ihr Körper war heiß und angespannt, verkrampfte sich um ihn, während er sie heftig nahm, ohne sich zurückzuhalten – und sie gab. Es würde nicht lange dauern. Er fasste um sie herum, ließ seine Finger zwischen feuchte Schamlippen gleiten und streichelte sie fiebrig, bis sie schrie und ihn bei ihrer Erlösung molk. Er packte ihre Hüfte und riss sie zurück gegen sich, während er tief in sie hineinstieß. Da wurde sie laut, was ihn nur noch mehr antrieb, während er auf dem Weg in die Erlösung die letzten, tiefen Stöße in sie hinein trieb. Er kam mit einem Schrei und pumpte, bis er nichts mehr hatte, und war sich dabei entfernt bewusst, dass sie stöhnte. Er löste seinen Griff um ihre Hüften und blieb einen Moment lang so, tief in ihr vergraben, während er um Atem rang. Dann zog er sich aus ihr heraus. Sie sank auf ihre Knie und lehnte ihre Stirn an die Wand.

Er ging seinerseits auf die Knie und schlang von hinten seine Arme um sie. Er befürchtete, dass er zu grob gewesen war, doch er konnte noch nicht wieder sprechen, um sich zu entschuldigen.

„Nico", sagte sie leise.

Er hielt sie fest. „Beim nächsten Mal werde ich zärtlicher sein."

Sie hob ihren Kopf und sagte über ihre Schulter: „Du kannst mich nehmen, wie du willst." Dann drehte sie sich in seinen Armen um. Der Schmerz war aus ihren Augen verschwunden. Ihr Gesicht war gerötet, ihre Augen glänzten. „Ich gehöre dir."

Sie hielt seinen Blick, und diese stahlblauen Augen reflektierten vollkommene Akzeptanz, dass ihr Platz bei ihm war.

Er drückte seinen Daumen gegen ihre volle Unterlippe, um seinen eigenen urtümlichen Besitzanspruch zu stellen. „Du hörst mir."

Und mit diesen drei schlichten Worten wusste er, dass er nie wieder in der Lage sein würde, sie gehen zu lassen.

<h1 style="text-align:center">19</h1>

Die Albträume waren zurück. Lily hatte diesen Traum seit Jahren nicht gehabt. Sie wurde auf einen Stapel mit Sachen gelegt, die für wohltätige Zwecke gespendet werden sollten, doch niemand bemerkte sie auf dem Stapel mit Spielzeug, Kleidung und alten Geräten. „Wirf mich nicht weg!", schrie sie, bis sie heiser war.

Immer wurde sie mit dem Rest der Dinge weggeworfen, während ihr Dad wegging. Sie schreckte aus dem Schlaf hoch. Ihr Herz pochte.

„Hey." Nico zog sie in seine Arme und streichelte ihren Rücken. „War nur ein Traum."

„Tut mir leid", murmelte sie. „Ich wollte dich nicht wecken. Den Traum hatte ich schon lange nicht mehr."

Sie kuschelte sich an seine Brust. Er war still. Vielleicht war er wieder eingeschlafen. „Als ich zehn Jahre alt war hatte ich diesen Traum ein Jahr lang jede Nacht. Ich werde mit einem ganzen Stapel unnützem Kram weggeworfen."

Er schwieg immer noch, also fuhr sie fort. „Ich weiß, warum. Mein Dad hat die Kaitlyn-Puppe weggegeben, die ich früher jede Nacht bei mir im Bett hatte, weil er entschieden hatte, dass ich zu alt dafür war. Ich habe gesehen, wie sie mit einem Stapel anderer Sachspenden abgeholt worden ist, und er hat mich sie nicht zurückholen lassen. Ich glaube, ich habe mich immer gefragt, wann ich wohl dran bin."

Sie legte ihr Ohr auf sein Herz. Ihre Augen waren weit geöffnet, und sie hoffte, das gleichmäßige Pochen zu hören würde sie davon abhalten, wieder in diesen schlimmen Traum zurückzukehren. Wenn dieser Traum sie erst einmal im Griff hatte, konnte er mehrmals pro Nacht zurückkommen.

Langsam schloss sie die Augen, und der Albtraum nahm sie erneut gefangen. Sie lief vor einem riesigen Müllwagen davon. „Wirf mich nicht weg!" Sie lief und lief und lief und kam nirgendwo an. Dann wurde sie gepackt und zurück auf den Haufen unnützer Dinge geworfen, während sie schrie, dass sie nicht weggeworfen werden wollte, bis sie heiser war.

Als sie erneut aufwachte, war es spät am Sonntagmorgen, und sie nahm den köstlichen Duft von Kaffee wahr. Nico stand bereits angezogen in T-Shirt und Jeans da, an die Arbeitsfläche in der kleinen Küche gelehnt, und trank Kaffee.

Sie setzte sich auf. „Ich hoffe, ich habe dich letzte Nacht nicht wachgehalten."

Er sah sie lange an, dann stellte er seinen Kaffee ab und ging zu ihr, wobei er etwas aus seiner Tasche zog. Er setzte sich neben sie aufs Bett, nahm ihre Hand und legte den Gegenstand in ihre Hand, schloss aber ihre Finger gleich darüber.

„Ich behalte dich, Lily. Du bist es wert, behalten zu werden."

Ihr stockte der Atem, als ihr klar wurde, dass er ihr zugehört hatte, als sie mitten in der Nacht von ihren Albträumen erzählt hatte. Sie öffnete die Hand und fand darin einen zierlichen Ring mit einem Türkis.

„Der hat meiner Mutter gehört", sagte er.

Ihr Herz stolperte, als sie das überraschende Geschenk sah, das er ihr da gerade gab und das er seiner ersten Frau offensichtlich nicht gegeben hatte. Sie wusste, dass seine Mom gestorben war, als er noch ein Kind gewesen war. Der Wert, den dieser Ring für ihn und seine Familie haben musste, gab ihr das Gefühl, dass dies das wertvollste Geschenk der Welt sein musste.

„Nico", brachte sie angestrengt hervor. „Ich weiß nicht, was ich sagen soll."

„Du musst gar nichts sagen." Er versuchte, den Ring auf ihren Finger zu schieben, doch er war zu klein. Sie lachte, verschluckte sich dabei und schob ihn auf ihren kleinen Finger.

„Danke", sagte sie und starrte durch einen Schleier unvergossener Tränen auf den Ring.

„Ich nehme dich am Sonntag mit zum Familienessen", sagte er.

Ihre Kehle verengte sich. „Das fände ich sehr schön."

Er gab ihr einen Kuss und ging zurück in die Küche, wo er Kaffee in eine zweite Tasse goss. Sie zog ihr Top vom vorherigen Tag wieder an und ging zu ihm.

„Dieser Tag fühlt sich wie ein guter Tag an, um mein Leben als neue Lily zu beginnen", sagte sie.

Er reichte ihr den Kaffeebecher. „Ja? Und was heißt das?"

„Es heißt, dass ich es leid bin, mich schlecht zu fühlen, weil mein Vater nie gesagt hat, dass er mich liebt–" Nico verspannte sich, und sie legte ihre Hand auf seinen Arm. „Manche Menschen sind einfach nicht zu Liebe fähig. Ich bin es leid, meiner Mutter Geld zu schicken und zu hoffen, dass sie mich eines Tages liebt."

Er nahm ihre Tasse, stellte sie auf die Arbeitsfläche und zog sie an sich.

„Du hast das alles möglich gemacht", sagte sie. „Und das Ganze hat mit deiner Sexnachhilfe angefangen."

Er löste sich von ihr. „Meiner was?"

„Das war der Grund, weswegen ich dich anfangs wollte." Sie spürte, wie sie rot anlief. „Weil ich so unerfahren war. Ich dachte, es würde mir helfen, eine selbstbewusstere, erfahrene Lily zu werden."

Ein kleines Lächeln umspielte seine Lippen. „Du hast mich aber wirklich ganz schön dafür arbeiten lassen, wenn das dein Plan war."

„Ich weiß. Ich hatte nicht erwartet, dass ich so wahnsinnig

nervös sein würde, wenn ich einem italienischen Unterwäschemodel gegenüberstehe."

Er lachte schallend. „Okay, *das* Kompliment nehme
ich an."

Sie sah ihm in seine dunkelbraunen Augen. „Aber du hast
mir so viel mehr gezeigt. So viel Güte, so viel Zärtlichkeit."
Eine Träne rollte über ihre Wange und dann noch eine. „Und
jetzt dieser Ring."

„Das ist kein Antrag."

Sie nickte. „Ich weiß. Ich habe auch niemals gedacht–"

„Dafür ist es zu früh." Er wischte ihr mit den Daumen die
Tränen von den Wangen und nahm dann ihr Gesicht in seine
großen Hände. „Ich möchte nur, dass du weißt, dass ich dich
will." Seine Augen strahlten so viel Zärtlichkeit aus, dass sie
das Gefühl hatte, ihr Herz würde gleich zerbersten. „Ehe, ich
meine, wenn du dir eine mit mir vorstellen kannst ... dann
bin ich dabei."

„Ja", brachte sie mit brüchiger Stimme hervor.

Er nickte kurz, und dann trat er beiseite und zog sein T-
Shirt mit seiner typischen maskulinen beidhändigen Bewegung aus. Sie wischte ihre Tränen weg, um zuzusehen.

„Bist du bereit für dein italienisches Unterwäschemodel?",
fragte er, während er die Jeans auszog.

Sie stürzte sich auf ihn.

Lily spürte die Liebe in dem Moment, als sie das gemütliche
Haus von Nicos Eltern betrat, und verstand gleich, woher er
seine angeborene Wärme und seine Art, sie immer berühren
zu wollen, hatte.

Eine zierliche blonde Frau öffnete die Tür und sah überrascht aus, sie zu sehen.

„Ich habe sie mitgebracht", sagte Nico, als wüsste die Frau
bereits von ihr.

„Hallo, ich bin Allie, Nicos Stiefmom", sagte die Frau und
schloss Lily in eine feste Umarmung. „Es ist so schön, dich
kennenzulernen. Hätte ich nur gewusst, dass du kommst,

dann hätte ich etwas Besonderes gemacht." Sie warf Nico einen vielsagenden Blick zu und schob sie dann beide ins Haus.

Ein älterer Italiener stand auf und begrüßte sie im Wohnzimmer. Er hatte dasselbe dunkle Haar, die dunklen Augen und die braune Haut, wie Nico sie hatte. Er nahm ihre Hand in seine und hielt sie herzlich fest. „Es ist mir eine Freude, dich kennenzulernen. Ich bin Vinny, Nicos Dad. Ich fände es schön, wenn wir uns duzen könnten."

„Ich freue mich auch, dich kennenzulernen", sagte sie. „Ich bin Lily."

Ein weiterer umwerfend gutaussehender Mann stand vom Sofa auf. Er war groß, muskulös, hatte kurzes, aschblondes Haar, grüne Augen und ein Lächeln mit einem Grübchen auf seiner rechten Wange. Sie hatte das Gefühl, sie würde sich nie daran gewöhnen, wie gutaussehend Nicos Brüder waren. Nicht so umwerfend wie Nico, aber trotzdem … wow. Der Mann schüttelte ihr die Hand. „Ich bin Jared. Und du musst die Rothaarige sein, die ihm eine geknallt hat."

Ihre Wangen brannten. Sie hatte nicht gewusst, dass Nico seiner ganzen Familie davon erzählt hatte.

„Eine davon", sagte Nico und rieb sich seine stoppelige Wange. „Zwei Ohrfeigen von zwei Rothaarigen an einem Tag."

„Es hat eine Verwechslung gegeben …", beeilte Lily sich zu erklären. Sie wollte nicht, dass seine Eltern glaubten, dass sie ihren Sohn öfter schlug.

Jared beugte sich vor und grinste. „Er hatte es verdient, nicht wahr?"

„Ja und nein", sagte sie.

Jared hob die Brauen. „Was hat er angestellt?"

Nicos Eltern sahen sie interessiert an. Sie würde auf keinen Fall – ah! Nico beugte sie über seinen Arm, gab ihr einen kurzen Kuss und zog sie wieder hoch.

Sie glättete ihr Haar. „Das …"

Jared schlug Nico auf den Arm. „Geschmeidig."

Nico zog sie an sich und küsste ihr Haar. Seine Stiefmutter strahlte sie an.

Nicos älterer Stiefbruder, Gabe, traf mit seiner Frau, Zoe, und ihrem anbetungswürdigen Baby Miles ein, auf das sich gleich alle stürzten. Lily war froh, dass das Baby die Aufmerksamkeit auf sich zog, denn sie musste sich immer noch daran gewöhnen, dass Nico so ungezwungen seine Zuneigung zeigte, vor allem vor all den anderen Menschen.

Gabe war nicht so groß wie seine Brüder, Jared und Luke, doch er sah genauso gut aus, hatte hellbraunes Haar und dunkelblaue Augen. Seine Frau, Zoe, war ein warmherziges Energiebündel, ihre strahlend braunen Augen leuchteten, als sie jeden einzelnen begrüßte. schließlich war Lily an der Reihe, vorgestellt zu werden.

„Ich freue mich ja so, Nicos Freundin kennenzulernen!", rief Zoë. „Ich habe gehört, du bist die erste Frau, die er seit zehn Jahren mit nach Hause gebracht hat! Du musst was ganz Besonderes für ihn sein."

Lily war sprachlos. „D-danke", stammelte sie.

Nico legte seinen Arm um sie. „Das ist sie auch."

„Aww!", rief Zoe. „Lily, willst du Vinny und mir in der Küche helfen? Wir verraten dir auch das geheime Familienraviolirezept."

„Oh, geheime Familienrezepte", sagte Lily. „Ich muss den Jackpot gewonnen haben."

„Das hat sie tatsächlich", sagte Nico. „Sie ist der einzige Mensch, den ich kenne, der jemals im Roulette gewonnen hat. Zwölf Riesen."

„Im Ernst?", rief Zoe. „Das ist fantastisch! Und, PS, ich will alles über euren Roadtrip hören."

Lily gesellte sich zu ihnen in die Küche und war froh, wieder kochen zu können.

Mr Marino schüttelte den Kopf. „Lily, wenn ich dir das Rezept verrate, musst du versprechen, dass du zurückkommst und es mit mir kochst."

„Das verspreche ich", sagte sie.

„Und du darfst es niemandem weitergeben", sagte Zoe. „Das sind die Familienregeln."

Lily nickte. „Absolut."

Ein Mann mit zerzaustem, dunkelbraunem Haar und

Grübchenlächeln steckte seinen Kopf durch die Küchentür. „Hey, was höre ich da? Ihr gebt Familiengeheimnisse weiter?"

„Angel, wann bringst du endlich mal Julia mit?", fragte Mr Marino.

„Sie hat zu viel zu tun", sagte Angel und wandte sich dann Lily zu. „Du musst Lily sein." Er ging zu ihr und schüttelte ihr die Hand. „Luke hat uns von dir erzählt. Er meinte, dass du Nico ganz schön im Griff hast, und jetzt bist du hier, also muss er Recht haben."

Sie errötete. „Schön, dich kennenzulernen, Angel."

„Was meinst du?", fragte Nico, der wie aus dem Nichts auftauchte und Angel zusammenzucken ließ.

„Nico." Angel umarmte ihn mit einem Arm. „Schön, dich zu sehen. Wie fühlst du dich?"

Nico zerzauste ihm das Haar und schob seinen Kopf weg. „Gut."

„War irgendwas?", fragte Lily.

Angel tauschte einen Blick mit Mr Marino aus, und die Männer schwiegen.

„Warst du krank?", fragte Lily Nico.

„Nein. Nur erschöpft von der Fahrerei. Bei Vinces Junggesellenabschied habe ich mich nicht gut gefühlt. Aber jetzt geht's mir gut."

„Oh."

„Ich wette, Vince und Sophia genießen Mexiko in vollen Zügen", sagte Zoe. „Gabe und ich waren wegen Miles nie in den Flitterwochen."

„Das passiert eben, wenn man sich schwängern lässt, Z", bemerkte Luke, als er in die Küche kam.

Zoe lachte, und Luke kam herein, um sie zu umarmen. Luke wandte sich an Lily. „Hat er dich mit zum Familienessen gebracht, wie? Dann ist es das wohl."

„Was?", fragte Lily.

Luke hauchte Nico einen Luftkuss zu. „Liebe."

„Halt die Klappe", sagte Nico, doch er klang glücklich. „Warum rasierst du dir eigentlich nicht deinen Bart, du verdammter Hipster."

Luke kratzte sich am Bart. „Ich versuche es mit dem Boss-

Look. Ich hoffe, das bin ich auch bald." Er drehte sich zu Lily um. „Ist es bei dir auch Liebe?"

Lily sah Nico an, der ihr einen liebevollen Blick zuwarf, dann sah sie sich im Raum zu all den erwartungsvollen Gesichtern um. Sie strahlte. „Das ist es. Er hat mir diesen Ring gegeben." Sie streckte ihre Hand mit dem türkisfarbenen Ring seiner Mutter aus.

„Nico", sagte sein Dad leise.

Nico nickte ihm kurz zu. Alle im Raum tauschten Blicke aus. Zoe nahm ihre Hand. „Komm, lass uns die Nudelmaschine anwerfen!"

Das Abendessen war ein glückliches Chaos. Weit entfernt von den förmlichen Abendessen, die sie mit ihrem Vater kannte, bei denen beide an entgegengesetzten Enden des langen Kirschholztisches saßen, weil ihr Vater darauf bestand. Das einzige Geräusch da war das Klappern des Bestecks. Nicos Familie drängte sich um den Eichenholztisch, und ein Hochstuhl für Miles stand ein Stück weit vom Tisch entfernt.

Seine Stiefmutter fragte jeden reihum, was es Neues gab, und erzählte dann, was in ihrem Leben los war. Zoe war Jazzsängerin und stand kurz davor, ihr erstes Soloalbum rauszubringen. Luke sollte bei seiner Arbeit bald befördert werden. Angel war Sozialarbeiter in Schulen und hatte vor, im Sommer in einem Ferienlager für Kinder mit besonderem Förderbedarf zu arbeiten. Lily war zufrieden damit, sich zurückzulehnen und zuzuhören, bis Mrs Marino bei ihr ankam.

„Erzähl uns von deinem neuen Job, Lily", sagte Mrs Marino. „Wie ich höre, bist du Anwältin wie unser Gabe."

„Praktiziere niemals in einer Kleinstadt", sagte Gabe. „Das habe ich früher in Clover Park gemacht. Es wurde immer lächerlicher. Am Ende musste ich einen Nachbarschaftsstreit schlichten wegen eines Mannes, der seine Post in Unterhose aus dem Briefkasten holt."

Alle lachten.

„Ich arbeite bei der Earth Defense Group in der Stadt", sagte sie. „Ich fange am vierten Juli an. Aber meine Zulassungsprüfung ist Ende Juli. Nico hat mir beim Lernen geholfen." Sie grinste ihn an. „Auf unserer Fahrt. Wenn auch nicht ganz freiwillig …"

Nico stöhnte. „Sie hatte diese grässlichen Audiolektionen–"

„Und er hat sich geweigert, mich mit den Karteikarten abzufragen", beschwerte sie sich.

Nico ließ den Finger neben seiner Schläfe kreisen. „*Achthundert* Karteikarten. Aber ich bin mit ihr Fallschirm gesprungen."

„Er hat sich übergeben", sagte sie. Seine Brüder lachten schallend.

„Und sie ist ohnmächtig geworden", bemerkte Nico über das Gelächter.

„Ihr klingt ja wie das perfekte Paar", sagte Mrs Marino und alle sahen sie mit einem warmen Lächeln im Gesicht an. Nico nahm ihre Hand und drückte sie.

Lily hatte sich noch nie so geliebt gefühlt.

20

Die Werkstatt boomte. Anfangs wusste Nico nicht, wie er sich das erklären sollte. Täglich riefen neue Kunden an oder kamen vorbei und sagten, dass George Spencer sie geschickt hatte. Die Auktion für Lilys Mustang in zwei Wochen versprach Rekordbesucherzahlen. Das lag natürlich zum Teil am Wagen. Innerhalb weniger Tage hatte er die Bremsen repariert und ihn zum Laufen gebracht. Er war in erstaunlich gutem Zustand, weil er in der trockenen kalifornischen Luft gestanden hatte. Er hatte die Presse angerufen, und die Geschichte schlug Wellen in der Autowelt. Das Gerücht über die unberührte Schönheit hatte sich rasch verbreitet, sie war ja geradezu ein Museumsrelikt. Dennoch musste er sich fragen, ob auch Lilys Dad nachhalf. Die Aufmerksamkeit für den Wagen, seine Werkstatt und die Auktion war größer als alles, was er in den sechzehn Jahren, in denen er die Autowelt gelebt und geatmet hatte, gesehen hatte. Es war, so vermutete er, Georges seltsame Art, Lily zu helfen, indem er ihm half. Genau wie er Nico verletzt hatte, um Lily zu verletzen. Dieser verdrehte alte Hund.

Nico hatte Lily nie etwas für den Wagen bezahlt, darum hatte er vor, ihr den gesamten Erlös zu geben. Er wollte ihr Geld nicht. Was machte es schon, dass er noch ein bisschen mehr arbeiten musste, bis er der alleinige Eigentümer der

Werkstatt wurde? Er verdiente es nicht, erfolgreich zu sein, nur weil er annahm, was sie ihm gab. Er musste es sich selbst verdienen. Das hatte er schon immer gewusst.

Lily war nicht ganz dieselbe gewesen, seitdem sie den Kontakt zu ihrem Dad abgebrochen hatte, und es schmerzte ihn, sie leiden zu sehen. In der Nacht wälzte sie sich ruhelos umher, hatte immer noch diesen Albtraum, bei dem sie jede Nacht schrie, dass er sie nicht wegwerfen solle. Er musste sie aufwecken und sie beruhigen, damit sie wieder ruhig einschlief. Sie lernte für die Zulassungsprüfung, während er bei der Arbeit war, und wenn er nach Hause kam, war sie zwar glücklich, ihn zu sehen, doch er spürte, dass sie immer noch damit beschäftigt war, wie es mit ihrem Dad den Bach runtergegangen war. Es war nichts, dass sie sagte. Es war einfach nur ihre knochentiefe Erschöpfung. Ein Lächeln, das nicht ganz ihre Augen erreichte. Es war kaum merklich, doch er hatte eine Woche mit ihr im Auto auf der Straße verbracht und jede Bewegung wahrgenommen, jeden Tonfall, jedes Seufzen, und er wusste, dass sie nicht glücklich war.

Als die Auktion endlich kam und ihr Vater selbst im Publikum saß, nutzte Nico die Gelegenheit, ihn zur Rede zu stellen, bevor das Bieten begann. Lily war zu Hause geblieben, da sie ihren Dad nicht sehen wollte.

„Hallo, George", sagt Nico zu dem Mann, der im hinteren Bereich des großen Auktionssaals eines Luxushotels stand. An einem Ende des Saals war eine Bühne aufgebaut, auf der der Mustang präsentiert wurde. An diesem Tag würden auch noch einige andere Oldtimer versteigert werden, doch der Mustang war der Star der Show und war schon vorher ausgestellt worden, um die Bieter bereits vor der Versteigerung zu begeistern.

George sah ihn von oben herab an. „Sieht so aus, als würde Lily einen schönen Gewinn bei der Auktion erzielen. Ich werde selbst mitbieten."

Nico unterdrückte den Impuls, den Mann anzuschreien, der überhaupt keine Ahnung hatte, wie sehr er seiner eigenen Tochter wehtat. „Ich weiß die rege Teilnahme hier und alle

meine neuen Kunden zu schätzen. Ich weiß, dass Sie etwas
damit zu tun haben."

George schürzte die Lippen. „Das haben Sie sich
verdient."

„Danke. Aber wissen Sie, ich bin immer noch enttäuscht."

Georges Brauen schossen in die Höhe. „Wie können Sie
denn bei all dem enttäuscht sein?" Er gestikulierte auf die
mehrere hundert Leute im Saal und die lange Schlange, die
darauf wartete, sich den Wagen ansehen zu können.

„Sie helfen mir, um Lily zu helfen. Das denke ich zumindest, doch sie will eigentlich nur wissen, dass Sie sie lieben.
Sie wissen, dass ihre Mom ein Witz ist. Und ihre Stiefmutter
will nichts mit ihr zu tun haben." Er blickte George in die
Augen. „Seien Sie ein Mann. Sagen Sie Ihrer Tochter, dass Sie
sie lieben."

George wich einen Schritt zurück. „Wie können Sie es
wagen, so mit mir zu reden! Für wen zum Teufel halten Sie
sich?"

„Ich bin der Mann, der ihre Tochter heiraten wird."

George starrte ihn lange an, wahrscheinlich um abzuschät-
zen, ob er es mit ihm aufnehmen konnte. „Sind Sie bereit,
einen Ehevertrag zu unterschreiben?"

Nico schüttelte mehr als frustriert den Kopf. „Es geht
nicht immer nur ums Geld. Ich werde tun, was Lily will. Mich
interessiert nichts mehr als ihr Glück. Und wenn das bedeutet, dass ich mich mit *Ihnen* auseinandersetzen muss, dann ist
es das, was ich tun werde." Er stieß George einen Finger in
die Brust. *„Seien Sie ein Mann."*

George schnaubte. „Ich bin vielmehr Mann, als Sie es
jemals sein werden."

Nico sah ihn herausfordernd an. „Ach ja? Beweisen
Sie es."

Dann schüttelte Nico den Kopf und ging steif davon.

~

Nach einem sehr langen Tag verließ Nico das Hotel und ging
hinaus auf den Parkplatz. Lilys Wagen war sogar für noch

mehr Geld versteigert worden, als er angenommen hatte. Siebenhundert Riesen per Telefongebot in letzter Minute. Selbst der alte George Spencer war überboten worden. Ha!

Jemand stand neben seinem Porsche. So ein Country Club-Typ. Als er näherkam, sah er, dass sein Vorderreifen aufgeschlitzt worden war. Verdammt. Das waren teure Reifen. Wenn es um seinen Wagen ging, scheute er keine Kosten. Es war ein 1971er Porsche 911E. Sein Baby. Sein erster Oldtimer, den er sich von seinem eigenen, hart verdienten Geld gekauft hatte. Er ging schneller und erkannte Trevor, den Typen, der Lily hatte heiraten wollen.

„Das soll wohl ein verdammter Scherz sein!", schrie Nico. „Diesen Reifen wirst du mir ersetzen." Er ging einmal schnell um den Wagen, um sich die anderen Reifen anzusehen, achtete aber dabei darauf, Trevor den Rücken nicht zuzukehren. Es war nur der eine Reifen.

Trevor wankte auf ihn zu. Er stank nach Alkohol. Na großartig. Dann sah er etwas aufblitzen. Trevor hielt ein Messer in der Hand.

Nico wich einen Schritt zurück. „Okay, wir sind quitt. Ich habe dich geschlagen. Du hast meinen Reifen aufgeschlitzt. Steck das Messer weg."

Trevor schwang das Messer hoch in die Luft, und Nico verspürte einen Moment Panik, denn Trevor sah weggetreten genug aus, um es auch zu benutzen. Nico wusste, dass er es ohne das Messer mit ihm aufnehmen konnte, doch mit dem Messer war es eine ganz andere Geschichte. Der Mann war fast so groß wie er.

Nico wich vorsichtig einen Schritt zurück. „Ich verstehe, dass du Lily heiraten willst."

Trevor schnaubte und senkte das Messer, hielt es aber nach wie vor auf Nico gerichtet. „Ihr Vater hat versprochen, dass er mich bei der Gouverneurswahl unterstützen würde, wenn ich das kleine Miststück heirate." Speichel hing in seinen Mundwinkeln. „Und du verdammter Prolet hast alles ruiniert!"

„Dann finde eben eine andere Erbin, die du heiraten kannst", sagte Nico.

„In Connecticut gibt es sonst keine, die so viel Geld hat. Wir sind eine aussterbende Rasse!" Trevor schwang das Messer nach Nicos Arm, doch er wich aus.

„Und wie hast du dir das jetzt gedacht?", sagte Nico. „Du wirst mich am helllichten Tag auf einem Hotelparkplatz niederstechen? Glaubst du allen Ernstes, dass mich niemand hier finden würde?"

Trevor schwang unsicher das Messer. „Lily hat mir heute Abend ein für alle Mal nein gesagt."

Nico wich nicht weiter zurück, sondern einen Schritt nach vorn.

„Sie sagt, dass sie dich liebt", sagte Trevor und hob schwankend das Messer. „Darum fordere ich dich auf, dich zu verziehen, bevor es wirklich hässlich wird."

„Das ist es schon. Nur zu." Er hob seine Hände. „Ich habe einen rechten Haken gelandet. Los, gib alles."

Trevor stieß mit dem Messer zu, verlor jedoch die Balance, während er es gerade so schaffte, Nicos Arm anzukratzen. Nico rammte seinen Ellbogen gegen Trevors Nase, packte das Handgelenk, mit dem er das Messer hielt, und drehte es, bis Trevor das Messer fallen ließ und er es wegkicken konnte. Dann packte er Trevor am Kragen seines Designerpoloshirts und schüttelte ihn. „Hast du Lily heute Abend gesehen? Hast du sie bedroht?"

„Nein. Sie hat mir am Telefon gesagt, dass sie mich nicht will."

Seine Wut ließ etwas nach. „Es wäre besser, wenn du dich nicht wieder blicken lässt. Und wenn du dich Lily auch nur näherst, wirst du dich in der Hölle wiederfinden. Und ich werde derjenige sein, der dich dahin bringt. Ich habe fünf Brüder in meiner Größe, die mir dabei helfen werden. Wie gefallen dir diese Aussichten?"

„Sie wird mit dir niemals glücklich sein", spie Trevor. „Sie hat einen Lifestyle."

Nico schüttelte ihn erneut. „Ich werde es noch einmal wirklich einfach formulieren, damit es in diesem kleinen Hamsterhirn ankommt. Verschwinde von hier, sonst verpasse ich dir einen Tritt in den Hintern." Er warf ihn zu Boden.

Trevor starrte wütend zu ihm auf, machte jedoch keine Anstalten aufzustehen.

Nur, um Trevor zu zeigen, dass er ihn nicht für eine Bedrohung hielt, machte Nico sich daran, den Ersatzreifen aus dem Kofferraum zu holen. Trevor lag immer noch am Boden und hielt sein Handgelenk.

Nico wuchtete den Ersatzreifen aus dem Kofferraum, dann blieb er neben dem aufgeschlitzten Reifen stehen, stellte den Ersatzreifen ab und stürmte noch einmal bedrohlich auf Trevor zu. „Verschwinde!", schrie er, und diesmal rappelte Trevor sich auf und rannte mit eingezogenem Schwanz davon.

Lily hatte Trevor eine Abfuhr erteilt. Zum letzten Mal. Sie war sehr konsequent gewesen und hatte ihm gesagt, dass ihre Antwort endgültig sei. Das Ganze hatte am Telefon stattgefunden, während Nico bei der Auktion gewesen war. Sie hatte endlich Trevors Anruf angenommen, nachdem er zwanzig immer armseligere Nachrichten hinterlassen hatte. Sie hatte ihn nie geliebt.

Als Nico ihr von der Auktion erzählt hatte und dass ihr Dad an der Versteigerung teilnehmen würde, hatte sie gleich gewusst, dass sie auf den Wagen bieten würde. Dieses Auto gehörte Nico. Darum hatte sie ihn für siebenhunderttausend Dollar gekauft. Sie hatte am Telefon an der Auktion teilgenommen und ihren eigenen Vater überboten.

Und dann war Nico nach Hause gekommen, hatte ihr über den hohen Zuschlagspreis berichtet und sie informiert, dass sie den Scheck über die Gesamtsumme in zwei Tagen bekommen würde. „Das Geld gehört dir", hatte er gesagt.

Er hatte ein solch großzügiges Naturell. Sie spürte die Wärme und Zuneigung für ihn, bis er sein langärmeliges *Exotic and Classic Restorations* Hemd auszog, um schlafen zu gehen, und sie einen langen, dünnen Kratzer getrockneten Bluts auf seinem wunderschönen Bizeps sah.

„Wie ist das denn passiert?", fragte sie ihn erschrocken.

Als sie näher hinsah, entdeckte sie einen tieferen Stich an einem Ende. Und dann fiel ihr auf, dass er nicht das Polo trug, das er am Morgen angehabt hatte. Es war zwar ein Shirt mit demselben Logo, aber es hatte lange Ärmel.

Er sah seinen Arm an. „Das ist nichts. Ich brauche nicht einmal ein Pflaster."

„Und ob du ein Pflaster brauchst und ein Desinfektionsmittel." Sie packte seinen Arm und starrte den Schnitt an, der oberhalb seines Ellbogens anfing. Wie hatte er denn das nicht erwähnen können? Sie hatten ganz normal zu Abend gegessen und sich mehrere Stunden unterhalten und ferngesehen. „Warum hast du das versteckt?"

„Ich habe es nicht versteckt."

„Aber du hast das Hemd gewechselt, bevor du nach Hause gekommen bist."

Er hob und senkte eine Schulter. „Auf meinem Polo war ein bisschen Blut, darum habe ich es gewechselt. Ich hatte noch ein Ersatzhemd im Wagen."

Sie fragte sich, wie viel Blut nötig war, damit er es für erwähnenswert hielt. „Hast du was zum Desinfizieren da?"

Er verdrehte die Augen. „Ja, im Medizinschrank."

„Dann komm." Sie bedeutete ihm, ihr ins Bad zu folgen. „Ist das bei der Arbeit am Wagen passiert?"

„Nein." Er holte das Desinfektionsmittel und ein Erste-Hilfe-Kit aus dem Medizinschrank und sie nahm sie. Als erstes reinigte sie sorgfältig die Wunde mit einem nassen Waschlappen. Dann trocknete sie sie und benutzte das Desinfektionsmittel. Er zuckte nicht einmal.

Stattdessen beobachtete er sie. „Was für eine hübsche Krankenschwester."

„Wie ist das passiert?" Sie holte eine Kompresse heraus, um damit den tiefsten Teil des Schnittes zu versorgen.

„Ich schätze, ich sollte es dir sagen. Nur für den Fall, dass er noch was anderes versucht."

„Wer? Was?"

„Dein Freund Trevor hat mich auf dem Parkplatz mit einem Messer bedroht. Und er hat meinen Reifen aufgeschlitzt."

Ihr blieb der Mund offen stehen, und ihre Hände begannen, unkontrolliert zu zittern. Nico war mit einem Messer bedroht worden? Was, wenn es schlimmer ausgegangen wäre? Was, wenn er … getötet worden wäre?

„Hey, setz dich." Er führte sie zu dem geschlossenen Toilettendeckel. „Werd mir jetzt bitte nicht ohnmächtig."

Er nahm ihr den Heftstreifen ab, den sie in der Hand hielt, und drückte ihn auf die Kompresse. „Es war nichts. Er war betrunken. Dein Dad hat ihm versprochen, ihm dabei zu helfen, Gouverneur zu werden, wenn er dich heiratet, und er war angepisst, dass du ihm eine Abfuhr erteilt hast."

„Ich werde ihn umbringen", zischte Lily grimmig. „Und dann werde ich meinen Dad umbringen. Ich wusste, dass er Trevor irgendwas versprochen haben musste. Es ergab einfach keinen Sinn, wie unbedingt er mich heiraten wollte." Sie runzelte die Stirn. „Er hat mich ein einziges Mal geküsst und sich danach den Mund abgewischt, als hätte es ihn angewidert."

Er zog sie hoch und gab ihr einen Kuss auf die Lippen. „Sein Verlust."

„Aber warum hat er das getan? Wie hat er dich überhaupt gefunden?"

„Muss wohl in einem der Artikel über die Auktion über mich gelesen haben. Ich bin froh, dass er es getan hat. Denn, wenn er dich bedroht hätte, hätte ich ihn töten müssen, und ich glaube, Gefängniskleidung steht mir gar nicht", schmunzelte er.

Sie schlug ihm auf die Brust. „Wie kannst du denn über sowas Scherze machen?"

„Schon okay. Ich habe ihn in die Flucht geschlagen und er hat sich mit eingezogenem Schwanz davongemacht."

Sie senkte ihren Kopf an seine warme Brust, und er legte seine Arme um sie. „Ich weiß nicht, was ich getan hätte, wenn dir was passieren wäre."

Er küsste ihre Haare. „Mir wird nichts passiert. Das verspreche ich. Du hast mich an der Backe." Er drehte sie um und versetzte ihr einen Klaps auf den Po. „Und jetzt zieh dich aus. Das ist das einzige, was mich nach dieser schrecklichen Erfahrung besser fühlen lässt."

Sein neckender Tonfall beruhigte sie gleich. Sie verließ das Bad und zog sich auf dem Weg aus, dicht gefolgt von Nico. Sie ging zum Schlafsofa und quietschte, als er sie von hinten packte. Er strich seine Nase über ihren Hals und flüsterte in ihr Ohr: „Ich liebe dich, Lil."

Sie schmolz dahin, und all die Anspannung verließ ihren Körper. „Ich liebe dich auch." Mit seinen süßen Worten erreichte er sie jedes Mal.

Und darum war sie am nächsten Tag auch hin und weg, als Nico ein Hemd, eine Stoffhose und italienische Lederschuhe anzog und sagte, dass er mit ihr an einen schönen Ort zum Mittagessen gehen würde. Sie war seit zwei Wochen nicht zu Hause gewesen, darum hatte sie nur die Sachen, die sie auf die Reise mitgenommen hatte. Natürlich hätte sie zu Hause vorbeifahren können, während ihr Dad arbeiten war, doch sie brauchte einen sauberen Schlussstrich für ihren Neuanfang. Sie zog das eine Kleid an, das sie hatte, das violette Wickelkleid, das viel Dekolleté zeigte, schminkte sich, ging zur Tür hinaus und hatte keine Ahnung, was sie erwartete.

Als sie an dem Haus im Tudorstil vorfuhren, in dem sie aufgewachsen war, drehte sie sich zu Nico um und war zu gleichen Teilen überrascht und verletzt. „Du hast mich reingelegt!"

„Ich habe dir gesagt, dass wir an einen schönen Ort fahren. Das hier ist schön. Komm. Es findet auf neutralem Boden statt. Im Pavillon."

Sie rührte sich nicht.

Nico strich ihr eine Haarsträhne hinters Ohr. „Du weißt, dass ich dir nie wehtun würde."

Ihre Kehle schnürte sich zu, und sie nickte.

„Ich weiß, dass du gerade nicht glücklich bist. Dein Dad hat angerufen und mich gebeten, dich zu ihm zu bringen, damit ihr euch unterhalten könnt. Wie auch immer es läuft, wenigstens habt ihr einander dann angehört. Dann kannst du dein Leben leben."

Ihr Kopf zuckte hoch. „Er hat dich angerufen? Wann?"

„Heute Morgen ganz früh. Da hast du noch geschlafen." Er schenkte ihr ein langsames, sexy Lächeln. „Dein Freund muss dich mit all seiner süßen Liebe wirklich erschöpft haben."

Sie schüttelte den Kopf, konnte aber ein kleines Lächeln nicht unterdrücken. „Aber warum sollte er dich anrufen? Was will er?"

„Es ist Vatertag. Vielleicht hat er darüber nachgedacht, was es bedeutet, Vater zu sein."

„Du hast gestern bei der Aktion mit ihm gesprochen, stimmt's?"

Er lächelte. „Ich habe ihm gesagt, er soll sich wie ein Mann benehmen, und das hat er getan."

Sie hustete vor Lachen. Sie konnte sich gut vorstellen, wie der große, männliche Nico ihrem eigenen großen und äußerst einschüchternden Dad sagte, er solle sich wie ein Mann verhalten.

Er grinste. „Komm."

Sie atmete einmal tief durch und stieg aus dem Wagen. Nico hielt ihre Hand, während sie in den Garten gingen. Ihr Dad saß im Pavillon, den Kopf gesenkt, die Hände im Schoß gefaltet. So hatte sie ihn noch nie gesehen. Er sah fast verletzlich aus.

Vor dem Pavillon blieb sie stehen. „Hi."

Ihr Dad stand auf und sah sie von oben herab an. Er trug sein „Freizeitoutfit" – ein Jackett über einem Hemd, eine maßgeschneiderte Hose und Loafers. „Lily", sagte er förmlich. „Nico, geben Sie uns einen Moment?"

Nico nickte und ging zur Terrasse hinter dem Haus.

„Setz dich bitte", sagte ihr Dad und deutete auf die Holzbank dort, wo er gesessen hatte.

Sie verschränkte die Arme. „Ich werde stehen."

Er setzte sich. „Wie du willst."

Sie stand da und starrte ihn an. Er sah älter aus mit hängenden Schultern und dunklen Ringen unter den Augen.

„Wie geht's dir?", fragte er.

„Gut."

Er nickte. „Das ist schön." Er presste die Lippen aufeinander. Der saure Zitronenblick war wieder da. Sie unterdrückte ein Seufzen. Am liebsten wäre sie gegangen. Sie war das alles so leid –

„Ich weigere mich zu akzeptieren, dass du mich verstößt", sagte er. „Ich bin dein Vater. Ich habe dich großgezogen –"

„Ha!" Lily war seine herablassenden Dekrete leid. „Ich hatte Nannys, die mich großgezogen haben! Plural! Doch Gott bewahre, dass auch nur eine lange genug bleiben durfte, damit ich eine Beziehung mit ihr hätte aufbauen können. Mona hat mich gehasst–"

„Sie hat dich nicht gehasst."

„Naja, aber sie hat mich ganz sicher nicht geliebt. Ich weiß, ich sehe aus wie meine Mutter. Ich kann mir gut vorstellen, wie furchtbar es sein muss, tagein, tagaus an sie erinnert zu werden. Natürlich wusste ich als Kind nichts von Taylor. Ich dachte nur, dass ich es einfach nicht wert war, geliebt zu werden."

Er sprang auf, eine spontane Bewegung, die sie überraschte. „Aber *ich* liebe dich."

Sie riss die Augen auf. Das hatte er noch nie gesagt. Nicht ein einziges Mal. Und wenn sie es gesagt hatte, hatte sie nie auch nur das Gefühl gehabt, dass er es erwiderte.

„Ich bin nur nicht gut mit … Gefühlen", sagte er. „Nicht so gut wie du, aber … es ist Vatertag. Und du bist meine einzige Tochter. Du bist die Zukunft der Spencers."

Sie seufzte genervt. „Warum wolltest du mich unbedingt mit Trevor zusammenbringen? Du hast ihm Geld für seine Gouverneurskampagne angeboten. Als wäre ich ein Preis, um den man verhandeln kann. Ich meine, was zum …? In welchem Jahrhundert lebst du eigentlich?"

Er runzelte die Stirn. „Eine Hand wäscht die andere. So funktioniert Politik nunmal."

„Ich bin aber nicht Politik! Ich bin deine Tochter!" Sie ging auf und ab und blieb schließlich stehen, um ihn mit einem harten Blick zu durchbohren. „Ich weiß, dass du immer einen Sohn gewollt hast, doch das gibt dir nicht das Recht, mich zu benutzen und irgendeinem Psychopathen vor die Füße zu werfen. Er hat Nico mit einem Messer bedroht!"

Überrascht hob er den Kopf. „Was? Trevor ist nicht gewalttätig. Wir kennen seine Familie schon sein ganzes Leben lang. Ich dachte, er könnte der Sohn sein, den ich nie gehabt habe, der mir dabei helfen würde, dass Spencer-Erbe am Leben zu halten."

Dieses verdammte *Spencer-Erbe* war wie eine Schlinge um ihren Hals. „Er hat Nico den Arm mit einem Messer aufgeschlitzt. Ich kann es dir zeigen, wenn du mir nicht glaubst. Er ist ein Psychopath – einer, der politische Ränke schmiedet, ist er wirklich der Mensch, von dem du willst, dass ich ihn heirate?"

Er runzelte die Stirn. „Das ist alles sehr beunruhigend. Ich werde der Sache nachgehen und dafür sorgen, dass er dich oder Nico nicht wieder belästigt."

Sie schüttelte den Kopf. „Vom Tag meiner Geburt an war ich für dich eine Enttäuschung. Du hast nicht den Erben bekommen, den du gewollt hast. Du bist reingelegt worden, und dann hattest du mich an der Backe."

Er starrte sie an und versuchte nicht einmal es zu leugnen. Warum sollte er auch? Es war alles übelkeitserregend wahr.

Sie wandte sich zum Gehen.

„Warte!", sagte er. „Du hast Recht. Ich habe nicht bekommen, was ich erwartet habe. Aber du musst zugeben, dass du auch schwierig warst. Nicht alle deiner Nannys sind gegangen, weil ich sie gefeuert habe. Einige von ihnen haben selbst gekündigt."

Ihr blieb der Mund offen stehen. Zugegeben, als Kind war sie ein bisschen wild gewesen, hatte unbedingt seine Aufmerksamkeit haben wollen, doch sie hatte nicht gewusst, dass sie *so* schrecklich gewesen war. Er redete weiter, darum drehte sie sich wieder um, um sich den Rest anzuhören.

„Ich wollte nicht, dass du es persönlich nimmst", sagte er. „Darum habe ich dir gesagt, dass sie nicht gut genug waren und deshalb gehen mussten." Er starrte zur Decke und schluckte. „Aber ich kann mir nicht vorstellen, wie leer mein Leben gewesen wäre, wenn du nicht gewesen wärst."

Er blinzelte und atmete scharf ein. „Ich vermute, so leer, wie diese letzten Wochen gewesen sind."

„Dad", sagte sie leise. „Du bist nicht verstoßen, okay?"

„Oh. Gut." Er sah sie unsicher an. „Sollten wir uns jetzt nicht umarmen oder sowas in der Art?" Er streckte seine Arme in einem seltsamen Winkel aus, und das Bild, das er bot, irgendwie ehrfürchtig in seinem Jackett und zur gleichen Zeit unbeholfen, ließ den schmerzhaften Schraubstock, der sich um ihr Herz herum gelegt hatte, dahinschmelzen.

Sie ging zu ihm und in seine Arme. „Ja, wir sollten uns umarmen."

Er strich mit seinem Daumen über ihren Rücken, ein ungelenker Versuch von Zärtlichkeit. „Hast du für die Zulassungsprüfung gelernt?"

Sie löste sich von ihm und lächelte. „Ich liebe dich auch, Dad."

„Ja, ja, gut, aber du hast meine Frage nicht beantwortet."

„Jaaa", sagte sie mit einem langen, leidenden Seufzen.

Er klopfte ihr ein paarmal auf die Schulter. „Bin stolz auf dich."

Sie lächelte, obwohl die Tränen in ihren Augen brannten, und als sie sich umdrehte, sah sie, dass Nico dastand und sie beobachtete. Sie winkte ihn herüber. Er ging in ihre Richtung, und sie verließ den Pavillon und rannte in seine Arme.

Er streichelte ihre Haare. „Es war okay, oder?"

Sie nickte. „Es war okay."

„Meinst du, er hätte vielleicht Lust, zum Vatertagsgrillen meiner Familie mitzukommen?"

Ihr Herz jauchzte vor Liebe bei seinem großzügigen Angebot, obwohl er wusste, dass ihr Dad nicht gerade die beste Gesellschaft war. „Was habe ich nur getan, um dich zu verdienen?", fragte sie.

Er schenkte ihr ein langsames, sexy Lächeln. „Du hast dich endlich ausgezogen." Verspielt schlug sie ihm auf die Brust. „Ich werde ihn fragen."

Ihr Dad war überrascht von der Einladung, nahm sie aber dankbar an. „Sollte ich mich umziehen?", fragte er.

„Das, was Sie da anhaben, ist gut", erwiderte Nico. „Abendessen ist um sechs."

„Ich danke Ihnen", sagte ihr Dad und hielt ihm seine Hand entgegen. „Für Ihren Anteil an der Sache."

Nico schüttelte den Kopf. „Das waren alles Sie. Gut gemacht, *Mann*."

Ihr Dad lief tatsächlich rot an. Er nickte steif und zog sich ins Haus zurück.

21

Später am Tag verkniff Lily sich ein Lachen, als Nico ein blaues T-Shirt anzog, auf dem in weißen Buchstaben stand *#1 Sohn.*

„Was ist das?", fragte sie.

Er stieß einen Finger in ihre Richtung. „Lach nicht."

Sie schnaubte. Er packte sie. „Ich habe dir doch gesagt, du sollst nicht lachen", sagte er mit gespielt bedrohlicher Stimme.

„Habe ich nicht, ich schwöre!"

„Meine Stiefmutter hat sie für uns alle gemacht. Ich *muss* es tragen."

„Bist du die Nummer 1?"

Er kniff die Augen zusammen. „Was denkst du denn?"

Sie nickte ehrfürchtig und verkniff sich ein Lächeln.

„Das gibt Rache, Lil. Ich hab doch gesagt, du sollst nicht lachen."

Sie schüttelte den Kopf. Und dann kreischte sie, als er sie kitzelte. Und sie kitzelte ihn zurück. Im nächsten Moment rangen sie miteinander und jeder versuchte, den anderen zu kitzeln, doch sie war ganz aus dem Häuschen. Innerhalb von Sekunden lag sie flach auf ihrem Rücken unter ihm. Er setzte sich rittlings auf sie und hielt ihre Handgelenke über ihrem Kopf. Ihr Lächeln versiegte, als sein Blick heiß wurde.

Langsam beugte er sich vor, und seufzend öffnete sie ihre Lippen, als sein Mund den ihren eroberte.

Sie waren wirklich spät dran für das Abendessen.

Was am Ende ganz gut war. Sie verpassten die peinliche Situation, als ihr Dad am Haus seiner Eltern auftauchte und alle kennenlernte. Als sie ankamen, drängte seine Stiefmutter sie einzutreten und sagte ihnen, dass sie Gabe und Zoe verpasst hatten, die bereits gegangen waren, um auch Zeit mit Zoes Dad zu verbringen. Vince und Sophia waren gerade auf dem Rückweg von ihren zweiwöchigen Flitterwochen in Mexiko. Mrs Marino erzählte Lily, dass es für sie ein wohl verdienter Urlaub gewesen war, nachdem sie den großen Anbau und die Renovierung der Bibliothek von Clover Park abgeschlossen hatten.

Sie folgten Mrs Marino ins Wohnzimmer, wo ihr Dad in Mr Marinos braunem Sessel saß.

„Den kann man auch in Liegeposition bringen", sagte Mr Marino und zog an der Armlehne. Ihr Dad flog zurück in eine liegende Position und richtete sich steif auf, den Kopf in eine unbequeme Position angehoben.

„Könnten Sie die Rückenlehne bitte wieder hochstellen?", fragte ihr Dad.

„Sicher. Strecken Sie nur Ihre Füße in Richtung Boden und beugen Sie sich vor." Das tat er, wenn auch etwas unbeholfen.

„Alles Gute zum Vatertag!", rief Lily.

Mr Marino drehte sich um und strahlte. „Hey, da sind sie ja! Wurde aber auch Zeit, dass ihr kommt, verrückte Kinder!"

Lilys Wangen brannten, als Nicos Brüder – Angel, Luke und Jared – ihnen einen vielsagenden Blick vom Sofa aus zuwarfen.

Und dann musste sie lachen, denn all seine Brüder hatten ein #1 Sohn T-Shirt an, und Mr Marino ein #1 Dad T-Shirt.

„Eure T-Shirts gefallen mir", sagte sie.

Alle starrten sie an, als wäre sie diejenige, die nicht mehr alle Tassen im Schrank hatte.

Sie wurde Ernst und nickte ehrfürchtig. „Sie gefallen mir wirklich."

Die Brüder drehten sich wieder der Vorspieltalkshow der

Red Sox im Fernsehen zu. Nico lachte leise und hauchte in ihr Ohr: „Das zahle ich dir heim."

Sie erschauerte.

Nico setzte sich auf den Boden, lehnte sich an das Sofa und zog sie zwischen seine Beine.

„Sind Sie ein Sox Fan?", fragte Mr Marino.

„Ich verfolge Baseball nicht wirklich", antwortete ihr Dad.

Lily unterdrückte ein Lachen. Ihr Dad mochte Golf, Tennis und Polo, in genau dieser Reihenfolge.

Mr Marino legte ihrem Dad eine Hand auf die Schulter. „Ab jetzt schon." Er drehte sich um. „Angel, sieh mal nach, ob ich noch eine extra Kappe in meinem Schrank habe."

Ihr Dad hob eine Hand. „Das ist nicht nötig."

„Sie wird Ihnen gefallen", sagte Mr Marino.

Ein paar Augenblicke später kam Angel mit einer abgenutzten Red Sox Baseballkappe zurück und reichte sie seinem Dad.

„Da ist sie ja. Danke." Mr Marino drückte sie Lilys Dad auf den Kopf. Sie war zu klein und saß unbeholfen auf seinem grauen Haar. Er deutete auf die Kappe. „Sie können die weiter machen."

Ihr Dad nahm die Kappe ab, stellte sie weiter und setzte sie langsam wieder auf.

Mr Marino grinste. „Lassen Sie uns ein Spiel im Fenway-Stadion ansehen. Wir machen einen Tagesausflug draus." Er drehte sich zu seinen Söhnen um. „Richtig, Jungs?"

„Ja", sagten sie in einem Chor tiefer Stimmen.

Ihr Dad sah wieder mal aus, als lutschte er an einer sauren Zitrone, und sie befürchtete schon, dass er etwas Unhöfliches sagen könnte, doch schließlich antwortete er: „Danke für die nette Einladung." Was sein höfliches Nein war.

„Gut, damit ist es abgemacht", sagte Mr Marino. „Bier?"

Nico schmiegte sich an ihren Hals. „Siehst du, wie gut wir uns alle verstehen?", flüsterte er in ihr Ohr. „Warte nur, bis wir nach dem Dessert unser traditionelles Marino-Reynolds Footballspiel spielen."

Sie kicherte und flüsterte über ihre Schulter: „Davon werde ich Fotos machen."

Zwei Tage später kam Nico nach Hause und fand den Mustang Boss 429e in seiner Einfahrt.

„Lily!", rief er und rannte die Treppen zu seinem Apartment hinauf.

In einem tief ausgeschnittenen T-Shirt und einem Minirock trat sie vor die Tür. Er war wirklich froh, dass sie sich mehr Kleider von zu Hause geholt hatte. Er liebte es, wenn sie viel Haut zeigte. „Gefällt dir dein Geschenk?", fragte sie.

Er klatschte sich mit der Hand vor die Stirn. Dann war er oben an der Treppe bei ihr, packte sie und umarmte sie. „Ich fasse es nicht."

Sie grinste. „Komm. Lass uns eine Fahrt damit machen."

Sie reichte ihm die Schlüssel. Er schüttelte den Kopf und folgte ihr die Treppe hinunter. „Du warst die mysteriöse Bieterin am Telefon?"

„Ja!"

Er öffnete die Fahrertür, und Lily tauchte an seiner Seite auf. „Vielleicht könnte ich ja fahren", sagte sie lächelnd.

Er versteifte sich. Es war ein Schaltgetriebe in einem Wagen, der siebenhunderttausend Dollar wert war. „Also …"

„Das war ein Scherz! Du hättest aber mal dein Gesicht sehen sollen."

Er packte sie und schob sie für einen heißen und innigen Kuss gegen den Wagen, dann hob er ihr Bein, damit er sich an ihr reiben konnte. Lange Augenblicke später löste er sich von ihr. Sie sah benommen aus, ihre Wangen waren gerötet, ihre Lippen geöffnet, irgendwo zwischen Überraschung und Lust.

„Du solltest *dein* Gesicht mal sehen", sagte er.

Sie schüttelte den Kopf, hatte ein amüsiertes Lächeln in ihrem süßen Gesicht und stieg auf der Beifahrerseite ein.

Er setzte sich auf den Fahrersitz und drehte sich zu ihr um. „Warum hast du das getan?"

„Dieser Wagen war für dich bestimmt." Sie hob einen Finger. „Und du musst mein Geschenk annehmen."

Er legte seine Hand an ihre Wange, denn ihm fehlten die Worte, und er küsste sie zärtlich. Nach dem Kuss von gerade eben wurde es schnell heiß, und er schob seine Hände unter ihr Top und weiter hinauf, um ihre Brüste zu streicheln.

„Lil", hauchte er in ihr Ohr. „Ich will doch nur dich."

„Ich fürchte, du bekommst aber eine Menge mehr", sagte sie und öffnete seinen Reißverschluss.

Er atmete scharf aus, denn einen Moment später hatte sie ihre Hand ganz um ihn gelegt. Sie benetzte ihre Lippen.

„Nicht hier", sagte er. „Dieser Wagen ist ein Vermögen wert."

Langsam beugte sie sich über ihn. Ihre vollen rosa Lippen näherten sich ihm. „Ich werde gut darauf aufpassen", schnurrte sie. „Und auf dich."

Dann nahm sie ihn ganz in ihren erotischen Mund auf. Er schloss die Augen, lehnte sich zurück und überließ ihr die Kontrolle. Es gab nichts, das so war wie ihr Mund auf ihm. Er wünschte, er könnte es länger aushalten, doch sie war eine fordernde Verführerin, die sich alles nahm und ihn völlig ausgetrocknet zurückließ. Eine peinlich kurze Zeit später explodierte er.

Sie schob ihn zurück in seine Hose, schloss den Reißverschluss und schenkte ihm ein sündiges Lächeln.

Er zog sie an sich und küsste sie. Er brachte kein Wort heraus, doch er hoffte, dass sie verstand, was er ausdrücken wollte.

Sie lehnte sich zurück und lächelte. „Okay, fahr los."

Er sah sie an, war einen Moment lang überwältigt von Liebe, die er für die Frau empfand, die sich an seiner Abwehr vorbeigeschlichen hatte und sein Herz geöffnet hatte. Er atmete einmal tief ein und langsam wieder aus.

„Das klang ja fast wie ein glückliches Seufzen", sagte sie.

„Das war es auch. Hast du überhaupt eine Ahnung, wie sehr ich dich liebe?"

Sie nickte glücklich. „So sehr, wie ich dich liebe."

„Also gut. Lass uns mal sehen, wie sich der Wagen auf der offenen Straße fährt."

Er legte den Gang ein und war entzückt, welche Kraft dieses Muscle Car hatte, während er es auf Touren brachte und losließ.

EPILOG

Zwei Wochen später ging Lily Hand in Hand mit Nico, um sich mit seiner Familie beim Feuerwerk der Gemeinde Clover Park zum 4. Juli zu treffen. Das war offensichtlich eine Familientradition. Sie betraten das Footballstadion der Clover Park Highschool, und Lily wurde gleich von der Aufregung überwältigt, als sie die Hamburger und Hotdogs roch, deren Duft vom Grill zu ihr herüber wehte, und Kinder mit Leuchthalsbändern und Leuchtwindrädern umher rannten.

„Willst du ein Eis, bevor wir reingehen?", fragte Nico. „Das von Shane's Scoops ist das Beste." Er beugte sich zu ihrem Ohr hinunter. „Und ich möchte wirklich sehen, wie du an diesem Hörnchen leckst."

Sie grinste. „Ich werde liebend gern dein Hörnchen lecken."

Er stöhnte und drückte ihre Hand. Sie warteten in der Schlange und holten sich zwei Hörnchen mit Schokoladeneis, die ihnen ein gut gelaunter Mann mit roten Haaren reichte.

„Hey, noch jemand mit roten Haaren", rief Lily und deutete auf seine Haare. „Jetzt weiß ich, dass das Eis gut sein muss."

„Hey, Shane", sagte Nico. „Das ist Lily."

„Schön, dich kennenzulernen", erwiderte Shane. „Willst du extra Streusel, nur für uns Rothaarige?"

„Absolut!“

Shane schüttelte Schokoladenstreusel aus einem Shaker auf ihre Eis und reichte es ihr.

„Daddy!“, kreischte ein kleines Mädchen, das ungefähr drei Jahre alt war und ebenfalls rote Haare hatte. „Hannah hat an meinem Eis geleckt!“

„Du weißt, was zu tun ist“, sagte Shane dem Mädchen, das darauf am Eis des zweiten kleinen Mädchens leckte.

Hannah, die aussah, als wäre sie etwa zwei Jahre alt, schwang die Faust, die ihre Mutter, die schwanger war und einen Wagen mit einem schlafenden Kleinkind schob, gerade noch festhalten konnte. Die Mom mit den langen braunen Haaren, die sie zu einem Zopf geflochten hatte, wedelte warnend mit ihrem Finger in Shanes Richtung. Er grinste.

Nico lachte. „Das erinnert mich an mich und meine Brüder. Apropos, komm mit.“

Sie gingen ins Stadion und fanden die beiden Reihen, in denen seine Familie saß. Eine Girlande, auf der Happy Birthday stand, war an beiden Enden der Tribünensitze befestigt.

„Wer hat denn heute Geburtstag?“, fragte Lily.

„Ich“, sagte Nico.

Sie starrte ihn an. „Du hast am 4. Juli Geburtstag? Warum wusste ich das nicht?“

„Weil wir zu sehr damit beschäftigt waren, miteinander zu schlafen, um über unwichtige Details zu reden.“ Er grinste. „Das Feuerwerk an meinem Geburtstag hat mir immer gefallen. Wir feiern immer hier.“

„Warum hast du es mir nicht gesagt? Jetzt habe ich kein Geschenk für dich! Das ist ja so peinlich.“

„Du kannst mir später was schenken“, sagte er mit einem verschmitzten Grinsen.

Sie schüttelte den Kopf. „Ich wünschte, ich hätte es gewusst.“

„Wir sind doch erst seit zwei Monaten zusammen“, sagte er. „Ich vergebe dir.“

Sie setzten sich ans Ende der Reihe neben Vince und Sophia, die zwischenzeitlich gebräunt und glücklich aus ihren

Flitterwochen in Mexiko zurückgekommen waren. Sie saß neben Sophia und plauderte mit ihr über Mexiko, wo Lily schon mal gewesen war, während sie an ihrem Eis leckte und Nico an seinem und sie beobachtete.

„Hey, Nico!", rief Vince von Sophias anderer Seite aus. „Ma hat Geburtstagskekse für dich gebacken."

Mrs Marino drehte sich in der Reihe vor ihnen um und bot ihnen eine Plastikbox voller halbmondförmiger Kekse mit Puderzucker an.

„Mmm, die sehen aber gut aus", sagte Vince. Seine Brüder und seine Schwägerinnen – Luke, Jared, Gabe, Zoe, Sophia und Angel – sahen alle mit einem Lächeln im Gesicht zu ihnen herüber. „Italienische Hochzeitskekse, passend zu jedem Anlass."

„Nimm dir welche", sagte Mrs Marino zu Lily.

„Ich habe das Eis", sagte Lily. „Vielleicht später."

Nico nahm einen, biss hinein und hielt ihn ihr vor den Mund. „Iss", sagte er.

Sie sah zu seiner Stiefmutter hinüber, die sie aufmunternd anlächelte, und nahm einen kleinen Bissen. Sie kaute und schluckte. „Oh, die sind sehr gut, Mrs Marino."

„Jetzt ist es offiziell", rief Vince und stahl ihr Eis.

„Hey!", protestierte sie.

Sophia lächelte sie an. „Dreh dich um."

Das tat sie. Nico war vor ihr auf ein Knie gegangen und hielt eine schwarze Samtschachtel in die Höhe, in der ein Ring mit einem Diamanten im Marquiseschliff steckte. Unerwartet brannten Tränen in ihren Augen, und sie blinzelte sie zurück. Sein Dad hielt sein Eis, und seine ganze Familie war aufgestanden und drängte sich hinter sie, um zuzusehen. Luke hielt sein Handy in ihre Richtung.

„Lily, ich liebe dich von ganzem Herzen. Willst du mich heiraten?", fragte Nico und machte ihr den süßesten Antrag, den sie je gehört hatte.

„Ja!", schluchzte sie, und Jubel brandete auf, als der gesamte Marino-Reynolds Clan ihnen gratulierte. Luke machte Fotos mit seinem Handy.

Und dann schob Nico ihr den Ring auf den Finger und

zog sie in seine Arme. Seine Familie klopfte ihnen auf die Schulter und den Rücken und gratulierte ihnen.

Sie gewann nicht nur einen Ehemann an diesem Tag, sondern auch eine große, liebevolle Familie – das stellte sie fest, als alle Brüder und die Schwägerinnen sie der Reihe nach in die Arme schlossen und in der Familie willkommen hießen. Tränen strömten über ihr Gesicht. Freudentränen, weil es so ungewohnt für sie war, wieviel Liebe ihr – die, was familiäre Zuneigung anging, so arm aufgewachsen war – entgegengebracht wurde.

Sie konnte ihr Glück kaum fassen. „Kneif mich bitte", sagte sie zu Nico.

„Kann ich dich stattdessen schwängern?", flüsterte er in ihr Ohr. „Drei oder viermal?"

Sie wurde rot und hoffte, dass niemand das gehört hatte. Dennoch nickte sie glücklich.

„Das habe ich gehört", bemerkte Vince augenzwinkernd. Er drehte sich um und rief: „Gabe! Ich glaube, wir müssen das Sonntagsessen in dein Haus verlegen. Nicht lange, und er wird sie schwängern, und dann passt die Familie bald nicht mehr in Moms und Dads Esszimmer."

Alle lachten. Gabe hob ihm den Daumen entgegen.

„Das erscheint mir passend", sagte Mrs Marino. „Clover Park ist der Ort, in dem diese Familie ihren Anfang genommen hat."

Mit Lilys Erlaubnis verkaufte Nico den Mustang für einen ansehnlichen Profit an einen Sammler aus Übersee und wurde Alleineigentümer der Werkstatt. Zusätzlich zu den Oldtimern führte er jetzt auch Elektroautos in seinem Showroom, um seinen Beitrag zum Umweltschutz zu leisten, und machte zusammen mit seinen Angestellten Kurse, um zu lernen, wie man sie reparierte. Lily, seine Frau — es gefiel ihm, wie sich das anhörte — tauchte in ihrem blauen Umstandskleid gerade rechtzeitig im Ausstellungsraum von *Exotic and Classic Restorations* auf. Freitags arbeitete sie von zu

Hause aus und kam zum Mittagessen immer zu ihm. Von Montag bis Donnerstag teilten sie sich ein Apartment in der Stadt, von wo aus er nach Eastman pendelte, und an den langen Wochenenden ein Haus in Clover Park, dort, wo er aufgewachsen war.

Es gefiel ihm, dass sie durch die Schwangerschaft sogar noch mehr Kurven bekam, vor allem diesen wunderschönen Babybauch. Sie hatte ihre Zulassungsprüfung natürlich bestanden – sie war eben eine brillante Frau, und setzte sich nun schon seit fast einem Jahr erfolgreich für die Umwelt ein.

Erneut lächelte er ihren riesigen Bauch an. In einem Monat war ihr Termin – er hatte sie bereits in den Flitterwochen geschwängert. Volltreffer! Danach wollte sie ein Jahr pausieren, um sich um ihre Tochter zu kümmern, und danach in Teilzeit weiterarbeiten. Sie hatten reichlich viel Familie in der Gegend, die ihnen mit dem Kind helfen konnte, und sie wollten auch, dass ihre Kinder so aufwuchsen – umgeben von seiner liebenden Familie.

Er kam ihr im Ausstellungsraum auf halbem Weg entgegen und schenkte ihr sein Killerlächeln – zum Teil Playboy, zum Teil Charmeur, zu einhundert Prozent hingebungsvoller Ehemann. „Hallo, Tiffany."

Ihre süßen, rosa Lippen verzogen sich zu einem kleinen Lächeln, und sie verpasste ihm einen spielerischen Klaps. Er nahm ihre Hand und zog sie zu ihrer üblichen Runde Freitagnachmittagssex in sein Büro. Dort hatte alles begonnen. Genau hier auf seinem Schreibtisch mit der falschen Rothaarigen, die sich am Ende als die einzig Wahre herausgestellt hatte.

Blättern Sie um, um *Clover Park Braut* zu lesen, die Bonusgeschichte über Nico und Lilys Hochzeit!

CLOVER PARK BRAUT: NICO UND LILYS HOCHZEIT

1

Nico Marino hatte einen Job – seine zukünftige Braut glücklich zu machen –, und er scheiterte kläglich. Woher er das wusste? Lilys stressbedingter Alptraum war wieder da.

„Wirf mich nicht weg!", schrie sie aus Leibeskräften, und ihre Stimme klang ganz heiser und verzweifelt. Es brach ihm das Herz. Sie wälzte sich im Bett neben ihm hin und her.

Er zog sie an sich und streichelte ihr den Rücken. „Schh."

„Nein! Wirf mich nicht weg!"

Er schob seine Finger in ihr seidiges rotes Haar und massierte ihren Nacken, dann sagte er nachdrücklich: „Ich behalte dich, Lil, für immer."

Abrupt und schwer atmend wachte sie auf und legte eine Hand an seine Wange. „Ich hatte wieder diesen Traum."

„Ich weiß." Der Grund für ihren Traum war, dass ihr Arschloch von einem Dad ihre Lieblingspuppe weggeworfen hatte, als sie noch klein war, weil er entschieden hatte, dass sie zu alt dafür war. In Lilys Alptraum wurde sie mit ihr zusammen weggeworfen. Sie war immer offen damit umgegangen, dass sie Angst davor hatte, verlassen zu werden, weil ihre Mom sie als Baby bei ihrem Dad abgegeben und sie ihre ganze Kindheit über keinen Kontakt mit ihr gesucht hatte. In ihrem Traum ging es um dasselbe – darum, weggeworfen zu werden, allein zu sein, im Stich gelassen. Ihre Mom war eine geldgeile, lieblose Frau. Ihr Dad war ein wohlhabender, mächtiger Mann, förmlich und steif, der nie hatte akzeptieren können, dass Lily solch eine quirlige, begeisterungsfähige Persönlichkeit war. Dass Lily sich entschieden hatte, ihren Verstand als Umweltrechtlerin bei der Earth Defense Group einzusetzen, während ihr Familienname in der Ölindustrie ganz groß war, machte die Sache nicht besser. Sie war das schwarze Schaf der Familie, was deshalb so schlimm war, weil sie ein Einzelkind war, doch dann hatte sie ihre Halbschwester kennengelernt, Missy. Das war jetzt vier Monate her, und sie hatten einander gleich ins Herz geschlossen. Das schwesterliche Band war erstaunlich eng, wenn man bedachte, dass sie Tausende von Meilen entfernt voneinander lebten.

Lily kuschelte sich an seine Brust und schmiegte ihr Ohr an die Stelle über seinem Herzen. Er streichelte ihre Haare und wusste, dass sein Herzschlag sie beruhigen würde. Er dagegen war nicht ruhig. Bis zu ihrer Hochzeit war es noch eine Woche. Er hatte alles in seiner Macht Stehende getan, um ihr die perfekte Hochzeit zu ermöglichen, und jetzt das.

Die Sache war, Lily kam aus einer reichen Familie. Sie war eine Erbin mit einem beträchtlichen Trustfund. Sie hätte ein leichtes, erfolgreiches Countryclub-Leben mit einem Countryclub-Typen an ihrer Seite haben können – ihr Dad hatte sogar einen für sie ausgesucht –, doch sie hatte sich für Nico entschieden, den Mann, der die Autos ihres Dads reparierte. Klar, die Werkstatt, *Exotic and Classic Restorations*, gehörte ihm allein, doch das änderte nichts an der Tatsache, dass er ein Mechaniker war, der sich die Hände schmutzig machte. Nicht mehr, nicht weniger. Und er weigerte sich, auch nur einen Cent ihres Geldes anzurühren, denn er wusste, wie sie im Laufe der Jahre verletzt worden war, als sie ihres Geldes wegen ausgenutzt worden war. Außerdem war er dazu erzogen worden, sich um sich selbst zu kümmern.

An ihrem Lebensstil war nichts extravagant. Sie wohnten in einem zugigen alten Haus in Clover Park, für das er bezahlte, sie gingen nicht oft zum Essen aus, sie wollten keine luxuriösen Flitterwochen, und ihre Hochzeit sollte eine traditionelle Zeremonie mit Empfang im Park werden. Lily war mit ihm ein Risiko eingegangen, hatte die eine Art Leben gegen eine andere eingetauscht, und er wollte nicht, dass sie es jemals bereuen würde. Wenn sie kalte Füße bekam, wenn sie sich entschied, dass sie diese Art Leben doch nicht wollte – seine Brust schnürte sich zu. Das durfte er nicht zulassen. Alles musste perfekt sein. Diese Hochzeit musste perfekt sein.

Er hob ihr Kinn, und seine Brust verkrampfte sich immer noch. „Warum hast du denn wieder diesen Alptraum?" Ein kleiner Teil in ihm hoffte, es wäre wegen ihres Dads und nicht wegen der Hochzeit. Als sie den Alptraum das letzte Mal gehabt hatte, war das gewesen, als ihr Dad sie verstoßen hatte. Nico hatte George gesagt, er solle sich wie ein Mann verhalten, den Scheiß sein lassen und seiner Tochter sagen, dass er sie liebte. Und das hatte er getan. Er hatte sie nie wirklich verstoßen. Problem gelöst.

„Ich weiß nicht", flüsterte Lily. „Alles läuft nach Plan. Ich meine, Missy und ich haben unendlich viele Sachen an diesem Wochenende geplant, wir haben zwar wahnsinnig viel zu tun, aber ich denke, das wird einfach nur eine schöne Zeit, in der wir uns als Schwestern näherkommen werden." Ihre Schwester war den ganzen Weg von Seattle hergekommen, um die zwei Wochen vor der Hochzeit ihr Gast zu sein.

„Macht dein Dad dir wieder Probleme?", fragte er mit einem vorsichtigen, neutralen Tonfall. Zumindest *dagegen* könnte er etwas tun.

„Nicht mehr als sonst auch. Obwohl er mich gestern unbedingt anrufen musste, um mir zu sagen, dass er seine Freunde nicht zur Hochzeit einladen würde, weil sie zu sehr einem Volksfest ähneln würde."

Nico biss die Zähne aufeinander. Am liebsten hätte er George den Hals umgedreht dafür, dass er Lily wegen der Feier auf die Nerven ging. Er hoffte, dass an dieser Alptraumsache nicht noch mehr dran war. Lily sagte ihm nicht immer gleich alles auf einmal, was ihr auf der Seele lastete. Manchmal tanzte sie eine Weile auf Zehenspitzen um das eigentliche Problem herum.

Lily streichelte seine Brust. „Ich glaube eigentlich nicht,

dass eine Hochzeit unter freiem Himmel ein Volksfest ist, was denkst du?"

„Nein."

„Ich meine, es gibt zwar Musik, aber das ist Zoes Band, und ich glaube, sie spielen hauptsächlich Swing und Jazz. Plus Karaoke."

Er zuckte zusammen. „Karaoke?"

„Habe ich vergessen, das zu erwähnen? Es war alles so ein Durcheinander. Ja, der Typ, der unseren Kuchen macht, hat mir erzählt, dass er eine eigene Karaokemaschine hat. Er leiht sie uns kostenlos aus. Das ist doch lustig, oder? Ich habe mir schon ein Lied ausgesucht. Frag mich nicht, was es ist. Es soll eine Überraschung sein."

„Okay."

Karaoke war so ziemlich das Letzte, was er tun wollte, das kam sogar noch nach einer Fahrt, bei der er seine eins achtundachtzig in einen hochnotpeinlichen Smart quetschen musste. Kein Autoliebhaber, der etwas auf sich hielt, würde das tun, aber das war hier nicht der Punkt. Wenn seine Braut singen wollte, dann würde seine Braut singen. Er verkniff sich, ihr zu sagen, dass sich ihre Singstimme wie ein Auto mit schlechten Bremsen anhörte – quietschig und gefährlich für unschuldige Anwesende. Lilys Glück war alles, was zählte. Solange sie nicht von ihm erwartete, dass er sich zu ihr ans Mikrofon gesellte. Das würde er nur tun, wenn es wirklich keinen Weg daran vorbei gab.

„Meinst du, er denkt an ein Volksfest, weil es Herbst ist?", fragte sie. „Ich meine die Main Street ist mit Heuballen, Vogelscheuchen und getrockneten Maisstängeln dekoriert, aber das hat ja nichts mit der Hochzeit zu tun. Naja, Baldwin Park ist schon an der Main Street, aber ich glaube, unsere Hochzeit wird eher die Atmosphäre einer Fiesta haben." Sie hielt inne. „Was denkst du?"

Er sprach durch seine Zähne. „Ich denke, dein Vater sollte seine große Klappe halten und glücklich sein, dass wir ihn überhaupt eingeladen haben."

Sie zog ihn an sich. „Du kannst so gut mit süßen Worten umgehen, Honey. Ich liebe dich."

„Ich liebe dich auch." Immer noch verkrampft fragte er: „Ist das nur diese Volksfestsache, oder bedrückt dich noch was anderes?"

„Was meinst du?"

„Ich meine, es muss einen Grund geben, warum du diesen Alptraum hast. Das letzte Mal war es was Ernstes."

Sie seufzte. „Es ist mein Unterbewusstsein, weißt du? Vielleicht nur, weil ich so viel mit der Hochzeitsplanung zu tun hatte."

Dadurch fühlte er sich nicht gerade besser. Ihm wäre lieber gewesen, dass das Problem nichts damit zu tun gehabt hätte, dass sie ihn heiratete. „Bist du glücklich über die Hochzeit?"

„Oh, das werde ich sein. Es wird umwerfend schön. Ich liebe Hochzeitspartys. Deswegen schleiche ich mich ja auch so gerne auf Feiern."

Zehenspitzen, Zehenspitzen. Sie hatte ein Talent dafür, ein Problem mit Worten zu umtanzen.

Er kam auf den Punkt. „Hast du kalte Füße?"

„Du?"

„Nein."

„Warum sollte ich kalte Füße haben?"

Das war nicht wirklich eine Antwort. Er würde ihr ganz sicherlich nicht die Antwort geben, dass sie vielleicht kalte Füße hatte, weil es nicht das Leben war, das sie sich wirklich wünschte.

Konzentration. Lös das Problem. Er würde morgen mit ihrem Dad reden. Bei dem Gedanken verspannte er sich nur noch mehr. George Spencer war sein bester Kunde. Wenn Nico ihn und seine vielen wohlhabenden Verbindungen verlieren würde, dann würde *Exotic and Classic Restorations* – das er sein ganzes Erwachsenenleben aufgebaut und in das er all sein Blut, seinen Schweiß und sein Geld investiert hatte – den Bach runter gehen. Die Jungs in der Werkstatt waren alle schon seit Jahren bei Nico. Mist. Er wollte wirklich nicht, dass sie ihren Job verloren, wenn diese Sache mit George schlecht ausging.

Selbst wenn Nico alles verlöre, würde er lieber in einer

anderen Werkstatt arbeiten, als einen Cent von Lilys Geld anzunehmen. Bei dem Gedanken wurde ihm alles klar – es war sein Job, Lily zu beschützen, *koste es, was es wolle.* Das würde für ihr Glück garantieren.

Er seufzte. Er würde George sagen, dass er diesen Volksfestmist sein lassen soll, und wenn das das Alptraumproblem nicht beseitigte, dann würde er mit Sicherheit wissen, dass es etwas Ernsteres war. Er schluckte.

Lily beugte sich vor. „Da wir beide schon mal wach sind ...“ Sie strich mit ihrer Zunge über seine Lippen, und er wurde steinhart. Lilys Mund war sein Lieblingssexspielzeug – rosa und voll, dazu der süße Amorbogen ihrer Oberlippe – und er beschleunigte von null auf hundert bei nur einem Saugen.

Doch heute Nacht ging es darum, ihre gereizten Nerven zu beruhigen, sie mit jeder Berührung wissen zu lassen, dass sie geliebt wurde. Er rollte sich auf sie und küsste ihren Hals. Sie strich mit ihren Händen über seinen nackten Rücken und stieß ein leises Seufzen aus. Er schlief immer nur in seinen Boxershorts.

„Lass aber nicht zu, dass ich zu laut werde“, flüsterte sie. „Ich möchte Missy nicht aufwecken.“

Ihre Schwester schlief am Ende des Flurs. Nico war sich sicher, dass Lilys Alptraumschrei ihre Schwester bereits geweckt hatte, doch daran wollte er Lily nicht erinnern. Er nahm ihr Gesicht in seine Hände und küsste zärtlich ihren sinnlichen Mund, denn er liebte, wie weich und süß sie war.

Für eine Weile war er ihr Glück, und er nahm diese Verantwortung sehr ernst. Er nahm sie auf einen langsamen Ritt mit, der aus Liebe geboren war, und sein Mund lag auf ihrem, als sie sich mit einem scharfen Schrei gehen ließ.

2

____

„Verdammt, Mädchen", flüsterte Missy über den Frühstücks-
tisch, „du und Nico, ihr müsst letzte Nacht aber wild
gewesen sein." Ihre Schwester sprach nie lange um den
heißen Brei herum.

Lilys Wangen brannten, und sie konzentrierte sich darauf,
Butter auf ihren Toast zu streichen. Sie hatte gedacht, Nico
hätte ihre lautstarke Begeisterung mit seinen Küssen
gedämpft, doch Missy musste doch was gehört haben. Gott
sei Dank war Nico unter der Dusche, sonst hätte er jetzt
gegrinst und ihre rosa Wangen wären zur roten Zone geworden. Fluch der Rothaarigen.

Missy musterte sie über den Rand ihrer Kaffeetasse. „Es
klang, als hättest du geschrien."

„Ach, das war nur ein Alptraum."

Missy verzog das Gesicht. „Oh. Entschuldige. Ich habe
vom anderen Ende des Flurs nicht verstanden, was du
geschrien hast. Geht es dir jetzt gut?"

„Mir ging es nie besser." Das entsprach nicht ganz der
Wahrheit, doch sie konnte ihrer älteren Schwester nicht von
ihrer wahren Sorge erzählen — dass ihre gemeinsame Zeit
bald um sein würde. Missy war nun schon eine Woche hier
und jetzt hatten sie nur noch eine Woche, bis Missy wieder in
ihr Leben – Tausende von Meilen entfernt – zurückkehren

musste. Sie konnte ihre Schwester nicht bitten, das Leben, das sie in Seattle hatte, aufzugeben und nach Clover Park umzuziehen, nur, weil Lily sie so furchtbar vermissen würde. Außerdem war das erst ihr zweites Treffen, seitdem Lily Missy in Seattle aufgespürt hatte. Sie hatte ja nicht einmal gewusst, dass sie eine Schwester hatte, bis ihre biologische Mutter es betrunken ausgeplaudert hatte.

Missy war als Baby im Waisenhaus abgegeben worden, und Lily war zwei Jahre später, ebenfalls als Baby, zu ihrem Dad abgeschoben worden. Als Lily und Missy sich das erste Mal begegnet waren, hatte es gleich gefunkt. Vermutlich weil beide einfach das Gefühl hatten, sonst keine Familie zu haben. Lilys Dad hatte sie kurz vorher verstoßen, und Missys Adoptiveltern waren Jahre zuvor bei einem Verkehrsunfall ums Leben gekommen. Nach jenem ersten Besuch hatte Lily den Kontakt aufrecht gehalten, und als sie sich zwei Monate später verlobt hatte, hatte sie Missy gebeten, ihre Brautjungfer zu sein. Diese letzte gemeinsame Woche hatte ihre Bindung noch gestärkt, jetzt war es nicht bloß ein Blutsband, sondern eine richtige, emotionale Verbindung.

Sie sahen einander nicht wirklich ähnlich. Lily war groß und rothaarig – einen Meter achtzig und kurvig– und Missy war eine zierliche, schlanke Brünette. Missy färbte ihr rotes Haar braun, da sie nicht wie ihre Mutter aussehen wollte. Sie hatten beide volle Lippen mit einem ausgeprägten Amorbogen. Pornostarlippen nannte Missy sie, von ihrer Vegas Showgirl-Mutter.

Lily drückte, über den Tisch gelehnt, Missys Hand. „Ich freue mich so sehr, dass du für so einen schönen langen Besuch kommen konntest." Ihre Stimme versagte am Ende, und sie trank einen Schluck Tee, um es zu überspielen.

„Ich mich auch", sagte Missy herzlich. „Ich habe meine gesamte Urlaubszeit und meine Krankentage für diese zwei Wochen aufgebraucht, nächstes Mal musst du also zu mir kommen." Ihr Boss war so nett gewesen, sie ihre Krankentage für die Hochzeit benutzen zu lassen. Offensichtlich hatte Missy sich in den drei Jahren in ihrem Job noch nicht einmal krankgemeldet.

Lily gefiel der Gedanke, bereits jetzt ihren nächsten Besuch zu planen. „Das werde ich auf jeden Fall. Lebst du eigentlich gern in Seattle?"

Missy zuckte mit einer Schulter. „Ist ganz okay." Sie biss einmal in ihren Toast und kaute, dann blickte sie aus dem Küchenfenster auf den bewaldeten Garten voller bunter Herbstblätter. „Euer Herbst ist einfach spektakulär."

Lily musste ihr zustimmen. Auch wenn sie in Connecticut aufgewachsen war, fand sie immer noch jeden Herbst faszinierend. „Das ist er wirklich. Magst du deinen Job?" Missy arbeitete als Assistentin der Geschäftsleitung in einem Tech-Unternehmen.

Missy wandte sich ihr wieder zu. „Ich denke, es ist ein guter Job. Ich verdiene gut, und die Leute, für die ich arbeite, sind nett. Also, klar, hin und wieder bittet mich so ein Computernerd um ein Date, aber es fällt mir nicht schwer, da nein zu sagen."

Lily runzelte besorgt die Stirn. Sie wusste, dass Missy früher mit einem gewalttätigen Mann verheiratet gewesen war, und das beeinflusste immer noch Missys Männerbild. Doch das war vor sechs Jahren gewesen, und ihre Schwester hatte eine Therapie hinter sich gebracht. „Datest du überhaupt?"

Missy lachte trocken. „Ich weiß nicht, ob ich das daten nennen würde. Ich würde eher sagen One-Night-Stands, wenn die Chemie stimmt."

„Oh."

„Entschuldige, ist nicht gerade romantisch. Ich weiß, dass du ganz gaga nach deinem Mann bist."

Lily sah auf den Tisch hinunter und überlegte sich ihre Worte ganz genau. „Eine sehr weise Frau hat mir mal gesagt, dass selbst Menschen wie wir – solche, die von Taylor verlassen worden sind – Liebe verdienen." Taylor war ihre Mom.

„Klingt, als wäre dieser Mensch betrunken gewesen."

Lily sah ihre Schwester desillusioniert an. Missy hatte ihr diesen Liebesrat gegeben, damals, als es zwischen Lily und

Nico nicht so gut gelaufen war. „Vielleicht war da ein bisschen Wein im Spiel, aber ich glaube, du hattest Recht."

„Ich freue mich wirklich für dich und Nico, ehrlich, aber mir ist das nicht vorherbestimmt."

„Aber–"

„Lily, du hast nicht gesehen, was ich gesehen habe", sagte Missy mit leiser Stimme und sah sie direkt an. „Ich habe jahrelang als Freiwillige in einem Frauenhaus ausgeholfen. Diese Frauen ..." Sie presste ihre Lippen aufeinander. „Alles, was ich sehe, sind Männer, die sich schlecht benehmen, wieder und wieder und wieder. Ich bin mir ziemlich sicher, dass du den letzten Guten erwischt hast; er ist die Ausnahme, die die Regel bestätigt. Männer sind nicht vertrauenswürdig."

Lily bemühte sich um die richtigen Worte, um das Vertrauen ihrer Schwester in die Männer wiederherzustellen, doch ihr fiel nichts ein. Würde sie in den Schuhen ihrer Schwester stecken, wäre sie vermutlich zu derselben Erkenntnis gelangt. Sie konnte nur hoffen, dass Missy eines Tages den Mann finden würde, der ihr dieses Vertrauen zurückgeben konnte.

„Ich will nur, dass du glücklich bist", sagte Lilly.

„Ich bin glücklich."

„Ich werde dich so sehr vermissen, wenn du wieder nach Seattle zurückgehst", platzte sie heraus und blinzelte die Tränen in ihren Augen zurück.

„Wir werden den Kontakt nicht verlieren, das verspreche ich."

Lily nickte und wischte mit dem Finger unter ihren Augen entlang.

Da kam Nico herein. Seine dunklen Haare waren nass und nach dem Duschen aus dem Gesicht gestrichen. Sein graues T-Shirt spannte über seine breiten Schultern, seine muskulösen Oberarme waren gut zu sehen. Seine Unterarme waren ebenfalls vor Muskeln ganz hart, seine Hände waren groß und stark von seiner Arbeit als Automechaniker, obwohl er auch sehr gut wusste, wie er mit seinem Körper umzugehen hatte. Dazu noch die Zärtlichkeit, die er ihr entgegenbrachte – war es da ein Wunder, dass sie vollkommen gaga nach ihm war? Wie konnte sie nur vor lauter Stress Alpträume haben, wenn sie doch Nico in ihrem Leben hatte? Und Missy? Sie hätte eigentlich vollkommen glücklich sein sollen. Sie hatte einen guten Mann, sie hatte eine Schwester, das Leben war gut. Doch offensichtlich versuchte ihr Unterbewusstsein, ihr etwas zu sagen. Vielleicht war es ein Zeichen für ein etwas größeres Problem. Aber was?

„Guten Morgen", sagte Nico zu Missy, dann beugte er sich herunter und küsste Lily auf die Wange. „Bist du okay?", flüsterte er.

Sie sah zu ihm auf. „Mmm-hmm."

Er starrte sie einen langen Moment lang mit vor Sorge gerunzelter Stirn an. Vermutlich machte er sich wegen ihres Alptraums letzte Nacht Gedanken. Oder vielleicht war ihm auch aufgefallen, dass ihre Augen ein wenig feucht waren.

„Wirklich, mir geht's gut", beharrte sie.

Er ging zum Küchenschrank, um sich einen Kaffee zu nehmen. Er hatte ihr den Rücken zugewandt, als er sagte: „Ich dachte mir, ich könnte heute Morgen ins Geschäft fahren und mich um ein bisschen Papierkram kümmern, während du mit Missy beschäftigt bist."

„Wir werden nicht vor Sonnenuntergang zurück sein", sagte sie. „Wir müssen noch eine Tonne Flyer in der Stadt aufhängen."

Er drehte sich um. „Was für Flyer?"

„Oh-oh", machte Missy.

Nicos kniff die Augen zusammen und starrte Lily an. „Was heißt denn hier oh-oh?"

Sie zuckte die Schultern. „Nichts. Das sind nur unsere Hochzeitseinladungen."

Er blinzelte. „Du hängst unsere Hochzeitseinladungen überall in der Stadt auf?"

„Weißt du nicht mehr? Wir haben doch über die Farben gesprochen."

„Ich dachte, du wolltest einfach bunte Einladungen."

„Schon, das wollte ich auch. Die weißen, roten und rosafarbenen Einladungen sind an die Familie und Freunde gegangen, aber heute sind die neonfarbenen dran."

„Das musst du mir erklären."

„Für Hochzeits-Crasher." Sie stand auf. „Warte, ich hole sie." Sie eilte nach oben, wo sie die leuchtend bunten Flyer in ihrem Home Office aufbewahrte.

Als sie zurückkam, ging Nico im Wohnzimmer auf und ab. „Da sind sie!" Sie wedelte mit einem grell orangefarbenen Flyer, dann reichte sie ihn ihm.

Mit zusammengezogenen Brauen las er den Flyer.

Ihr seid eingeladen!
FEIERT MIT UNS DIE HOCHZEIT VON

LILY SPENCER
UND
NICO MARINO

SAMSTAG, 2. OKTOBER
15 UHR
BALDWIN PARK
100 MAIN STREET
CLOVER PARK, CONNECTICUT

ALLE SIND WILLKOMMEN! PARTY IM ANSCHLUSS!
u.A.w.g. ODER AUCH NICHT.
☐ ICH KOMME
☐ ICH KOMME NICHT

WIR FREUEN UNS ÜBER SPENDEN AN DIE EARTH

DEFENSE GROUP ANSTELLE VON HOCHZEITSGESCHENKEN.

Nico schluckte hörbar und sah ihr in die Augen. „Wie viele Hochzeits-Crasher? In dieser Stadt leben viertausend Leute, ganz zu schweigen von irgendwelchen willkürlichen Fremden, die auf der Durchfahrt sind." Gegen Ende des Satzes wurde seine Stimme ein wenig lauter.

Er machte sich wohl Sorgen um die Kosten. Sie wusste, dass er nicht ihr Geld für die Hochzeit benutzen wollte, denn er hatte Angst, dass andere denken könnten, dass er sie nur ihres Geldes wegen heiratete, doch das hier war ja genauso sehr ihre Party wie seine, und sie wollte, dass jeder in ihrem neuen Heimatort sich willkommen fühlte.

„Der Park ist fünf Morgen groß", erinnerte sie ihn, nahm ihm den Flyer wieder ab und legte ihn auf den Sofatisch. „Genug Platz für alle. Im Sommer finden da dauernd Konzerte statt."

Er rieb sich den Nacken. „M-hmm."

„Und ich denke mal, nicht jeder würde spontan auf eine Hochzeit von Fremden gehen. Nur die Leute, denen ich bereits davon erzählt habe." Und das war jeder, der ihr über den Weg gelaufen war.

Er stemmte die Hände in die Hüften. „Oder es könnten eben doch *viertausend Leute* sein."

„Das wird lustig, ich verspreche es. Um das Essen habe ich mich bereits gekümmert, es wird reichlich geben, außerdem einen Eiswagen, und die Reste gehen an Obdachlosenheime. Außerdem habe ich große weiße Zelte gemietet, Tische, Stühle –"

„Wie viele Stühle?"

„Hundert, aber ich bin mir sicher, dass Hochzeits-Crasher nichts dagegen haben, wenn sie stehen müssen. Der Park ist wunderschön. Wir werden hauptsächlich tanzen."

Er seufzte.

„Dann hätte ich wirklich das Gefühl, zur Gemeinde dazuzugehören", ergänzte sie. Sie wusste, wie sehr er Clover Park liebte. Er war hier aufgewachsen.

Er presste seine Lippen fest zusammen, was bedeutete, dass er gar nicht glücklich war. Er würde ihre fabelhafte Idee niederschmettern.

„Nic, weißt du noch, wie viel Spaß wir hatten, als wir bei der einen Hochzeit reingeplatzt sind?"

Er verdrehte die Augen. „Ich hatte keine Ahnung, dass wir das tun würden. Ich war in Shorts und T-Shirt."

„Das sagst du immer. Aber ich habe dir doch noch eine Krawatte besorgt." Sie legte ihre Arme um seinen Hals. „Denk doch daran, wie viel Spaß wir beim Tanzen hatten, weil wir wussten, dass wir jede Sekunde erwischt werden könnten. Es war so aufregend!" Sie hatte sehr unanständig mit ihm getanzt.

Er schob seine Hände auf ihren Po, presste sie an sich und rieb sich an ihr, wodurch ihr Verlangen geweckt wurde. Seine Stimme war rau, seine Augen auf Halbmast. „Der Teil gefällt mir immer."

„Siehst du?", sagte sie ein wenig atemlos. „Es wird ganz fantastisch werden."

Er lockerte seinen Griff und brachte genug Raum zwischen sie, dass seine Lust kontrollierbar war.

Sie sah ihm in seine dunklen Augen und wartete ab, was er sagen würde.

Mit seinen großen Händen umfasste er ihr Gesicht und küsste sie. „Na schön."

„Wirklich?", quietschte sie.

„Wirklich."

„Oh, Nico!" Sie umarmte ihn, und er zog sie in seine warmen Arme.

Sie musste unwillkürlich lächeln. Das war eines der Dinge, die sie an Nico so liebte. Er unterstützte vollkommen ihr Recht auf Spaß, selbst, wenn es nicht sein Ding war. Erst letzte Woche hatte Maggie O'Hare, ihre quirlige Nachbarin im Seniorenalter, sie zu einer kostenlosen Tanzstunde bei ihrem Mann Jorge in seinem Tanzstudio eingeladen. Lily hatte begeistert zugestimmt und war ganz erpicht darauf gewesen, sich auf ihren Hochzeitstanz vorzubereiten. Nico hatte mitgemacht, obwohl Tanzen definitiv nicht sein Ding war. Natürlich hatte sie es ihm etwas versüßt und ihn mit dem bestochen, was er besonders gerne mochte. Was das anging, konnte er nichts anderes als Ja sagen.

Sie küsste ihn. „Dann sehe ich dich heute Abend! Missy und ich müssen eine Menge Flyer verteilen."

Er lächelte und schüttelte den Kopf. „Dann macht das mal."

Nico fuhr geradewegs zu dem Herrenhaus der Spencers in Fieldridge, um Lilys Vater wegen der Volksfestsache zur Rede zu stellen. Es pisste ihn wirklich ernsthaft an, denn George wusste, wie aufgeregt Lily wegen all der Dinge war, die sie geplant hatte. Doch da er jetzt gehört hatte, wie Lily zu Missy gesagt hatte, wie sehr sie sie vermissen würde, und die Tränen in Lilys Augen glänzen gesehen hatte, war ihm der Gedanke gekommen, dass er möglicherweise ein ganz anderes Problem zu lösen hatte.

Lily liebte Missy, Missy liebte Lily, und die Schwestern sollten zusammen sein. Bei der ersten Gelegenheit, die er bekam, würde er Missy bitten zu bleiben. Das wäre das beste Hochzeitsgeschenk, das er seiner Braut machen konnte – er würde ihr ihre Schwester schenken.

Er hielt auf dem kreisrunden Vorplatz vor einem Haus im Tudorstil an, das von einem gepflegten Grundstück und einer Garage für sechs Wagen umgeben war. Auf jedem einzelnen Stellplatz dieser Garage stand ein wertvoller, seltener Oldtimer, den George bei Nico gekauft hatte. Scheiß drauf. Er durfte nicht länger an die Tatsache denken, dass George sein wohlhabendster Kunde war, oder dass jedes Mal, wenn George sich ein neues Auto kaufte, er damit bei seinen Freunden angab, die dann wiederum in seinen Laden kamen, um sich ebenfalls einen eigenen Oldtimer zu kaufen. Oder dass Georges Freunde oft auch Autos für ihre Frauen und Kinder kauften. Adrenalin schoss durch seine Adern.

Er drückte auf die Klingel und wartete ungeduldig, wippte auf seinen Ballen auf und ab. Die Tür wurde von einer

neuen Haushälterin mit weißen Haaren geöffnet, die eine
Uniform aus schwarzer Kurzarmbluse und schwarzer Stoffhose trug. George hatte unmöglich hohe Anforderungen und
vertrat eine strikte Keine-zweite-Chance-Politik, die für große
Fluktuationen bei seinen Angestellten sorgte. Idiot. Jeder
Arbeitgeber, der auch nur etwas auf sich hielt, wusste, dass
man seine Angestellten gut behandeln musste, wenn man
wollte, dass alles glatt lief.

„Ja bitte?", fragte die Frau.

„Ist George zu Hause?"

„Und wen darf ich melden?", fragte sie förmlich. George
liebte förmliches Benehmen. Vielleicht würde die hier ihren
Job ja länger als einen Monat behalten.

„Seinen Schwiegersohn, Nico." *In spe jedenfalls.*

Sie lächelte. „Oh, Hallo, ich bin Beth. George hat Sie und
Lily bereits erwähnt. Er ist im Countryclub, wenn Sie ihn
dringend brauchen."

Sie sagte nicht, dass George etwas Gutes über sie gesagt
hatte, doch was machte das schon. „Danke, dann versuche ich
es da."

Er fuhr zum Countryclub, einer noblen Anlage am Orts-
rand, ging am Clubhaus vorbei und marschierte geradewegs auf den Golfplatz. Golf war Georges
Lieblingsbeschäftigung. Nico hatte einmal eine Runde mit
ihm gespielt, auf ganzer Linie versagt und war nie wieder
eingeladen worden. Er entdeckte George auf dem nahegelegenen Putting Green, wo er aussah wie ein überdimensio-
niertes Osterei in einem rosa Hemd mit langen Ärmeln und
einer grün-violett karierten Stoffhose. Das, was die Leute,
die den Countryclub frequentierten, als Mode bezeichneten,
irritierte Nico immer wieder.

Er ging geradewegs auf ihn zu. George war Mitte Sechzig
und wirkte sehr gediegen. Sein graues Haar war sorgfältig
zur Seite gescheitelt, und er war ein kleines bisschen größer
als Nico mit seinen ein Meter achtundachtzig, massiv gebaut
für sein Alter. Nico wollte ihm trotzdem am liebsten in den
Allerwertesten treten.

„Hallo, George."

George riss alarmiert die Augen auf. „Nico! Was tust du denn hier? Geht es Lily gut?"

Nicos Zorn kühlte ein klein wenig ab, denn es klang so, als machte George sich wirklich Sorgen um Lily. „Sie ist unglücklich. Ein Volksfest? Im Ernst? Du vergleichst unsere Hochzeit, das Ereignis, das sie seit Monaten aufgeregt plant, mit einem Volksfest?" Gegen Ende hob sich seine Stimme wieder, doch es war ihm egal, wer mithörte. Ihm lag nur etwas an Lilys Glück.

George richtete sich zu seiner vollen Größe auf und sah ihn von oben herab an. „Hat Lily dich geschickt?"

Nico presste die Lippen aufeinander. „Nein."

George sprach in herablassendem Ton weiter, und Nicos Antipathie wuchs. „Wie lange wirst du dich noch für meine Tochter streiten? Wenn sie meinetwegen unglücklich ist, kann sie mir das doch selbst sagen."

Er trat dichter an ihn heran und fletschte seine Zähne. „Ich werde so lange für sie streiten, wie es nötig ist."

George schürzte seine Lippen, als hätte er gerade in eine saure Zitrone gebissen. Das war ein typischer Gesichtsausdruck für ihn. Nico trat einen Schritt von George zurück und wandte sich wieder dem Problem zu.

„Ich sag das ja nur ungern, Nico", sagte George, der überhaupt nicht so klang, als sagte er es ungern, „aber diese Hochzeit im Park ist meilenweit von dem entfernt, was meine Freunde gewohnt sind. Ich war bereit, für eine Hochzeit im Club zu zahlen–"

„Lily wollte das nicht."

Georges Lippen kräuselten sich. „Ich bin da vorbeigefahren, wo ihr eure Hochzeitsfeier abhalten wollt. An den Pavillon haben sie *Maisstängel* gebunden und *Heuballen* gestapelt. Es gibt einen Spielplatz. Und aus irgendeinem bizarren Grund hat jemand furchtbar schlecht gemachte Vogelscheuchen an die Straßenlaternen gebunden." Die Vogelscheuchen hatten Kinder bei einer der vielen Gemeinschaftsaktionen in Clover Park selbst gebastelt.

„Das hat doch nichts damit zu tun", knurrte Nico. „Du musst dich bei Lily für diesen Volksfestmist entschuldigen und aufhören, ihr in die Parade zu fahren. Das wird ihr großer Tag. Der eine große Tag im Leben, und ich weigere mich zuzulassen, dass du ihn ihr verdirbst."

George verschränkte die Arme. „Und ich weigere mich zuzulassen, dass du so mit mir sprichst."

Nicos ballte seine Hände zu Fäusten. „Du hast ja keine Ahnung, wie sehr–"

„Hallo, Sweetheart", sagte George, den Blick über Nicos Schulter gerichtet.

Nico wurde stocksteif. Lily würde ihn umbringen, wenn sie herausfand, dass er ihren Vater zur Rede gestellt hatte. Sie beharrte darauf, dass sie akzeptiert hatte, dass ihr Dad nunmal kein liebevoller Mensch war, und sie wollte nicht, dass einer von ihnen seine Energie an ihn verschwendete. Außerdem hatte Nico Lily gesagt, dass er heute im Büro sein würde. Langsam drehte er sich um und wollte sich bereits entschuldigen, doch es war nicht Lily.

Eine schöne Frau stand da und lächelte George an. Sie hatte langes, glänzendbraunes Haar, große rehbraune Augen und trug einen rosa Pullover, den sie sich um die Schultern gebunden hatte, dazu eine weiße Bluse und eine weiße Hose. Sie sah sehr jung aus.

„Wer ist das denn?", fragte Nico George leise.

„Meine Freundin", verkündete George selbstgefällig. „Ich hatte gehofft, ich könnte sie als meine Begleitung zur Hochzeit mitbringen."

Die Feier *war* für die ganze Stadt offen. Das musste er immer noch in seinen Kopf bekommen.

„Natürlich, warum nicht", sagte Nico und versuchte, nicht angewidert das Gesicht zu verziehen. Jetzt musste er Lily auch noch vor der neuen Freundin ihres Dads warnen. Und dass sie halb so alt war wie er, vielleicht sogar noch jünger.

Die Frau lächelte Nico strahlend an. „Hi, ich bin Bunny. Zumindest nennen meine Freunde mich so. Schließt du dich unserem Zweier an?"

Schauder. Nico räusperte sich und überlegte sich eine Ausrede dafür, dass er auf dem Golfplatz war, die nicht danach klang, dass er ein durchgeknallter Schwiegersohn in spe war. „Hi, ich bin Nico. Genau genommen bin ich nur vorbeigekommen, um George für morgen Abend zum Sonntagsessen einzuladen."

George hüstelte diskret.

Nico reagierte gleich. „Ihr seid natürlich beide herzlich willkommen. Das ist eine Familientradition, und da wir–" er musste sich zwingen, die Worte auszusprechen „– bald eine Familie sein werden ..." Er brachte den Satz nicht zu Ende, denn ihm fielen keine netten Worte mehr ein.

George ergriff das Wort. „Danke für die nette Einladung."

Nico atmete erleichtert auf. Das war Georges höfliches Nein. Das hatte er schon einmal gehört.

„Oh, wir kommen auf jeden Fall!", rief Bunny begeistert und legte ihren Arm um Georges Taille.

George lächelte nachsichtig auf Bunny herab.

Nico schluckte. „Großartig."

Mist. Jetzt hatte er Lilys Stress nur noch schlimmer gemacht. Er hatte ihre quälenden Alpträume beenden und nicht schlimmer machen wollen.

Er ging zurück zu seinem Wagen, als es ihn wieder traf. In diesen Alpträumen ging es ums Verlassenwerden. Wenn Missy ging, war das für Lily wieder so etwas wie ein Verlassenwerden. Jeden Tag, den ihre Hochzeit näher rückte, rückte auch der Tag des Abschieds der beiden Schwestern näher. Das musste der Grund sein, weswegen Lily wieder diese Alpträume hatte. Wenn er Recht hatte, dann würden die Alpträume aufhören, wenn er Missy überreden konnte zu bleiben.

Er musste bis zum Abend warten, um mit Missy zu reden, sobald die Schwestern fertig damit waren, die Stadt mit ihren Hochzeitseinladungen zu pflastern.

Und dann musste er sogar noch länger warten, denn Missy hatte Abendessen gekocht, und Lily bestand darauf zu spülen, damit Missy sich entspannen konnte. Das funktionierte natürlich nicht, denn Missy bestand darauf, Lily zu helfen – diese beiden waren einfach unzertrennlich –, also sagte er schließlich, er müsse wegen irgendeiner Brautjungfernsache unter vier Augen mit Missy reden.

Beide Frauen starrten ihn an.

„Im Ernst, Nic?", fragte Lily lachend. „Du kennst dich mit Brautjungfernkram aus?"

Er hob sein Kinn. „Ma hat mich gebeten, etwas unter vier Augen mit ihr zu besprechen." Das war nicht wirklich eine Lüge, denn seine Stiefmom hatte ihn gebeten, aus Missy herauszubekommen, ob sie italienische Hochzeitskekse mochte, auch wenn er nicht vorhatte, das zu fragen, denn das gehörte zur hinterhältigen Verkupplungstaktik seiner Stiefmom für Singles. Sie hatte diese Kekse der Freundin seines älteren Bruders Vince angeboten, und es hatte tatsächlich funktioniert. Jetzt waren sie verheiratet. Auch Lily hatte sie gegessen, doch da waren sie bereits zusammen gewesen. Nico hatte ohnehin vorgehabt, ihr einen Antrag zu machen. Die Kuppelei interessierte ihn nicht, ihm lag nur etwas daran, Lily glücklich zu machen.

Missy folgte ihm ins Wohnzimmer. Er bedeutete ihr, möglichst weit von der Küche weg zu kommen. In der Küche lief das Wasser, also konnte Lily sie hoffentlich nicht hören. Er wollte nicht, dass sie enttäuscht wird, wenn die Antwort nein lautete.

„Was gibt's?", fragte Missy.

„Ich wollte dich einladen, hier in Clover Park zu bleiben. Du kannst so lange, wie du möchtest, kostenlos bei uns wohnen. Wir haben genug Platz. Was denkst du?"

Sie senkte den Blick. „Das ist ein wirklich großzügiges Angebot, aber ich kann nicht."

„Warum nicht?"

Sie sah ihm in die Augen. „Ich kann einfach nicht auf eure Kosten leben. Es ist wirklich wichtig für mich, dass ich meinen Lebensunterhalt selbst verdiene, und ich habe in Seattle einen guten Job. Ich bin es gewohnt, unabhängig zu sein." Sie drückte seinen Arm. „Trotzdem danke."

Sie drehte sich um und ging zurück in die Küche.

Verdammt. Problem nicht gelöst.

3

Lily liebte das sonntägliche Abendessen bei den Marinos, und nicht nur, weil sie sie von Anfang an so behandelt hatten, als gehörte sie zur Familie, es war einfach die natürliche Wärme und Zuneigung von Nicos Dad und seiner Stiefmutter, die sie liebte, etwas, das schon immer ein Teil von Nico gewesen war und nie ein Teil von Lilys Leben mit ihrem Griesgram von einem Vater sein würde. Lily konnte es nicht erwarten, dass Missy alle kennenlernte. Das letzte Sonntagessen hatten sie verpasst, weil Missy sich bei ihrem ersten Besuch an der Ostküste die Sehenswürdigkeiten im nahegelegenen New York hatte ansehen wollen.

Sie fuhren das kurze Stück durch Clover Park in Lilys silbernem Tesla, einem Elektroauto, das um Einiges umweltfreundlicher war als ein normales Auto. Nico verkaufte sie jetzt auf Bestellung in seinem Oldtimer-Showroom.

„Ich sollte dich warnen, Missy", sagte Nico vom Fahrersitz aus. „Meine Familie kann sehr laut sein, aber selbst wenn es sich vielleicht nach Streiten anhört, sind wir wir selbst und haben Spaß."

„Sie streiten sich nicht wirklich", sagte Lily. „Wenn, ist es eher eine hitzige Debatte."

„Macht euch wegen mir keine Sorgen", sagte Missy vom Rücksitz aus.

„Und Nicos Dad ist ein fabelhafter Koch", sagte Lily. „Er macht köstliche Pasta und die Saucen alle selbst. Er hat mir sogar beigebracht, wie man Ravioli macht."

„Mjam", machte Missy. „Das würde ich auch gerne lernen."

„Geheimes Familienrezept", sagte Nico.

„Missy gehört zur Familie", sagte Lily.

„Ich bin mir sicher, dass er es dir gerne beibringen würde", sagte Nico entgegenkommend. Er sah zu Lily hinüber, und sie nickte zustimmend. Seine dunklen Augen lagen warm auf ihren, und ihr Bauch ging auf köstlichen Tauchgang. Würde sie sich jemals an ihr italienisches Unter-wäschemodel gewöhnen? Sie nannte ihn so, weil er ein italie-nischer Hottie war, der zu Hause gerne in seiner Boxershorts herumlief.

Ein paar Minuten später stellte Nico den Wagen vor dem Haus seines Stiefbruders Gabe ab, einem fröhlich-gelben viktorianischen Haus mit dunkelgrünen Fensterläden, einer umlaufenden Veranda und einer separaten Doppelgarage, über dem das Aufnahmestudio von Zoe, Gabes Frau, unterge-bracht war.

Lily wollte bereits die Beifahrertür öffnen, als Nicos Hand auf ihrer Schulter landete und sie zurückhielt. Sie drehte sich zu ihm um. „Was ist?"

„Ich hätte es vielleicht schon früher erwähnen sollen, aber du warst so beschäftigt mit den Hochzeitseinladungen und damit, dich um alle Details zu kümmern, und ich wollte nicht … du weißt schon … deinen Flow stören."

Sie schmolz dahin. Er erinnerte sich an ihren Ausdruck für ihren Happy Focus – Flow. Freitags arbeitete sie von zu Hause aus, und Nico fiel es schwer, die Hände von ihr zu lassen, wenn er nach Hause kam. Es war äußerst schmeichel-haft, dass er sie immer noch wollte, selbst nach ihrem regel-mäßigen Freitagmittag-Stelldichein in seinem privaten Büro bei der Arbeit.

Sie lächelte süß, als er zögerte. „Was ist?"

Er streckte seinen Hals, blickte in alle Richtungen, sah sich die Autos an, um zu sehen, wer schon da war. Sah so aus, als wären schon fast alle da. „Ich habe deinen Dad zum Abendessen eingeladen."

„Das hast du? Oh, Nico, das ist ja so süß von dir." Sie wussten beide, dass ihr Dad eine Spaßbremse war. „Wann hast du denn mit meinem Dad gesprochen?"

Er schluckte. Manchmal nahm er die Situation mit ihrem Dad einfach zu ernst. Sie hatte sich damit abgefunden und ihn und seine eingeschränkte Liebesfähigkeit akzeptiert. „Ich bin am Samstag bei ihm zu Hause vorbeigefahren, und die neue Haushälterin hat mir gesagt, dass er im Country Club sei, wo ich ihn getroffen und eingeladen habe. Er, ähm, hat gefragt, ob er eine Freundin mitbringen darf."

Ihr fiel die Kinnlade herunter. „Er bringt eine Nutte mit?"

„Wow", meldete Missy sich zu Wort. „Das dürfte interessant werden."

Nico verzog das Gesicht. „Ich dachte, er meinte feste Freundin, obwohl sie tatsächlich ein bisschen jung für ihn aussah. Hat er, ähm, schon mal Escorts gebucht?"

Lily zuckte die Schultern. „Ich würde es ihm zutrauen, aber ich kann es nicht mit Sicherheit sagen. Er ist recht diskret."

Er sah sie gequält an. „Mist. Hab ich's vermasselt?"

Er sah so besorgt aus, dass sie ihn küssen musste. Sie hatte letzte Nacht wieder ihren Alptraum gehabt, und er hatte sich heute den ganzen Tag Sorgen um sie gemacht. Mit der Einladung zum Abendessen hatte er nur versucht, ein guter Schwiegersohn zu sein. „Ich bin mir sicher, die Marinos werden ihn in Null Komma Nichts übertönt haben. Lasst uns reingehen."

Auf dem Weg zum Haus ging sie voran, denn sie freute sich darauf, alle zu sehen, und klingelte an der Tür. Es folgte wildes Bellen, und Freds flauschiger, grauschwarzer Kopf tauchte am Fenster neben der Tür auf.

Nico schüttelte den Kopf. „Du hast den Fred-Alarm ausgelöst. Hier ist doch nie abgeschlossen."

„Ich weiß, aber es ist höflich anzukündigen, dass man da ist", sagte Lily. Seit ihrer Geburt war ihr höfliches Benehmen eingebläut worden. Manches davon hatte sich besser gehalten als andere Dinge.

„Geh einfach rein." Nico griff um sie herum und öffnete die Tür, hielt dem Hund seine Hand hin, damit er daran schnüffeln konnte, und schob ihn zurück, während Lily und Missy eintraten. Fred war ein Wolfsspitz mit dichtem, grauschwarzem Fell, das um seinen wolfsähnlichen Kopf wie eine Löwenmähne aussah.

Fred trottete hinter Nico her, als er voraus ins Esszimmer ging. Lily und Missy folgten ihm. Lily strahlte alle an, sobald sie über die Schwelle kam – Mr und Mrs Marino, die beiden Marino-Brüder, die drei Reynolds-Stiefbrüder und ihre baldigen Schwägerinnen. Das neun Monate alte Baby Miles strahlte sie vom Schoß seiner Mom, Zoe, an, während ihm der Sabber am Kinn hinablief. „Hey, alle zusammen! Das ist meine Schwester, Missy."

„Hey, Missy", sagten die Männer in einem Chor tiefer Stimmen. „Hallo!", riefen die Frauen fast gleichzeitig.

Mrs Marino, eine zierliche blonde Frau, stand auf und kam herüber, um sie zu begrüßen, und umarmte erst Lily und dann Missy. Ihre Schwester sah überrascht aus.

„Es ist so schön, dich endlich kennenzulernen", sagte Mrs Marino herzlich zu Missy. „Lily war ganz aufgeregt, dass du zur Hochzeit kommst und ihre Brautjungfer sein wirst."

„Danke", sagte Missy. „Ich freue mich auch, hier zu sein."

Mr Marino tauchte an Lilys Seite auf. „Lily", sagte auch er in herzlichem Ton, dann zog er sie in eine etwas ungestüme Umarmung. Er war ein großer Mann. Missy reichte er seine Hand. „Es freut mich so sehr, dich kennenzulernen, Missy. Ich hoffe, du hast Appetit mitgebracht. Heute Abend gibt es Manicotti."

„Klingt köstlich", sagte Missy.

Nico zog einen Stuhl hervor. „Lil, du sitzt hier. Missy neben dir."

„Danke." Sie setzte sich, und Nico zog auch für Missy einen Stuhl vor, die sich schnell und mit geröteten Wangen hinsetzte. Vermutlich war sie solch ritterliche Gesten nicht gewohnt. Ihr Mann war einfach das perfekte Gesamtpaket.

Lily stellte Missy schnell allen vor, und alle lächelten sie freundlich an. Die Marino-Brüder waren durch die Bank dunkelhaarige, dunkeläugige, umwerfende Italiener. Die Reynolds-Brüder waren ebenfalls Hingucker –jedoch mit heller Haut, hellbraunem oder blondem Haar und dunkelblauen Augen. Abgesehen von Jared, der von irgendwem aus einem Seitenzweig der Familie grüne Augen geerbt hatte.

Zoe sagte zu Lily über den Tisch: „Mit der Band geht für Samstag alles klar. Und, PS, ich habe meinen Dad gebeten, mit uns zu spielen!"

„Oh, wow, das ist fantastisch!" Lily drehte sich zu Missy um. „Ihr Dad ist ein berühmter Jazzmusiker."

„Cool", sagte Missy.

Zoe sprach auf ihre lebhafte Art weiter, und ihre Augen strahlten: „Ich schätze, du kannst Karaoke planen, wenn die Band ihre Pausen macht. Klingt das gut?"

„Absolut", sagte Lily. „Wir wollen so viel von euch hören wie möglich. Ihr seid die Profis." Zoe war eine international bekannte Jazzsängerin.

„Magst du Karaoke?", fragte Zoe Missy. „Vielleicht könnten du und Lily ja ein Duett singen."

„Ich?", quietschte Missy.

„Oh, das wäre perfekt!", rief Lily. „Ein Schwesternduett. Bitte, Missy, lass uns das machen."

Missy schüttelte den Kopf, doch ein kleines Lächeln umspielte ihre Lippen. „Warum nicht? Wir müssen die Braut schließlich bei Laune halten."

„Das ist ein Schwesternding", beharrte Lily und beugte sich vor, um ihre Wange an Missys zu drücken. Missy hob ihre Hand und hielt Lilys Kopf für einen kurzen Moment fest.

„Lily, es ist so schön zu sehen, dass du endlich Zeit mit deiner Schwester verbringen kannst", sagte Mrs Marino. „Wie lange bleibst du hier, Missy?"

„Ich muss schon am Morgen nach der Hochzeit wieder zurück", sagte Missy.

Lily ließ die Schultern hängen, und ihre Brust tat weh. Sie wollte nicht, dass Missy ging. Nico drückte von der anderen

Seite aus ihre Hand – er hatte ein Gefühl für ihre Stimmungen
–, und sie lächelte ihn verkrampft an.

Ein Küchentimer schrillte, und Mr Marino stand auf und
rieb sich die Hände. „Abendessen ist fertig. Hilf mir doch
bitte jemand, es reinzubringen.“

Lily sprang auf, um zu helfen, genau wie Mrs Marino. Sie
folgten ihm in die große Küche. „Ich nehme den Salat.“

Mr Marino zog zwei große Auflaufformen mit Manicotti
aus dem Ofen. Nico kam in die Küche und holte Untersetzer
und Servierlöffel. Lily stellte die Salatschüssel an das Ende
des Tisches, möglichst nah an ihre Schwägerinnen, denn sie
wusste, dass die Männer keinen Salat aßen.

„Hilf mir bitte mit dem Brot“, sagte Mrs Marino zu Lily.
Sie folgte ihr zurück in die Küche. „Kannst du die Brotkörbe
runterholen?“

„Sicher.“ Sie holte sie vom Schrank, während Mrs Marino
drei lange Knoblauchbaguettes aus dem Warmhalteofen
nahm und sie in die geflochtenen Körbe legte.

Mr Marino ging mit einer Auflaufform mit Manicotti in
seinen ofenbehandschuhten Händen an den Tisch. Nico
durchwühlte die Küchenschubladen, vermutlich suchte er ein
zweites Paar Ofenhandschuhe für die zweite Auflaufform.

Lily nahm zwei Weidenkörbe mit Brot und wollte gerade
schon zurück ins Esszimmer gehen, als Mrs Marino sie mit
einer Hand auf dem Arm zurückhielt. „Lily, mir ist nicht
entgangen, wie traurig du darüber bist, dass deine Schwester
wieder fährt. Hat sie Familie in Seattle?“

Lilys Kehle schnürte sich zu, und ihre Stimme wurde
heiser. „Nein. Ich bin ihre einzige Familie.“

Mrs Marino sah sie mitfühlend an, woraufhin Lily Tränen
in die Augen traten. „Hast du schon einmal darüber nachgedacht, sie zu bitten, in deine Nähe zu ziehen?“

Lily presste die Lippen aufeinander und versuchte nicht
zu weinen. „Das scheint mir eine große Bitte zu sein, ans
andere Ende des Landes zu ziehen und ihr ganzes Leben zu
entwurzeln. Vielleicht fühlt sie sich, wo sie ist, ganz wohl.“

„Sie könnte sich auch hier wohlfühlen. Wir würden sie
ganz sicher in die Familie aufnehmen.“ Mrs Marino drückte

Lilys Arm. „War nur eine Idee. Meine Jungs sagen mir immer, ich solle meine Nase nicht in alle Angelegenheiten stecken, also sage ich nur, dass ich weiß, dass Familie dir wichtig ist, und es wäre schön für sie, auch in deine wachsende Familie aufgenommen zu werden." Sie nahm einen Brotkorb und verschwand aus der Küche.

Lily stand ein paar Augenblicke da und ließ das Glücksgefühl, das sie bei diesem Gedanken empfand, auf sich wirken. Sie und Nico hatten eine große Familie geplant, und wie sehr würde es ihr gefallen, wenn Tante Missy ihre Kinder kennen und Teil ihres Lebens werden würde. Das Beste daran war, dass sie und Missy dann endlich Gelegenheit bekommen würden, all die Familienaktivitäten zu erleben, die sie verpasst hatten – Urlaube, Geburtstage, Sonntagabendessen, spontane Besuche. Einfach schön!

Als sie ins Esszimmer zurückkam, waren Nico, sein älterer Bruder Vince und Vinces Frau Sophia nicht anwesend. Sie setzte sich, und alle warteten darauf, dass sie zurückkamen. Vermutlich unterhielten sie sich darüber, wie sie Nicos und Lilys altes Haus winterfest machen konnten – Vince und Sophia gehörte *Marino und Capello Construction* – obwohl sie sich nicht sicher war, weswegen sie dafür vom Tisch aufstehen mussten.

Sie kamen zurück und setzten sich. Nico gestikulierte allen zu. „Tut mir leid, bitte macht einfach weiter und esst."

Alle fingen an, das Essen herumzureichen.

„Also, Missy, was machst du denn so in Seattle?", fragte Vince. Er ähnelte Nico mit seinem dunklen Haar, den dunklen Augen und der gebräunten Haut, doch er war massiger, ein ehemaliger Footballspieler, der jetzt im Bauunternehmen tätig war.

Lily musterte ihre Schwester und wartete auf ein Zeichen, dass sie Seattle nicht verlassen wollte.

„Ich bin Executive Assistant in einer Technikfirma", antwortete Missy.

„Bist du gut darin?", fragte Vince und stieß dann einen Grunzlaut aus, als seine Frau Sophia ihm den Ellbogen in die Rippen stieß. „Was?"

Sophia, eine feurige italienische Schönheit, die Vinces raue Art mit Leichtigkeit in den Griff bekam, zischte zwischen ihren Zähnen hindurch: „Natürlich ist sie gut, sie ist Lilys Schwester."

„Das heißt aber doch nicht –", hob Vince an und schloss dann seinen Mund, als Sophia ihn vielsagend ansah.

„Arbeitest du schon lange da?", fragte Sophia Missy.

Missy sprach vollkommen souverän. „Ich bin seit drei Jahren Executive Assistant, die acht Jahre davor war ich bei ein paar Firmen in der Verwaltung."

Sophia nickte. „Vince und ich haben eine Baufirma. Naja, ich bin eher für die Restaurierung von Gebäuden zuständig, und er baut."

„Apropos bauen", sagte Vince, „die neuen Isofenster für euer Haus sind gekommen." Er sah Nico direkt an. „Wenn du und Lily also in den Flitterwochen seid, werden wir ins Haus gehen, die Dämmung und die Fenster einbauen, und dann ist für den Winter alles geregelt."

„Danke, Vince", sagte Nico. „Dafür bin ich dir wirklich dankbar. Lass die Rechnung dann einfach auf dem Esstisch liegen, und ich zahle, wenn wir zurückkommen."

„Dafür nehme ich nichts, du Knalltüte", grunzte Vince. „Das ist euer verdammtes Hochzeitsgeschenk."

Sophia strahlte.

„Vielen, vielen Dank euch beiden", sagte Lily, nahm Nicos Hand und drückte sie. Er war ein stolzer Mann, der fest daran glaubte, dass er alles auf seine Art bezahlen müsse. „Wir sind euch wirklich dankbar." Sie würde sich etwas einfallen lassen, wie sie sich eines Tages revanchieren konnte. Vielleicht würde sie ein Konto für ihr erstgeborenes Kind einrichten, um damit die Collegegebühren zu bezahlen. Vince und Sophia waren frisch verheiratet, doch sie war sich sicher, dass es nicht lange dauern würde, bis sie Kinder bekamen.

„Ich habe eure Flyer in der Stadt gesehen, Lily", sagte Mrs Marino. „Sieht ja ganz so aus, als würde eure Hochzeit ein Event für ganz Clover Park."

„Und ob!", rief Lily, während Nico murmelte: „Und ob."

Alle lachten und machten sich wieder an ihr glücklich chaotisches Essen.

Dann klingelte es an der Tür.

Sie und Nico tauschten alarmierte Blicke aus. Ihr Dad und seine Freundin waren gekommen.

„Erwarten wir noch jemanden?", fragte Mrs Marino und sah ihren Mann an.

„Du hast es ihnen nicht erzählt?", fragte Lily Nico.

„Das ist Lilys Dad", sagte Nico und erhob sich von seinem Platz. „Er bringt seine Freundin mit. Ich dachte, es wäre ganz gut, wenn ihr euch vor der Hochzeit kennenlernt."

Mr Marino erhob sich, wischte sich den Mund mit seiner Serviette ab und legte sie hin. „Setz dich, Nico. Ich werde sie begrüßen."

Nico spürte, wie ihm der Schweiß in Perlen auf die Stirn trat, als er am Esstisch saß und darauf wartete, dass George und seine möglicherweise bezahlte *Freundin* mit seinem Dad hereinkamen. Er wusste einfach, dass das alles nur noch schlimmer machen würde.

Wenigstens hatte er jetzt einen Plan für Missy, als er gehört hatte, wie seine Stiefmom sich eingemischt und Lily danach gefragt hatte, ob Missy nicht bleiben könne, woraufhin Lily so am Boden zerstört ausgesehen und ihre Lippen zusammengepresst hatte, als versuchte sie, nicht zu weinen. Da hatte er gewusst, dass er Missy überreden musste. Er hatte gleich Vince und Sophia beiseite genommen, um mit ihnen über ein Jobangebot zu reden. Sie wohnten in der Nähe und hatten das nötige Geld, jemanden einzustellen. Wenn er für Missy einen Job und eine Wohnung fand und ihr klarmachte, wie wichtig es ihnen war, dass sie herzog, dann würde Lily wirklich glücklich sein. Er hatte Lily gegenüber am Abend zuvor erwähnt, dass ihre Alpträume vielleicht daher kamen, dass Missy wieder abreisen würde. Sie war seiner Meinung gewesen, dass das eine Möglichkeit war, obwohl sie auch sagte, dass sie im Moment einfach so viel zu tun hatte und es daher unmöglich genau wissen konnte. Doch er wusste es.

Es tat ihm körperlich weh zu sehen, wie Lily litt. Die Alpträume forderten ihren Tribut, sie hatte bereits dunkle Ringe unter den Augen, und es würde nur schlimmer werden. Lily würde sich in sechs Tagen von Missy verabschieden müssen.

George stand steif am Eingang zum Esszimmer. Er trug einen blauen Blazer über einem blütenweißen Hemd und einer grauen Hose. Seine Freundin/Frau vom Escortservice trug ein leuchtendgelbes Kleid, das vorne tief ausgeschnitten war. Es war so kurz, dass es gerade ihren Po bedeckte.

Nico erhob sich und schüttelte George die Hand. „Danke fürs Kommen.“

George sah an ihm vorbei zu Lily. „Du hast dich nicht fürs Abendessen angezogen?“

„Ich bin doch wohl nicht nackt, oder?“, schoss Lily zurück. Seine Brüder schmunzelten. Sie stand auf und umarmte ihren Dad, der ihr steif den Rücken tätschelte. Für George schien es etwas völlig Neues zu sein, jemanden zu umarmen. Schließlich zog sie ihren Dad zu Missy. „Das hier ist meine Schwester, Missy. Siehst du die Ähnlichkeit?“

George betrachtete Missy. „Schön, Sie kennenzulernen.“ Er ging zu seiner Freundin zurück. „Lily, das ist Bunny“, sagte George. „Bunny, meine Tochter, Lily.“

„Hi!“ Bunny lächelte strahlend. „Wir haben schon gegessen, aber ich habe Georgie gesagt, dass wir auf jeden Fall vorbeischauen müssen.“ Sie winkte an Lilys Schulter vorbei. „Hi, alle zusammen!“

Ein Chor von Begrüßungen setzte ein.

„Wir essen noch“, sagte Nico. „Wollt ihr euch ins Wohnzimmer setzen? Ich kann euch Kaffee bringen. Wir kommen dann rüber, sobald wir fertig sind.“

„Ich komme mit euch“, sagte Lily. „Ich bin gerade fertig.“

Nico sah sie vielsagend an. Sie war nicht fertig mit dem Essen. Und er auch nicht, doch er hatte das Problem geschaffen, darum würde er sich darum kümmern und es lösen.

„Prima!", rief Bunny. „Ich liebe Kaffee nach dem Abendessen!"

Nico ging, um den Kaffee und Tassen zu holen, während Lily sie ins Wohnzimmer begleitete. Er kam gerade zu ihnen, als Lily mit fröhlicher Stimme sagte: „Also, wie habt ihr beide euch kennengelernt?"

George und Bunny saßen Schenkel an Schenkel mitten auf dem weinroten Ledersofa, ließen aber weder links noch rechts genug Platz für sonst noch jemanden. Lily saß auf dem Ledersessel daneben.

Schnell stellte Nico zwei volle Kaffeetassen auf den Couchtisch. Er wusste, dass Lily nach dem Abendessen keinen Kaffee trinken konnte, weil sie dann nicht schlafen konnte, weil sie überdreht war. „Milch oder Zucker?"

„Wir trinken ihn beide schwarz", erwiderte ihr Dad.

Lily lächelte Nico an. Er konnte nicht widerstehen und beugte sich vor, um sie auf die Wange zu küssen. Sie schob die Hand in seinen Nacken und flüsterte ihm ins Ohr: „Mein Dad hat gesagt, dass ihm der Volksfestkommentar leidtut. Er ist sich sicher, dass unsere Hochzeit schön wird."

Sie lächelten einander an. Lily wusste nicht, dass Nico die Entschuldigung angeregt hatte, und sie musste es auch nicht erfahren. Es war auf jeden Fall besser, wenn sie glaubte, ihr Dad hätte es von sich aus getan.

Nico setzte sich in den anderen Ledersessel Lily gegenüber. Das Volksfestproblem war gelöst, jetzt war das Bunny-Problem an der Reihe, dann musste er Missy davon überzeugen, dass sie hierbleiben sollte, dann … Mist, er hoffte, ihm kamen nicht noch mehr Probleme dazu.

„Habt ihr auch Espresso?", fragte Bunny.

Für was hielt sie das hier, ein Restaurant? „Nein, tut mir leid", sagte Nico.

„Okay, kein Problem." Bunny nippte an ihrem Kaffee und verzog das Gesicht. Nico hatte keine Ahnung warum. Sein Bruder nahm immer frisch gemahlene Bohnen. Anspruchsvoll, anspruchsvoll.

„Dad?", hakte Lily nach. „Wie habt ihr euch kennengelernt?"

Ihr Dad zog sich den Kragen vom Hals. „Im Club."

„Ist deine Familie da auch Mitglied?", fragte Lily Bunny. „Vielleicht kenne ich sie."

„Nein", sagte Bunny. „Ich war mit einem anderen Freund da."

„M-hmm." Lily warf Nico einen Blick zu, mit dem sie ihm sagte: *Bingo! Escortservice! Ich hatte Recht.*

Wenn er jetzt so darüber nachdachte, war George vermutlich allein wegen seines Geldes ein guter Fang. Mit seiner Persönlichkeit konnte er sicher nicht punkten. Und er wirkte, naja, wie ein Großvater.

„Du weißt aber schon von dem Ehevertrag, oder?", fragte Nico Bunny. George hatte Nico das von dem Moment an unter die Nase gerieben, als er seine Tochter kennengelernt hatte. Lily jedoch vertraute Nico und hatte darauf bestanden, dass sie keinen brauchten.

Lily warf ihm einen warnenden Blick zu, den er ignorierte.

Bunny kicherte, ein zwitscherndes, kleines Lachen. „Wir werden nicht heiraten. Keine Sorge!"

George hustete und trank einen Schluck von seinem Kaffee.

Lily neigte den Kopf und musterte Bunny. Nico versuchte zu entscheiden, ob das hier zu einem Problem werden würde oder nicht. Bunny lächelte vor sich hin, als wüsste sie etwas, das die anderen nicht wussten. Lily wandte sich ihrem Dad zu, der interessanterweise rot anlief.

„Ach so, ihr beide datet also nur. Das ist nett. Ich glaube, ich habe meinen *alten* Dad noch nicht ein einziges Mal bei einem Date gesehen. Wie alt bist du, Bunny, wenn ich fragen darf?"

Bunny stellte ihre Tasse ab. „Ich bin dreißig. Ich weiß, ich weiß, ich habe so ein junges Gesicht. Ich muss immer noch meinen Ausweis zeigen, wenn ich Alkohol kaufen will! Obwohl ich schon eine ganze Weile keinen Alkohol mehr trinke. Richtig, Georgie?"

Nicos Magen drehte sich um. *Bitte lass es nicht das sein, was ich vermute.*

George nickte steif und starrte geradeaus.

Lily blickte zwischen den beiden hin und her. „Dad, was ist los? Du verhältst dich merkwürdig."

Sie starrten beide George an, der die Lippen geschlossen hielt.

„Sie werden es sowieso bald herausfinden", zwitscherte Bunny. „Ich bin mit Spencers Erben schwanger!"

Nicos Blick zuckte zu Lily, der derzeit einzigen Spencererbin, und war vollkommen darauf vorbereitet, sie aufzuwecken, wenn sie vor Schock ohnmächtig werden sollte. Das hier war noch viel schlimmer, als wenn Bunny eine Nutte gewesen wäre.

Lily drehte sich zu ihren Dad um. „Ist das wahr? Du wirst nochmal Vater?"

George atmete einmal tief ein und aus. „Wenn du es unbedingt wissen musst, ich habe durch modernste Technologie dafür gesorgt, dass Bunny ein Sohn eingepflanzt wurde. Sie ist eine Leihmutter. Es ist alles legal und abgesichert. Bunny und ich haben einen Vertrag."

Schauder.

George hatte Vorkehrungen getroffen, den männlichen Erben zu bekommen, den er sich immer gewünscht hatte. Lily musste am Boden zerstört sein. Sie hatte auch so schon immer geglaubt, dass ihr Dad lieber einen Jungen gehabt hätte. Nico ging zu ihr und legte ihr eine Hand auf die Schulter. Geschockt rührte sie sich keinen Millimeter, ihr Blick lag auf ihrem Dad.

Bunny fuhr fort, obwohl er und Lily immer noch zu schockiert waren, um irgendwelche Fragen zu stellen. „Georgie hat eine Eispenderin ausgewählt – keine geringere als eine Medizinstudentin aus Harvard, plus sein Sperma – gleich Baby. Normalerweise verbringe ich keine Zeit mit dem Vater, doch Georgie und ich haben festgestellt, dass uns die Gesellschaft des anderen Freude bereitet. Jedenfalls ist es jetzt meine zweite Reise. So nenne ich meine Leihschwangerschaft. Ich bin zum dritten Mal schwanger. Ich habe selbst eine neunjährige Tochter." Sie strahlte. „Ich liebe es einfach, schwanger zu sein!"

„Und dein Ehemann hat nichts dagegen?", fragte Nico.

Bunny schüttelte den Kopf. „Ich bin alleinerziehend. Der Loser hat nie eine Rolle in unserem Leben gespielt."

Nico sah zu Lily. Sie erwiderte den Blick, und ein langsames Lächeln breitete sich auf ihrem Gesicht aus. Sie drehte sich zu ihrem Dad und Bunny um. „Ich werde eine große Schwester?"

„Ja", sagte ihr Dad.

Lily schoss von ihrem Platz hoch. „O mein Gott, was für ein wunderbares Hochzeitsgeschenk!"

Nico zuckte zurück, versuchte, aus Lilys vollkommen unerwarteter Reaktion schlau zu werden; dann entschied er sich, einfach mitzuspielen. Das war eben Lily – überschwänglich und liebevoll, sie sah immer die gute Seite in neuen Aufgaben.

Er umarmte sie, denn er wusste, ihr Dad würde es nicht tun, und sie kuschelte sich an ihn und flüsterte: „Ich habe solch ein Glück. Jetzt habe ich so viel Familie."

Er lächelte. „Und bald werden wir unsere eigene haben."

Sie hob ihren Kopf und sah ihn aus ihren stahlblauen Augen freudestrahlend an wie immer. „Ich kann es nicht erwarten, dass du mir ein Baby machst."

Ihr Dad räusperte sich. Als stünde ihm irgendein Urteil zu. Dem Mr Designerbaby da drüben.

Lily grinste, während sie Nico ansah, sprach aber laut genug, damit ihr Dad es hörte. „Ich meinte natürlich, du sollst heißen Sex mit mir haben und mich dabei schwängern."

Nico lachte.

Bunny kicherte.

George erhob sich. „Danke für den Kaffee. Ich muss Bunny jetzt nach Hause fahren. Es ist wichtig, dass sie sich ausruht."

„Ach, du!", sagte Bunny liebevoll. Sie drehte sich zu Lily um. „Er passt immer so auf mich auf."

„Und das Baby", warf Lily ein.

Bunny lächelte. „Natürlich, Liebes, nur darum geht es."

Lily küsste ihren Dad auf die Wange und umarmte Bunny. Nico schüttelte ihnen die Hände.

Sobald sich die Tür hinter ihnen geschlossen hatte, nahm

Nico Lilys Kinn und küsste sie. „Jetzt, da sie weg sind, sei ehrlich, bist du nicht ein wenig traurig? Du wirst dir das Spencer-Erbe teilen müssen."

„Soll das ein Witz sein? Das Spencer-Erbe war schon immer ein Klotz an meinem Bein. Ich teile gerne, und wir werden dafür sorgen, dass das Baby auch ein Teil unserer Familie sein wird. Dad wird es diesmal mit meiner Hilfe besser machen. Dir ist es vielleicht nicht aufgefallen, aber er gibt sich jetzt wirklich Mühe mit mir. Hast du gesehen, dass er vorhin meine Umarmung erwidert hat?"

„Ja." Er entschied sich, nicht zu erwähnen, wie steif und unbeholfen die Umarmung ausgesehen hatte.

„Das war ein riesiger Schritt vorwärts. Wir haben uns sonst nie umarmt. Und das alles nur, weil er mich beinahe verloren hätte, als ich endlich mal auf den Tisch gehauen und ihm gesagt habe, dass er mich gefälligst richtig behandeln soll."

„Verdammt richtig", sagte er und erwähnte nicht, wie groß die Rolle war, die *er* bei dieser Versöhnung gespielt hatte.

Lily nickte. „Er gibt sich richtig Mühe, diese Verbindung aufrecht zu erhalten. Vielleicht wird er doch noch ein hingebungsvoller Vater."

„Du fantasierst, Frau." Er küsste sie, weil sie einfach anbetungswürdig war.

„Merk dir meine Worte", sagte sie und schlang ihre Arme um seinen Hals. „Es geschehen große Dinge im Spencer-Familienstammbaum."

„Apropos Stammbaum, was hältst du davon, wenn ich dich heute Nacht schwängern würde?"

Sie lachte, und der Laut war nach all den Sorgen, die er sich um sie gemacht hatte, mehr als willkommen. „Wir waren uns doch einig, dass wir bis zu den Flitterwochen warten." Sie knabberte an ihrer Unterlippe. „Aber wir können ja schon mal üben."

Er grinste, dann beugte er sie über seinen Arm und küsste sie, eine Bewegung, die er einmal in einem Film gesehen hatte und die sie jedes Mal umhaute. Es war eine Erinnerung an das erste Mal, das er sie geküsst hatte, damals, als er sie mit einer gewissen anderen Rothaarigen verwechselt hatte. Alles war fantastisch ausgegangen. Als er sie endlich zu Atem kommen ließ, keuchte sie und war rot angelaufen, doch so sah er sie am liebsten.

„Ich bin so glücklich, Nic!", hauchte sie.

Er zog sie in seine Arme und hielt sie fest, während seine Brust schmerzte und seine Augen brannten, denn ihr Glück war *alles*.

Wenn es ihm jetzt noch gelang, Missy zum Bleiben zu überreden, konnte er sich endlich entspannen, denn dann wusste er, dass er seinen Job erledigt hatte – gut zu Lily zu sein.

4

Nach sechs Nächten mit immer mehr Alpträumen ging Nico auf dem Zahnfleisch. Heute war ihr Hochzeitstag, und Lily war im Haus seiner Eltern und machte sich dort fertig. Der Job für Missy war keine sichere Sache. Vince und Sophia schlossen gerade ein großes Projekt ab und hatten noch keine Gelegenheit gehabt, sich die Zahlen anzusehen, um herauszufinden, ob sie sich einen Büromanager leisten konnten. Sie hatten bereits eine Rezeptionistin, die auch für die Ablage und solche Sachen zuständig war. In seiner Familie kannte niemand jemanden, der gerade eine Bürokraft suchte. Er selbst hatte auch schon ausreichend viele Angestellte. Das richtige Timing war alles. Er hoffte, Vince und Sophia würden sich beim Hochzeitsempfang dazu äußern, doch er wusste es nicht sicher. Ohne das konnte er nicht auf die Suche nach einem Apartment für Missy gehen. Und im Moment war Missy noch fest entschlossen, nach Seattle zurückzukehren.

Er starrte in den Garten hinaus, nahm jedoch nichts wahr. Er hatte noch drei Stunden, dann musste er im Park sein. Jemand klopfte an die Tür. Hm. Ganz schön früh für seine Brüder, aber okay. Die geliehenen Smokings waren hier, und sie hatten geplant, sich gemeinsam fertig zu machen und gemeinsam zum Park zu fahren.

Als er die Tür öffnete, sah er zu seiner Überraschung

Missy in Alltagskleidung auf seiner vorderen Veranda stehen, nicht in ihrem Brautjungfernkleid. Sie sah angespannt aus.

Sein Magen sackte ihm in die Kniekehlen, und sein Herz pochte in seinen Ohren. „Was ist los?"

„Lily ist okay", sagte sie. „Ich habe nur das *etwas Altes* vergessen, das ich ihr geben wollte."

Etwas Altes? Er trat beiseite, und sie kam herein und ging gleich die Treppe nach oben. Er wartete auf dem Sofa im Wohnzimmer und wollte Missy fragen, wie es Lily ging. Lily hatte entschieden, dass sie sich am Tag vor der Hochzeit nicht sehen und auch nicht miteinander sprechen sollten, da das angeblich Glück bringen würde. Er konnte nicht verstehen, was das mit Glück zu tun haben sollte, denn entweder passten sie zueinander oder nicht.

Lange Minuten vergingen, dann wurde es oben laut. Missy führte Selbstgespräche und polterte oben herum.

„Brauchst du Hilfe?", rief er.

Keine Antwort. Nur noch mehr Gepolter und Murmeln.

Er ging hinauf und blieb im Flur vor Missys Schlafzimmer stehen. Sie stand da, hatte ihren Rücken ihm zugewandt, die Hände in die Hüften gestemmt und starrte auf einen Haufen Durcheinander, der auf ihrem Bett ausgebreitet war. Und dann tat sie etwas ganz Seltsames: Sie nahm ein paar Kleidungsstücke, warf sie zu Boden, setzte sich dann auf den Bettrand und schlug sich die Hände vors Gesicht.

Er zögerte. Weinte sie? Sollte er Lily anrufen? Nein, er wollte Lily nicht noch mehr Stress zumuten. Er würde das Problem herausfinden und es lösen, wenn er konnte. „Missy?"

Sie richtete sich auf und wischte sich die Augen ab. „Was?", fragte sie mit erstickter Stimme.

„Brauchst du Hilfe?"

Sie sah auf all den Kram auf dem Bett und deutete darauf. „Ich kann sie nicht finden. Ich bin so doof. Ich habe gespart, um ihr diese antiken Perlohrringe zu kaufen. Sie sollten ihr *etwas Altes* sein." Sie drehte sich zu ihm um, die Augen ganz wässrig, ihre Lippen, die Lilys so ähnlich waren, hatte sie zusammengepresst, wie Lily es tat, wenn sie versuchte, nicht zu weinen. Schwestern, die bis jetzt ihr ganzes Leben voneinander getrennt gelebt hatten. „Sie braucht das zum Glück. Es muss etwas Altes sein, etwas Neues, etwas Geliehenes und etwas Blaues. Ich habe alles, nur das Alte nicht."

„Kannst du ihr nicht einfach etwas anderes Altes geben? Vielleicht einen alten Penny oder so?"

Sie rang sich die Hände und starrte darauf. „Ich wollte einfach, dass der heutige Tag perfekt ist." Ihre Unterlippe zitterte, und sie biss darauf. Sie hob ihren Kopf. „Ich werde sie danach nicht mehr sehen, und ich wollte die beste Brautjungfer, die beste große Schwester sein, die es gibt." Ihre Stimme brach.

„Du bist doch eine großartige Schwester. Mach dir keine Sorgen um diesen Glücksbringer, dass du da bist, reicht vollkommen. Die Einladung, dass du bei uns bleiben kannst, gilt immer noch."

Missy schüttelte den Kopf, und ein kleines Lächeln verzog ihre Lippen. „Du bist wirklich einer der Guten. Ich weiß nicht, Nico, ich kann mir nicht vorstellen, meinen Job, mein Apartment, meine Unabhängigkeit aufzugeben. Ich bin, seit ich fünfzehn war, immer nur allein."

Mann, das musste schlimm gewesen sein. „Jetzt musst du das aber nicht mehr. Betrachte es doch mal so, wenn du bleiben würdest, wäre das für uns das großartigste Hochzeitsgeschenk."

Sie atmete einmal tief durch. „Ich werde darüber nachdenken." Sie sprang vom Bett auf. „Ich weiß, wo sie sind!" Sie schoss an ihm vorbei, den Flur hinunter zum Bad und tauchte ein paar Augenblicke später triumphierend wieder auf. „Ich habe sie in die innere Reißverschlusstasche meines Kosmetikbeutels gesteckt. Danke, Nico!"

Sie raste die Treppe hinunter und zur Tür hinaus.

Er ließ sich gegen die Wand sinken und hoffte, dass er zu ihr durchgedrungen war.

～

Lilys baldiger Ehemann kniff die Augen zusammen. Er sah

aus wie ein Filmstar im Smoking unter dem Bogen aus weißen Rosen im Baldwin Park. Er sprach mit gedämpfter Stimme. „Sag mir doch bitte noch mal, warum die ganze Stadt zu unserer Hochzeit eingeladen ist?"

Im Park wimmelte es von Menschen, jeder bereitgestellte Stuhl war besetzt, außerdem standen unzählige Leute in der Nähe. Eine Schickimicki-Hochzeit im Country Club hatte sie nicht gewollt, obwohl ihr Dad alles finanziert hätte, und Nico hatte bereits bei seiner ersten desaströsen Ehe kirchlich und mit teurem Empfang geheiratet. Diese Ehe, das wussten sie beide, würde halten.

„Weil Hochzeiten Spaß machen sollen", flüsterte sie und lächelte die Richterin des Ortes, die als Standesbeamtin fungierte, an, die vor ihnen stand und mit der Zeremonie beginnen wollte. Und für seine riesige Familie, ihrer kleine Familie (ihrer Schwester, ihren Dad und Bunny mit ihrem Babybruder an Bord) und scheinbar Hunderten von neuen Freunden aus der Stadt. Überall rannten Kinder herum und machten Lärm, weil sie auf die Party nach der Zeremonie warteten. Sie hoffte, dass all diese guten Fruchtbarkeits-schwingungen auf sie abfärbten. Sie wollte so schnell wie möglich Kinder haben.

Riesige weiße Zelte waren an einer Seite des Parks zusammen mit einer Tanzfläche und einer kleinen Bühne aufgestellt worden, Tische, ein Buffet und eine Bar mit kosten-pflichtigen Cocktails, deren Erlös der Earth Defense Group gestiftet werden sollte. Das war ihr Arbeitsplatz als Umwelt-rechtlerin – ein fabelhafter Zweck. Der Park selbst war umwerfend, da es Anfang Oktober war und die Herbstblätter in ihrer ganzen glorreichen Farbenpracht strahlten. Sie hatte einen Stand von Shane's Scoops engagiert, um für die Kinder Eis zu haben, und die Garner's Sports Bar & Grill war für das Catering zuständig. Lily wollte, dass es allen kleinen Geschäften in der Stadt gut ging. Sie waren alle so nett, besonders Barry Furnukle von der Dancing Cow. Was für eine Ulknudel der Typ war! Er hatte ihnen eine Hochzeitstorte aus Frozen Yoghurt gemacht, dazu die Karaokemaschine zur

Verfügung gestellt und sogar Spaßbrillen mit Wackelaugen für die Kinder mitgebracht.

Sie drehte sich um und signalisierte Judge Fleming, einer älteren Frau mit schwarzgefärbtem Haar, dass sie anfangen konnte.

„Freunde und Familie und … Bürger, wir haben uns heute hier versammelt, weil Lily Spencer und Nico Marino den Bund der Ehe eingehen möchten."

Nico nahm ihre beiden Hände in seinen warmen Griff und sah ihr in die Augen. Ihr Herz pochte. Denn das hier war der Mann, der geschworen hatte, nie wieder zu heiraten. Und jetzt schwor er, sie niemals loszulassen. Er zeigte ihr seine Liebe täglich und auf jede erdenkliche Weise, und ihr Herz war mit Liebe gefüllt.

Judge Fleming fuhr fort. „An diesem schönen Oktobertag dürfen wir die Liebe zweier Menschen erleben, die uns am Herzen liegen." Sie räusperte sich. „Oder uns bald am Herzen liegen werden, wenn wir die neuesten Angehörigen unserer Gemeinde kennenlernen werden."

Lily grinste, weil sie wusste, was als nächstes kommen würde. Nico lächelte.

„Hat jemand der Anwesenden etwas gegen diese Heirat einzuwenden?", fragte Judge Fleming.

Lily drehte sich zu der Menge um und gestikulierte. „Jetzt", flüsterte sie.

Jeder schüttelte Salz- und Pfefferstreuer voller Reis. Sie hatte vor, sie dem zweitgrößten Salz- und Pfefferstreuermuseum in Iowa zu schicken. Sie und Nico hatten auf ihrer Fahrt durch Amerika, damals, als sie sich gerade erst kennengelernt hatten, so viele unglaubliche Dinge gesehen. Nico schüttelte lächelnd den Kopf.

„Das heißt nein!", rief ihre ältere Nachbarin, Maggie O'Hare, aus der zweiten Reihe.

Alle lachten. Judge Fleming bedeutete allen, die Streuer wegzulegen. Ein paar Kinder schüttelten noch ein paarmal mehr.

Judge Fleming wartete, bis alle ihre Aufmerksamkeit wieder ihr zuwandten, dann fuhr sie fort. „Nico, nimmst du

Lily zu deiner Frau? Versprichst du, sie zu lieben und zu ehren, zu achten und zu beschützen, allen anderen zu entsagen und für immer bei ihm zu bleiben?“

„Ja, das tue ich“, sagte er in ernstem Ton.

Lily blinzelte die Tränen weg.

Judge Fleming fuhr fort. „Und Lily, nimmst du Nico zu deinem Ehemann? Versprichst du, sie zu lieben und zu ehren, zu achten und zu beschützen, allen anderen zu entsagen und für immer bei ihm zu bleiben?“

„Ja, das tue ich“, sagte sie mit zugeschnürter Kehle.

Die Richterin machte Nicos Trauzeugen, seinem Stiefbruder Luke ein Zeichen wegen der Ringe. Er reichte Nico die Ringe.

„Ich hab sie“, sagte Nico leise zu der Richterin. Dann mit starker, deutlicher Stimme sagte er: „Ich verspreche, dich, Lily, zu meiner Frau zu nehmen, dich zu lieben und zu ehren, in Krankheit und Gesundheit, in guten wie in schlechten Zeiten, und ich verspreche dir meine unendliche Liebe.“ Er nahm ihre linke Hand und schob den goldenen Ehering auf ihren Finger, wobei er sagte: „Mit diesem Ring nehme ich dich zu meiner Frau.“

Plötzlich fühlte es sich so real an. Und so richtig. Sie wiederholte das Gelöbnis, auf das sie sich zuvor geeinigt hatten, denn die schlichten, aber eleganten Worte sagten alles, was sie sagen wollten. Sie schob ihm den Ring auf den Finger. Und dann standen sie da und grinsten wie die Idioten, während die Richterin fortfuhr.

„Nico und Lily, Kraft meines mir vom Staat Connecticut verliehenen Amtes erkläre ich euch hiermit zu Mann und Frau.“

Die Menge jubelte. Nico beugte sie über seinen Arm und küsste sie, wie im Film, und wieder stockte ihr der Atem.

Hand in Hand liefen sie den Gang entlang zu Jubel und Unmengen an Konfetti.

Und dann war es Zeit zu feiern. Ihre neue Schwägerin, Zoe, und deren Band begannen mit dem fröhlichen Swing „Swing Me Up, Baby“, woraufhin die älteren Gäste auf die Tanzfläche strömten, dazu ein paar begeisterte kleine Kinder.

Lily gesellte sich zu ihnen und zog Nico mit sich. Dank ihrer Nachbarin, Maggie, hatte sie Maggies Enkel, deren Frauen und ihre Urenkel kennengelernt, daher tanzte sie dort, wo die Kinder waren. Ryan und Liz O'Hares Zwillinge, die Vierjährigen Alice und Maggie, hielten sich an den Händen und hüpften im Takt der Musik. Zum ersten Mal war sie ihnen in Maggies Haus begegnet, und May hatte sie informiert: „Eigentlich heiße ich Margaret nach meiner Urgroßmutter."

„Sie ist nicht wirklich groß", warf Alice ganz ernst ein, „sie nennen sie nur so."

„Sie ist ganz normal", fügte Maggie nickend hinzu.

Worauf Maggie erwiderte: „Eine normale, coole Kumpeline." Beide Mädchen mussten lachen.

„Lily!", riefen die beiden Mädchen jetzt gemeinsam.

„Dein Kleid ist so schön!", rief Alice, nahm sich den gewellten Saum und schwenkte ihn vor und zurück. Ihr Kleid, das aus einer Kollektion für große Frauen stammte, war ein schlichtes Kleid aus Seide und Satin, das vorne und hinten einen tiefen Wasserfallausschnitt hatte. Es betonte vorteilhaft ihre Kurven. Der Saum des Kleides war gewellt mit Spitzenborte. Sie hatte sich sofort verliebt und sich vorgenommen, es an ihrem zehnten Hochzeitstag nur zum Spaß noch einmal zu tragen.

„Danke!", sagte Lily. „Eure Kleider sind aber auch sehr hübsch!"

Die Mädchen trugen jeweils das gleiche gelbe gepunktete Kleid mit gelben Bändern in ihren Zöpfen.

Alice nahm Lilys Hand, darum nahm Maggie Nicos Hand, und sie tanzten in einem kleinen Kreis. Plötzlich stürmte ein blonder Wirbelwind zwischen sie. Der sechsjährige Bryce, noch einer von Maggies Urenkeln – Trav und Daisy O'Hares Sohn. Er warf sich auf den Boden und machte eine komplizierte Kick- und Twist-Bewegung. Um nicht dumm dazustehen, warf sich auch sein dreijähriger Bruder Cole auf den Boden und legte mit Push-Ups los, bei denen sich nur sein Kopf auf und ab bewegte.

„Ihr habt's richtig drauf", sagte Nico zu den Jungs.

„Ich nehme Hip-Hop-Unterricht im Clover Park Tanzstudio", rief Bryce stolz und mit einem Lächeln, bei dem er zwei fehlende Schneidezähne präsentierte, dann drehte er sich wie eine Schildkröte auf dem Rücken.

„Und dann bringt er es mir bei!", rief Cole und sprang auf, um auch gelobt zu werden.

Sie tanzten alle mehrere Lieder lang, bis die Band eine Pause machte und Barry Furnukle die Karaokemaschine auf die Bühne schob, damit Gäste, die Lust dazu hatten, sie ausprobieren konnten.

„Möchten die Braut und der Bräutigam vielleicht als erste?", fragte Barry.

Nico zog seinen Finger über seine Kehle. Lily grinste und eilte zu Barry. „Hast du auch Red Hot Chili Peppers?", fragte sie.

„Natürlich. Ich habe alles", sagte Barry stolz.

Lily fand das Lied, das sie wollte, „Road Trippin", und bat ihn, es zu spielen. „Das ist sowas wie unser Lied", sagte sie ihm.

„Sollst du haben", sagte Barry und richtete es ein.

„Nic!", rief sie ihrem Mann zu, der sie von der Tanzfläche aus anstarrte. Seinen Gesichtsausdruck konnte man nur schwer entziffern. Er war irgendwo zwischen Entsetzen und Amüsement angesiedelt. „Das ist unser Lied!"

„Ich wusste gar nicht, dass wir ein Lied haben!", rief er zurück.

„Dann hör zu!" Sie strahlte. Barry startete das Lied, und Lily sang den Text dazu. Es war eine Ballade, und sie gab den Text zum Besten, in dem es darum ging, einen Roadtrip zu machen, um Amerika zu sehen.

Nico verzog das Gesicht. Okay, sie war nicht gerade die beste Sängerin. Sie bedeutete Nico, zu ihr zu kommen, doch er lehnte ab. Verzweifelt gestikulierte sie in Barrys Richtung, der in ihrer Nähe stand, und er kam mit einem zweiten Mikrofon zu ihr. Seine Stimme ergänzte ihre auf eine etwas angenehmere Weise. Jetzt machte es Spaß. Eine Menge versammelte sich, um zuzuhören.

Nicos Stiefbruder Luke stieß ihn mit dem Ellbogen an, damit er zu ihr hochging, doch er rührte sich nicht. Sie blickte über diese Menge lächelnder Leute hinweg und spürte, wie die Energie durch sie strömte. Nicos Familie hatte sich um ihn versammelt – jetzt waren sie auch Lilys Familie. Sie hatte das Gefühl, als würde ihr Herz gleich platzen.

Und dann kam Missy zu ihr ans Mikrofon, und gemeinsam klangen ihre Stimmen fast gut. Eigentlich mochte ihre Schwester kein Karaoke, und doch stand sie da und sang sich die Lunge aus dem Leib. Sie lächelte Missy an, die zurücklächelte und für Lily ganz dabei war. Bittersüße Tränen brannten in Lilys Augen, während sie diesen schönen Moment mit ihrer Schwester teilte, die einmal für sie verloren und jetzt wiedergefunden war, doch bald wieder so weit weg sein würde.

Sie blickte über die Menge und versuchte, sich zusammenzureißen. Ihr Dad, dieser gediegene Mann mit dem Stock im Arsch, warf ihr gönnerhaft ein Lächeln zu. Das brachte sie nur noch mehr dazu, Missy hier behalten zu wollen, das liebevollste Familienmitglied, das sie je gehabt hatte. Doch als das Lied endete, kamen andere Leute auf die Bühne, um auch zu singen, und der Moment war vorüber.

Nach einer kurzen Pause, in der sie etwas aßen, sagte Nico, dass er sich um eine Überraschung für sie kümmern müsse, was an sich schon aufregend genug gewesen wäre, doch dann hatte sie auch noch eine Menge Spaß dabei, alle Gäste zu begrüßen, und als sie zu ihrer Nachbarin Maggie kam, sagte die etwas ganz Wunderbares.

„Ich mache dich hiermit zu einer inoffiziellen O'Hare, Lily", erklärte die Frau mit einem Nicken. Die Feder in ihrer pfirsichfarben gestrickten Baskenmütze nickte zustimmend.

„Das finde ich schön!", rief Lily. Nur gut, dass Nico das nicht gehört hatte, er hätte definitiv etwas einzuwenden – schließlich war sie jetzt eine Marino.

„Ich dachte, ich wäre ein inoffizieller O'Hare", sagte ein umwerfender Latino.

„Das ist Rico", sagte Maggie, „mein vierter Enkelsohn. Den habe ich in seinen Zwanzigern adoptiert. Ryan, Trav und Shane hast du ja schon kennengelernt."

Alle Männer begrüßten sie von ihrem Platz am Tisch aus,

wo sie mit ihren Frauen und Kindern saßen. Maggie hielt Lily auf dem Laufenden, was ihre Enkel, Schwiegerenkel und Urbabys anging, wenn sie am Wochenende zusammen gärtnerten. Sie wusste, dass Ryan der älteste war und auf die Familie genauso aufpasste wie als Polizei-Chief auf die ganze Stadt. Liz unterrichtete eine dritte Klasse in der Clover Park Grundschule mit ihrem zwanghaften Ordnungssinn, der durch ihr liebevolles Herz erträglich wurde. Trav, der mittlere Enkel, machte immer nur Witze. Ihm gehörte seine eigene Landschaftsdesignfirma. Seine Frau, Daisy, kümmerte sich um ihre Jungs und gab Kurse in Babymassage. Shane, der Jüngste, war nicht nur Besitzer des Shane's Scoops, sondern auch des Something's Brewing Café und des Book It zusammen mit seiner Frau Rachel. Die Urenkel waren eine wilde Bande, doch es war immer jemand von der Familie in der Nähe, um sie in Schach zu halten.

Rico setzte ein Lächeln auf, das sein ganzes Gesicht erhellte. „Das hier ist meine Frau, Samantha, eine *offizielle* del Toro, und unsere Tochter, Gracie." Er deutete auf das kleine Mädchen mit den dunkelbraunen Haaren und den dunkelbraunen Augen auf seinem Schoß. „Und Jaden." Er deutete auf ein anbetungswürdiges, dunkelhaariges Kleinkind auf dem Schoß seiner Frau.

„Herzlichen Glückwunsch", sagte Samantha. „Ich hoffe, ich sehe dich bei den O'Hare Partys."

„Oh, davon haben wir eine Menge!", rief Maggie. „Bei uns gibt's immer was zu feiern!"

Darauf musste Liz lachen. Ryan grinste.

„Du rockst, Mädchen", sagte Daisy und stieß ihre Faust mit Maggies zusammen.

Shanes Frau, Rachel, war mit ihrem Neugeborenen, Samuel, der erst eine Woche alt war, zu Hause. Seine anderen Kinder, alles rothaarige Mädchen von vier, drei und einem Jahr saßen in einer Reihe am Tisch wie kleine Engel – Abby, Hannah und Becca.

„Ich liebe Partys!", sagte Lily. „Und ich wäre gern eine inoffizielle O'Hare."

„Ich erkenne einen verwandten Geist, wenn ich einen

sehe", sagte Maggie mit einem selbstzufriedenen Gesichtsausdruck. „Ruf mich nach den Flitterwochen an, dann können wir an unserem geheimen Projekt arbeiten."

„Und was ist das?", fragte Ryan.

„Ich hätte gedacht, gerade ein ehemaliger Privatdetektiv wüsste, was geheim bedeutet", schnaubte Maggie.

„Gran", warnte Ryan.

Lily musste unwillkürlich lachen. Es war nichts Gefährliches. Sie und Maggie glaubten einfach beide daran, wie wichtig frisches Essen aus der Gegend war, und planten den ersten Clover Park Gemeinschaftsgarten.

„Auch ich erkenne einen verwandten Geist, meine Liebe", schnurrte Jorge, Maggies Ehemann, neben ihr.

Lily konnte es nicht fassen, dass sie so eine wunderbare Familie gewonnen hatte. Erst hatte Nicos Familie sie wie eine der ihren aufgenommen, und jetzt wollte auch Maggie das. Außerdem hatte sie eine große Schwester und bald einen kleinen Bruder. Es war, als würde das Universum sie für ihre einsame Kindheit entschädigen, in dem es ihr mehr Familie bescherte, als sie sich je zu träumen gewagt hatte.

„Schau nicht so glücklich drein", sagte Trav, und seine haselnussbraunen Augen funkelten voller Schalk. „Sie sucht nur jemanden, den sie verlocken kann, sich mit ihr in das nächste gefährliche Abenteuer zu stürzen."

„Travis O'Hare!", rief Maggie. „Jeder liebt meine Abenteuer."

„Denk an das Ziplining", sagte Ryan.

Shane sah Lily durchdringend mit einem merkwürdigen Blick an. „Denk daran, wie du jemandes Harley gestohlen und auf eine Spritztour gegangen bist."

„Wirklich, Grandma?", fragte Shanes Älteste, Abby, von seiner Seite aus.

Maggie winkte ab. „Dein Daddy hat nur einen Witz gemacht."

„Der Kuchen ist soweit!", rief Barry.

Shane stand abrupt auf. „Dann sollte ich wohl mal besser den Eiswagen aufbauen."

Lily machte sich auf die Suche nach ihrem Ehemann, den

sie bald darauf bei Vince, Sophia und Missy fand. „Nic, komm! Kuchen!"

Nico holte sie ein, nahm ihre Hand und ging mit ihr, um die … ungewöhnliche Kreation zu bewundern. Die Hochzeitstorte aus Frozen Yoghurt, von der Lily gedacht hatte, es wäre Vanille mit Schokostücken, stellte sich als Kokosnusssahne mit Minzschokostückchen heraus. Der Zuckerguss hatte Popcorngeschmack. Ein Dancing Cow Original. Shanes Töchter, Abby, Hannah und Becker rümpften die Nasen. Lily musste gestehen, dass die Geschmacksrichtungen eine ungewöhnliche Kombination und widerlich süß waren, doch sie tat, was jede Braut getan hätte.

Sie schmierte sie dem Bräutigam ins Gesicht.

Mit dieser überraschenden Aktion erwischte sie Nico unvorbereitet.

„Das gibt Rache", knurrte er und ging auf sie zu.

„Du kannst mein Hochzeitskleid nicht ruinieren!", rief sie.

Er zögerte, und sie dachte schon, sie hätte die Runde gewonnen. Dann legte er seine Arme um sie und küsste sie mit seinem verschmierten Mund, was sie all dieses Kokosnuss-Pfefferminz-Popcornaroma schmecken ließ.

Dann löste er sich von ihr und strahlte sie an.

Jemand ging ans Mikrofon. „Zeit für einen Toast."

Sie wischte sich den Mund ab und drehte sich um, um Luke bei seiner Trauzeugenrede anzusehen. Er war absichtlich ohne Date zur Hochzeit gekommen, denn, wie er sagte: „Frauen verstehen das immer falsch, wenn man sie zu einer Hochzeit mitnimmt."

Nico nahm eine Serviette und wischte sich das Gesicht sauber. Dann hielt er ihr Kinn und wischte auch ihre Wange ab, von der sie gar nicht gewusst hatte, dass sie dort auch Frozen Yoghurt hatte, dann küsste er sie. Missy nahm die Serviette und warf sie weg, vermutlich, damit sie die Rede nicht verpassten.

„Es war einmal", hob Luke an, „eine Rothaarige, die stand auf Arbeitertypen wie meinen Bruder Nico."

Die Menge jubelte. Lily wurde rot, denn vermutlich

dachte sie, das wäre sie. Nico legte von hinten seine Arme um sie.

Luke fuhr fort. „Und für Nico war das in Ordnung." Alle lachten. „Doch dann tauchte eine andere Rothaarige auf." Alle schwiegen. „Dreimal dürft ihr raten, wer das war – unsere Lily."

Sie wand sich ein bisschen, denn sie wusste, was jetzt kommen würde. Sie hoffte nur, dass er nicht der ganzen Stadt erzählte, dass sie Nico für den unerwarteten Kuss eine geknallt hatte. Das war eher eine symbolische Ohrfeige gewesen, wie jede Lady es getan hätte, die von einem Fremden belästigt wurde.

„Also tat Nico das, was jeder heißblütige Mann getan hätte", sagte Luke. „Er küsste einfach die erste Rothaarige, die in seinen Ausstellungsraum kam." Er hielt inne, als weiteres Gelächter ausbrach. „Gott sei Dank für uns hat er die Richtige erwischt. Lily ist so gut für meinen Bruder. Und meine ganze Familie und ich, wir danken dir dafür. Dafür, dass du ihm das Glück gebracht hast, das er so verdient hat. Dafür, dass du Familie genauso schätzt wie wir. Wir sind glücklich, dich unsere Schwester nennen zu dürfen."

„Und Tochter!", rief Mrs Marino.

„Ja!", johlte auch Mr Marino.

„Sie ist meine Tochter!", verkündete jetzt ihr Dad mit lauter Stimme. Und aus irgendeinem Grund schnürte das ihre Kehle mehr zu als sonst etwas. Er versuchte wirklich, ihr näher zu kommen.

„Auf euer Glück", sagte Luke und hielt sein Champagnerglas zum Gruß in die Höhe. „Und möget ihr mit vielen Kindern gesegnet sein." Seine ganze Familie wusste, dass sie eine große Familie wollten. Lily hatte immer davon geträumt, nachdem sie als Einzelkind aufgewachsen war.

Alle prosteten ihnen zu. Nico drehte sie in seinen Armen um und küsste sie atemlos.

Auch ihre Schwester kam und hielt eine Rede und erzählte davon, dass sie und Lily einander erst so spät kennengelernt hatten. Dann beendete Missy ihre Rede mit erstickter Stimme: „Nico hat mich gebeten, ein Teil von seiner und Lilys Familie zu sein, und ich möchte nichts mehr auf dieser Welt."

Lily schnappte nach Luft und schlug sich die Hand vor den Mund. Sie drehte sich zu Nico um, der lächelte. Er legte einen Arm um ihre Schultern und bedeutete ihr, ihrer Schwester weiter zuzuhören.

„Wenn das für dich in Ordnung ist, Lily?", fragte Missy.

„Ja!", schrie Lily.

Missy hob eine Hand und fuhr mit zitternder Stimme fort. „Alle haben mich so herzlich aufgenommen, und ich habe hier einen Job angeboten bekommen – danke, Vince und Sophia –, und ich werde auch eine Wohnung finden. Obwohl Nico so nett war, mich einzuladen, bei ihm und Lily zu wohnen, solange ich möchte, will ich die Frischvermählten nicht stören. Manche Dinge kann man einfach nicht ungesehen machen."

Alle lachten.

Missy sah nun Lily direkt an. „Ich werde hier wohnen, sobald ich es einrichten kann. Nico hat gesagt, dass es für euch beide das schönste Hochzeitsgeschenk sein würde, doch in Wirklichkeit ist es ein Geschenk, das ihr beide mir gemacht habt." Am Ende des Satzes wurde ihre Stimme wieder zittrig, und sie steckte schnell das Mikrofon zurück in seinen Ständer.

Lily umarmte Nico ganz fest, und Tränen traten ihr in die Augen. „Danke, danke, danke."

„Du musst dich bei Vince und Sophia bedanken", sagte er leise und legte seine Arme um sie. „Sie brauchen jemanden fürs Büro. Erst der Job hat alles andere möglich gemacht."

Sie sah ihn mit all der Liebe in ihrem Herzen an. „Du hättest Missy kostenlos bei uns wohnen lassen, solange sie es gewollt hätte, nur, damit ich sie in meiner Nähe habe?"

„Ja. Doch der Job war Missy wichtig. Sie wollte ihren Lebensunterhalt selbst verdienen."

Lily drehte sich zu ihrer Schwester um, die immer noch auf der Bühne stand und aussah, als würde sie sich gleich die Augen ausheulen, dann rannte sie zu ihr, um sie zu umarmen. „Ich bin ja so aufgeregt!", rief sie, als sie Missy erreichte.

Sie drückte sie ganz fest an sich, dann löste sie sich von ihr. „Ich wollte so sehr, dass du bleibst, doch ich hatte Angst, dass es zu viel verlangt wäre, dich darum zu bitten. Wir werden all die Dinge tun können, die wir vorher verpasst haben – Geburtstage, Urlaube, spontane Besuche, Sonntagsessen, und ich weiß, dass du eine großartige Tante für meine Kinder sein wirst. Das ist wirklich das beste Hochzeitsgeschenk aller Zeiten!"

„Wie ich bereits gesagt habe, es ist auch für mich ein Geschenk." Missy wischte sich eilig die Tränen weg und stieß ein kleines Lachen aus. „Sonst bin ich absolut nicht nahe am Wasser gebaut."

„Ich werde dir bei allen Details helfen. Sobald ich aus den Flitterwochen zurück bin, werden wir deinen Umzug planen. Du musst dir um nichts Sorgen machen. Du wirst hier ankommen und wissen, dass du deine Heimat gefunden hast."

Missy schenkte ihr ein wässriges Lächeln und ließ den Blick über alle Gäste und den wunderschönen Park schweifen. „Ich glaube, das weiß ich bereits. Ich liebe dich, Schwesterchen."

„Ich liebe dich auch!", rief Lily und umarmte sie erneut, dann führte sie sie von der Bühne.

Nachdem alle, die etwas sagen wollten, ans Mikrofon gekommen waren, und das war so ziemlich der gesamte Marino-Reynolds-Clan, begannen Zoe und ihre Jazzband eine süße Ballade mit dem Titel „Jackbohne", woraufhin mehrere Paare langsam miteinander tanzten. Manche von ihnen hielten Babys im Arm; ein paar Kleinkinder hingen an den Beinen ihrer Eltern. Die älteren Kinder drehten sich am Rand im Kreis und trugen Spaßbrillen. Luke stand in der Nähe und sah zu.

Als alles vorbei war, fuhr Lily mit Nico begleitet von den Glückwünschen ihrer Familie und ihrer Freunde davon. Sie wollten in den nächsten Tagen einen Flitterwochen-Roadtrip durch New England machen, um sich dort all die faszinierendsten Kuriositäten anzusehen. Wie zum Beispiel das riesige Trébuchet in New Hampshire, das Kürbisse schleudern konnte, ein gekentertes Schiff auf einer Wiese in Vermont und einen Schokoladenelch in Maine. Lily konnte es nicht erwarten, all das zu entdecken.

∼

„Heute ist die Nacht der Nächte", sagte Nico zu Lily, als sie die Flitterwochensuite ihres Hotels betraten. „Ich kann es nicht erwarten, dich zu schwängern." Jetzt konnte er wieder atmen. Er hatte seine Braut, und er hatte ihr gegeben, was sie sich am meisten gewünscht hatte.

Sie lächelte, während sie ihr Hochzeitskleid auszog und es vorsichtig über einen Sessel legte.

Er legte von hinten seine Arme um sie und schmiegte sein Gesicht an ihren Hals. Sie trug einen trägerlosen BH und ein Hauch von einem Spitzenhöschen, das er ihr vom Leib reißen wollte.

Sie drehte sich in seinen Armen um. „Ich kann es auch nicht erwarten, mein Ehemann."

Er schob seine Hand in ihr Haar, hielt ihren Kopf und blickte in ihre stahlblauen Augen. „Bist du glücklich, meine Frau zu sein? Ein Leben weit weg von der Country Club-Gesellschaft?"

„Nico", sagte sie leise, „wie kannst du das überhaupt fragen? In diese Country-Club-Gesellschaft habe ich nie reingepasst. Ich gehöre dir. Ich habe schon dir gehört, seit du mich das erste Mal geküsst hast, und ich werde für immer dir gehören."

Er schluckte den Kloß in seinem Hals herunter. „Wenn du heute Nacht wieder einen Alptraum hast, werde ich nicht schlafen können."

„Ich glaube nicht, dass ich einen haben werde. Alles in meinem Leben nimmt gerade Gestalt an. Ich habe den wunderbarsten Ehemann der Welt, meine Schwester will hierbleiben, und ich habe mehr Familie bekommen, als ich je zu träumen gewagt hätte."

„Ich wollte das für dich. Ich wollte, dass für dich alles perfekt ist, damit du es nicht bereust."

Sie legte eine Hand an seine Wange. „Es wird nicht immer alles perfekt sein, aber das ist okay. Solange wir zusammen sind, bin ich glücklich. Ich kann mir niemand anderen vorstellen, der besser zu mir passt als du. Du verstehst mich. Du lässt mich mein Ding machen, und du bist bereit, es mit mir–"

„Aber bei Karaoke muss ich eine Grenze ziehen."

Sie lächelte, ihr süßes, liebevolles Lächeln. „Du wusstest, was ich brauchte, meine Schwester, und du bist … du bist einfach alles."

Er küsste sie und saugte an ihrer vollen Unterlippe. „Definiere alles."

„Sexy, klug, fähig, liebevoll, ein Gentleman–"

Er lachte. „Hätte ein Gentleman sich eine sexy Rothaarige geschnappt und innerhalb der ersten zwei Minuten geküsst, Tiffany?" Das war der Name der Frau, mit der er sie verwechselt hatte. Der beste Fehler seines Lebens.

Sie versetzte ihm einen verspielten Klaps und er grinste. Dann küsste und biss sie ihn in die Unterlippe. In nicht einmal zwei Sekunden drängte er sie gegen die Wand.

„Verdammt, du bringst mich wirklich auf Touren", knurrte er und schob seine Hand zwischen ihre Beine, während er seine Zähne in ihren Hals versenkte.

Sie stieß einen zittrigen Atem aus. „Ich liebe einen Nico, der auf Touren ist. Es ist immer eine wilde Fahrt."

Mit einem zusätzlichen Volltreffer.

Sie wurde schwanger. Beim verdammt ersten Versuch.

Und verpassen Sie nicht das nächste Buch in der Reihe, *Gewagte Verlobung*, Lukes und Kennedys Geschichte.

Der Finanzplaner Luke Reynolds hat einen neuen Klienten ins Visier genommen, doch erst, als er endlich einen Golftermin mit dem exzentrischen Milliardär vereinbart hat, erfährt er, dass er das Spiel gegen irgendeinen aufstrebenden Wettbewerber namens Ken gewinnen muss. Unglücklicherweise ist Ken eine schöne Frau. Und sie schlägt ihn. Von da an wird das Spiel skrupellos.

Kennedy Wards Ehrgeiz wird angetrieben von den Arztrechnungen ihres Vaters und der Notwendigkeit, ihre vier jüngeren Geschwister zu unterstützen. Als der Milliardär und Familienmensch Bentley Williams annimmt, dass das Gezanke zwischen ihr und Luke daher rührt, dass sie ein Paar sind, versichert Ken ihm, dass sie glücklich verlobt sind. Und ehe sie sich versehen, lädt er sie übers Wochenende auf sein Anwesen ein.

Nur einer von ihnen wird dieses Spiel gewinnen.

Und der andere wird sein Herz verlieren.

Abonniere meinen Newsletter & verpasse keine meiner Neuerscheinungen: kyliegilmore.com/DEnewsletter

WEITERE BÜCHER VON KYLIE GILMORE

Die Happy End Buchclub Reihe << Die Campbell Familie und ein Liebesromanbuchclub prallen aufeinander!

Hollywood Inkognito (Buch 1)

Ärger im Anzug (Buch 2)

Gewagtes Spiel (Buch 3)

Förmliche Vereinbarung (Buch 4)

Wenn der Bad Boy keiner ist (Buch 5)

Ein Störenfried zum Verlieben (Buch 6)

Schicksalsbegegnungen (Buch 7)

Eine Romantische Chance (Buch 8)

Ein sündhafter Flirt (Buch 9)

Ein unbequemer Plan (Buch 10)

Eine Happy End Hochzeit (Buch 11)

Die Clover Park Reihe << Brüder, für die die Familie an erster Stelle steht!

Das Gegenteil von wild (Buch 1)

Daisy schafft alles (Buch 2)

In den Falschen verguckt (Buch 3)

Ein Weihnachtsmann zum Küssen (Buch 4)

Vermieter küsst man nicht (Buch 5)

Nicht mein Romeo (Buch 6)

Bring mich auf Touren (Buch 7)

Clover Park Braut (Buch 7.5)

Gewagte Verlobung (Buch 8)

Retter in der Not (Buch 9)

Eine verführerische Freundschaft (Buch 10)

Ein Geschenk zum Valentinstag (Buch 11)

Raus aus der Tretmühle (Buch 12)

Die Rourkes Reihe << Prinzen, bei denen man ins Schwärmen gerät, und ebenso fantastische Prinzessinnen

Königlicher Fang (Buch 1)

Königlicher Hottie (Buch 2)

Königlicher Darling (Buch 3)

Königlicher Charmeur (Buch 4)

Königlicher Playboy (Buch 5)

Königlicher Spieler (Buch 6)

ÜBER DIE AUTORIN

Kylie Gilmore ist die USA Today Bestsellerautorin der Happy End Buchclub Reihe, der Clover Park Reihe, der Clover Park STUDS Reihe und der Rourke Reihe. Sie schreibt unterhaltsame Romanzen, die die LeserInnen zum Lachen und zum Weinen bringen und zu einem Glas Eiswasser greifen lassen.

Kylie lebt mit ihrer Familie, zwei Katzen und einem verrückten Hund in New York. Wenn sie nicht gerade schreibt, Kinder bändigt oder bei Autorenkonferenzen pflichtbewusst Notizen macht, findet man sie beim Stretching – bis ganz nach oben ins oberste Regal, um dort ihren geheimen Schokoladenvorrat zu erreichen.

Melden Sie sich für Kylies Newsletter an, damit Sie keine ihrer Neuerscheinungen verpassen. https://www.kyliegilmore.com/DEnewsletter

Mehr finden Sie auf Kylies Website https://www.kyliegilmore.com